小栗往還記
風雅の帝光巖

松本徹

鼎書房

小栗往還記・風雅の帝 光厳　目次

『風雅《ふうが》の帝《みかど》 光厳《くわうごん》』

凡例

一、『小栗往還記』（平成十九年九月十五日、文藝春秋刊）と『風雅の帝　光厳』（平成二十二年二月八日、鳥影社刊）を、参考文献、あとがきを含め、収めた。

一、『小栗往還記』は総ルビをパラルビとした。総ルビとした配慮は貴重で有難かつたが、本著作集の活字の大きさでは、却つて読むのに適当でないと考へたためである。

一、『風雅の帝　光厳』は、地図を一枚省略した。

一、ともに誤記、誤植などは訂正した。

『小栗往還記』

漂泊《へうはく》が生《う》んだ物語《ものがたり》

東海に横たはるこの列島を、かつてはさまざまな人々がめぐり歩いてゐた。

商人、芸能者、さうして宗教者たちが主であつたが、なかでも精力的であつたのは、宗教者の末端に身を置く人たちであつた。聖《ひじり》、神明巫女《しんめいみこ》、熊野比丘尼《くまのびくに》、修験者、御師《おし》、神人《しんじん》などに、琵琶法師《びはほふし》、神楽師《かぐらし》、田楽法師《でんがくほふし》、絵解法師《ゑときほふし》なども挙げられよう。そして、その半ばは、芸能者と区別が付かないし、行商人化する者たちもゐた。かうした漂泊する人々がこの列島を絶えず循環してゐたのである。

そして、その漂泊のなかから、多くの物語が生まれた。

説経《せつきやう》といはれるのが主にさうで、森鷗外が短篇小説化することによつて広く知られるやうになつた『山椒太夫《さんせうだいふ》』を初め、『刈萱《かるかや》』『俊徳丸《しゆんとくまる》』『愛護若《あいごのわか》』、そして、これから取り上げようとしてゐる『小栗《をぐり》判官《はんぐわん》』が代表的なものである。

なかでも『小栗判官』は、時宗の遊行《ゆぎやう》と深く係はつてゐた。

時宗は、いふまでもなく一遍上人《いつぺんしやうにん》（延応元年～正応二年・一二三九～八九）を開祖とするが、彼も後継者も遊行と称して、従ふ僧尼ともども諸国をめぐり歩き、賦算《ふさん》と称して南無阿弥陀仏《なむあみだぶつ》と書いた紙片を配り、十念《じふねん》を唱へ、踊り念仏を興行、戦場にも出入りして、臨終に立ち会ひ、遺体の処理も行つた。そのやうに一所《ひとところ》に常住せず、めぐり歩くことが布教であると同時に、修行であり、世を棄てた者の在るべき在り方であつた。
その遊行する一行は、遊行上人以下数人から十数人の僧尼のほか、鉦叩《かねたた》きを初め、雑用に従事する半俗半僧の者たち、また、罪を犯したり主命に反した者が加はりもした。その姿は絵巻『一遍聖絵《いつぺんひじりゑ》』に見ることができる。

そのなかの鉦叩きだが、首から紐で下げた鉦を撞木《しゆもく》で打ち鳴らし、一行が念仏を唱和し踊るのを、賑やかに盛り上げる役割を担つたが、また、人集めのため歴代の遊行上人の霊験譚《れいげんたん》や供養する当の人物の逸話などを物語つたらしい。

『小栗判官』は、その鉦叩きが語り始めた遊行上人の霊験譚を核として、伊勢・熊野信仰などに繋がる一方、関東における武勇談を大幅に取り入れ、つぎつぎと枝葉を広げ、恋の物語へと大きく成長したが、人気を集めるに従ひ、宗派を越え、鉦叩きだけでなく、同じやうにめぐり歩きながら物語を語る神明巫女だとか熊野比丘尼、また、その他の放浪する芸能者たちによつて語られるやうになつて行つた。さうして、さらに成長して、やがては説経語《せつきやうがた》りを専門とする集団まで生み出すに至つたのである。

彼らは、市《いち》など人の集まるところに傘を立て、楽器とも言へぬ簓《ささら》を掻き鳴らして語つたり、家々の門前で語るなどして、漂泊する露命を繋いだ。そして、上杉禅秀《うへすぎぜんしふ》の乱など鎌倉公方《くぼう》をめぐる戦乱、応仁の乱、戦国時代と苛酷な時代をくぐり抜け、近世の入口でその物語を完成させたのである。

それとともに三味線と操《あやつ》り人形を取り入れ、小屋で上演されるまでになつた。が、ほぼ同時に出現した浄瑠璃《じやうるり》に圧倒され、半ば呑み込まれてしまつた。

さうして、農村などで細々と語り伝へられるとともに、浄瑠璃や歌舞伎のなかに生きながらへて来てゐる。今日でも上演される近松『当流小栗判官《たうりう》』などがさうである。

そのため、現在、われわれが読むことのできる本来の物語は、江戸時代になつて、小屋掛けで語られ、人気を集めた時点において、文字に移され、板行《はんかう》されたものである。その中で現存する最も古く完備してゐるのが、寛永年間（一六二四〜四四）に製作された絵巻『をくり』——岩佐又兵衛《いはさまたべゑ》工房による絵が素晴らしい——の本文である。だから、発生まで溯つて考へるなら、それより三百年近くも以前になるかもしれない。

その年月だが、上に触れたやうな戦乱に続いて、安土桃山時代から徳川幕府の成立と歴史的な激動がうち続くただなかを、漂泊する人々によつて口から口へと語り継がれ、路頭で享受されることをとほして成長したのである。その点、今日われわれが読み親しんでゐる文字による小説類と、まつたく異質である。そこには語り手が旅した時代々々の山野や宿、市、町、そして、われわれの祖先の声、ひいてはわれわれの暮らしの奥深くに根差すなにものかが息づいてゐると思はれるのだ。

いま、この物語に誘はれるまま机を離れ、旅を重ね、語るところを追つてみようと思ふのだが、さうすることによつてどのやうなところへ、導かれて行くだらうか……。


なほ、絵巻『をくり』の他に、数種の説経正本、奈良絵本、古活字本などがあり、元禄になると、いまも触れたやうに近松が浄瑠璃化するほか、さまざまな人たちがさまざまに工夫、改作して、浄瑠璃、歌舞伎、草紙類としてゐる。ここでは絵巻『をくり』（新潮日本古典集成　室木弥太郎校注『説経集』収録）にもつぱら拠りながら、時には他のものにも触れるつもりである。

10

深泥《みぞろ》ヶ池《いけ》の大蛇《だいじゃ》

発端は、京都である。全国的な規模を持つ物語となると、やはり都から始めなくてはならないらしい。

わたしの乗つたタクシーは、その京都の市街を北へと抜け、紅葉があちらこちらに見られる低い丘陵の間へと入つて行く。

と、水面が広がつた。半ば水草に覆はれ、薄日を受けて鈍く光つてゐる。

深泥ケ池であつた。

以前は蓴菜《じゅんさい》が採れることで知られてゐたが、いまはどうだらうか。対岸の丘の懐に見えるのは、病院のやうだ。

眺め渡す暇もなく、池の側を過ぎて、小山の蔭へ回り込む。そして、小さな橋にかかつた。

車を止めてもらふ。

なんの変哲もないコンクリートの橋で、橙色に塗つた鉄の欄干が毒々しい。塗り替へ作業中なのであらう。袂に「らいこうはし」とあつた。源頼光《みなもとのらいくわう》が、ここで鬼同丸《きどうまる》と呼ばれる怪童に襲はれたが、首を斬り落としたといふ話が『古今著聞集《ここんちょもんじふ》』巻第九に出てゐる。鬼同丸は牛を殺して腹を裂き、その中に隠れて待ち伏せしてをり、斬られながら首は飛んで鞅《むながい》（鞍から馬の胸にかけ渡した組紐）に食らひつき、刀の切先は鞍の前輪に及んだと言ふ。

鬼同丸がいかなる存在か、よくは分からないが、鬼に等しく猛々しい化物、いや、鬼そのものであつたのであらう。

この橋を越えたあたりから、市原野《いちはらの》が始まる。平安の時代、ここから京の外であつた。そして、尋常な人の世の領域を外れる、とも考へられてゐた。だから、鬼同丸のやうな者が現はれるのだ。

車の進む道の両側に人家が細々と並ぶやうになつたが、それもすぐに絶えて、切通しになつた。その背後、右手の丘一面が墓地であつた。

その一角、石段の上に御堂が見える。補陀洛寺《ふだらくじ》、俗称小野寺であつた。老いた小野小町が隠れ住み、亡くなつたところ、と言はれ、小町と深草少将の供養塔があり、三途の川の畔にゐる奪衣婆《だつえば》とも見える卒塔婆小町像があることで知られてゐる。また、謡曲『通小町《かよひこまち》』の舞台とされるが、そこでは深草少将が幽鬼の形相を見せる。

切通しを抜けると、両側が開け、再び人家がつづく。

いよいよ市原野の奥である。

この物語の主人公の若者は、ここに至つて腰から横笛を抜き出すと、嫋々《でうでう》と吹き鳴らし始めるのだ。「唐団乱旋《たうひらてん》」「舞団乱旋《まひひらてん》」「獅子団乱旋《ししひらてん》」などといふ――半ば架空らしい――曲を、心ゆくまで奏するのである。

楽器のうち、霊に訴へる力が殊に強いのが笛であつて、みだりな場所で吹いてはならぬとされてゐるが、彼は、大胆にも露のしとどな薄《すすき》が生へひろがり、あちこちに塚の見え隠れする、この山間の市原野に、ほしいままに笛の音を響かせるのだ。

そして、なほも野の奥へと分け入つて行く。

車は、集落を抜けると、谷川沿ひに蛇行する道を行く。山が両側から迫つて来た。しばらく走ると、古風な茶屋や御土産店が並ぶところへ出た。

鞍馬寺《くらまでら》の門前であつた。広い石段の上に仁王門がゆつたりと建つてゐる。

石段を登り、仁王門をくぐる。

右手にリフト乗場があつた。参道は幾重となく曲折して登つて行くが、小型のゴンドラは、それを下に見ながら、ゆるゆると行く。

唐からやつて来た鑑真和上《がんじんわじやう》の弟子鑑禎《がんてい》が、宝亀《ほうき》元年（七七〇）一月四日、飾り立てた鞍を置いた白馬に導かれるまま、この地にやつて来た……。それがこの寺の歴史の始まりだと伝へられてゐるが、その鞍に跨がれば、こんなふうに楽々と宙空を上がつて行くことができたのかもしれない。

もつとも、創建の伝承はもう一つあつて、藤原伊勢人《ふじはらのいせと》が寺の建立を発願、霊地を捜したところ、夢のなかに貴船神《きふねのかみ》が現はれ、お前の白馬を放て、との指示があつたので、そのとほりにすると、白馬は山へ駆け入つた。そこで東寺の十禅師峰延《じふぜんじほうえん》に依頼、延暦十五年（七九六）に私寺を建立、鞍馬寺と称したのが始まりだとも言はれてゐるのだ。

木の間隠れに、白いものがちらちらする。白馬でもあらうかと、思はず目を凝らすと、歩いて登るひとたちであつた。「近くて遠きもの……鞍馬のつづら折り」と清少納言が『枕草子』に書いたとほり、喘ぎながら、歩を運んでゐる気配である。

それにしても、どうして白馬なのであらう。西域から漢へと仏教がもたらされた際、経典を載せて来たのが白馬であつたと、『魏書《ぎしよ》』巻百十四に記載されてゐるが、そのためであらうか。それとも、白馬を神馬《じんめ》とする古い風習によるのだらうか。

　多宝塔の下でリフトを降り、さらに石段を登る。

　百八段を登り詰めると、平地に出た。意外に広々として、回りの山々が頂きばかりを見せて穏やかに控へ、空が近い。いかにも白馬の導きによつて見つけた霊地といつた趣きである。

　正面に本堂があつた。背丈はあまり高くなく、低めの石壇の上に横幅をもつた木造風の造りだが、昭和三十二年（一九五七）完成の鉄筋コンクリートである。

　峰延がここに至つた時、「貌女《かほをみな》に類《に》て」「目を瞋《いか》らし噉《くら》はむと」するものが襲ひかかつて来た、と『拾遺往生伝《しふゐわうじやうでん》』巻下二にある。鬼同丸同様の恐ろしい化物であつた。毘沙門天《びしやもんてん》に念じると、傍らの朽木が不意に倒れ、打ち殺した。また、鑑禎も同じく鬼に襲はれるが、毘沙門天に念じると、消へたと伝へる。

　かうした伝承からも明らかなやうに、ここには毘沙門天が祀られてゐるのだ。毘沙門天は、四天王のうちの多聞天《たもんてん》のことだが、夜叉《やしや》、羅刹《らせつ》を率ゐて北方を守護する武神である。都の北方、鞍馬に祀られるのにふさわしい存在である。それとともに富を授ける霊力を持ち、吉祥天《きちじやうてん》を妻なり妹としてゐるとも信じられてゐる。

　本堂の前は、幅の広い緩やかな階段になつてゐて、一般の寺院とは違ふ清々しい晴れやかさがある。その石段を登りかけたところで、十六、七とも見える美しい女がたたずんでゐるのに、若者が気づいた、と物語は語られる。

　笛を吹きすさみつつ市原野の奥へ奥へと進んで行つた彼は、じつは、その美しい女がたたずむこのところへと真直に歩み登つて来るかたちになつたのだ。二十一歳になる彼は、十八歳の春に妻を迎へて以来、つぎつぎと妻を取り替へ引替へして、この秋には七十二人に及んだが、いまだに誰一人として気に入らず、周囲の者たちばかりか、彼自身、困じ果ててゐた。どうしてからも女といふ女が気に入らないのか、分からない。それでゐて、妻を求める気持は高まるばかりであつた。そこで、両親が祈願して自分を産んだと聞く鞍馬寺を目指したのである。

しかし、この山中の聖なる階にひとり佇《たたず》むのは、いかなる女人《にょにん》であらう？　いぶかしく思ひながら、若者は見る、鬼の化身かもしれないと疑ひながら。

女もまた、若者を見る。

女は、すでに彼を見知つてゐた。と言ふよりも、じつは先回りして待ち受けてゐたのである。さうして、七十二人の美女の容色をひとつに溶かし込んだよりも遥かに勝る魅力を湛へた目で、見たのだ。

若者が、一目で心を奪はれたのは必然であつた。

階段を上がり、香炉の据ゑられた前に立つ。中は暗くてよく見えないが、正面奥は扉の閉ざされた厨子《づし》である。その中には、秘仏とされる毘沙門天像が安置されてゐるのだ。その毘沙門天の計らひに違ひないと、若者は確信、女に言葉をかけた。

女が若者を見染めたのは、じつは市原野で彼が笛を吹いてゐる時であつた。響いて来る音に誘はれるまま、深泥ヶ池の底から浮かびあがると、高々と伸び上がつて、その様子を伺ひ見たのだ。そして、

「あらいつくしの男の子や。一夜の契りをこめばや」

ああ、なんと凛々しい若者か。せめて一夜の契りをと、激しく願つたのである。引用は以下、もつ

ぱら絵巻『をくり』の本文に拠ることとする。

この寺は、白馬ばかりでなく蛇とも係はりが深い。先に触れた峰延が、鞍馬寺の別当となつて護摩法《ごまはふ》を修してゐると、北の峰より大蛇が出て来たと伝へる。舌を吐くこと火の如く、目を輝かすこと雷の如くであつた。驚いた峰延が毘沙門天の呪《じゆ》を誦すると、たちまち大蛇は斬り裂かれた。『拾遺往生伝』に記されてゐる話だが、今日でもその伝承にもとづき、毎年六月二十日、僧兵姿の僧が青竹を大蛇に見なして斬る竹伐会式《たけきりゑしき》が行なはれてゐる。

もつとも、深泥ヶ池の主の大蛇は、そのやうな目にあふことはなく、念願どほり、「いつくしの男の子」のこころを掴んだのである。

毘沙門天は、左の手のひらに宝塔を載せ、右手に剣なり槍を持つ姿で現はされるのが一般だが、この像は、左手をかざして、遠く彼方を見てゐる。京都北方の守護役としてこの山上から見張つてゐるのだが、そのため足許で起つたことを見逃したのだらう。本来なら、地を這ふ獣と人が愛を交はすやうなことは絶対に許すはずがないのだ。

＊

下りは、リフトに乗らず、参道をとる。

登りとは違ひ、らくらくと足は進むが、果てしなく折れ曲がり折れ曲がりして行くうちに、不思議な気持になつて来る。もしかしたらいま自分は、くねくねと身をくねらせて横たはる深泥ヶ池の大蛇の背を歩んでゐるのではあるまいか、と。そして、女の手をとつて京へと急ぐ若者の歩みも、さうしたものであつたのでないか、と。

曲り角ごと、ことさら色あざやかな紅葉を見せて樹木が枝を広げてゐる。なにを告げようとしてゐるのだらう？　なにしろ年経た大蛇の化した美しい姫とともに京へ戻つて行くのである。

　このやうにして二条の屋形へ女を連れ帰つた若者は、契りを結んだが、「一夜」にとどまることなく、夜に夜を重ねた。女にしても「あらいつくし」の思ひは夜ごと深まるばかりで、自らが深泥ヶ池の主であることを忘れた。若者は若者で、一時といへども離れ難く、内裏《だいり》の勤めも怠りがちになつた。

　若者は、二条の大納言兼家《かねいへ》の嫡子、詳しくは判官小栗正清《はんぐわんをぐりまさきよ》（豊孝本＝正徳・享保年間＝一七一一～三六刊による）であつた。兼家と言へば、花山天皇を企みどほり出家させ、孫を位につけ、摂政関白まで登り詰めた実力者ではないか。それなら嫡子は道隆《みちたか》でなくてはならなが、ここでは違ふ。多分、朝廷切つての勢力を持つ者の御曹司《おんざうし》で、すでに判官の位にある、すぐれた若者とばかり受け取つて置けばよいのであらう。語り手にとつてもそれで十分であつたはずである。

　このやうに高い身分の御曹司が、素性の知れない女に夢中になつてゐるとなると、都の人々の口の端にのぼらぬわけにいかなかつた。

　さうして、女のなみなみならぬ美貌と魅惑的な肢体がやかましく言ひ立てられるとともに、奇妙な噂が流れるやうになつた。

　噂と物語とは、どう違ふのか。文字で書かれ作られた物語と異なつて、口頭で語られ、広められる物語は、噂との差が曖昧で、時には溶け合ひ、合体して大きく成長するやうなことも起つたらう。

　その噂を耳にして衝撃を受けたのは、ほかでもない姫自身であつた。知られてはならない秘密を探り当てられた、と考へずにをれなかつたのである。

　――二条の屋形の御曹司は、なんと深泥ヶ池の大蛇と契つたさうな。

　――それはそれは情が深く、奇麗なはず。七十三人目の奥方は、人でも鬼でもなく、年経た深泥ヶ池の大蛇であるさうな。

京童《きやうわらんべ》たちは、かう言ひ囃《はや》したのである。

異類婚姻譚《いるいこんいんたん》の決まりは、正体が知れた時が、去る時である。

姫は身重となつてゐた。もしも出産に至れば、なほさら隠しおほせなくなる。『古事記』の伝へる豊玉姫《とよたまひめ》がさうであるやうに、本来の姿に戻つて出産しなくてはならない……。

このあたりから絵巻ではなく、後の豊孝本に拠ることにするが、姫は、付き従ふ小蛇を呼ぶと、かう語る。


「われ人間と契りをこめ、只ならぬ身にて有《あり》、後には現はれ、追ひ出されん。恥《はぢ》てう也」

さうして、かう命じた。

「自《みづか》らが入らん池あらば、見て参れ」


人と契り、己が身の上も忘れて過ごした上、妊娠したとなると、正体が露見して深泥ケ池へは戻れない。豊孝本の語り手は、さういふところへと深泥ケ池の姫を追ひ込むのだ。

叡山電鉄で出町柳へ戻ると、再びタクシーに乗つた。

川端通を南へ下り、右折、丸太町橋を渡つて、丸太町通を西へ進む。これより三つ南の通が、大納言兼家の屋形があつたといふ二條通である。

堀川通へ出て、南へ折れると、二条城の堀沿ひの道になる。それを行き、堀が尽きた先の一つ先の交差点を西へ曲がる。

さうして御池通を三百メートルほども行くと、玉垣が連なり、立派な石の鳥居が現はれた。

姫の命を受けて小蛇がやつて来たのは、このあたりであつた。

鳥居を潜ると、すぐ池である。とろんと緑色に沈んだ水面が広がり、彼方の対岸には樹木が高々と繁つてゐる。そして、弧を描いてこちらへと続く右側の岸辺には、点々と祠らしい小さな建物があり、左は朱塗の橋が架かつてゐて、観音堂がある。正面、池中央へ突き出た先には、小規模ながらしつかりした造りの拝殿と銅葺の社殿がある。

神泉苑《しんせんゑん》であつた。

桓武天皇が平安の都を定めた時、大内裏のすぐ南、朱雀通《すざくどほり》の東のこの地を遊宴の苑池として造営したのに始まる。もともと沼沢地で、清水が湧き出し、現在の十倍ほどの広さであつたといふ。

紅林《こうりん》地広クシテ楚夢《そむ》ヲ胸ノ中《うち》ニ呑《の》ムガゴトク
緑池ノ水ハ高クシテ呉江《ごかう》ヲ眼ノ下に縮ムガゴトシ

『本朝文粋《ほんてうもんずい》』に収められた源順《みなもとのしたがふ》の神泉苑を扱つた文の一節である。紅葉した林は広々として、楚《そ》国《こく》の雲夢沢《うんぼうたく》（かつて在つたと伝へられる巨大な湖）を見下すほどであり、緑の池は気高くて、呉国《ごこく》の松江《しようかう》も問題にならないほどである……。華やかに彩られた龍頭鷁首《りゆうとうげきしゆ》の船を浮かべ、遠く唐土《もろこし》へ思ひをやりながら、かうした漢詩文を作り、才《ざえ》を競ひ遊んだのである。

屋形に戻つた小蛇は、見たとほりを詳しく報告した。

それを聞いた姫は、ほつと安堵の表情を浮かべ、身を横たへるかと見えると、そのまま華やかな十二単《じふにひとへ》のなかで長くなり、ずるずると這ひ出すと、夕闇に紛れて縁から庭へと降り、築地塀《ついぢべい》を乗り越えて行つた。

＊

社殿に近づいて見ると、立札があり、弘法大師《こうぼふだいし》御勧請《ごくわんじやう》善女龍王《ぜんによりゆうわう》とあつた。両側に立つ灯籠の胴柱にも、善女龍王と彫り込まれてゐる。

天長元年（八二四）、干天が続くと、弘法大師がここで降雨の祈祷を行つたが、それに際して、遠く北天竺《てんぢく》の雪山の北、いまのチベットに当ると思はれる地にあつた無熱悩池《むねつのうち》（この世、贍部州《せんぶしう》を潤す清水の源）に住んでゐた善女龍王を、この神泉苑の池へ勧請、見事に雨を降らせた、と伝へられてゐる。

このことがあつて以来、ここではしばしば降雨の祈祷がおこなはれてをり、多くの名僧に加へ、小野小町も祈祷した。その小町が祈祷してからどれだけ後のことか判然としないが、人の子を孕んだ大蛇が、この池へと入り込んだのだ。

驚いたのは、善女龍王であつた、と語られる。

善女龍王は、大蛇に対し厳しく言ふ。

「人間と契りをこめ、我住家《ぢゆうか》にはかなふまじ。もとの深泥《みぞろ》に戻るべし」

蛇身でありながら、人間と交はるとは、天地の理を踏み外した淫らな所業である。清浄であるべき我が住家にお前はふさはしくない。深泥ヶ池に戻りなさい、と。

大蛇は答へる。

「人間と契りをこむれば、仏体《ぶったい》の身となるゆゑ、此の池に入るべし」

蛇身のままなら、仏の救ひに与かれない存在だが、一度は人の姿となり、人と交はり、その子まで孕んでゐる身であれば、人と同じく仏の救ひに与かり得るはずである。だから、わたしにはこの池に住む資格がある、と主張するのだ。

この問答は、いかなる身であれば仏の救ひに与かり得るのか、と言ふ仏教の根本問題にかかはる。女は女のまま成仏することはできないとするのが、仏教の基本的立場であり、変成男子《へんせいだんし》になることによつて初めて与かり得るといふのが、『法華経』が提示した道であつた。その男と女の間に横たわる深刻な違ひを、大蛇は、人と獣の違ひにすり替へ、人間ならざる大蛇が、人間の女となり、人間の男と交はることによつて、救ひに与かる資格を得たのだと強弁するのである。さうして、女のままでは成仏できないと言ふ考へを平然と踏みにじるばかりか、男女の肉の交はりそのものを全面的に肯定してかかる。

「いや、かなふまじ」

善女龍王としては、認めることができない主張であつた。彼女は優れた才知と徳をもつてはやばやと変成男子となり、成仏し、『法華経』が提示した女が成仏する道筋を実証して見せた存在なのである。

左手の橋を渡る。

その橋の上からは、社殿の蔭の水面に集まつてゐる水鳥と、その向ふの濃い緑の深みが伺ひ見られる。

この論争は、かうして仏教の救済と性に係はる根本問題をめぐるものとなつて、互ひにいよいよ引込みのつかぬものとなつた。それになによりも大蛇にとつては、負ければ、身の置き所がなくなるのだ。

観音堂の前から池の岸をこちら側へと巡つて、そのまま東へと歩く。

小ぶりな弁天堂が、池を背にして建つてゐた。階《きざはし》の欄干の曲り具合ひが繊細である。水と音楽の女神で、琵琶を抱く弁才天が祀られるのに相応しい。

この神泉苑の主善女龍王と深泥ヶ池の主の争ひはつづき、決着がつかぬまま、ますます激しさを増した。その揚げ句、一方が実力で排除しようとし、他方は、実力でもつて入り込もうとするに至つた。

池の面は激しく波立ち、やがて渦を巻いた。

なにしろ大蛇は、長さ十六丈と言から、四十八メートルもあつた。その長大な体躯に備はる力の限りを振ふのである。それに対する善女龍王は、『太平記』巻第十二神泉苑の事によれば、黄金色だが身の丈八寸（二十四センチ）と、まことに小さな姿で、「長八尺（二メートル四十センチ）ばかりの蛇の頂に乗つて」ゐるに過ぎない。が、霊力となると、この世界の水のすべてをコントロールすることができるのである。

渦巻いた波は、見る間に柱となつて中天へと駆け上がる。そして、墨を流したやうな黒雲と化したと思ふと、池へと雪崩れ落ちる。と、すぐまた天上へと飛び上がる。水中と天上とで、両者は組んず解《ほぐ》れつし、荒れ狂ふのだ。豪雨はつぶてとなつて地を打ち、強風が吹きつのつた。

この嵐は七日たつても止まず、天地は轟き、震動し、帝の御所も崩れんばかりとなつた。驚いた帝は、大臣たちを呼び寄せて評定、いかなることかと陰陽《おんみやう》の博士に占はせた。

陰陽の博士は、即座に卦を立て、二條の大納言兼家の嫡子判官小栗正清が、深泥ケ池の大蛇と契るといふ、人の道を踏み外した所業を犯したがゆゑと奏上した。判官の野放図な行動が、女人成仏の道筋を狂はせ、雨を司る龍の聖域を犯すまでになつたのだ。このまま放置すれば、天地を統《す》べる帝を危ふくすることになりかねない。

父兼家は、嘆き悲しんだ。しかし、かくなる上は、判官を遠国へ流せとの帝の命に従はなくてはならなかつた。

壱岐《いき》か対馬《つしま》へと考へたが、母親は、せめてわたしの知行してゐる常陸《ひたち》の国へと訴へた。

かうして小栗判官は、十人の家来を連れて、夜闇に紛れて都を後にしたが、これが長い長い旅の始まりとなつた。

小栗判官《をぐりはんぐわん》の城《しろ》

関東平野の北の縁《ふち》を、水戸線の電車は、小山《をやま》から結城《ゆふき》、下館《しもだて》と巡つて行く。さうして、筑波山《つくばさん》の北側へと入り込んで、水戸へと抜けるが、その手前の新治《にひばり》駅で下車した。

秋の風は冷たく、荒々しい。が、正午を半ば回つたばかりで、空は晴れ上がり、爽やかである。

朝早く京都を発ち、東海道新幹線、東北新幹線、そして水戸線と乗り継いでやつて来たのだ。所要時間は四時間少々ばかり。紙の上で物語は改行もなく、都から常陸国へと舞台が変はるが、こちらの身を運ぶには、今日でも多少の時間はかかる。

駅前の小さなロータリーにタクシーが五、六台、客待ちしてゐるのを確かめて、すぐそこに暖簾《のれん》を出してゐた食堂に入つた。

中年の女が一人で取り仕切つてゐる小さな店で、他に一組客がゐるだけであつた。カレーライスを注文すると、

「はい、どうぞ」

と、カウンターの向ふから水の入つたコップを勢ひよく差し出す。その気さくな調子に、

「ここには倭建命《やまとたけるのみこと》が来たんだね」

いきなり尋ねた。「新治筑波を過ぎて幾夜か寝つる」と、東征に出た倭建命が、ここで詠んだと『古

事記』にあるのを思ひ出したのだ。

「え？」

女は、エプロンで手を拭ひながら、一瞬、考へるふうであつたが、

「ええ、来た、来た。随分、昔のことね」

さう答へて、手早く皿に飯を盛ると、鍋からカレーを掬《すく》ひとる。そして、カウンターから出て、テーブルへ持つて来る。

「東京から？」

薄く口紅をつけただけで、雀斑《そばかす》が目立つ。

「いや、京都から」

さう答へると、珍しさうにこちらを見て、

「熊野から来た、と言ふ人がゐたけど、京都からのお客さんは初めてよ」

さう言つて、車で五六分のところに新治郡衙《ぐんが》の跡があるのを教へてくれた。大和朝廷の支配が確立するとともに、常陸国新治郡の郡衙が置かれたが、その跡が、いまでは整備されてゐるのだ。

「小栗判官と言ふひとも来たでせう？」

熊野云々の言葉に誘はれて、重ねて尋ねた。

「来たつて？　どこから？」

匙を手にしたわたしを見下ろして、女は不審さうに問ひ返す。

「京都からさ」

「へえ、京都から？　小栗判官は、この地元のひとですよ」

「地元のひと？」

今度はわたしが反問する番だつた。

「さうよ。毎年十二月の初め、小栗判官まつりをやつてるから、間違ひないわ。町長さんが鎧兜《よろひかぶと》姿《すがた》になりなさつて馬に乗り、行列をつくつて練り歩くんよ。わたしも一度、駆り出された」

ああ、さうだつたと、調べた記憶の断片が蘇つたが、しかし、京都から跡を追つてはるばるやつて来たばかりでは、すぐには呑み込めない。

カウンターの中に引つ込んだ女は、こちらのさういふ気持に頓着することなく、食器を洗ひながら話しつづける。

「奥さんのお付きを頼まれてさあ、奇麗だけど、でれでれした着物を着せられたわよ。平安の昔は、あんなもの着たんかね。奥さんは、照手姫《てるてひめ》とか言ふ名で、この町一番の美人のお嬢さんがなるんよ。横浜かどこかそのあたりからお輿入れしたとか」

女の話を聞いてゐると、遠い昔のことなのか、ついこの間のことなのか、判然としなくなつて来る。かつて常陸国小栗と呼ばれ、いまは茨城県真壁郡協和町《まかべぐんけふわまち》（さらに変更され筑西市協和町）となつてゐる小さな町で、人寄せに小栗判官が担ぎ出されてゐるのだ。

「おまつりにはぜひ来てくださいよ」

女にさう言はれて店を出ると、ロータリーで人待ち顔で突立つてゐた小太りの運転手に、小栗判官ゆかりの所を回るやうに頼んだ。

＊

駅前を離れると、生垣が目立ち、ゆつたりした敷地の家々がつづく。

倭建命の東征の頃から、交通の要衝として恵まれて来たためだらうか。このあたりは早く伊勢神宮の御厨《みくりや》とされ、神饌《しんせん》などを神宮へ収める替はりに、租税を免除されるなど特権を与へられた。もつともその特権も、律令制が崩れるとともに消滅、一般の荘園とたいして変はらないやうになつたが、その名残のやうなものがまだどこかに残つてゐるのではなからうか。

家並を外れ、集落の外側に沿つた道を、折れ曲がりながら進む。青々とした畑の向うに堤が見えた。

「小貝川《こかひがは》です」

運転手の説明によれば、大きな流れではないが、かつては舟が行き来したらしい。霞ヶ浦や利根川を経て、遠く伊勢神宮は勿論のこと、都とも水路で繋がつてゐたのである。

と、コンクリート塀で囲はれた一角があり、「太陽寺共同墓地」と表示が出てゐた。車を出て、塀の中へ踏み入ると、墓石ばかりがずらりと並び、粗末な小さい御堂がぽつんとあつた。その御堂の斜め後に、石塔が高々と聳えてゐる。近づいてみると、九重の見事な石塔であつた。三メートルは優に越すだらう。一番下と中ほどの軒が少し欠けてゐるものの、整然として圧倒するものがある。

付いて来た運転手が言ふ。

「小栗判官の供養塔です。その下、両側に並んでゐるのが、家来のものです」

塔の裾へ目をやると、左右に五基づつ小ぶりな五輪石塔が並んでゐる。

横に標識が立ち、「町指定文化財建造物　小栗孫次郎平満重公《みつしげこう》と家臣の供養塔」とあつた。

流人としてやつて来たはずの小栗正清とも、浄瑠璃『当世小栗判官』『小栗判官車街道』などに登場する小栗兼氏《かねうぢ》とも、名が違ふ。

「第十五代目の小栗城主の平　助重《たいらのすけしげ》が、いまから五百五十年ほど前、父親の平満重公のために建てたものです」

さう説明して、わたしにはよく分かりませんので、詳しくはあちらを見て下さいと横の掲示を指さした。そこには、こんなことが書かれてあつた。

小栗家は桓武天皇の系譜に繋がる武士で、久寿《きうじゆ》二年（一一五五）、この地にあつた伊勢神宮小栗御厨《みくりや》の保司《ほし》となり、小貝川畔の小山に城を築き、みずから小栗氏と名乗つた重成に始まる、と。

地元のひとだと食堂の女が言つたのは、このことだつたのだ。伊勢神宮の御厨は全国各地に散在してゐたが、そのなかの一つ、常陸国の小栗にあつた御厨を管理する武士の出なのである。これでは大納言の御曹司と身分が違ひ過ぎる。

説明はつづいてゐて、その重成から三百余年、十五代にわたつて、小栗家はこの地方を統治したが、その第十五代目の城主助重が、嘉吉《かきつ》年間（一四四一～四）にこの供養塔を建てた。世に言ふ小栗判官とは、この助重のことである、と。

現地を訪ねると、思ひがけない事柄にぶつかり、混乱させられることがよくあるが、いまがさうである。身分が違ひ過ぎれば、時代もまた大きく違ふ。もともとこの物語は、平安時代のこととして語られたはずではないか。江戸期の奥州で行はれた写本でも、仁寿《にんじゆ》元年（八五一）から翌年にかけてのこととされてゐる。ところが、その主人公の小栗判官は、それから六百年近くも後の、室町時代に実在したと言ふのである。

もしかしたらわたしは、間違つた時代に入り込んだのではないか？　と考へた。

それに小栗判官は、運転手の説明によれば第十四代満重だが、掲示ではその子の第十五代助重となつてゐる。運転手の思ひ違ひではないかと思つたが、供養塔の配列を見ると、十人の家臣を従へてゐるのは、明らかに満重である。この十人の家臣を京から従へて来たのが小栗判官のはずだから、運転手の言ふ方が正しい、といふことになりさうである。

＊

墓地を出ながら、

「太陽寺つて、変はつた名だね」

さう言ふと、

「太陽寺は地名です。そんな名のお寺はありません」

運転手はさう答へた。

わたしは頷いたものの、明治七年（一八七四）までこの名の寺がここに存在してゐたと言ふ記録があるのを承知してゐた。助重が石塔を建立したのと同時に、以前あつた寺を再興、天照山太陽寺とした。その後、小栗家は滅亡したが、寺は以後も四百数十年にわたつて存続、今から百数十年前に廃寺となつた。だから、運転手のやうに思ひ込むことにもなる。

それにしても太陽寺とはなんだらう？　太陽のやうな輝かしい名を付けるのを、われわれの祖先は避けがちであつたが、助重は、さうではなかつた。伊勢神宮に繋がるのを誇りに思つてゐたのだ。

頭上を仰ぐ。秋の太陽が、何百年以前と変はらぬ光を中天で放ちつづけてゐる。

車は、再び家並の間へと入つて行く。

都からやつて来た流人の小栗判官は、すぐさま周囲の人々を信従させ、大将として尊ばれるやうになつた、と語られる。そして、日夜、当番として八十三騎の武者たちが詰めた。

御厨の保司出身の小栗家の当主も、これとさほど変はらない武者の頭であつたのだらう。さうして徐々に一帯に睨みを利かす武士団へと成長、治承四年（一一八〇）には、初代の重成が早々に源頼朝側の立場を鮮明にして、信任を得、常陸一帯ではかなりの力を持つ存在となり、奥州の藤原攻めに際しては、頼朝を屋敷に迎へた。

流人の大納言御曹司と御厨の保司出身の武者とが、時代が進んで行くにつれて、鉦叩きや神明巫女あるいは陣僧たちの語る物語のなかで、徐々に重なり合ふやうになつて行つたのだ。

広大な境内の寺の前に停まる。山門はなく、参道が伸びた先に、まだ新しい本堂があつた。桂北山《けいほくさん》一向寺《いつかうじ》で、その右側一帯は墓地である。

その墓地の手前に、背丈ほどの自然石の碑があり、「小栗判官代平助重」と刻まれてゐた。

ちやうど痩せた老女が本堂の方から元気な足取りでやつて来たので、小栗判官のものですねと尋ねると、老女は立ち止まり、

「判官代と書いてありますでしよ。判官じやないですよ」

と答へる。

「判官なら、検非違使の尉《じよう》で、次官の次ですけど、そんなに偉くはなかつたんです。五位か六位の官位で、地方の責任者と言つたところ。その点、間違へないでね」

さう念を押す。なるほど、流人が判官であるはずはない。御厨の保司の出身なら、なほさらさうで、登り詰めても判官代あたりであらう。歴史的事実を多少なり重んずるなら、その点をゆるがせにしてはなるまい。そして、ここでも助重となつてゐる。

住職の奥さんだと知れたので、いつ墓が造られたかと問ふと、

「墓ではなくて、供養塔です。寛政十二年（一八〇〇）に建てたもので、新しいんですよ」

これまた、歯切れがいい。

そして、寺は建治二年（一二七六）の創建だが、現在地には元禄十四年（一七〇一）に移つて来たこと、本堂は大正年間の建造であること、かつては一向宗であつたが、昭和十年代に浄土宗に変はつたこと、一向宗と言つても、一遍上人が開いたのとは別の、一向俊聖《しゆんじやう》を教祖とする別派であつたことなどを、話してくれた。

もつとも一遍上人と俊聖上人は、教化活動においてさほどの違ひはなかつたやうで、同じやうに遊行し、賦算し、念仏踊りを行ひ、神仏習合を積極的に認め、伊勢神宮に繋がる御厨の地で活動した。そして、必ずしも排除しあふことはなかつたから、時代が下ると、鉦叩きや神明巫女たちは互ひに行き来するやうになつたのかもしれない。

「あれが小栗城跡です」

老女に別れ、車の側まで戻つて来たところで、運転手が北の方に見える小山を指さして言つた。

城と言つても、ごく小規模なものらしい。そして、その麓からここまで、やや高燥で平坦な土地が続いて、小栗の町の中心であつたやうである。一向寺が元禄に移つて来たのも、古く小栗一族の占拠するところだつたからであらう。

さうだとすれば、このあたりのどこかに満重や助重が屋敷を構へてゐたことになる。そして、物語の正清なり兼氏は、登場人物としての輪郭を曖昧にしたまま、このあたりに暮してゐた……。

「あちらが筑波山です」

西にぼんやり霞んで、頂のあたりばかり形の整つた山が見えた。

若い小栗の当主は、多分、馬を引き出しては、野へと走り出て行つたらう。そこには、市原野などとはまるで違ふ、広大な北関東の平野が広がつてゐた。思ひ切り猛々しさを剥き出しにして、彼は駆けに駆けた。常陸もまた、馬の産地であつたから、乗る馬に不足はなかつた。身につけた馬術の限りを尽くして、駆けた。

さうして時には、笛を吹きもしたらう。

タクシーが動き出して、一向寺の墓地が尽きると、隣にもう一つ寺があり、山門の傍らの石柱には、曹洞宗藤長寺《とうちやうじ》とあつた。敷地こそ一向寺におよばないが、古刹と言つてよい規模を持つ。

「こちらは助重の父親、満重の菩提寺です。太陽寺の墓地を管理してゐます」

太陽寺が廃寺とされた後、引き継いだのであらう。

しかし、この北関東の地では、いかに笛を吹きすさぶとも、女も化生の者も現はれることはなかつた。その代はり、しばしば鎧武者の騎馬軍団が走り過ぎ、血まみれの敗兵がよろめきながら横切つて行つた。

この広大な平野は、武士たちが鎬《しのぎ》を削る戦場であつた。頼朝によつて鎌倉に幕府が樹立された際にも、その鎌倉幕府が北條氏の手に握られる過程でも、北條氏が滅ぼされる時にも、夥しい血が流された。そして、南北朝時代となると、この平野を舞台に一層烈しく争ひがつづいた。

満重と助重が歴史にその名を留めたのは、その京の室町幕府と鎌倉公方による、関東ひいては幕府の覇権を巡る鍔《つば》迫《せ》り合ひのただ中へ飛び込むことによつてであつた。さうして流人の大納言の御曹司に負けぬ域へと近づいたのだ。

立派な門構への屋敷の前を通りかかる。この地方の名家であらう。門柱に「小栗」の表札が出てゐる。

「小栗と言ふ名字の家は、いまでも何軒もありますよ」

察しよく運転手が説明してくれる。

その門の傍らには、植込が作られ、等身の半身の銅像が立つてゐた。この土地に貢献した小栗家の人なのであらう、洋服姿である。

さうしたある日、小栗の屋形へ商人がやつて来た。女たちが奥の間へ呼び入れると、背負つてゐた千駄櫃を開け、女の喜びさうな品々を並べた。絹織物に珍しい小物、紅白粉に香料などであつた。そして、改まつて、

「高麗《かうらい》、唐《たう》へは三度渡る。日本は旅三度巡つた」


と言ふ。海を渡つて三度、日本国中も三度へめぐつて、如何に選りすぐりの品々を持つて来たかを、強調するのだ。

その言葉を耳に留めたのが、隣室でくつろいでゐた小栗判官であつた。商人を呼び寄せると、諸国のことを話せ、と注文した。流人として逼塞《ひつそく》してゐる身、他国のことが殊のほかめづらしく思はれたのだ。

求められるまま商人があれこれと話すうちに、脇の家来の一人が言ひ出した。そんなに世間を広く巡り歩いてゐるのなら、判官さまの奥方に相応しいひとに心当りがないか、と。なにしろ御曹司一行にとつては、判官のこころに真に叶ふ奥方を得ることが、帝と親の勘気を解くための必須条件だつたのである。また、この地の武士団頭領として、有力な一族と縁を結ぶのが肝要であつた。

立派な石の鳥居が現はれた。鳥居を潜り、そのまま参道を進んで、小山の懐へと入つて行き、石段の下で止まつた。

小栗内外大神宮《をぐりないげ》であつた。伝承によれば、創建は恐ろしく古く、継体天皇二十七年（五三三？）である。伊勢神宮の御厨とされて以来、鎮守として営まれて来てゐるのだらう。

石段を上がると、左手に神楽殿があつた。瓦葺で、比較的新しい。

「ここの神楽は、県指定の無形文化財になつてゐます」

運転手が案内板を示して説明してくれたが、その神楽は寛延四年（一七五一）に京から伝へられたもので、いまも講があり神楽師がゐて、四月の例祭と秋祭には奉納されると言ふ。

御厨や分社は全国に散在するが、創設された遥か昔から貢ぎ物を運ぶ者のほか、神事にかかはる芸能者たちが巡つて来てゐたのだ。神楽師だけでなくその他のいろんな人たち、神明巫女や熊野比丘尼、それに鉦叩きや、やがて簓を手にした説経語りもやつて来たらう。

「この舞台で人気のある神楽は、ヤマタノオロチ退治です。首尾よく退治して須佐男之命《すさのをのみこと》と櫛名田比売《くしなだひめ》が結ばれ、めでたしめでたしとなるんです」

運転手が付け加へる。仮面を付け、きらびやかな衣装をまとつて舞ふらしい。その須佐之男命と櫛名田比売の縁に、この物語の主人公もあやかることができたかどうか？　異類の女は退けられ、あくまで人である優れた女と結ばれなければならないのだ。

相模の後藤左衛門と名乗つた商人は、膝を叩くと、正真正銘この世第一の美女で、心だても類ない姫がゐらつしやいますよ、と即座に答へた。さうして、比丘尼《びくに》や鉦叩きに負けぬ巧みさで、語つた。

「姿を申さば春の花。形を見れば秋の月。十波羅十《じつぱらとを》の指までも、瑠璃を延べたる如くなり。丹花《たんか》の唇鮮やかに、笑める歯茎の尋常さよ。翡翠《ひすい》の髪状《かんざし》黒うして長ければ、青黛《せいたい》の立て板に、香炉木《かうろぎ》の墨を磨り、さつと掛けたる如くなり……」

この時代の美女の条件には、手のすんなりした十本の指、赤い唇ばかりか、笑つた際のちらりと覗く歯茎まで数へられてゐたらしい。

さうしてその姫は、武蔵・相模の両国にまたがつて郡代《ぐんだい》を勤める、横山氏といふ豪の者の娘で、六人ゐる子の一番下、日光男体山の日光大明神の申し子として生まれ、掌中の珠と育てられた照手姫《てるてひめ》です、と明かした。

なるほど、武蔵・相模に聞えた豪の者の娘で、名前が照手姫とは、伊勢神宮の御厨を預かる主人に相応しいと、家来たちは思つた。

正面は拝殿であつた。銅葺で、やはり新しい。その背後に、板の塀に囲はれた一郭があり、銅葺屋根の門が二つ付いてゐて、それぞれの奥に、乙雄木《かつをぎ》を際立たせた社殿が建つてゐる。屋根は銅葺ながら、伊勢神宮そのままの正面は三間の神明造《しんめいづくり》である。右が内宮で、左が外宮である。

「二十年ごとに、建て直しされます」

運転手の言ふやうに、建て直すところまで、伊勢神宮に準じてやつて来てゐるのだ。ただし、二つの門はともに閉ざされてゐた。

商人は、さらにあれこれと語り継ぐ。その言葉に耳を傾けてゐるうちに、判官のこころは、まだ見ぬまま、かの姫へとにはかに傾いた。

板塀の裏へと回ると、コの字型に、祠が整然と並んでゐる。数へると、二十八もある。この神宮の傘下の各地域の神々を祀つてあるのだらう。

「ここが、もう城山の一郭で、裏すぐ上が城跡です」

木々の繁つてゐる斜面を指さして、運転手が言ふ。

＊

その頃、鎌倉公方の足利持氏《もちうぢ》（尊氏の息で、初代公方）が京の室町幕府と対立してゐた。持氏は、幕府に成り替はらうといふ野心を抱いたらしい。それに抗したのが、関東管領の上杉禅秀《ぜんしう》で、職を辞して応永二十三年（一四一六）十月、兵を挙げた。そして、関東では武士たちが室町幕府と鎌倉公方の二派に分れ、戦つたが、小栗満重は、御家人として代々幕府の扶持衆《ふちしゆう》を勤め、京都との結び付きが強かつた関係から、禅秀側に立つた。

この時、幕府は、事態の拡大を恐れ、半ばで一転、持氏支持の姿勢を打ち出したから、情勢は一変、翌年一月、禅秀は敗れて自害、満重は鎌倉方に降り、所領を大きく削られた。しかし、満重は、挫けなかつた。同二十五年、鎌倉を脱出、小栗の地へ戻ると、再び兵を挙げた。

その時はわづか一ヶ月で降伏する結果になつたが、四年後の同二十九年（一四二二）六月、三たび、この城に拠つて立つた。ささやかな所領を持つ、小武士団の長《をさ》に過ぎない者の、無謀極まる行動であつた。しかし、満重には頼朝の信頼を受けた家の者としての自負があつたし、持氏に対抗する勢力は自分を見捨てないだらうといふ計算もあつた。

実際に常陸、下野《しもつけ》で呼応する者があり、侮れぬ勢ひを見せた。その事態に持氏は、翌三十年五月、自ら大軍を率ひて討伐に赴いて来た。鎌倉公方を戦場へ引き出すのに満重は成功したのである。ただし、京の幕府は、またも動かず、このちつぽけな城で、持氏の大軍を迎へなければならなかつた。

小栗ガ城ヲ十重二十重ニ追取《おひとり》マキシハ、芦葦稲麻《ろゐたうま》ノ風ニミダルルガ如クムラムラト立《たち》サワギ、人馬ノ蹴立《けたて》ル土煙東西ニナビキ

ずつと下つて享保二十年（一七三五）に板行された『小栗実記』からで、これまた物語と見なくてはなるまいが、幾万といふ大軍に囲まれ、この小山の城は、辛うじて浮かんでゐるやうな有様となつた。一揉みに押し潰されるだらうと、誰もが思つたが、小栗方の士気は高く、戦術に巧みであつた。城とも言へぬ山城に、武士とも言へぬ身分で立て籠もり、天下を動かした楠正成を思ひやるひとがゐたかもしれない。

寄手ガツクル鬨《とき》ノ声ニ、城内ニモ四方ノ矢倉《やぐら》ヨリ鬨ヲ合セル其ヒビキ、上ハ三十三天、梵天《ぼんてん》帝釈《たいしやく》モオドロキタマヒ……。

攻撃は激烈を極め、須弥山《しゆみせん》の頂、三十三天（忉利天）にをられる仏法を護る神の梵天、帝釈天さへも驚かす有様で、「蒼天モ落ルカ、坤軸《こんぢく》モクダクルカト」思はれる激突が繰り返された。

「あなたの祖先にも、この城で戦つた人がゐるかもしれないね」

さう運転手に言ふと、

「いや。わたしの家は先祖代々百姓ですから」

と言ふ。

「じやあ、遠くから眺めてゐたのかな」

「わかりません」

生真面目にさう言つて、首を振る。いまなほいい加減には云々できぬ事柄なのかもしれない。

神楽殿の横に、上へあがる道を見つけて、それを行かうとすると、

「上にはなにもありませんよ」

と運転手は言ふ。

構はずに登る。

道は蛇行しながら、ゆるやかに上がつて行くと、すぐに小さな広場に出た。三の丸の跡らしい。しかし、運転手が言つたとほりなにもなく、回りには樹木が生ひ茂り、展望がきかない。多分、このあたりに実戦的な櫓や建物が幾棟も建ち、殺気立つた鎧武者が右往左往してゐたのだ。

北側に見える隆起が本丸跡だらう。そこへの道は見当たらない。

地図を見ると、本丸の向ふの山裾に、北から流れて来る子貝川が突き当り、西側へ回り込んで南流して行く、その曲り角あたりに舟寄場があつたと言ふから、兵糧などはそこから運び込まれたのだ。

しかし、いかに堅固だといへ、このやうな小山では、限度がある。大軍を相手に三ケ月余持ち堪《こた》へただけでも、驚異的なことだらう。八月に入ると、総攻撃を受けて、落城した。

かなり創作の多い『小栗実記』なので、どこまで信用が置けるか疑はしいが、息子の助重に十人の家来をつけて落とすと、小栗満重は、主だつた家来と「腹十文字ニカキ切」つて果てた、とある。

その『小栗実記』が多く依拠したと思はれる『鎌倉大草紙』には、「小栗も行方しらずおち行けり」

とある。腹を切ることなく父子もろとも攻め手の囲みを抜け出したのだ。そして、「忍びて三州《さんしふ》(三河)へ落行けり」と記されてゐる。

この敗戦後の処理はまことに手厳しいもので、小栗氏は領地のすべてを奪はれ、一族郎党は四散し、さ迷ふ事態となつた。三度挑んだのだから、避けられぬ結果であつたと思はれるが、当時としては、例外的な苛酷さだつたらしい。これに対して幕府は、持氏に向け討手を差し向けたものの、謝罪を受け入れてあつさり鉾《ほこ》を収めた。が、永享《えいきやう》十年(一四三八)にまたも持氏が六代将軍義教《よしのり》に抗して永享《えいきやう》の乱を引き起した。この時、幕府は鎌倉を攻め、翌年には持氏を自決させた。最初の挙兵から二十三年目にして、満重の宿願はやうやく果たされたのである。

この一連の出来事は、しかし、これで決着が付いたわけではなかつた。それから二年後の嘉吉《かきつ》元年(一四四一)、今度は持氏の遺児たちが小栗の西隣の結城で兵を挙げ、結城合戦が始まつた。すると、その戦場に満重の子、助重が姿を現はしたのである。小栗城の落城から数へて、十八年後のことである。敗れても敗れても父親は立ち上がつたが、その息子はもう死んだとばかり思はれてゐたにもかかはらず、現はれ出たのだ。さうして、今回も幕府側に立つて目覚ましい活躍を見せた。人々は、平将門にも比すべき存在を見る思ひをしたらう。そうして、小栗の城と所領を見事回復したのである。

太陽寺を創建、あの石塔を建てたのは、この時のことであらう。

ここで小栗一族の戦乱の歴史がめでたく終はつてゐたなら、どうであつたらうか? 物語の領域へ登場することはなかつたかもしれない。ただし、その華々しい武功は束の間、康正《かうしやう》元年(一四五五)、持氏の子成氏が鎌倉公方に復帰すると、兵を集め、報復を行つた。小栗城はあへなく落城、これを限りとして小栗氏は、歴史の闇に消えたのだ。さうしてわれわれは満重も助重も永遠に見失つたのだが、じつはその闇の中に、歴史と物語の結び目があつた、と言はなくてはならないらしい。なにしろ父満重は、敗れても敗れても立ち上がつたし、息子助重は、死んだと思はれてゐたにもかかはらず、戦場に現はれたのである。このことによつて、父と子の区別も消へ、一個の凛々しい若武者が誕生しようとしてゐた。

そこへ気に入らない限り、いかなる美女いかなる権門の娘であれ退けてとどまることがなく、果ては深泥ヶ池の大蛇の化身を相手にして、天地を揺るがした男が流されて来たのである。さうして、商人後藤左衛門が語るところに耳を傾けると、如何なる運命の淵が口を開いてゐるか思ひやることもせず、大きく頷くと、机に向ひ、紅梅の檀紙《だんし》に雪のやうに真白な薄紙を重ね、筆にたつぷりと紺色の墨を含ませ、思案を傾けて書き綴つた。

そして、当座の引き出物よ、と黄金十両を後藤左衛門に渡すと、言つた。

「仲人《なかうど》申せや、商人《あきんど》」

左衛門は、その艶書を葛籠《つづら》に入れ、千駄櫃《せんだびつ》に収めると、その幅の広い背負紐「連尺《れんじやく》」を「つかんで肩に掛け、天や走る、地やくぐる」と、血なまぐさい嵐の吹きすさぶ関東平野を突切つて行つた。

「連尺」とは、この間まで東京神田の町名に残つてゐたやうに、行商人を象徴するものである。

横山《よこやま》の姫《ひめ》

鎌倉幕府が成立するには、東国在地の中小武士団が少なからぬ役割を果たしたが、常陸の小栗氏もその一員であり、武蔵から相模にかけて勢力を張つてゐた横山氏も、またさうであつた。

横山氏の名は、緩やかな連合組織、横山党の名で早くから知られ、十二世紀初めには、すでに京都に聞えてゐた。横山党の二十余人が、内記《ないき》太郎なる者を殺害したため、天永《てんえい》四年（一一一三）三月に常陸《ひたち》、上総《かづさ》、下総《しもふさ》、上野《かうづけ》、相模《さがみ》の五ケ国の国司に追討の宣旨を出してゐる。五ケ国にわたつてとなると、その勢力の大きさが思ひやられる。そして、その命令は、どうやらうやむやにされてしまつたやうである。

その横山党の中心的存在であつた横山時広、時兼の父子が鎌倉幕府に加はり、御家人に列し、奥州討伐（文治五年・一一八九）に際しては、藤原泰衡《やすひら》の首を獄門に掛ける役を与へられてゐる。在地武士団として、着実に勢力を伸ばしてゐたのだ。

この奥州の藤原氏討伐には、すでに触れたやうに常陸の小栗重成も加はり、頼朝一行の行き帰りに屋形へ迎へ入れてゐるから、横山父子と彼とは、同じやうな立場にある者として顔を合はせてゐたのではないか。

さうした係はりもあつて、商人後藤左衛門は、小栗判官の綴つた艶書を携へ、横山殿の屋敷を目指したのであらう。

恋の物語において手紙が果たす役割は、この時代、大きかつた。平安貴族にあつては、歌と文のやり取りが決め手になつたが、その流れをそのまま受け継いでの展開である。

もつとも、常陸から武蔵と相模にまたがるあたりとなると、かなり遠い。ただし、当時、関東平野の中央部はほとんど湿地帯で、水路が開けてゐた。だから、小貝川から霞ケ浦《かすみがうら》に出て、そこから利根川など、幾つもの大小の河川を下つたり溯つたりして行けば、意外に早く着くことが出来ただらう。

後藤左衛門は、横山殿の屋形でもやすやすと奥へ招き入れられ、女たちを相手にすることができた。千駄櫃から目にも綾《あや》な品々を採り出し、並べたてて一覧に供した後、左衛門は、おもむろに判官の艶書を取り出した。常陸の小栗で拾つた珍しい文ですが、歌のよいお手本になるかもしれません、と言ひ添へて、披露した。女たちは面白がつて声を上げて読み挙げる。確かに雅びやかな言葉で埋められてゐた。が、なにを言つてゐるのか、よく分からない。

はて？　と女たちは、興がつて騒ぎたてる。じつは歌語で作られた謎々で埋められてゐたのである。その様子に誘はれて奥から姫が出て来た。照手姫であつた。

姫は文を手に取ると、まづ筆跡の見事さに感じ入つた。


文主《ふみぬし》たれと知らねども、文にて人を死なすよ。

この文の書き手は誰か知らないが、文字の見事さでもつて、わたしに死ぬ思ひにさせるよ――とは、娘としてはしたない言ひやうだが、ここでは姫よりも語り手が身を乗り出して、言葉を発してゐると受け取るべきだらう。さうして、その言は、期せずして姫の行く末を予言するかのやうだが、さうとは知らない姫は、するすると文を広げ、書き付けられた謎々の一つ一つを、豊かな歌の知識と鋭敏な機知を働かせて、読み解いて行つた。

……沖漕ぐ舟とも書かれたは、恋ひ焦がるるぞ、

……岸打つ波とも書かれたは、崩れて物や思ふらん。

……塩屋の煙と書かれたは、さて浦風吹くならば、一夜はなびけと読まうかいの。

平安貴族たちの雅びな歌は、古歌を踏まへたり懸詞《かけことば》などをふんだんに使ひ、およそこの物語の聞き手には理解が難しく、実際に謎々のやうに受け取られたであらう。それだけに明快な解釈が求められるのだが、姫は、それを一気呵成《かせい》に解いて行くのである。

しかし、さうして解いて行くことが、この謎々を作り書いた者の仕組んだ罠へと誘ひ込まれて行くことになつた。艶書の最後にはかうあつた。

恋ゆる人は常陸の国の小栗なり
恋ひられ者は照手なりけり

いきなりこの語が、姫の胸を射抜いた。

姫は驚き、

「あら、見たからずのこの文や」

さう叫ぶと、文を引き裂き、投げ捨てた。

これまた、罠であつた。後藤左衛門はやにはに広縁へ躍り上ると、板を踏み鳴らし、激しく責めてた。いろいろの品物があるが、麗しい文字で書かれたこの手紙は、なににもまして貴重なもの。それを破り棄てるとは、姫であれ許されぬ所業でありますぞ、と脅迫まがひの態度に出たのだ。商人で、恋の代理人も勤める後藤左衛門は、ずる賢さと押しの強さを兼ね備へてゐたのだ。さうして、かうまでなされた以上は色よい返事をお書きくだされ、さもなければ許されません、と厳しく要求したのである。

姫にしても、求愛の雅びな言葉の数々がいきなり自分に向けられ、うろたへて文を破つたものの、かほどの機知と教養を備へた男からの求愛となると、嬉しくないはずはなかつた。さうして彼こそ、数々の恋歌が表現してゐる目眩《めくるめ》く恋の世界へ一気に連れ去つてくれる、待ちに待つた当の男かもしれない、と思はずにをれなかつたのだ。さう思つたとき、姫のこころはすでに小栗判官のものであつた。しかし、すぐさま応ずるのも面はゆい。さうした姫の内心を見通して、後藤左衛門は、返書を強要する。

そこでしぶしぶ、といふ体で姫は、小栗判官が用ひたのと同じ紅梅檀紙《こうばいだんし》に雪の薄様《うすやう》を重ねて、筆を執ると、水茎《みづくき》の跡もうるはしく返事をしたためた。

後藤左衛門は喜んで、駆け戻る。

文を受け取つた小栗判官が急いで開くと、かうあつた。

細谷川《ほそたにかは》に丸木橋《まろきはし》のその下で、文《ふみ》落ち合ふべき

謎々に対して、姫もまた、謎々で応へたのだ。判官は即座にかう読み解いた。横山家として正式ではありませんが、わたしひとり、確かにお気持を承知いたしました。ご一緒になる定めであつたかと思ひます、と。

この解釈で正しかつたかどうか。都でなら、通ひ婚が一般であつたから、後は相手の身辺にゐる侍女の手引きを得て、忍び入ればよかつた。しかし、東国の武士社会は違つてゐた。父親や男の兄弟たちの同意がなくてはならない。なにしろこの地では、男たちの武勇が、一家の存立を支へてゐるのである。

その違ひが小栗には分からなかつた。姫の返事のまま、勇み立つた。

一家一門は知らうと知るまいと、姫の領掌《りやうしやう》こそ肝要なれ。はや婿入《むこい》りせん。

東国の事情を知る臣下の者が、まづ親へ使者を立てなくてはと進言したが、小栗は聞く耳を持たなかつた。

なに大剛の者が、

都での恋の行動様式を疑ふことのないまま、小栗は、力を第一とするのが東国武士の習ひと単純に考へ、自らの力でもつて恋も押し通せばよいと思つたのだ。

さうして部下のなかから屈強な武者十人を選び、引き連れて婿入りへと出発した。

＊

わたしは新宿から中央線の快速電車に乗つた。

横山氏一族の根拠地となると、武蔵、相模に幾つもあるが、中心は八王子《はちわうじ》であつた。

八王子駅のプラットホームは狭く、ごつた返してゐた。人込みに揉まれながら、階段を上がり、改札口を出る。そして、百貨店のある北側の階段を降りかけて、ビルの並ぶ大都市そのままの景観に、驚いた。わたしの知つてゐるのは、数十年前の閑散とした清潔な町だが、まつたく変はつてしまつてゐた。


「ご覧候へ小栗殿」


案内役の後藤左衛門が、小高いところから説明して言ふ。

「あれなる棟門《むねかど》の高い御屋形《おんやかた》は、父横山殿の御屋形。これに見えたる棟門の低いは、五人の公達《きんだち》の御屋形。いぬゐの方の主殿造《しゆでんづく》りこそ、照手の姫のつぼねなり」

当時も豪壮な家並みが見られたのだ。父親を初め、息子それぞれに、娘まで屋形を構へてゐたのである。ただし、その時点が、満重なり助重の在世の頃、すなはち十五世紀前半であつたなら、どうであつたか。少なくともこれら横山氏の屋敷はすでに消えてゐた。それより二百年ほど以前の建保元年（一二一三）五月、和田合戦によつて、和田氏もろとも滅亡してゐたのである。

だからこの物語を語り出した者たちは、間近に滅亡した小栗氏、それより二百年以前に滅びた横山氏を、ともに呼び出して出会はせてゐるのである。

なぜそのやうなことをしたのか？　すでに滅亡したものの、勇猛さで記憶されてゐる二つの武士団を顕彰しようとしてか。それとも滅亡を越えた地平をこの物語の中に出現させようと、鉦叩きたちが考へたのであらうか。

小栗判官は、後藤左衛門が指さすまま、横山殿の屋形を中心にして建ち並ぶ棟々を見わたしてから、乾《いぬゐ》（北西）の方角に目を向けた。そちらには、いかにも愛娘《まなむすめ》のためらしく、美麗に飾られた棟があつた。ちやうどそれと同じ北西の方角に、今は商店が繁華に軒を並べ、流行を追つた服装の男女が盛んに行き来してゐる。

小栗は「いちはやきみやび」をと、『伊勢物語』の「むかしをとこ」そのまま思ひ定めると、後藤左衛門に引き出物を与へて去らせ、武者十人を従へ歩き出した。

都なら、いかなる権門の家であれ、築地塀の破れ目などから忍び入ることができた。しかし、ここ関東の武家となると、堀と堅固な塀が四方に巡らされ、要所に弓矢を持つた武者たちが目を光らせてゐる。迂闊《うかつ》なことはできないのだ。

小公園の手前で北へ折れる。そして、甲州街道を横切り、少し行くと、見上げる大きさの石の鳥居があつた。掲示があり、並べてかうあつた。

八王子総鎮守八幡
開運厄除招福の神八雲《やくも》

石畳の参道の奥には、急な反りをもつて高くせり上がつた銅葺屋根を背に、千鳥破風《ちどりはふ》が二つ並び、その下、中央にもうひとつ唐破風《からはふ》の軒が取り付けられた、なんとも欲張つた形式の社殿があつた。八幡社と八雲社とを合祀してゐるのだ。

この辺りに、横山氏の屋敷があつたらしいのである。

大きな石灯籠が両側に並べ据ゑられた石畳の参道を進む。

社殿に至ると、横に説明が出てゐた。延長二年（九二四）武蔵守小野隆泰《たかやす》がこの地の国司であつた時、石清水八幡を勧請《かわんじやう》したのが、この社の始まりで、その長子小野義孝が天慶三年（九四〇）に武蔵権之司《むさしごんのすけ》に任ぜられ当地へ下つて来ると、荒廃してゐた社殿を再興、任が果てると、名を横山氏と改めて留まり、牧《まき》を開き、毎年、馬四十頭を朝廷に献じる大変な繁栄ぶりを見せた、と。

毎年、馬四十頭となると、大変な財力である。屋形はそれに相応しい豪壮な構へであつたらう。小栗一行はその門へと、大手を振つて進んで行く。門番が慌てて誰何《すいか》すると、小栗が「大まなこに角を立て」てから一喝するのだ。

「いつも参るお客来《きやくらい》を存ぜぬか」

これは後藤左衛門に教へられた応対であつた。その態度に、門番は、疑ひを差し挟む余地を失ひ、見送る。

屋敷内へ入つた小栗一行は、そのまま真直に照手姫の棟へ入つて行つた。

そして、名乗ると、立ち騒ぐ女たちを押しのけ、奥へ通り、御簾を隔てることもなく対面したのである。嵐のやうな男の出現であつたが、姫もたぢろぐことなく、真正面から向ひ、見詰めた。


互《たがひ》に見合《みあふ》恋《こひ》目元《めもと》、花に吸付《すいつき》蝶鳥《てふとり》の、露を含《ふくみ》し心地にて、暫《しば》し物をもいはざりけり。


かなり時代が下ると思はれる『小栗判官甦《そ》活《せい》物語』（弘前市立図書館蔵）からである。これまで拠つて来た絵巻にその描写はない。

やがて小栗は笛を取り出すと、吹いた。姫は、やがて琴で応じた。それとともに、侍女たちが舞ひ始める。

さうして、いづれの本もかうある。

笛・太鼓、七日七夜の吹きはやし、

「細谷川に丸木橋のその下で」密かにと書き送つたのを、姫も侍女たちも失念したらしい。いきなりの対面とこの成り行きに、回りの者たちも分別を失ひ、派手に振る舞つたのだ。さうして「小栗殿と姫君を、物によくよくたとふれば、神ならば結ぶの神、仏ならば愛染明王《あいぜんみやうわう》・釈迦大悲《しやかだいひ》、天にあらば比翼《ひよく》の鳥、偕老同穴《かいらうどうけつ》の語らひも縁浅からじ」となつた。

この境内に横山神社があると聞いてゐたので、見回すと、参道の北側の広々とした広がりの向うに、瓦葺きの高床の立派な舞殿《まひどの》があり、その傍らの銀杏《いちやう》の大木の下に、赤く塗られた小さな鳥居が見えた。近づいて行くと、果たして横山神社であつた。

赤鳥居の奥に、覆屋の掛かつた小さな祠《ほこら》があり、祭神は小野（横山）義孝とあつた。間違ひなくここが横山氏の根拠地で、屋敷があり、照手姫がゐたのだ。

傍らの説明板に創建は建保年間（一二一三〜八）とあるから、和田合戦で横山時広、時兼が死に、横山氏の本家が滅亡して間もなくである。それから、鎌倉幕府の滅亡、小栗家の滅亡、そして、室町、江戸幕府の滅亡、近代帝国の瓦解もくぐり抜けて、この小さな祠はいまに至つてゐるのだ。

なにがかくも長い年月をくぐり抜けて今日に至らしめてゐるのか。もしかしたら、いまわたしが跡を追つてゐる物語に拠るのではあるまいか。さうして、滅亡が贖《あがな》はれつづけてゐる……。

あたりを憚らぬ連日の笛・太鼓の音に、父親の横山殿が息子たちを呼び集め、娘の屋形でなにが起つたか聞き糾《ただ》した。そして、娘の許に男が入り込んだと知つて、大いに怒つた。かやうなことは一家一門の恥辱以外のなにものでもない。もしもこのまま見過ごせば、他の武士団から侮られ、われわれ一家一門の存続自体が危ふくなる。なにがあつても小栗を討ち取れ、と命じた。

長男の家継は、簡単に討ち取られる小栗判官でないし、婿にすれば、心強い味方となりませうと、押し止どめた。が、三男の三郎は、父親の言ふとほり横山家の恥辱であり、謀略をめぐらせば討ち取れる、と主張した。長男にとつて替はつて跡目を継がうと機会を狙つてゐた三郎は、父親の意を迎へて強硬であつた。さうかう議論するうちにも、笛・太鼓は傍若無人に鳴りつづけた。

覆屋の中、木造の祠は、細かな細工が凝らされ、まことに可愛らしい宮である。ちんまりと鎮まつてゐる。が、目に見えない物語の糸をこちらへ不断に蜘蛛のやうに盛んに吐き掛けてくる気配である。

＊

姫の許へ使者が立てられた。

婿に会ひたいと言ふ横山殿の口上が、小栗判官を喜ばせた。彼はさつそく紅絞りの直垂《ひたたれ》に、黄色の水干《すいかん》をつけ、美々しい冠《かんむり》を被ると、家来十人にも都風の品よい武士の正装をさせ、横山殿の屋形へと出向いた。

横山神社を離れ、広々とした境内の真中に立つて、舞殿を眺めた。舞殿の舞台が高床になつてゐるのは、見物に詰めかける人が多いからであらう。小栗内大神宮の舞台は、これほど立派でなかつたが、やはり高床で、「ヤマタノオロチ退治」の神楽が演じられてをり、ここでも「八雲《やくも》立つ、出雲八重垣《いづもやへがき》、妻隠《つまご》みに……」と、須佐之男命と櫛名田比売のめでたい婚儀のさまが演じられるのであらう。その須佐之男命なりその子の大国主命《おほくにぬしのみこと》の面影が、小栗にありさうである。

小栗と家来たちは、懇ろに供応され、杯は、二度、三度と巡つた。そして、五度巡つたところで、横山殿が芸を所望した。

小栗は、

「弓か鞠《まり》か包丁《はうちやう》か、力業か早業か、盤上《ばんのうへ》の遊びか」

いづれなりと望むままおつしやつてくだされ、と応じた。鞠とは蹴鞠、包丁とは料理、盤上の遊びとは双六、将棋、碁の類ひである。かうしたことに通じてゐるのが、当時の東国では雅びな男の条件と考へられてゐたのだ。

ならば、牧場から連れて来たばかり、乗りこなしてゐない馬が一頭ある。それに乗つて、

「ただ一馬場《ひとばば》」

と、横山殿が注文した。

毎年四十頭も馬を朝廷へ献じてゐるのだから、当然過ぎる注文であつた。

いまも境内のどこかに神馬を繋ぐ馬屋があるのではないかと、探して見るが、目に入るのは、あちこちに駐車してゐる自動車ばかりだ。

屋敷内には厩が四十二棟も並び、そのいづれにも立派な馬が繋がれ、嘶《いなな》きを挙げてゐた。案内の馬丁《ばてい》は、そのどこにも立ち止まらず、ずんずんと行き過ぎ、屋敷を出ると、井堰《ゐせき》を越え、先の萱野《かやの》へと分け入つて行く。不審に思ひながらも、小栗はついて行く。

わたしも神社の境内を出て、その前の道を北へと進んだ。静かな住宅街である。

その萱野の奥へ入つて行くと、あちらこちらに散らばつてゐたのは、人骨や髪であつた。付き従ふ家来たちは驚いて、

「これは馬屋ではなうて、人を送る野辺か」

さてはと感づいた判官は、

「秣《まぐさ》に人を食ふ鬼鹿毛《おにかげ》がゐると聞く。それに違ひあるまい」

さう言ひも果てぬうちに、激しくいきり立つ馬の鼻息が雷《いかづち》のやうに轟いた。見ると、恐ろしく巨大で頑丈な厩《うまや》があり、回りには四町四方に堀がめぐらされ、楠の柱を八本立て、間に三抱へもある栗の柱を入れ、根本には貫《ぬき》をとほし、枷《かせ》が咬《か》ませてある。恐ろしく念の入つた頑丈な造りである。そして、正面には、鉄格子が入り、鉄の閂《かんぬき》が差され、その中に、八本の鉄の鎖で繋がれた一頭の馬がゐた。

このあたりの叙述は、誇大だが恐ろしく精密である。馬を飼ひ育ててゐた者が語り手に加はつてゐたのであらう。常陸か武蔵・相模いづれであるか、分からないが。

さすがの判官も、これには一瞬ひるんだ。家来たちは、馬が判官を食らはうとするなら、その首を斬り落とし、横山の屋敷へ駆け入つて、散々に切り結び、敵味方もろとも賑やかに冥土へお供しませう、と口々に言つた。

北大通に出ると、速度を出した車が、次々と走り過ぎて行く。

左手に歩道橋があつた。その錆びた階段を上がつた。そして見下ろすと、様々な型、色の車が途絶えることがない。

判官は、家来たちを押し止どめ、馬屋から退けると、ひとり鬼鹿毛に近づき、語りかけた。

「人秣《ひとまぐさ》を食《は》むと聞くからは、それは畜生《ちくしやう》の中での鬼ぞかし。人も生《しやう》あるものなれば、なんぢも生あるものぞかし。生あるものが生あるものを服《ぷく》しては、さて、後の世をなんと思ふぞ鬼鹿毛よ」

馬のお前も、ひとと同じく、後生《ごしやう》を願ふはずだ。それなのに人を食ふとは、鬼の所業ではないか。後世のことをどう考へてゐるのか、と厳しく問ひただしたのだ。別の本（豊孝本）によれば、宣命を唱へた。いづれも霊的な力を備へた生き物として扱ふ態度である。

これに鬼鹿毛は、勝手が違つた様子で、判官をじつと見守る。

「一馬場乗《のら》するものならば、鬼鹿毛死してその後に、黄金《こがね》御堂と寺を建て、さて鬼鹿毛が姿をば、真の漆《うるし》で固めてに、馬をば馬頭観音《ばとうくわんおん》といはふべし。鬼鹿毛いかに」

一馬場乗せてくれるなら、後世を立派に弔つてやらう。純正の漆でお前の像を作り、馬頭観音として祀る。それでどうだ、と迫る判官の額には、菩薩の印の米《よね》の文字が現はれ、両眼の瞳がそれぞれ二つと、王者の相を顕現した、と語られる。獣相手に誠を尽くして極楽往生の約束をするのだ。鬼鹿毛は前膝を折り、伏して、目から涙を流して喜んだ。

今日のわれわれには呑み込みにくい場面だが、判官は普通の人間ではなく、本来は菩薩にして王者といふ存在（物語の終はりで明らかになる）であり、鬼鹿毛もただの馬ではなく、来世を深く案じ、霊性において通じ合ふ存在、といふことなのであらう。

鬼鹿毛のその様子を見てとると、判官は、鉄格子を摑んで引き破る。その怪力に、鬼鹿毛は一段と深く頭を垂れた。判官は厩のなかへ踏み込むと、馬丁に鞍と鐙《あぶみ》を要求した。慌てた馬丁が差し出したのは、ひどく華美な細工を施した鞍と鐙であつた。

「かやうなる大剛の馬には、金覆輪《きんぷくりん》は合はぬ」

突き返すと、判官は、鬼鹿毛に掛けられてゐた鎖を引きちぎり、外へと引き出した。人々は、慌てて引き下がる。

いきなり陸橋の下から、まばゆく光る銀色の車体が、手の届きさうな距離に現はれた。運搬車に乗せられた大型の新車だつた。

太陽の光の下で見る鬼鹿毛の姿は、これまた眩いばかりであつた。隆々として逞しく、茶褐色の毛並みは艶やかに輝いてゐる。

「……両眼は、照る日月の燈明の輝くが如くなり」

「……胴の骨の様体《やうだい》は、筑紫弓《つくしゆみ》の情張《じやうは》りが、弦《つる》を恨《うら》み、一反《ひとそ》り反つたが如くなり。尾は山頂の瀧の水が、たぎりにたぎつて、たうたうと落つるが如くなり」

判官は、身体を見回しながら、言葉を尽くして褒めそやした。馬を使ふ者にとつて、馬褒《ほ》めは大事な儀礼であつたが、それを心を尽くして行ふのである。この物語のこの部分が馬の産地東国に拠る証である。

さうして、さつと裸の背に跨ると、鞭をくれた。

堀に渡された船橋を軽々と渡る。と、萱野を駆る。龍が雲に乗つて飛ぶがごとくであつた。それでゐて、小栗が手綱を引けば、ぱつと止まる。まことに無類の駿馬《しゆんめ》に、無類の乗り手であつた。人々は、ただただ呆気にとられて見てゐた。

　轡《くつわ》の音がりんくく。松ふく風はさつくと、たなびく馬煙《けぶ》り、土をけたてし其勢ひ。龍吟ずれば雲をこり。虎うそぶけば風さはぐ。

浄瑠璃『当流小栗判官』の一節である。

北の方角、屋根々々の彼方に鈍く光つてゐるのは、浅川だらう。元横山町の尽きるところ、橋が架かつてゐて、ゴマ粒のやうな車が、次々と向うへ渡つて行き、向うからはこちらへと渡つて来るのが遠望できる。判官は、そのあたりまで狭しと走り回つた。

さきほどまでゐた八幡八雲神社が見えるかと、南の方へ目を転じたが、ビルに遮られて、見えない。鬼鹿毛に乗つたまま判官が座敷の前へ戻つて来ると、悪賢い三郎が梯子を屋根にかけ、扇でもつて登つてみせろと、注文した。判官は、その梯子の下へさつと寄せたと思ふと、四本の脚を揃へ、とんとんと十二段の梯子を登らせた。そして、屋根へ上がると、その高みでくるりくるりと回り、真つ逆さまに降りた。

　それから人々の望むまま、庭の松に葉一つ散らさず登り、障子へは、細い骨を折らず紙も破らず、碁盤《ごばん》の上では、後足二本で立ち、次いで前足とさまざまな秘術を見せた。

　さうして小栗は、三抱へもありさうな桜の古木に鬼鹿毛を繋ぐと、裾の塵を払ひ、座敷へ上がつて来た。

　わたしは陸橋を降りて、すぐ近くの妙楽寺へ入る。

正面が庫裡《くり》で、左手に本堂、右手が墓地である。矢印があり、横山党供養塔と出てゐる。座に戻つた判官は、気持よささうにかう言ふのだ。

「あのやうな乗り下《した》(乗り心地)のよき馬があるならば、五匹も十匹も、婿引出物に賜はれや。朝夕口《くちの》乗り和《やは》らげて参らせう」

横山の面々は、苦い顔をしながらも、追従笑《ついしようわら》ひをせずにをれなかつた。と、鬼鹿毛が桜の木を根こそぎ引き抜き、駆け出した。そして、あつと言ふ間に、見えなくなつた。驚いたのは、横山殿であつた。

「あの馬止めてたまはれや。あの馬が、武蔵・相模両国に駆け入るものならば、人種《ひとだね》とてはござあるまい」

手を擦り合はせ、判官に懇願した。いまや屈辱を言つてゐる余裕はなかつた。

矢印のまま墓地の端を進み、庫裡の裏木戸を開けて、庭へ入ると、そこに立派な宝篋印塔《ほうけふいんたふ》があつた。わたしの背丈より少し高く、相輪《さうりん》がやや太めで、武張《ぶば》つた印象だが、保存もよい。菊の花が供へられてゐる。鎌倉時代のものと言ふから、これまた和田合戦で滅んで間もなく、横山氏を悼んで建てられたのであらう。

判官は、黙つて小高いところへ上がると、「芝《しば》つなぎの文《もん》」を唱へた。すると、どこからともなく駆け戻つて来た鬼鹿毛が、判官の前にぴたりと止まり、膝を折つて伏した。

関東平野の北東からやつて来た、都風の恋の流儀を押し通す豪気な男が、同じ平野の南西で勢力を広げてゐた一党に対して、完全な勝利を収めたのだ。いや、すでに横山氏は滅んでゐたから、実際は、その後、このあたりに勢力を張つた鎌倉公方なり、それに従ふ者を想定してのことかもしれない。いづれにしろ、知らぬ間に娘を奪はれ、一家一門が持て余してゐた馬を乗りこなされたとなると、これほどの恥辱はない。

その鬼鹿毛がなにを意味するか、さまざまな議論がある。例へば「民衆」の象徴と見る人があるらしい。鎖に繋がれ、抑圧されてゐたところを、小栗判官が解き放つた、と捉へる。しかし、この鬼鹿毛が秣《まぐさ》として食ふのは民草であるから、「民衆」の敵ではあつても、味方でも「民衆」自体でもない。かういふ見立てを敢えてするなら、鬼鹿毛は、横山家の繁栄を支へる軍事力と経済力の象徴であり、それがいまや肥大化し、手に余るやうになつてゐたのだ。そこへ婿として押し入つた小栗判官が、手なづけ意のままにするやうになつたのだ。横山家の当主として、絶対に許すことのできない事態である。

妙楽寺を出ると、来た道を戻る。そして、再び八幡八雲神社の鳥居をくぐると、参道を逸れ、広々とした境内の真中へ進む。

もう夕暮れが地上に色濃く降りてゐて、そこばかり明るい空には、白雲が長々と横に伸びて輝いてゐる。

＊

このまま照手姫を連れて、小栗判官はどうして常陸へ帰らなかつたのかと、語り手は嘆く。どうして忍び寄つてくる魔手に気づかなかつたのか、と。

小栗判官にしても、用心をしないわけではなかつた。しかし、いまや婿として迎へ入れられ、兵馬の権も経済の要もおほよそ掌握したとの自負があつたのだらう。それに都を追放された身としては、いまや舅となつた横山殿を初めとする一門の対応をそのまま有難く受け入れたい気持があつた。さうして姫の許に滞在しつづけたのである。

ところが、横山殿にしろ三郎にしろ、この事態を認めるわけにはいかなかつた。それも外に漏れ聞える前に、果断に処理する必要があつた。そこでいま一度、謀略をめぐらしたのだ。今度は、失敗が許されない。

御目出度い蓬莱山《ほうらいさん》をかたどつたカラクリが出来たので、酒宴にご来駕《らいが》戴きたいと、横山殿から再び使者が来た。

判官は断つた。しかし、使者は二度、三度、四度と来て、七度目は三郎からであつた。最も激しく敵意を見せてゐた三郎からであつたから、三郎もやうやく心服したかと受け取けとめた。複雑な謎々は解いても、関東武士の一途な敵意は、見抜けなかつたのである。

照手姫は必死になつて引き留めた。決して敵意をおさめるやうな男たちではありませぬ、と。車が一台、動いて、境内から出て行つた。残された車のフロントガラスには白雲ばかりが映つてゐる。

禍々しい夢を見ました、と姫は言つた。先祖から伝はる唐の鏡を所持してゐますが、それが天から舞ひ降りて来た鷲に蹴られ、三つに割れました。そればかりか、判官さまご所持の鎧通《よろひどほし》が根本から折れ、村重藤《むらしげどう》の弓が、やはり天から降りて来た鷲に蹴られて三つに折れ、その一つが上野ケ原に卒塔婆《そとば》となつて立つのを、ありありと見たのです。

これだけでも十分過ぎるほど凶々しいのに、白い浄衣《じようえ》をまとつた判官さまが、葦毛《あしげ》の馬に逆鞍《さかさくら》を置かせ、逆鐙《さかさあぶみ》を掛けてお乗りになり、やはり白い浄衣のご家来衆十人を従へゆるゆると歩んで行かれたのです。その判官さまの頭上には天蓋《てんがい》がきらめき、主従の前後には僧侶たち千人が列をなして経を唱へ、幡《はた》をなびかせ、北へ北へと進んで行かれました。わたしは懸命になつて足を急がせ後を追ひましたが、いつか雲に隔てられ見えなくなつてしまひました……。

これほど悪い夢を重ねて見たことはありませぬ。お止まりくだされ、と懇願した。

しかし、判官は、御身の父が召されるのだし、武士として一旦行くと約束した以上は、違《たが》へることはできぬと言ひ、姫に向ひ夢違《ゆめちが》への歌を詠むと、先に招かれた時と同じ服装で、冠は被らず、やはり都風に品よい服装の家来十人を連れて、出掛けて行つた。

フロントガラスの白雲が、やや輝きを増して来た。それに応じて、周囲の空の色が沈んでくる。

座敷には、横山殿に息子五人と、八十三人の武者が居並んでゐた。一行は臆することなく席につく。

さつそく酒が出た。

「それがしは、けふは木《き》の宮《みや》信仰、酒断酒《さかだんじゅ》」

判官は、さう言つて、杯に手を触れなかつた。伊豆から相模にかけ信仰されてゐた来野宮《きのみや》神社では、飲酒が厳禁されてゐたのである。かう言へば、誰も無理強ひできなかつた。横山殿は、歯がみした。が、横山殿は、なほも思案した。さうして、空の法螺貝《ほらがひ》一対を持ち出すと、碁盤の上にぽんと置き、

「ご覧候へ小栗殿。武蔵と相模は両輪の如く」

と、自らの所領が両国にまたがつてゐることを示して、

「武蔵なりとも相模なりとも、この貝の身に入れて、半分押し分けて参らすべし。これをさかなとなされ、一つきこしめされ候へや。今日の木の宮信仰、酒断酒は、なにがしが負ひ申す」

武蔵なり相模なりどちらか所望の所領を半分贈るから、それを肴に酒を飲め。断酒の祈誓《きせい》はわたしが肩代はりする、と言つたのである。所領云々は、婿として認知した証以外のなにものでもない、と思はれた。かうまで出られると、断るわけにゆかなかつた。

これは忝《かたじけ》ないと、判官は、杯を手にとつた。

その時を見澄まして、かねて用意の二口《ふたくち》銚子が持ち出された。カラクリが仕組まれてゐて、中は二つに隔てられ、一方には不老不死の酒、他方には七付子《しちぶす》の毒（トリカブトが主成分か）の酒が入れられてゐたのである。さうして、横山方と小栗方と、一座にわたつて巧みに注ぎ分けられた。

さうして、皆々一斉に杯を明けた。

と、豊孝本から、

「只今ほしたる此酒は、身にしみぐ〳〵としみわたる。是は毒とおぼへたり」

さう声を振り絞つたときは遅かつた。小栗判官と家来十人それぞれの毛筋毛穴九万九千へ毒が一気に染みわたり、総身の骨の節々も砕けんばかりとなつた。いかに勇猛な家来たちでも、なす術がなか

つた。鎧通も弓も、手にせぬうちに折れるに等しい事態となつたのである。

「御覚悟あれや、君への奉公是まで」

口々に今生の別れを告げると、ある者は前へかつぱと伏し、ある者は背後の屏風を頼りに立ち上がらうとして、後へどうと転《まろ》び、将棋の駒をなぎ倒したやうになつた。

判官ひとり、その真ん中で、刀の柄に手をかけ、

「いかに横山殿。それ憎い弓取りを、太刀や刀はいらずして、寄せ詰め腹を切らせせいで、毒で殺すか横山よ。女業《をんなわざ》な、な召されそ。出でさせたまへ。差し違へて果さん」

さう呼ばはり、刀を抜かう、組みつかうとした。が、もはや五体は毒に堅く縛められ、息は小蜘蛛の糸のやうに細くなる。灼熱の大岩を赤猪《あかゐのしし》とたぶらかされて抱き止めた大国主命は焼け死んだが、そのやうに判官もまた、まんまと誑《たぶら》かされ、二十一歳の若さで息絶えた。

フロントガラスの雲もすつかり薄黒い紫色に変はつてゐた。そして、社殿の大屋根は闇に半ば沈んでゐた。

相模川《さがみがは》と上野ケ原《うはのはら》

武者十一人の死体を前にして、横山殿の処理は早かつた。陰陽博士《おんみやうはかせ》に占はせ、その卦に従ひ、家来十人は火葬に付し、小栗判官は土中に葬つた。

葬つたのは、照手姫が凶々しい夢で見たとほり、上野ケ原《うはのはら》であつた。さうして折れた弓ではなく、れつきとした卒塔婆が突き立てられたのである。

その上野ケ原は、どこなのだらう?

武蔵国ではなく、相模国らしい。それも現在の藤沢市西俣野《にしまたの》あたりだと聞く。八王子からだと、直線距離で南へ三十キロほども下がつたところである。自動車なら国道一六号線を南下、大和市あたりから四六七号線を採る。かつての鎌倉街道の一つが、この道筋のあたりを通つてゐたのだ。電車を使ふとすれば、横浜線で町田へ出て、町田から小田急江ノ島線に乗り換へ、六会《むつあひ》で降りれば、そこから東へおよそ一キロ半である。

しかし、毒殺した男の遺体を埋葬するため、これほど遠くまで運ぶだらうか。もつともこの惨劇が起つたのは、当の横山氏が滅亡して後、一二百年もたつてからである。端《はな》から在り得ぬ話であるのに、その出来事が起つた場所を特定しようとするのは、馬鹿げた話である。が、長年語り伝へられて来た物語が、この地上に実在する土地を指さしてゐるのを、無視できるだらうか。

横山殿が次いで採つた、娘照手姫に対する処置も苛酷であつた。ひそかに王《わう》、鬼次《おにつぐ》の兄弟を呼び寄せると、

「人の子を殺《ころ》いてに、わが子を殺さねば、都の聞《き》けいもあるほどに」

と断はつて、かう命じるのだ。

「不便《ふびん》には思へども、あの照手の姫が命をも、相模川やおりからが淵に、石の沈《しづ》めにかけて参れ」

その淵は相模川のどこにあるのか。これまた分からない。が、とにかくそこへ石の重しをつけて沈め、殺せ、と言つたのである。親が子に対して、かくまで残酷になれるものだらうか。理由は、小栗判官を殺した都への聞えとするが、武士団の結束を乱す密通に対する掟であつたのであらう。わが娘であれ、例外は認められないのである。

すまじきものは宮仕《みやつか》へ。我奉公の身ならずは、かかる憂き目を見るべきか。

よく知られた浄瑠璃『菅原伝授手習鑑《すがはらでんじゆてならひかがみ》』（初演享保三年・一七一八）寺子屋の段の源蔵《げんざう》の台詞そのままだが、これは豊孝本からである。鬼王、鬼次兄弟が苦しい胸のうちをかう語るのだ。両作ともほぼ同時期だから、どちらが先か判別が難しいが、絵巻の方には「あらいたはしや兄弟は、なにとも物は

言はずして、申すまい世の宮仕ひ」の文言があるから、「宮仕へ」を嘆きの種とする捉へ方は、『をくり』が先んじてゐた、と見てよからう。

二人は、姫の屋形へと出向いて、まづは、判官の最期を報告する。姫は驚き、身を揉んで嘆きながらも詳しく聞くと、かう悔しがる。引用は絵巻に戻つて、

「小栗殿様の、最期に御抜きありたる刀をば、心元《こころもと》へ突き立てて、死出三途《しでさんづ》の大川を、手に手と組んで、御供申すものならば、今の憂い目のよもあらじ」

契りを結んで、七日と経たぬうちの別れであつた。そして、この姫の言葉は、言葉の上だけのものではなかつた。涙の滴を払ふと、かねて用意の小袖を一重取り出し、お前たちへの形見だと押しやり、わたしを思ひ出すことがあれば、念佛を唱へておくれ、その他の身の回りの品々は、寺へ差し上げるやう手配を頼みます、と言ふ。

兄弟はうろたへた。奉じてきた命令がいかなるものか、姫はすでに承知してゐると思はれたからである。

姫は静かに立ち上がると、庭へ降り、奥へと歩んで行く。そちらには誰にも分からぬやう運び込んだ牢輿《らうごし》が据ゑられてゐたのだ。その姫の華やかな打掛けの裾からは、ちらちらと白無垢の衣がこぼれる。

照手姫は、親兄弟の同意を得ずに小栗の腕のなかに身を置いた時から、この日のあることを覚悟してゐたのだ。事態がかうなれば、父親がいかなる処置をわが娘に課すか、重々承知してゐた。雅びな

謎解きに始まつたものの、生命を賭けた恋だつたのである。

侍女や乳母たちが姫に取りすがつたが、きつぱり退け、自ら牢輿に乗り込んだ。そして、早々の出発を促す。

かうして姫の座した牢輿が相模川のおりからが淵へと向つたが、上野ヶ原の所在地をめぐるのと同じ問題が出て来る。横山殿の屋形が八王子なら、多摩川の支流浅川がすぐそこだが、相模川となると一番近いところでも、直線距離で十数キロある。これだけの距離を、大勢の女たちを従へて、牢輿を乗せた牛車が歩んだとは考へにくい。が、浅川では浅くて具合が悪からう。

多分、疾うの昔に横山氏が滅亡してゐたこともあつて、横山殿の屋形の所在地をはつきりさせないまま、語り出してしまつたのであらう。それに横山氏の一族に繋がる武士集団の居住地は、八王子ばかりでなく、いまの相模原、海老名、厚木の各市にも散在してゐた。そのことに引かれて、葬るなり、死なすために赴く場所が、南へと移動するやうなことが起つたのだらう。現に後半になると、武蔵と相模に跨がつてと言つてゐたのが、相模とだけ言ふやうになる。

また、この物語の語り手が一遍上人の開いた時宗に深い係はりを持つてゐたことも無縁であるまい。一遍上人の高弟真教《しんけう》が、相模湖から津久井湖を経て流れ出た相模川が南々東から南へと向きを変へるその左岸、相模市当麻《たいま》に、嘉元《かげん》二年（一三〇四）、当麻山無量光寺《たいまさんむりやうくわうじ》を開き、それから二十一年後の正中二年（一三二五）には呑海《どんかい》が俣野（後に藤沢）に清浄光寺《しやうじやうくわうじ》を開き、ともに時宗の拠点とした。このことが二つの寺の間に本家争ひを引き起こしたが、それがこの物語の舞台を、両寺の近くへと引き寄せる働きをしたのではなからうか。

さうして、上野ヶ原は西俣野に、淵は当麻に近い相模川に、と言ふことになつたと考へられるのだが、どうであらう。

その相模川の岸に着くと、姫は、皆々に最期の別れを告げ、かう頼む。

「沖がかつぱと鳴るならば、今こそ照手が最期よと、鉦鼓《しやうご》訪《おとづ》れ、念佛申してたまはれの」

「かつぱと鳴る」とは、これまた姫らしくない言ひ様だが、説経ではよく使はれる類型的な表現である。さういふ表現の枠組のなかで、姫は悲しみ、雄々しく振る舞ひ、別れの言葉を発して、大勢の泣き声で送られ、牢輿は小舟に乗せられるのだ。そこには、姫と一体化した語り手がゐる……。

折から夕色が忍び寄り、千鳥が盛んに鳴き交はす。そのなかを、舟はゆらゆらと岸を離れて行く。流れは大きく広がつてをり、茜《あかね》と銀色の線で彩られた小波が一面に皺を寄せて走り下つて行くが、それが急に捩れ、渦巻く、そこが、おりからが淵であつた。

当麻のそのあたりは、現在も洲が多く、あちこちに淵が見られる。

櫓を握る兄弟は、ここらでは具合が悪さうだ、渦のあちらがよからう、と言ひあひ、舟をそちらへと回す。そして、そちらへ着くと、こちらも具合が悪い、とまた櫓を動かす。

かくも麗しく、罪科のない姫の命を奪つてよいものか、と兄弟は考へずにをれなかつたのだ。さうして踏ん切りの着かぬまま、舟をあちらへこちらへと移したが、いつまでもさうしてゐるわけにいかない。つひに櫓を置くと、牢輿に大石を丹念に結はへ付けた。が、いざ牢輿を水面へと押し出す段になると、またも躊躇する。

姫は、花の蕾とも見える唇を開いて、かう言ふ。

「いかに兄弟、わがつまの、さぞや待ちかね給ふべし。はやはや最期を急ぐや」

豊孝本からだが、当の姫からも追ひ詰められた鬼次は、心を決めて兄の鬼王の側近くに寄ると、かう囁く。

「いざ兄弟の情《なさけ》にて、御命《おんいのち》たすけ申さんと思ふは如何に」

謡曲『雲雀山《ひばりやま》』でも、横佩《よこはぎ》の右大臣豊成《とよなり》から娘の中将姫《ちゆうじやうひめ》を谷底へ投げ落として殺せと命じられた家来は、やはり迷つた末に助けるし、ギリシア悲劇『オイディプス王』でも家来は赤子の王子を殺さず、牧人に与へる。さういふところへと、人の内なるものが押しやるのだ。

兄は唇に指を立てながら、頷く。そして、ともに腰のものを抜き放つと、牢輿の前後に大石を括りつけてあつた縄を、「はらりずんと」切つて水中へ落とす。

水音があがると、岸では、人々が一斉に鉦、太鼓を叩き、声を上げて念佛を唱へた。二人は、渦の外の穏やかな流れへと牢輿をゆつくり突きやる。

あたりはすでに暗くなつてゐて、川面に浮かんだ牢輿は、そのまま流れて行き、すぐに見えなくなつた。

＊

相模川の流れを見たい、上野ヶ原を見たいと、わたしは思つた。しかし、複雑な電車の路線をどのやうに辿ればよいものか、一向に分からない。分からないまま、八王子から町田まで横浜線に乗つた。

そして、小田急江ノ島線に乗り換へる。

ここまで来るだけで、八王子から藤沢がいかに遠いか思ひ知つた。これだけの距離を小栗判官の葬送の人々が歩んだとは考へられない。

もつとも小栗判官は、その場で絶命しなかつたとする説がある。

「惣身《そうみ》一《い》チ様紫立《むらさきだ》チ。大わらはに成ツて」横山殿の座敷から転び出ると、「虎は死《しゝ》て皮をとどめ、人は死て名を残す。馬芸《ばげい》に名を得し小栗の判官、敵に骸《かばね》は渡すまじ。藤沢の寺にて葬られん」と言ひ棄てると、鬼鹿毛に跨がり、刀の峰を鞭として、「箭《や》を射るごとく馳出」た――。菅専助『呼子鳥《よぶこどり》小栗《をぐり》実記《じつき》』（初演安永二年・一七七三）からである。

すでに『小栗実記』（刊行享保二十年・一七三五）や竹田出雲『小栗判官車街道《をぐりはんぐわんくるまかいだう》』（初演元文三年・一七三八）でも、判官は、毒酒を飲んではをらず、飲んだやうに見せかけたといふことになつてゐる。いづれも『鎌倉大草紙』（室町時代末までに成立）に基づいてゐるらしい。

その『鎌倉大草紙』によれば、応永三十年（一四二三）、鎌倉公方の持氏の軍勢に攻められ、小栗城が落ち、小栗満重とその息小次郎（助重か）は姿をくらましたが、小次郎が相州権現堂までやつて来て、宿をとつたところ、運悪く強盗どもの根城であつた。強盗どもは、小次郎が携へる財宝を奪はうと計画、宿々の遊女を呼び集め、今様を歌はせて歓待、毒酒を勧めた。その計画を漏れ聞いた遊女の「てる姫《ひめ》」が、小栗にこつそり耳打ちした。そこで、小栗は飲んだふりをして、隙を見つけ抜け出すと、林のなかに繋いであつた荒馬を見つけ、藤沢の道場へと駆け込んだ、と言ふのである。

この記述は、どれだけ信が置けるものか分からないが、江戸時代も中頃以降になると、説経『をぐり』よりも多くはこちらに依拠するやうになつた。口頭で語り継がれて来たものよりも、文字の方を重んずるやうになつたのである。

さうして強盗どもを横山氏一族に、遊女「てる姫」を横山殿の娘照手姫に当て、強盗どもがたむろしてゐた相模の権現村、現在の藤沢市石川から天神町あたり（小田急江の島線六会駅の西）に、横山殿の屋形があつたとするやうになつた。

しかし、わたしが尋ねたいのは、さうした文字で伝へられるよりも、漂泊する人々が口から口へと語り伝へた物語の方なのだ。文字の場合、書いた当人の恣意がそのまま居座りつづけるが、口承の場合は、語る働きが恣意を消すのである。

それにこの毒殺の背景には、強盗どもの企みなどといつたケチな事でなく、上杉禅秀の乱なりそれ以上の大きな事件があつたと考へるべきだらう。例へば足利尊氏と対立、抗争の末、敗れて降伏、鎌倉で急死した弟の直義《ただよし》である。鴆毒《じんどく》で殺されたと『太平記』に記されてゐるが、かうした人々の記憶から容易に消えない事件（観応三年・一三五二）が蹲《うづくま》つてゐるのではないか。

＊

藤沢駅より三つ手前の六会駅で下車、東側へ出た。権現村のあつたのとは反対側である。さうして、国道四六七号線を南へ歩く。

五分足らずでガソリンスタンドに至り、その角を東へ折れる。屋形はともかく、上野ヶ原となると、こちらの方らしい。

県道との交差点に出ると、バス停があり、「下屋敷」とあつた。もしかしたら、横山殿の下屋敷があつたところかな、とも思つたが、バス路線はここで二つに分かれ、南側の次が俣野原、東側の次が西俣野であつた。

保野のすぐそばに来てゐたのだ。家並が切れ、畑が見える。ついこの間まで、この一帯は間違ひなく野原だつたのだ。

さて、南と東、どちらへ行つたものかと迷つたが、東へ進む。

だらだらと下り坂になる。左側に、敷地を広く取つた真新しい建物が現はれた。「養護施設湘南ゆうき村」と、門のところに表示が出てゐる。道に沿つて石垣が低く積まれ、フエンスがつづく。

その中ほど、道と石垣の間の狭いところに、高さ七、八十センチのずんぐりした自然石が据ゑられてゐた。どうしてこのやうな窮屈なところに、と思ひながら近づいて行くと、自然石の表面に、「伝承小栗塚之跡」と刻まれてゐた。

思はず立ち止まる。

「跡」とは、何だらう？　かつて、ここに小栗塚があつたが、いまはない、とふことだらう。その「跡」の文字を見つめる。

道路拡張のため、塚の三分の二ほどが削られたと言ふ話を耳に挟んだ記憶が甦る。しかし、その残りの三分の一も、目の前の施設建設のため、消滅したらしい。そのせめてもの言ひ訳に、この碑が置かれてゐるのだ。

下り坂のため、ぼんやりしてゐるうちに足が動いて、碑の前から離れた。振り返ると、施設の窓ガラスが陽光に輝いて、目を射た。

そのまま下つて行くと、西保野のバス停であつた。

そして、先の四辻を突切ると、あまり広くはない畑を控へて、古い農家が並び、そのなかの一軒の横に、小さな鳥居があり、赤いブリキ屋根の小屋のやうな社があつた。古びたベニヤ板が立て掛けられ、左馬《さば》神社と書かれてゐる。

左馬頭《さまのかみ》源義朝を祭神としてゐるのだ。このあたりは埒田《ませだ》とも言ひ、鬼鹿毛が跳ねて、廐の馬塞棒《ませぼう》が撥ね飛び、刺さつたところと言ふ伝承があるらしい。

鬼鹿毛のやうな荒馬なら、廐の棒を遠く撥ね飛ばすやうなこともあつたらう。しかし、飛んで刺さつたのは、照手姫の夢では、折れた弓であつた。もしかしたら、もともと折れた弓であつたのかもしれない。

そこから少し先で、道は右へ曲る。と、左手の木々の間から墓地が見えた。やはりこのあたりが上野ヶ原らしい。

入つて行くと、周囲を木立に囲まれた、いかにも一集落のものらしい、ささやかな規模の墓地だつたが、南側の端に小さな卵塔《らんたふ》が幾つも並び、真ん中のやや大きめの高さ四、五十センチほどの傍らには石の標柱が立ち、かう刻まれてゐた。

小栗判官墓。

先の小栗塚とこの墓とは、どう違ふのか。両側に並んでゐるのは、多分、判官の家来のものであらう。茨城県協和町の太陽寺には堂々たる供養塔と家来の十基の墓石があつた。そして、藤沢清浄光寺にも小栗判官と十人の家来の墓があるらしい。小栗判官の墓は、在原業平や小野小町、和泉式部、安倍晴明、浄瑠璃姫《じやうるりひめ》らと同じやうに、幾つもあるとみえる。

それにしても、太陽寺の規模となんといふ違ひであらう。ここはあくまでも村人の手になつた風情である。

奥はわたしが降りて来た坂の先、東へ突き出た台地の先端であつた。五、六メートルほど下が田で、その向うを川が流れてゐる。境川である。

相模川は八王子市の南から、相模原市の西南の端を限り、座間市、海老名市、茅ケ崎市と、厚木市、平塚市との間を縫つて海へ注ぐ。境川は同じ八王子市の南部に発するものの、相模原市の北東の縁に沿つて流れ、大和市、藤沢市と横浜市との境をなしながら、江の島海岸近くに至り、海へ入つてゐる。

いま扱つてゐる物語の章の舞台は、西を相模川、東を境川でほぼ限られてゐるのだ。

もつとも正確には、境川の向ふ東岸にも東俣野が広がつてゐて、鬼鹿毛の地名が残つてをり、俣野氏の領地と屋形があり、横山殿の屋形もあつたと伝へられてゐる。

墓地を出た。

そして、道なりに先へ進むと、U字型に元へ戻つた。そのまま行けば西俣野のバス停だが、斜め向ひに寺があつた。

広くはない境内の奥に木目も真新しい御堂があつた。ライトバンが停まつてゐて、大工らしい老人が、荷台から若い男に材木を手渡してゐる。

「閻魔《えんま》さんを見にきなすつたか」

老人が声を掛けて来た。この寺、花応院の入口横の掲示板に、閻魔王の像があり、一月十五日には閻魔まつりが行はれ、絵解きがあると書かれてゐた。よく分からぬままに、

「ええ、さうです」

と答へると、いま住職はござらぬが、見せてあげるよ、と言ふ。

曹洞宗の寺で、簡素な堂内の祭壇の左に、高さ一メートルほどのややバランスを欠く木造の仏像が安置されてゐて、その前のガラスケースの中に、高さ二十センチほどの石の閻魔像が置かれてゐた。

こちらは恐ろしく丁寧に彫られてゐて、唇も歯も舌も手の指も、衣服の模様まできつちりと刻まれてゐる。

感心して眺めてゐると、老人が、このお堂は、昭和五十七年（一九八二）まで四間幅の茅葺のお堂で、閻魔像は県の文化財になつてゐるが、昔はこの近くの墓地にあつた閻魔堂に安置されてゐて、天保年間にお堂が焼失、ここへ移されたのだと話してくれる。その墓地とは、いま見て来たところのことらしい。

ふと思ひついて、閻魔まつりの絵解きには、小栗判官と言ふ武将が出て来るんじやないですか、と尋ねると、

「わしは絵解きを聞いたことがないんで、わかんないな。だけど、オグリハンガンとかいふ名は、聞いたことがある」

と答へた。

『鎌倉大草紙』に基づく物語とは違つて、ここでは多分、毒酒ゆゑに息絶えた小栗判官主従は冥土へ連れて行かれ、閻魔大王と対面することになつてゐるのだらう。説経が語るとほりで、その対面はさきほどの墓地にあつた閻魔堂内で起つたこと、とされてゐたのではないか。

閻魔大王は、判官を見るなり、にべもなくかう言つたのだ。

「大悪人の者なれば、あれをば、悪修羅道《あくしゆらだう》へ落とすべし」

深泥ヶ池の大蛇と交はつて天下を騒がせ、いままた、横山の姫と強引に契りを結んでの、この事態

と、大王は承知してゐたのだ。一説によると、横山氏の開祖小野隆泰《たかやす》は、地獄との間を往復して閻魔大王の手伝ひをした小野篁《たかむら》の子孫といふことになつてゐるから、よくよく承知した上での裁定であつたかもしれない。

ただし、悪修羅道とはなんだらう。多分、阿修羅道のことであらう。六道の一つで、地獄と人間界との間、苛酷きはまる争ひが果てしなくつづく世界で、武者が堕とされるところである。地獄絵なら、鎧武者が斬り合つてゐる。

大王は、家来に対し一転して穏やかな顔を向け、

「お主に係《かか》り、非法の死のことなれば、あれをば今一度、娑婆《しやば》へもどいてとらせう」

主に忠義を尽くした末の死に感銘を受け、甦へらせてやらうと言ふのである。しかし、忠義一徹の家来たちであつたから、口々に、

「(われわれわればかり)娑婆へもどりて、本望遂げうことは難《かた》いこと。あのお主の小栗殿を一人、御もどしあつてたまはるものならば、我らが本望までお遂げあらうは一定なり。我ら十人の者どもは、浄土へならば浄土へ、悪修羅道へならば悪修羅道へ、咎《とが》に任せてやりてたまはれの」

この口調は、猛々しい武者よりも、己が身を犠牲にして掻き口説く者のものだらう。街道を果てしなくさ迷ひ歩いて、竹で作つた粗末な楽器ともいへぬ楽器・簓《ささら》を掻き鳴らして、道行く人の心を摑ま

うとする者の口調だ。それに心動かされたのか、閻魔大王は、それほどまで言ふのなら、判官もろとも全員を娑婆へ戻してやらうと、気前よく応じる。そして、獄卒にかう命じる。

「日本にからだがあるか見て参れ」

この「からだ」があるかどうかが、説経では、甦りの必須条件となつてゐる。例へば『あいごの若』がさうで、息子可愛さのあまり現世へ戻ることを願つた母親は、自分の「からだ」がなかつたため、鼠の体を借りて甦る。火葬が早く普及したわが国であるが、説経の成立し語り継がれた時期、われわれの祖先は、ヨーッパのキリスト教徒たちとほぼ同じ考へ方をしてゐたらしい。

命じられた獄卒は、急ぎ高野山の八葉《はちえふ》の峰に登り、金剛杖で虚空を打つ。と、霧が晴れたやうに日本国中が土の中まで見えた。そして、家来十人の遺体はすでに煙となつてゐた、しかし、判官の遺体ばかり、上野ヶ原の土中に埋められてゐると判明した。

伊邪那岐命《いざなぎのみこと》が黄泉坂《よみさか》を岩で塞いで以来、生と死との境は、時代が下るにつれて高くなる一方で、その間を往き来することが容易でなくなり、やがて遺体がなくては不可能といふ条件がつくやうになつてゐたのだ。獄卒の報告を聞くと、閻魔大王は残念がつたが、致し方なかつた。が、このまま十人を悪修羅道に堕とすには忍びないと思案、家来たちを自らの「脇立《わきだち》」に任じた。

その上で、かう改めて命じた。

「さあらば、小栗一人をもどせ」

このやうな命令を、閻魔大王はこれまでもよく出してゐる。『日本霊異記』を初め、『今昔物語集』などに見えるとほりで、さう命令すると、当の者は、眠りから覚めたやうに甦る。そして、閻魔庁や地獄での見聞を語ることになるのだが、小栗判官の場合は、さうはならない。いまも言つたやうに、生と死との境を隔てる壁は高く厚くなつてゐたし、また、死んだ人間の身体がどうなるか、よくよく承知するやうになつてゐたのだ。

花応寺を辞して、前の道を南へ、藤沢に至る道を採る。

集落の外に出ると、左側の崖下には田圃が開け、右側は崖が切り立つてゐる。だらだらと降りて来た台地が、ここでは元の高さのまま迫り出してゐて、その中程に道が付いてゐるのだ。

やがて右側の崖が退いて、鳥居があつた。わづかな空地があり、粗末ながら社殿がある。御嶽《おんたけ》神社で、この地域の鎮守の趣である。

ただし、かつては大日堂であつたらしい。それも、伊勢神宮式年遷宮の際に切り取つた心の御柱を使つて彫つた大日如来像を安置してゐたと、『吾妻鏡』に記されてゐる。伊勢神宮の御厨《みくりや》（大庭御厨）であつた縁によるのであらう。同じく御厨であつた小栗と俣野を結ぶ絆である。現にこの近くには神明社が幾つもあり、それら社寺の間を、国を越えて神明巫女や熊野比丘尼、また説経師や神人らが盛んに行き来してゐたのだ。しかし、明治の廃仏毀釈《はいぶつきしやく》にあひ、社殿は建て直され、その面影は失はれたのだ。

横に古い案内板が残つてゐて、剥げかけた略図に、小栗塚、左馬神社（埒田）、花応院などと書き込まれてゐるのに気づいた。それを見ていくと、墓地には閻魔堂跡とあり、小栗塚については、県道の拡張で三分の一程度になつたと、説明が出てゐて、塚の中央の凹みは何度埋めてもくぼんでしまふ、と書き添へられてゐた。

何度埋めてもくぼんでしまふとはどう言ふことであらう？　底無しの穴なのだ。もしかしたら冥土へ通じてゐたからではないか？

この案内板には、県道を挟んで、小栗塚と向ひ合ふ位置に、土震塚《すなふるひつか》なる文字があつた。はて、土震塚とは、なんだらう？　畑の中の榊の大木の下、と記されてゐる。

わたしは考へ込んだ。そして、絵巻の一節を思ひ出すと、道を引き返した。

さうして、西俣野のバス停のところから、再び緩やかな坂を上つた。今度は、降りて来たのと反対の南側の歩道である。

先程の真新しい保養施設と、それを囲む青色に塗られたフェンスが見えて来た。

車道を隔てて、ちやうど正面の位置から、小栗塚跡の碑を眺める。もう窪むことはないらしく、フェンスは歪んでをらず、碑も先程見たままである。

その数歩先、こちら側の石垣と石垣の間に、狭い階段があつた。それを上がる。

建物の三階分は十分ある。それを上がり切ると、一面に畑の跡であつた。なにも作られてゐない。耕作する人はゐなくなつたらしい。

榊の大木は？　と捜したが、それらしい大木は見当らない。ただ、なんとも分からない低い潅木が茂り連なつて、それに囲まれた一劃の中央に、円を描いたやうな跡がついてゐる。農耕機でもぐるりと一回りしたのであらうか。

そのところを見てゐると、そこが土震塚の跡のやうに思はれて来た。

塚と言つても、盛り上げられてゐるのでなく、逆に凹んでゐるのだ。そして、その底の土が震へる。

震へに震へた末に、かつぱと割れる。と、なかから糸のやうに細い手足が現はれ、やがて腹が毬のやうに膨れあがつた、得体の知れないものが這ひ出て来る……。

冥土から戻つて来たのだ、死に鷲掴みされたままの無惨な姿で。上では鴉の群が盛んに騒ぎ立てる。

わたしは思はず空を見上げた。

六浦《むつら》の煙《けむり》

牢輿《らうごし》に閉じ込められたまま、相模川を流れ下つた照手姫は、どこへ行つたのだらう？
相模湾に出ると、潮と風に流された。さうして鎌倉の沖合を東へと横切り、三浦半島の先端に至ると、如何なる計らひによつてか、その先を回り込み、東京湾へと入つて行つた。さうして、現在の横浜の手前、六浦《むつうら》に流れ着いたのである。

六浦は、入海が複雑に入り組み、緑なす小山、小島が点在する、風光明媚な土地であつた。そして、浦々に漁村があるだけであつたが、源頼朝が鎌倉に拠点を置くと、その新興都市の外港となつた。そして、仁治《にんぢ》二年（一二四二）に朝比奈の切通しが開かれると、一段と繁華さを加へた。鎌倉から東へ抜け、侍従川《じじゆうかは》沿ひに下れば、すぐ六浦の浜である。

朝早くその浜に出た漁師たちが、ひどく堅固に造られ、出入口もない箱のやうなものが打ち上げられてゐるのを見つけた。

不審に思ふまま、彼らは櫓櫂《ろかい》で叩き破つた。すると、なかには美しい姫がひつそりとうづくまつてゐた。

桃のなかから桃太郎が、竹のなかからかぐや姫が、といふ場面と、どこか似てゐる。桃や竹と牢輿とでは大違ひだが、堅く閉ざされたもののなかから、美しさに輝くひとが現はれ出たのだ。

それにかの女は、掌《たなごころ》に乗るやうな小さな少女ではなく、一人前の、それも新枕《にひまくら》を交はしたばかりで夫を失つた、女であつた。さうして悲嘆に沈んでゐるものの、泉のやうに溢れ出させる悲嘆の涙には、甘い夜の記憶が溶け込んでゐて、艶やかさを濃く匂はせてゐた。
この女の不意の出現に、漁師たちは、化生《けしやう》のものか、あるいは龍神かと、恐れた。

「このほどこの浦に漁のなかつたは、この女故よ」

恐怖に衝き動かされたやうに、一人が言つた。
漁師たちは、その言にそれぞれ手にする櫓や櫂を持ちなほすと、振り上げた。あまりにも美しく妖しい存在は、一刻も早く目の前から片付けるにしくはないのだ。
待て、と押し止どめる人があつた。古今東西、物語が成立するには、かういふ人物が登場しなくてはならない。それは、慈悲第一のひと、として知られる老いた漁師の長《をさ》の太夫であつた。これまた桃太郎やかぐや姫などの説話と似通ふところである。

「姫の泣く声をつくづくと聞くに」

長の太夫は、女の挙げる泣声に、皆々の注意を向けさせ、

「魔縁・化生の物でもなし。または　龍神の物でもなし」

確かによく聴けば、誰しもこころ打たれる哀れげな女の声であつた。

どうせ継母の讒言《ざんげん》などによつて、流されたのであらう。皆々が知つてゐるとほり、わたしには子がゐないから、ゆくゆくは養女にでもと思ふ。「それがしに賜れ」と、長の太夫は望んだ。

さうして、わが家へと姫を連れ帰つて行つたが、これまた不思議な因縁によつて老人が養ひ子を得る説話の一類型であらう。かういふふうに、説話のさまざまな類型を組み合はせながら、この物語のこの章は展開されて行くのである。ただし、幸を得る展開となるかどうか。

横浜から京浜急行に乗ると、十五、六分で能見山《のうけんざん》で、もう金沢の景勝地の一角になり、金沢文庫の次が金沢八景駅になる。その改札口を出ると、国道十六号をトラックなど大型車が地響きをたてて次々と走り抜けて行くのに、思はずたじたじとなつた。騒音とガソリン臭が吹き付けて来る。

息を詰めるやうにして、まづは南へと、国道の歩道を歩いた。さうして、やうやく現はれた最初の角を右へ折れ、そのまま京浜急行のガード下をくぐる。

朝比奈切通しを経て、鎌倉へ至る道である。国道ほどではないが、こちらも車が多い。

すぐに右手へ分かれて上がる道がある。これを行くと、いま発掘中の鎌倉時代のやぐら群遺跡——崖を掘つて墓地とした穴を「やぐら」と呼ぶ——と京から下つて来た兼好法師が一時そこに身を寄せたらしい格式高い寺院の遺構がある。

その道は採らず、真直ぐ進むと、右側に茅葺の山門を構へた寺があつた。上行寺《じやうぎやうじ》である。

山門を入つた右手に「日蓮上人舟繋ぎの松跡」の標識が立つてゐる。建久六年（一二五四）十一月、房州から鎌倉へ行くため日蓮上人は、当時、海浜であつたこの門前に上陸したのだ。

いまは家がびつしりと建ち並んでゐる。そして、向ひの家々の屋根の彼方、さほど隔たらないところに、小山の背が見える。

その小山とこちら門前との間に、かつては入江が狭く入り込んでゐたのだ。いまも小山の裾には三艘《さんさう》の地名が残つてゐる。宋から船が三艘やつて来て停泊したことから、さう呼ばれるやうになつたと言ふから、大型船が出入りできるだけの水深があつたのである。

青々としたその入江の浜沿ひを、いまは歩いてゐるのだと思ひながら、門前の道を先へたどる。傍らを次々と走り過ぎて行く車は、沖から間断なく押し寄せて来る波頭だ。きらきらと車体を光らせながら、横走りして行く。

向ひの小山がやや近づいて来て、六浦のバス停になつた。ここで入江は終はり、向ひの小山との間の浜沿ひに集落が横たはつてゐた様子である。

ポケットから江戸時代の絵地図のコピーを取り出して見ると、やはりさうであつた。入江の奥を一本の道が横切り、両側には家並が描き込まれてゐる。

その道へ入る。

この物語の核に当たる部分が語られるやうになつた頃でもあらうか、明徳三年（一三九二）の記録によれば、ここには船荷のための倉庫が建ち、年貢米の海上輸送や保管に携はる商人、船大工、そして諸国からやつて来た船頭たちが住んでゐた。

漁師の長の太夫は、姫を連れ、その家並みのなかを行つた。

大きな門構の家があり、地区の公民館があつた。このあたりが古くから集落の中心であつたらう。

茶髪の白人の若者が道端に座つてゐた。一瞬、ここに上陸したばかりの外国船員かと思つたが、ジーパンをはいて、ひ弱な体つきであつた。新聞販売店の前だつたから、夕刊配達のアルバイトのため早目にやつて来たのだと察することができた。

二人を迎へた老妻は、姫をじろじろと見て、かう言つた。

「山へゆきては木をこり、浜へゆきては、太夫殿の相櫓《あひろ》も押すやうなる、十七・八なわつぱこそ、よき末の養子なれと申せ」

あなたにとつて必要なのは、一緒に櫓を漕ぐなり、手助けしてくれる屈強な男の子の養子でせう。それなのにこのやうな女を連れて来るとは、どういふ料簡ですか、と。

つづけて、

「あのやうな楊柳《やうりう》の、さて風《ふう》にふけたるやうな姫をば、六浦の商人《あきんど》に、料足《りやうそく》一貫文か二貫文、やすやすと打ち売るものならば、銭《せん》をばまうけ、よき末の養子にてはあるまいか」

六浦は、当時、港として賑はふとともに、人買ひ商人も出没してゐたのだ。人買ひの禁令は出てゐたが、南北朝以降、急速に緩んだ。政権が弱体化したためだが、それとともに商業が活発化、小規模ながら各地で資本の蓄積が行はれ、農業や手工業の生産拡大が図られ、人手が必要とされるやうになつてゐたのである。その結果、人もまた、売買の対象とされる事態になつてゐた。

このあたりのことは、説経『山椒太夫』が語つてゐるとほりで、塩田の潮汲みなどに多量の労働力が投入されるやうになり、あちこちから強引に人集めがおこなはれた。また、商品の流通が盛んになり、各地で市がたち、街道が発達すると、宿場々々で接待に当たる眉目麗《びもくうるは》しい女が高値で求められるやうになつた。「風にふけた」、すなはち今日風の粧ひ方も身につけた美女であれば、高値で取引されるのは確実であつた。

かうした時代の趨勢に対して、老太夫は日頃から苦々しく思つてゐただけに、老妻の言に怒りの声を挙げずにをれなかつた。

「御身のやうな、邪見な姥《うば》と連れ合ひをなし、共に魔道へ落てうより、家・財宝は姥のいとまに参らす」

人を売り買ひして金を儲けようとするのは魔道の所業だ。一切を呉れてやるから、夫婦の縁を切る、と厳しく言つたのである。さうして、姫を促すと、家を出てゆかうとした。

漁師ではあつても長と言はれる身の上だから、それなりの家と財産は持つてゐたらう。それを呉れてやるばかりか、即座に自分の方から出て行かうとした。金銭に執着する妻への嫌悪の念が、抑へられなかつたのである。

老妻は慌てて、いま言つたのは冗談ですと取り繕ひ、その場は一応収まつた。が、それで済むはずがなかつた。それに物語は、舌切り雀などと同じく、意地悪で欲張りな老婆を推進役として、先へ進むのである。

「コンニチハ」

白人の若者が、わたしを認めると、気軽に声をかけて来た。新聞配達をしてゐるのなら知つてゐるかもしれないと思ひ、このあたりに千光寺と言ふ寺がありませんかと、尋ねた。

「センコウジ?」

絵地図のコピーを取り出して示すと、若者は産毛が金色に光る腕を伸ばして受け取り、白い指先で道筋を辿る。

その千光寺の文字の横に、はつきり「照天姫《てるてひめ》観音」と出てゐる。本尊の観音菩薩がかう呼ばれてゐたのだ。照天姫は、言ふまでもなく照手姫のことで、伊勢大神宮の信仰を背景にして、「照天姫」とも書くことが行はれてゐた（信多純一校注『新日本古典文学大系・古浄瑠璃説経集』岩波書店刊所収では「照手姫」の表記を採用）。また、けふは持参してゐなかつたが、もう一枚、文化十一年（一八一四）刊行の絵図があり、そちらにも千光寺と「照天姫身代《みがはり》観音」の記載がある。多分、その寺の観音が姫のため身替りに立つたといふ伝承があるのだ。

「千光寺デスカ?　ナイデスネ」

若者は首を大きく振つて、コピーを返して寄越した。

「ありがたう」

そのまま先へぶらぶらと行くと、歯が抜けたやうに家並みのなかに駐車場があつた。隅々までアスファルトが敷き詰められ、奥が意外に広い。もしかしたら寺の跡地ではないかと見る。

絵地図は、新しくても二百年近く前のものである。変化の激しい時代の最中、それを頼りに尋ね歩く愚かさを思はずにをれなかつた。が、いかにさうではあつても、時代を越えて人の心を捉へる物語があつて、その物語の導くまま足を運ぶわたしのやうな男がゐたとしても、不思議ではないのではないか。少なくともこの物語はそれだけの力を、わたしに対して持つてゐる。

それにこの物語のヒロインには、慈悲深い老太夫ばかりか、観音菩薩までが付き添つてゐるのだ。

先に橋があつた。古風な石造りで、欄干の柱には、侍従橋とあつた。川幅は十メートルほどで、石垣で固められた両岸の間を、ひどく濁つた水がゆつくり動いてゐる。

渡れば、正面はすぐ坂で、先ほど家並の背後に見えた小山へ上がつて行く。その上に京浜急行の六浦駅があり、川下一帯が三艘地区で、遠い昔の船着場である。川上へ行けば、先の道に合流して朝比奈切通しへ至る。

橋の中ほどに立ち止まつて、見下ろした。侍従川である。

室町期の物語には、忠実な侍女なり乳母が侍従の名でよく登場して来る。『浄瑠璃姫物語』では、九郎判官を恋ひ慕ふ浄瑠璃姫にどこまでも付き添ひ、助けるのが侍従である。この小栗判官物語では、牢輿に閉じ込められた姫が相模川へ投ぜられると、姫が大事にしてゐた化粧道具を携へ、後を追ひ、ここまで尋ねて来た、といふ話があり、その侍女の名が侍従であつた。彼女は女主人をあちらこちらと求め歩いて、六浦までやつて来たのだ。が、ここで消息の糸がぷつつりと切れてしまひ、絶望して、この流れに身を投げ、浮き沈みしながら入江へと流れて行つた。その身の上を悼《いた》んで、地元の人々がこの川を侍従川と呼び、そこに架けられた橋を侍従橋と呼ぶやうになつた……。

かういふ話を、今日、小栗判官の物語のなかに読むことは出来ない。多分、この地域で語り出され、伝承されたものの、本篇に組み込まれないままに終はつたのだ。大きく成長する物語は、地域々々でさまざまな枝葉を出し、新たな挿話を生み出すが、少なからぬものはその地域にとどまり、川や橋の名に痕跡を残して消える。一篇の長篇物語を構成する一節々々には、それぞれの運命があるらしい。

＊

朝早く老太夫が舟を出すと、それを待つてゐたやうに老妻は姫を連れ出した。そして、わたしが駅から歩いて来た道を、逆に辿る。

もしかしたら侍従が尋ねて来たのは、その直後であつたかもしれない。もう一時早ければ、侍従も姫も、非運を逃れたかもしれない……。

わたしも来た道を戻る。

新聞販売店の内へ入つたのか白人の若者の姿はなかつた。バス停、上行寺の門前と足早に過ぎて、京浜急行のガード下をくぐり、国道十六号へ出る。

さうして、多量の車とともに金沢八景駅前に戻つたが、そのまま通り過ぎる。

すると、すぐ正面に、そこばかり険しくそそり立つ小山があり、その崖を背にして、こんもりと木々の繁る一劃があつた。

瀬戸神社であつた。

境内は広い。東へ曲がる国道から外れ、石の鳥居をくぐり、石段を上がる。堂々とした拝殿があり、その奥には入念な造りの本殿があつた。

頼朝が治承四年（一一八〇）に伊豆三島から勧請、建久三年（一一九二）に社殿を造営、それ以来、瀬戸明神として親しまれて来てをり、現在の社殿は、寛政十二年（一八〇〇）の建造である。

社殿の前に立つて振り返ると、国道を隔てた向ひ側、松が幾本となく植はつた広い敷地の料亭の屋根越しに海が見えた。平潟湾である。かつては幾つもの入江が広がつてゐたのだが、埋め立てが進み、いまでは唯一残る海面である。

その料亭の右側がモノレールの乗場だが、間に鳥居があり、参道が細々と伸びてゐる。北條政子が琵琶湖の竹生島から勧請した弁財天を祀る琵琶島神社だ。

頼朝と政子の夫妻それぞれが勧請した神の社が、ここでは向き合つてゐるのである。鎌倉幕府を開設するに当つて、枢要な場所と考へたからに外なるまい。埋め立てが進んで分からなくなつてしまつたが、入江が幾つも幾つも連なつたこの地域の中心に位置し、その浦々を港として機能させるために、掌握しておかなくてはならないところだつたのだ。実際に鎌倉幕府は、ここをとほして、全国の津々浦々を繋ぐ海路を束ねた。

この向き合ふ社の間を、底意地の悪さうな老女が匂ひたつやうな美女を連れて、抜けて行く。美女は、自分の身の上にどのやうなことが起らうとしてゐるのか、分からぬのまま、しめやかに歩を運ぶ。

わたしも国道へ戻り、同じ道を辿る。

道はすぐ二つに分かれ、国道はそのまま北へ進むが、一方は湾岸に沿つて瀬戸橋を渡り、洲崎から金沢山称名寺へ向ふ。謡曲『六浦』に登場する京の僧も、女の二人づれもそちらの道を採る。

瀬戸橋は、コンクリートの平凡な短い橋であつた。車で走れば、気づかないだらう。しかし、かつては六浦全体の要で、航行上は勿論、景観の上でもさうであつた。金沢八景を扱つた絵画、版画の類ひは、必ずこの橋を中心に据ゑてゐる。いまとは違ひ同型同大の丸橋が双つ、石垣で守られた小島を挟んで架かつてゐる。その小島の傍らにもう一つ小島があつて、形のいい「照天姫松《てるてひめのまつ》」が生へてゐる。

ここに橋が架けられたのは、鎌倉幕府開設から百年余遅れ、嘉元《かげん》年間（一三〇三〜六）のことであつた。奥が広い入江であつたから、潮の満ち引きが激しく、工事が容易でなかつたし、舟の往来を妨げないやう橋の形を工夫する必要があつたからであつた。

しかし、いまは二つの小島もなければ、入海もない。埋め立てられて、宮川と呼ばれる一本の小川が平坦な橋の下を潜つてゐる。

あつけなく渡り切つて、宮川の東岸に立つた。ここも水は重く濁つてゐる。侍従川はまだしも流れてゐたが、こちらはほとんど動かない。

川沿ひに遊歩道が作られてゐた。かつての河川敷の一部で、ここ一杯に、海水が激しく渦巻き満ち引きを繰り返してゐたのだ。

　川上へ足を向けると、すぐのところに子松が十本ばかりかたまつて生へ、「姫小島跡」の掲示があつた。「照天姫松」が生へてゐた小島である。説明が出てゐて、かう書かれてゐた。「その昔、照天姫がこの島にて、松葉いぶしの難に遭ひたるのを、土地の人哀れみ呼んで、姫小島と言ふ」。

　姫はここへ連れて来られたのだ。さうして後に「照天姫松」と呼ばれることになる松の脇にあつた塩焼き小屋の中へ、それも高く作られた棚の上へ追ひ上げられた。老妻は、さうしておいて松の青々とした小枝を折り集めると、棚の下の竈に入れ、火を点けた。松葉は燃え熾り、もうもうと煙を上げた。姫は、咳き込み、涙を流して、苦しみ悶えた。物語のなかでも有名な「松葉いぶしの難」の場面である。刊本では必ず挿絵が出てゐる。

　老妻は忙しかつた。松の小枝を集めては、次々と竈に投げ込みつづけた。さうして、一日中、燻しつづけた。老妻にとつては、姫の瑞々しい白い肌が目障りでならなかつたのだ。それを黒く燻し、苛《さいな》まうと企てたのである。歌舞伎では、『中将姫古跡の松』（中将姫）や『祇園祭礼信仰記《ぎをんさいれいしんかうき》』（金閣寺）など、美女が苛まれる場にこと欠かないが、わが国の芸能では、かうした場面がなぜか好まれる。美しいがゆゑに、どす黒い憎悪の情を掻き立ててしまふらしい。さうして却つて美しさを際立せる結果になる。

　子松の中に江戸時代の水門が残つてゐた。石で造られた、高さ三メートル、幅が七メートルもある堅牢な潮除《しほよけ》水門で、その向ふに、ガラスとアルミ合金のひどくモダンな建物が聳えてゐた。スーパーマーケットであつた。

かうして夕方になり、ようやく姫は、棚から降りるのを許されたが、降りて来た姫を見て、老妻はわが目を疑つた。姫の肌は冴え冴えと白く、一段と美しくなつてゐたのだ。

姫が咳き込み、涙を流して苦しんだのはほんの一時で、観音菩薩に一心に祈ると、観音が「影身に添うて」お立ちになられた。すると、煙は遮られ、いたづらに空へと上がつて行つた。それとは知らず老妻は、まる一日、松葉を空しく燻しつづけたのである。

邪悪な労苦が水泡に帰したと知つた老妻は、怒り狂つた。松の枝を掴むと、力いつぱい姫を打つた。打つて打つて打ちまくつた。それでも老妻の怒りは治まらなかつた。

観音の庇《かば》ひ立てが、逆効果となつたのだ。かうなるのを観音は見通せなかつたのだらうか。機械仕掛けよろしく出没する神仏のすることは、いつもこんな具合ひである。当座の一時はよいが、すぐさまそれに数倍する辛苦を呼び寄せてしまふ。

が、それゆゑに、哀れな物語は展開する。物語の神と観音はひそかに手を結んでゐるのかもしれない。折から、人買ひの商人が舟で通りかかつた。老妻は、呼び止めると、この女を買はないかと持ちかけた。

商人は、姫を見るなり、二貫文と値を付けた。これが今日のいかほどの金額になるか分からないが、老妻自身、最初に姫を見たとき、一貫文か二貫文と値踏みをしてをり、その高いの方の値であつたから、即座に同意した。そして、銭を受け取ると、引き換へに姫を舟に乗り移らせたのである。

かうして、姫が観音に祈る暇も、神仏が手出しする隙もなく、多分、物語の神が望むとほり、海の彼方へと舟は漕ぎ去つたのだ。

瀬戸橋に戻つて、海側を見ると、そちらには釣り舟が幾艘も舷を接して繋がれてゐた。いづれも何十人も乗れる真新しいもので、湾の外のかなり遠くまで客を運ぶらしい。

この時代、商人と言へば行商がほとんどで、この物語の初め、小栗判官と照手姫との仲を取り持つた後藤左衛門のやうに、笈ひとつを背に、徒歩で全国をめぐる者から、馬に荷を担がせ、隊を組んで行く者があつた。また、舟を操つて海や川を行く者たちもゐた。この六浦あたりでは漁師や農民を兼ねる者が多く、そのなかには法を法と思はぬ輩もゐて、関所をよそに行き来できるのをよいことに、盗賊や人買ひに早変はりした。小舟なら、抵抗する厄介な生きた商品であらうと、管理・運搬はさほど難しくなく、人目を避けて運ぶことができた。先に触れた「山椒太夫」でも、厨子王ら親子を売買して運ぶのは舟である。さうして、その交易網は思ひのほか遠隔地へと伸びてゐた。

姫を買ひ取つた舟は、この交易網を利用すべく、逸早く姿を消したのだ。

＊

琵琶島神社まで戻つた。

鳥居の横に、黒い魁偉な人面とも見える火山岩があつたが、頼朝が潮《しほ》ごりをとつた際に、衣服を掛けたと伝へられる福石《ふくいし》である。そこから海へ向つて突き出てゐるのが参道で、両側が松並木になつてゐるが、幅は六、七メートルほどしかない。そして右手向うにはモノレールの駅の高い橋脚が並び立つてゐる。

参道の突端に至り、小橋を渡ると、石垣で八角型に築かれた小島であつた。琵琶島で、小松のなか、沖に向つて小ぶりな社殿があつた。またの名を瀬戸弁天といふらしい。

海上を見渡すと、右手の駅から先へとモノレールの軌道が高い空間を伸びて行き、五百メートルほど先で、わたしの視野を囲い込むやうに曲がり、前を横切る。そして、手前の海面には、さまざまな色彩に塗られたヨットが何十艘と裸の帆柱を立てて停泊してゐる。

老妻は、思ひがけず二貫文の銭を拾つたやうな浮き浮きした気分で、ひとり家へ帰つて行つた。さうして、太夫が海から戻つてくると、泣いてみせ、姫が行方不明になつたと告げた。御身のあとを慕つて出て行き、そのまま海に身を投げたか、人買ひ商人に攫はされたか、心配で心配でならないと、神妙な面持ちで訴へた。

いかに人のいい太夫でも、これには騙《だま》されなかつた。慌てて家を飛び出すと、あちこちを尋ね回つたが、姫の姿はどこにもなかつた。

太夫は、今度は、きつぱりと老妻に暇を言ひ渡した。そして、自らは元結《もとゆひ》を切ると、西へ向けて投げ、衣を墨染めに変へ、鉦鼓《しやうこ》を首にかけ、立ち去つた。

参道を戻りながら、弁天が芸能の神で、向ひの瀬戸明神に芸能者が集まつた時期があつたことを思ひ出した。

鉦叩きや神明巫女、熊野比丘尼、琵琶法師らが、その漂泊の途上、ここに杖を停めた。そして、照手姫――照天姫――の物語を語つたのであらう。風光明媚なここで、松葉燻しに、松の枝による打擲とさんざん苛まれた末、人買ひ商人に売られたのだ。慈悲深い老太夫も、地獄にまで慈悲を及ぼす観音も、どうすることも出来なかつた。それもこれも姫が美し過ぎたゆゑであつた。

もしかしたら、この物語の語り手の群のなかに、当の老太夫も加はつてゐたのではあるまいか。さうして、侍従なる侍女の哀れな運命も、折節、語り添へた……。

モノレールの駅から、かすかにアナウンスの声が聞えて来た。それに混じつて、鉦を叩く音、篩を擦り合はせる音、物語を語る男や女たちの声が低く響いて来るやうに思はれた。

……あらいたはしやな照手の姫は

語り手たちは、声を合はせてこの文句を繰り返し唱へる。そして、その「いたはしい運命」の果てへと、いやが上にも姫を押しやるのだ。姫は、その非運と美しさを背負つて、さらに遠くさ迷はなくてはならない。

遊行寺《ゆぎやうじ》

藤沢駅の北側は、百貨店などが建ち並び、広々とした陸橋がそれぞれの建物へ導く造りになつてゐる。見当をつけて、わたしは右手の百貨店へ入つた。そして、化粧品の華やかな売場の間を進むと、エスカレーターを降り、東側の商店街へ通り抜けた。

その商店街を歩いて行くと、やがて国道四六七号線に合流、そのまま行き交ふ車の脇を進むと、右側が川になる。境川《さかひがは》である。先日、俣野の墓地から崖下の向ふに見たが、田畑のなかをゆつたり流れてゐた。が、いまはコンクリートの護岸の間を、黒く濁つた色を見せて忙しく移動してゐる。

旧東海道との交差点に出た。そちらも車が多い。

藤沢橋が架かり、すぐ川上に平行して朱塗の橋があつた。遊行橋《ゆぎやうばし》である。俣野からおほよそ四・五キロ下流に位置する。

その朱塗の橋を渡つて、緩やかな坂を上がつて行くと、太い石柱に時宗総本山遊行寺とあり、黒塗の大きな冠木門《かぶきもん》の柱には清浄光寺とあつた。清浄光寺がこの寺の正式の名称である。

門をくぐると、桜の老木が両側に繁つた薄暗い石段である。上がり切ると、境内が広がる。

正面は壮大な規模の本堂で、銅葺の屋根が反りをもつて空へ伸び上がつてゐる。

堂内へ入つて、改めて広壮さに驚いた。時宗の寺らしく、ごてごてした飾りがあまりないため、なほさら広く感じられる。中央部にぽつんと黄金色に輝く祭壇がある。これを囲んで、毎月二十三日に大勢の信者たちが、念仏を唱へながら雀躍《じやくやく》するのだ。

時宗は一遍が開祖だが、堂塔の建立を一切認めなかつた。しかし、それでは信仰の定着が難しく、最初の弟子真教が各地に道場を開設、やがてそのなかの一つ、相模国当麻の無量光寺に独住したが、宗門の中心は、あくまで時衆を引き連れ遊行する者でなければならないとし、遊行上人の法灯は、弟の智得《ちとく》に譲られ、さらに真教の直弟子の呑海《どんかい》へと受け継がれた。呑海は、智得没後も当麻を留守にして遊行をつづけたため、智得の弟子真光《しんくわう》が継ぐかたちになつた。ところが正中二年（一三二五）、呑海が当麻へ戻つて来た。ただし、間もなく出て、俣野に新たな道場を建て、やがて藤沢へ移つた。それ以降、時宗の本流は、当麻の無量光寺と藤沢の清浄光寺の間で争はれることになつたが、結局、鎌倉に近い藤沢の清浄光寺が、時の権力者との結び付きを強めて、本山となつた経緯がある。

この影響を、いま追つてゐるこの物語も受けてゐるらしいことについてはすでに触れた。舞台が武蔵の八王子であつたのが、いつか相模に跨がるとされ、さらに相模もいま言つた二つの寺のある場所近くへと引き寄せられた。

本堂から出ると、東側の塀が切れたところから、車が次々と走つて行くのが見えた。旧東海道である。石段を降りて、そちらへ行くと、出口近く、右手に、鉄柵に囲はれて四角な石柱が立つてゐた。わたしの背丈を少し越す高さの板碑で、半ばで折れたのを接いである。表面は赤黒く、やや荒れてゐるが、南無阿弥陀仏と大きく刻まれ、下に、何行かにわたつて細かな文字が記されてゐるが、磨り減つてゐてよく分からない。

有名な「敵御方《てきみかた》供養塔」である。先に触れた鎌倉公方の足利持氏と上杉禅秀が争つた禅秀の乱（応永二十三年・一四一六）の際、遊行十五世尊恵《そんゑ》上人が指示して、時宗の僧たちと近在の者たちが敵味方の区別なく戦傷者を収容、治療し、最期の十念称名を授け、死者は弔つた。その折りに建てられたのが、この碑である。

『鎌倉大草紙』が記すやうに小栗小太郎が馬を走らせて藤沢道場の上人を頼つたのも、後の浄瑠璃『小栗判官車街道』や『呼子鳥《よぶこどり》小栗実記』などに登場する小栗判官が鬼鹿毛に鞭を当て、やはり藤沢の寺を目指したのも、この遊行寺がこの碑にあるとほりの、敵味方を越えた場所だつたからであらう。そしてまた、生と死、この世とあの世に対しても、さうした在り方をしてゐたからであらう。

この陣僧たちは、陣中で教化活動を行ふとともに、皆々の無聊を慰めるため霊験譚や市井《しせい》の話を語り、踊り謡ふやうなこともしたらしい。その演目のなかに小栗判官の物語もあつたに違ひない。閻魔大王の前に引き出されても、家来たちがなおも忠義を貫く場面などは、血なまぐさい陣中で語られてこそ、訴へるものを持つ。

＊

本堂と墓地の間を奥へ入つて行く石畳道をたどる。

突き当り、短い坂を上がると、長生院であつた。

正面が庫裡で、左手に御堂があり、小栗堂の扁額が掲げられてゐた。建物は新しいが、伝承によれば創建は古く、照手姫が遊行十四代太空《たいくう》上人（敵御方供養塔を建てた尊恵の前代、永享十一年・一四三九没）に帰依、出家して永享元年（一四二九）に建てたと言ふ。先にこの物語は時宗の上人の霊験譚が核になつてゐるらしいと記したが、その上人は、まづ呑海であり、次いで太空だつた。彼も、まづ無量光寺に入り、それからここ藤沢の清浄光寺へ移つてゐる。ただし、長生院の創建説はどうだらう。多分、この物語を語り歩いた女たちが照手姫を名乗り、ここを根城として活躍するうちに、溯つて語られるやうになつた話ではなからうか。

庫裡に声をかけると、セーター姿の高校生らしい少年が顔を出した。頼むと、中へ入れてくれた。

小栗堂は、狭いなりに畳敷きの空間が広くとつてあり、正面中央奥の厨子の右に、等身の半ばほどの、冠をつけ、公家ふうに額に眉を描き、太刀を帯した若者の座像が安置されてゐた。

やや下膨れ気味の、およそ武勇とも悲運とも関係なささうな像で、どちらかと言へば、鈍感さでもつて安楽に座り込んでゐる気配である。語る女と、それに耳を傾ける女たちがともに生み出した、かなり下つた世の姿であらうか。

厨子の反対側には、等身の閻魔大王の座像が据ゑられてゐた。口を大きく開け、目を怒らせてゐる。小野篁作と伝へられる。多分、こちらの像が古く、元は閻魔堂だつたのであらう。

御堂の横に矢印が出てゐて、「小栗判官と十勇家臣の墓」とあつたので、裏へ回る。

庭が造られ、細長い小さな池があり、その向ふに石塔が並んでゐた。

中央は、わたしの背丈ほどの立派な宝篋印塔である。欠けてゐるところがあるが、隅飾突起が反つた室町時代のものである。左右に五基づつ、中央の塔の半ばほどの高さから順に小さく、宝篋印塔とも五輪塔ともつかぬ石塔が並んでゐる。

寺院の庭にあるからであらう、茨城県協和町や西保野の墓地に在るのとは違つて、どこか落ち着きがある。しかし、小橋を渡つて間近に見ると、左右の石塔は、宝篋印塔や五輪塔の形をしてはゐるものの、笠や塔身が違つてゐる。境内の墓地から集めて来て適当に組み合はせたのであらう。

横に説明板があり、かう書かれてゐた。

応永三十年（一四二三）八月二日、小栗城が落ち、小栗満重とその子助重に十人の家臣が西へ落ち延びる途中、横浜市戸塚区東俣野の横山大膳の屋形で、毒酒を盛られ上野ヶ原に捨てられたが、太空上人によつて藤沢山内境内に葬られた。しかし、助重ばかりは、照手姫の助けによつて九死に一生を得、熊野本宮湯の峰温泉に浴して快復、小栗領を回復後、ここに父満重と家臣十人の墓を営んだと伝へられる、と。

この記述によれば、横山大膳の屋形は八王子ではなく東俣野にあり、そこで毒酒を飲まされたのは主従十二人で、そのうち助重ひとりが助かつた。これまた新しい説である。

長生院が古く板刻刊行した略縁起（中野猛編『略縁起集成』第二巻所収）によると、小栗判官は父親の満重で、照手姫がこころを寄せたのも、鬼鹿毛を乗りこなしたのも満重であり、息子の助重の名が出て来るのは、満重が熊野まで運ばれて蘇生、復讐を遂げ、本領を回復して、応永三十三年（一四二六）三月十六日に死去した後、跡を継ぎ、父と家臣十人の墓を営んだ者としてである。

歴史的事実を問題にすると、かういふふうに次々と食ひ違ひが出て来て、収拾がつかなくなる。

ふと背後に人の気配がしたので、振り返ると、坊主頭で赤いセーターにジーンズのジャンパーを羽織つた男が、少し離れて立つてゐた。

「いやあ、こんなものを読むと、頭が痛くなりますね」

男が話しかけて来た。もう若くはなく、目尻や鼻翼の皺が深い。

「地獄から戻つて来た男がゐた……、事実かどうかはともかく、それだけでも有り難い話じやありませんか。事実の詮索はほどほどにしてほしいですね」

「そのとほりですね」とわたしが答へると、

「こんな頭ですが、わたしは坊主じゃありませんよ。この近くの僧坊に間借りはしてゐますが」

剃り上げた頭に手をやつて、半ば自己紹介ふうに言ふので、わたしも小栗判官の物語が面白く、その跡を訪ね歩いてゐる旨を話した。

「いろんな方がゐるんですね。わたしも小栗判官の物語が好きなんですが、いまでは、その小栗判官の物語を語りながら、あちこちと巡り歩いた人たちに関心が出てきましてね」

と言ふ。

「さういふ人が、昔、この小栗堂にゐたやうですね」

と応ずると、

「ええ、さうらしい」

さうして男は、

「どんな人たちだつたと思ひますか」

と問ひかけて来た。かう言はれると、すぐには言葉が出てこない。とりあへず漂泊の芸人で、もつぱら路傍に傘を立て、簓を擦り鳴らしながら『かるかや』や『山椒大夫』、『小栗判官』などを語り、喜捨で命を繋ぎ、乞食簓とも呼ばれてゐたらしいなどと、説経師についての通説を話すよりほかなかつた。十六世紀末か十七世紀初頭の姿である。

男は、真剣に耳を傾けるので、『小栗判官』の場合は、発生期は遊行上人とともに歩き巡る僧尼や信徒の後から付き従ふ鉦叩のやうな存在、また、陣僧などが語り手だつたやうだが、時代が下ると、その群から独立して、さまざまな宗教の末端に位置する漂泊する男や女の芸人たちに受け継がれ、やがて専門の語り手集団が形成されたと、漠然と考へてゐるとも話した。

男は頷いて、

「わたしがいま、ここで間借りして、修行の真似ごとをしてゐるのは、その簓擦りのやうな者になりたいと思つてゐるからなんですよ」

と言ふ。

「そんなこと、いまの時代、出来ますか」

うつかり思つたままを口に出すと、男は少し笑つて、

「いや、意外に簡単だと、思つてるんです。わたしは罰当たりな人間で、神や仏に救つて頂かうなどとは思つてゐません。ただ、放浪して日々を過ごし、芸ひとつで生命を繋ぐやうなことを、したいと思つてゐるんですよ」

「さういふ芸人は戦争前まではゐましたね」

と応じると、

「いや、戦後も、昭和四十年頃までは間違ひなくゐました。越後地方を巡り歩いてゐた瞽女《ごぜ》なんか、さうですね」

「瞽女ですか」

知識を持ち合はせてゐないわたしとしては、さう答へるよりほかなかつた。

「ええ、わたしは瞽女のやうに目が見えないわけじやありません。それに扱ふのは、三味線ではなくて、今日風にギターですがね。しかし、地方々々にゐる仲間とバンドを組んで、演奏して回つてゐますとね、鉦叩きか簓擦りか、瞽女に近いことをやつてゐる、と思ふんですよ。いや、彼女らに比べると、まだまだ甘いかもしれません。所詮、ドサ回りの楽師どまり。門付け芸の難しさは、骨身に染み

て知らない」

　男は、わたしを見据ゑるやうにして、つづける。

「芸人と言へば、テレビや舞台に出る者、と一般の人は考へるかもしれませんが、土地々々を訪ねて、その土地の人々の関心、興味に訴へる歌なり曲を作り、演奏、楽しんでもらひ、なにがしかのオアシを貰つて、命を繋ぐ。さういふのが本来の芸人だ、とわたしは思ふんですよ。さういふ生き方を、わたし自身、もつと腰を据ゑてやりたい。行き倒れになればそれもよからうと思つてゐるんです。まあ、有名になり損なつた芸人の、意地かもしれませんがね」

　と言つて、男はにやりと笑つた。

　そして、失礼します、と言ふと、庭の奥へ大股で消へて行つた。

　その男が歩み去つた方向に、照手姫の墓と標識のある、小ぶりな石塔があつた。上下は宝篋印塔だが塔身は五輪塔のものである。果たして照手姫のものか、小栗堂に身を寄せた語り手の女のものか、わたしはしばらく考へた。

＊

　小栗堂へ戻り、判官と閻魔像をもう一度見てから、長生院を出た。そして、坂の中程から本堂の巨大な屋根を見上げた。棟瓦に烏が三羽止まつてゐる。

　烏や鳶《とんび》が群り、ひどく鳴き立ててゐるのに藤沢の上人は気づいた、と物語のほうは語り進められる。そして不審に思ふまま上人は、上野ヶ原へ出向いて行つた……。

　ここで、じつはまたも呑み込めないことに行き当る。上野ヶ原とここ藤沢の遊行寺とは、先にも記したとほり四・五キロほど離れてゐるのである。烏や鳶の鳴き声が聞えたり、群れるのが見えたりする距離でないし、ちよつと見に行くといふ距離でもない。

歴史的事実に拘ると、すぐさま迷路へ入り込んでしまふと、いまも書いたところだが、地名が出てくれば簡単に無視するわけにも行くまい。それにある程度、この迷路に踏み込むことによつて、現はれて来るものがなくはないのだ。

藤沢の道場は、一時期、俣野にあり、上野ヶ原に隣接してゐたことは先に見た。それも呑海上人の時代であつた。境川の西か東か分からないが、そこでなら、上野ヶ原に烏や鳶が群がり集まつて鳴き騒げば、気づくし、すぐに見に行くことができる。

さうして上野ヶ原へ行つた上人は、小栗判官を葬つた塚が二つに割れてゐるのを見たのだ。

その塚とは、道の拡張と保養施設建設のため潰された小栗塚であらうか。それともその近くにあつた土震塚《すなふるひつか》であらうか。あるひは……。

いつ頃からか、地獄には入口と出口が別々にある、と言はれるやうになつた。例へば、横山氏の祖で、この御堂の閻魔像の作者とされる小野篁だが、夜ごと地獄へ通ふのに六波羅に近い珍皇寺の井戸から入り、帰りは、嵯峨野の寺の井戸から出たとされた。その説を当てはめれば、小栗塚が入口、土震塚は出口と言ふことにならうか。


あらいたはしや。髪ははとして、手足は糸より細うして、腹はただ鞠をくたやうなもの、あなたこなたをはひ回る。

震へ動く土くれの間に、餓鬼そのものといつてよい異形のものが蠢《うごめ》いてゐるのを、上人は見たのだ。

小栗判官が甦つたのだと、察して近づくと、そのものの胸に札が掛けられてゐて、かう書き付けられてゐた。

まづ冒頭、

この者を藤沢のお上人の、めいとう聖《ひじり》の一の御弟子に渡し申す。

冥土の聖の一の弟子とは、阿弥陀を信奉した一遍の、いまでは第一の弟子になる藤沢の上人のことであらう。その上人宛ての、閻魔大王からの手紙であつたのである。

このやうに閻魔大王からの手紙を受け取つたといふのが、呑海上人なりその後の歴代の遊行上人、なかでも太空上人の霊験譚の核心部だつたのであらう。上人を一人に特定する必要はあるまい。かつての小野篁ほどでないにしても、互ひに意を通はせ、時には力を合はせて、この世の人々に対するやうなことをしたのだ。大王の手紙のつづき、

熊野本宮湯の峰に、御入れありてたまはれや。熊野本宮湯の峰に、御入れありてたまはるものならば、浄土よりも薬の湯を上げべき。

この者を熊野の湯の峰まで行かせ、湯浴みさせたなら、浄土からも必ず薬の湯を進呈する、と本復を約束してゐるのである。しかし、どうしてここにいきなり熊野の本宮が出て来るのか。

熊野信仰は、平安末、貴族の間で隆盛を極め、鳥羽院は二十一回、後白河院三十四回、後鳥羽院

二十八回も熊野詣を行つたことが知られてゐる。その点で、当初は都の皇族貴族のものであつたが、鎌倉時代になると、一般庶民も足を運ぶやうになるとともに、一遍上人にとつて決定的な意味を持つに至つた。熊野も本宮の証誠殿《しようじやうでん》に籠もることにより、一遍は一遍となつた、と言つてもよからう。だから、藤沢の上人にとつてもこの上なく大事な場所であつた。そのところへこの者を赴かせるよう、閻魔は要求してゐるのだ。閻魔もまた、一遍と志を同じくしてゐるのだ。そして、これが甦りを完成させる条件であつた。

手紙の末尾には、閻魔大王の「自筆の御判」がしつかりと据ゑられてあつた、と語られるが、どのやうな形であつたらう。遊行上人に従ふ鉦叩きは、こんなふうにして上人と閻魔大王の結び付きを強調したのだ。

それにしても死者の甦りは、昔からさまざまなふうに語られて来てゐるものの、閻魔大王からの手紙付きは珍しい。それにもう一点、注意してよいのは、甦りがこの場で完成しないことである。『日本霊異記』でも『今昔物語集』でも、甦つた者は、夢から覚めたかのやうに、その場ですぐさま地獄の様子を語つて聞かせるが、小栗判官は、餓鬼そのままの姿で、口を利くことも歩くことも出来ない。死の刻印を身体全体に深々と押されたままなのである。

このやうになつたのは、先にも触れたやうに、甦りが容易に信じられない時代になつてゐたからに違ひない。いや、その一方で、甦りを夢から覚めたやうといつた事態でなく、はつきり現実の出来事として起ることを切望するやうになつたからではないか。なにしろ南北朝時代から応仁の乱、戦国時代と戦乱が日常化した時代である。死は、寿命が尽きた時ではなく、いきなり出来する、それも壮健な若者の上に。だから、死んでから赴く地獄の様子よりも、非業の死を遂げた当の者がこの世へ実際に戻つて来ることを切望するやうになつたのだ。だから、現に目にする死者に限りなく近い餓鬼のやうな姿から、甦りの第一歩は始められなくてはならない……。

それとともに、死の世界を司る閻魔大王や地蔵菩薩、阿弥陀仏、熊野権現への信仰が強まり、閻魔と連絡を取り合ふ上人が心強い存在になつたのだ。

上人は、横山の者たちに見つかつては大変だと、この異形の者を急いで寺へ連れ帰つたが、しかし、閻魔大王が注文するとほり、熊野の湯の峰へ届けるには、どうすればよいか？　上人は、あれこれ思案しなければならなかつた。

さうして弟子たちにこの者の頭をきれいに丸めさせ、さつぱりした白衣を着せると、餓鬼阿弥の名を与へた。それから、車輪が一つ、二つ、三つ、四つとある土を運ぶための車のなかから四輪を選び、雄綱と雌綱を付け、それに餓鬼阿弥を乗せ、首に下げてゐた閻魔大王からの札に、かう書き添へた。

一引《ひとひ》き引いたは千僧供養
二引《ふたひ》き引いたは万僧供養

さうして、遊行寺の門前へ曳き出させたのである。

東の門を出ると、すく前が旧東海道の国道一号線である。スピードを上げた車が次々と走り過ぎて行く。

そこで上人は、自ら綱を採ると、

えいさらえい

声を挙げて車を曳いた。言ふまでもなく、西へ、熊野へ向けてである。人々が集まつて来て、手に手に綱を採ると、力を合はせて曳いた。横山の家中の者もゐたが、車に乗せられてゐるのが小栗判官とは気づかなかつた。なかには亡くなつた照手姫の菩提のためにと念じて曳く者もあつた。

道行きの始まりである。

これは蘇生への旅だが、また、東国を中心に根を張る時宗の信仰と、熊野信仰と、ここ二、三百年にわたつての東国での出来事を踏まへ、都から流されて来た恋多い剛気な男を軸に紡ぎ出されつつある物語の、生成へ向けての旅あつた。

＊

重くとも引けや　えいさらえいと
一同に頼む　弥陀《みだ》の力　頼めや頼め　南無阿弥陀仏

これは謡曲『百万《ひやくまん》』の車の段の一節だが、上人らも実際にかう唱へたのではなからうか。引用の少し前には、かうある。

南無阿弥陀仏
弥陀頼む

人は雨夜の月なれや　雲晴れねども西へ行く

この詞章は、踊り念仏に基づく独立の曲舞《くせまひ》「地獄節曲舞」を取り込んだと考へられるものらしい。われわれは、いまだに雨夜の月のやうに迷ひの雲に閉ざされてゐるが、阿弥陀仏を頼み、西へと向けてこの車を曳かう。一引き曳けば、千僧供養を行ふに等しい。二引き曳けば万僧供養を行ふに等しい。千僧供養とは、言ふまでもなく、千人にも及ぶ僧を招いて行ふ大掛かりな供養のことで、霊験もそれだけあらたかなはずなのである。

このやうにして、まづ相模川を渡る。

照手姫がこの川を流されて行つたとは、判官は知るよしもない。

当時は現在よりかなり東を流れてをり、その橋の橋脚がいまも残つてゐる。池が作られ、保存されてゐるが、この橋は、建久九年（一一九八）に完成、供養に出掛けた源頼朝が、帰途に落馬、死ぬと言ふ事故が起つてゐる。

やがて化粧坂《けはひざか》を経て大磯を過ぎ、酒匂《さかは》の宿から小田原へと入る。

それから箱根の山にかかるが、まづ湯元の地蔵堂で、皆々は地蔵菩薩を伏し拝み、湯坂道《ゆさかみち》を曳いて上がる。街道第一の難所だ。さうして芦ノ湖畔へ出ると、箱根権現に参詣、箱根峠を越える。

それから、三島をへて、沼津の宿の入口の三枚橋《さんまいはし》を渡る。

このやうにして進むにつれて、綱を曳く人は増え、「えいさらえい」の掛け声は高くなつて行つた。

吉原をへて、広々とした富士山の裾野を横切り、富士川の岸に着く。

ここで藤沢の上人は垢離《こり》をとり、富士山を拝すると、先へと行く旅人たちに餓鬼阿弥の小栗判官を委ねて、帰つて行つた。

引き継いだ者たちは、富士川を渡り、蒲原《かんばら》の吹き上げの浜の六本松に立ち寄る。この地では奥州を目指した若い義経が恋の病のため一度は死んだものの、駆けつけた恋人浄瑠璃姫の祈念と涙によつて甦つた、と言ふ物語が伝へられてゐる。が、小栗判官の方は、もとの身体に戻るためには、熊野まで遙々と行かなくてはならないのだ。

海岸沿ひに進むと、清見ケ関の清見寺である。その高台へ上がると、羽衣の伝説で知られる三保の松原から田子ノ浦、袖師《そでし》ケ浦《がうら》へと見渡せるが、餓鬼阿弥は、見えぬ目をしよぼつかさせるばかりだ。江尻の細い道を過ぎて駿河の町静岡へと入り、賎機山《しずはたやま》の浅間神社に詣でる。安倍川を渡れば、間もなく丸子の宿である。それから、雉《きじ》がほろほろと鳴く宇津の谷へと分け入り、峠を越える。

もつとも現在の宇津の谷峠は、豊臣秀吉が天正十八年（一五九〇）に、小田原攻めのため造つた道で、それ以前は、東側の『伊勢物語』や『更級日記』で知られる蔦《つた》の細道である。

いと暗う細きに、つたかへでは茂り、もの心ぼそく

『伊勢物語』である。そして、短いながら登り下りとも険しい。やうやく降り果てて、岡部《おかべ》暇《なはて》を通り、藤枝に着く。藤枝は、山の間に入り込んだ宿で、次は大井川に面した島田の宿となる。

流れが早く、夜の間に水嵩が変はるのではないかと心配したが、大井川も無事に越え、金谷《かなや》を抜け

ると菊川で、そこから小夜《さよ》の中山にかかる。西行法師がひとりでここを越えながら、かう詠んだ、「年たけてまた越ゆべしと思ひきや命なりけり小夜の中山」。

この峠の北には無間山観音寺がある。撞《つ》けば、現世において無量の財宝を得るが、来世は無間地獄に堕ちると伝へられる、無間の鐘がある。

日坂の宿を過ぎた頃から、雨が降り出し、道が泥濘《ぬかる》んだ。しかし、皆々は声を掛け合ひながら、車を曳き、掛川も過ぎて、袋井畷をたどり、見付の郷へと着く。

それから、天龍川の池田宿であつた。

池田、生ケダとは、半ば死に囚はれたままの餓鬼阿弥にとつては、皮肉な地名であつた。それに平宗盛と彼の愛した遊女熊野《ゆや》の話が思ひ出される。宗盛が深く愛したにもかかはらず、この地に残した母の許へと京を去つて行つた。その後、宗盛は壇ノ浦で敗れて囚はれの身となり、鎌倉へと送られる途中、ここで一夜を過ごしたのだ。

かう言ふふうに宿々には、それぞれの因縁や物語があり、また、遊行上人が踊り念仏を興行してゐる。一遍も真教も呑海も太空も、それぞれ「地獄節曲舞」を唄ひ踊つた。餓鬼阿弥の一行は、さうした数々の記憶を呼び覚ましながら、旅を重ねて行く。さうして物語を成長させて行くのである。

南無阿弥陀仏
弥陀頼む
人は雨夜の月なれや　雲晴れねども西へ行く

西へ西へとこころを誘はれるまま、人々は、土車を曳く。小栗は、穢土のこの世よりもさらに「死穢」の極まつた冥府から這ひ出して、西へ、熊野へと目指すのだ。

時宗にとつて熊野は、特別の意味を持つ場所であつたから、真直ぐ熊野を目指す餓鬼阿弥は、閻魔大王よりもじつは藤沢の上人によつて選ばれた者であつたかもしれない。さうして上人が示した霊験、死者の甦りを、身をもつて実証しようとするのである。多分、この群に従つてゐたであらう鉦叩きは、主題をそこへ絞りながら、餓鬼阿弥を主人公にして即興的にあれこれ語り謡つてみせたのに違ひない。

さうするうちに曲節が定まつて来る。口から口へと物語が語り伝へられるやうになるのには、曲節が大きな役割を果たす。餓鬼阿弥を運ぶのは土車だが、国々を越えて物語を運ぶのは曲節である。

さうして霊験譚の枠を越えて、関東全域にわたつた鎌倉公方をめぐる戦乱、そこに生き死にした者たちの勲しと悲嘆などが織り込まれて行く。

かうして浜名湖も過ぎ、矢作川《やはぎがは》を越え、しばらく進むと、『伊勢物語』第九段で知られる八橋になる。むかし男ともども蜘蛛手にあれこれと思ひ乱れ、妻恋しの思ひがつのるところだが、餓鬼阿弥はどうであつたらう。照手姫との係りの段を鉦叩きが詳しく語つたかもしれない。

鳴海《なるみ》に着くと、人々は頭護山如意寺《とうごさんにょいじ》の地蔵を伏し拝む。しかし、餓鬼阿弥と一緒では宿が得られず、曳く人々は離れて宿をとる。さうする間も別の人々が綱を採り、夜も深まつて満天の星が輝く星ケ崎を経て、暁には熱田《あつた》の宮に着く。

かほど涼しき宮を、たれが熱田と付けたよな。

人々は、熱田宮の爽やかな宮居に詣で、一息入れる。

東海道は、江戸時代になると熱田から桑名へ向ふが、この時代は、尾頭坂《をとうざか》（名古屋市熱田区）から古渡《こわたり》（名古屋市中区）へ、そして北の黒田（葉栗郡木曽川町）へと向ふ。

当時の美濃平野は、木曾川に長良川、揖斐川《いびがは》、杭瀬川《くひぜがは》などが乱流、その間を縫ひ、時には渡つて北上するのである。幾つもの道筋があつたが、岐阜あたりから墨俣《すのまた》そして大垣を経て、進む。このあたりは戦国時代となると、織田信長を中心に、天下の覇権が最も激しく争はれた地域で、さまざまな人々、物資、情報とともに芸能も集まつて来る、物語生成の要の地であつた。

土車は、やがて駿河と同じ名の赤坂に至つた。川の湊として栄へた町である。

＊

一方、人買ひの手に渡つた照手姫だが、なにしろ並外れた美しさゆゑ、高値が付いて、次々と転売されて行つた。

まづは釣竿島――どこか分からないが釜石沖あたりの商業の拠点となつてゐた島――へ買はれて行つたが、そこの商人は、遠く鬼塩谷《おにがしほや》へと連れて行き、売り飛ばした。

その鬼塩谷だが、越後もいまの新潟県岩船郡神林塩谷の荒川河口の港らしい。さうだとすると、太平洋側から日本海側へ遥々と運ばれたことになる。陸上の運送は人買ひにとつて危険だから、舟便であつたらう。さうなら宮城から北上、本州の北端、津軽海峡を抜け、深浦《ふかうら》を経たのであらうか。

この時代、船運は、思ひの外発達してゐた。だから、かうしたことが実際にあつたとしても不思議はない。利潤を求め、許されぬものも商品として扱ひ、海上を遥か彼方まで、さまざまな人々がめぐり動いてゐたのだ。

その塩谷の商人は、さらに高値を求めて、富山の常願寺川河口に近い岩瀬へ姫を売り、岩瀬の商人は近くの水橋《みづはせ》、水橋の商人は庄川の河口に近い六動寺（新湊市庄西町）へ、六動寺の商人は氷見《ひみ》へ、氷見の商人は能登の珠洲《すず》へと売つた。

その際、氷見の商人は、姫には「能がない、職がない」と言つたとあるが、それは働くための職能に留まらない値打ちを持つてゐる、すなはち、労働力として使役するやうな女ではないといふ意味であつた。

しかし、姫は能登に落ち着くことがなく、人買ひの懐へ少なからぬ利益をもたらしながら、さらに加賀、越前、近江の国々を転売されつづけた。小栗がひたすら救済を願ふ人たちの手から手へと渡されて行くのに対して、商売の魔道が生み出した者たちの手から手へと、奈落の淵へ堕ちるのを危ふくかはしながら、彷徨《さまよ》ひ続けたのである。

青墓《あをはか》の宿《やど》

名古屋で新幹線から在来線に乗り換へると、大垣へ向つた。そして、大垣で四十分ほど待つて、美濃赤坂行に乗る。

二つ目の駅が、もう終点の美濃赤坂であつた。降りたのは、十人足らずである。

改札口へ長いプラットホームを歩きながら、正面の町並を見ると、瓦屋根が連なり、その背後は、あちこち大きく削られ、赤つぽい土を露出させた、ほとんど原型を残してゐない山々であつた。

長年にわたり石灰石《せつかいせき》の大規模な採掘が行はれて来たのだ。駅の広い構内からその山麓へ錆びたレールが迂回しながら伸びてゐる。かつてはここから盛んに搬出されたが、いまは貨車一台、停まつてゐない。

改札口を出ると、道の両側に古い土壁の倉庫らしい建物が長々とつづく。

それが住居に変はると、通へ出た。瓦葺の屋根が重々しく、くすんだ白壁に、細かな格子が入つた家屋が並んでゐる。

松を配した植込があり、小屋根付きの額に、「史跡中山道赤坂宿」とあつた。江戸から信濃、木曽の山中をへてここに至り、都へ向ふのが中山道《なかせんだう》である。江戸時代より前は、この街道と東海道あるいは東山道《とうさんだう》、鎌倉街道がここで落ち合つたから、屈指の賑ひを見せた。

その通を、少し戻るかたちになるが、東へ歩いた。

大振りな木造建築の商店が並んでゐる。しかし、人影はなく、車もほとんど通らない。交通機関が変はつた実態を見せつけられる思ひである。

やがて左側に、整備されて間のない公園があつた。低い位置に池があり、御影石で組まれた矩形の水面から噴水が七、八本並んで低く上がつてゐる。その先が杭瀬川であつた。擬宝珠のついた欄干越しに川を見下ろすと、両岸は石垣で固められ、公園側には背高な常夜灯がある。川灯台である。

美濃平野には幾本もの川が乱流し、水運が発達してゐたが、この杭瀬川を下ると、揖斐川に合流、その枝葉のやうに広がる支流を通して美濃各地に繋がるとともに、一気に伊勢湾へ至ることもでき、その先、伊勢鳥羽や東海の各地へ舟足を伸ばすことができた。このため、湊として栄えたのだ。

歴史は古く、『とはずかたり』に出てゐる。後深草院《ごふかくさゐん》の寵愛を受けた二條が正応二年（一二八九）に宿を取り、遊女と歌のやりとりをしてゐる。そのころ、すでに繁華になつてゐたのだ。さうして明治になつてからは、石灰石の搬出で繁栄を極めたが、昭和十三年（一九三八）、鉄道が開通、衰微した。そして、その鉄道が衰退の最中にある。

＊

来た道を引き返す。

けふは、ここから西へ二キロ少し先にある青墓《あをはか》の宿まで歩くつもりなのだ。土車《つちぐるま》に乗せられた餓鬼阿弥《がきあみ》は、多分、舟で赤坂に至ると、西へこの道を曳かれて行つたのである。

先程の赤坂宿の額が出てゐるところを通り過ぎると、こじんまりした旅館の前に、中山道赤坂宿脇本陣と書かれた標識が立つてゐた。

その先、家々が小ぶりになるとともに、心持上り坂になる。

えいさらえい
一引き引いたは千僧供養
二引き引いたは万僧供養

ここでも人々は曳き綱を持つて、口々に声を掛け合ひながら、進んだ。人それぞれ異なつた思ひを抱きながら、力を合はせて。

右から小山が迫つて来た。標高二百十余メートルの金生山《きんしやうざん》で、古くは赤坂山と呼ばれ、それが宿の名となつた。全山が石灰石からなり、元禄十一年（一六九八）から石灰産業が始まり、赤土も併せて掘り出された。およそ三百年かけて掘り崩されて来たのだ。

左側に丘が見えて来た。関ケ原の戦の折り、徳川家康が本陣を構へ、後には将軍専用の宿泊所が建てられたところである。土塁や空堀が残つてゐて、今ではお茶屋屋敷跡と呼ばれてゐる。

その手前の斜面に、道からは見えないが、家並に埋まつて安楽寺がある。聖徳太子の創建になり、壬申《じんしん》の乱（弘文天皇元年・六七二）に際しては、大海皇子《おほあまのみこ》（後の文武天皇）が勝利を祈願させたと伝へられる。その大海皇子もお茶屋屋敷跡に陣を置いたらしい。

わが国の歴史の幕が上がるとともに、交通上、戦略上の要衝でありつづけて来たところなのだ。大和からであれ山城からであれ東を目指せば、近江の地が伊吹山の麓で尽き、山裾の狭路を抜けると関ケ原が広がり、青墓、赤坂へと出て来るのだ。江戸時代、東海道が草津から鈴鹿山地を経て桑名へ出るやうに変へられたのは、多分、このところ一つに集中する危険を避けようとしたのである。

この地で、いまひとつ思ひ出される歴史的な出来事がある。餓鬼阿弥が曳かれて過ぎたよりも少し前か後か定かでないが、さほど隔たらない嘉吉《かきつ》元年（一四四一）五月十五日、小栗の宿敵足利持氏の遺児春王丸《はるわうまる》と安王丸《やすわうまる》が、この赤坂で最後の夢を結んでゐるのだ。兄弟は、北関東の地結城《ゆふき》城に立て籠もつて合戦したが、小栗助重らの奮戦に遭ひ、敢へなく敗退、捕へられて都へ護送される途のことである。そして、翌日には、二つ先の宿垂井《たるゐ》で斬られた。その兄弟がたどつた道を、行くのである。

右側に石の鳥居があり、子安神社と額が挙がつゐた。幾流《いくりう》も幡の立ち並ぶ石段を上がつて行くと、正面奥に、唐破風の本殿があり、注連縄《しめなは》が張られてゐた。この神社の創建も意外に古く、『三代実録』の貞観十八年（八七六）の項に記載されてゐる。この社を抜けて山を登り詰めると、さらに二百年ほど前、朱鳥《しゆてう》元年（六八六）、持統天皇の勅願により、役小角《えんのをづぬ》が開基となつて創建されたと伝へられる明星輪寺《みやうじやうりんじ》がある。

餓鬼阿弥を曳く人たちは、引き綱を置くと、この二つの社を遥拝したらう。

やがて西濃鉄道貨物線の軌道を越えると、昼飯《ひるい》に入る。

両側の家並みは切れずにつづき、北側に寺があつて、昼飯町の由来を記した掲示が出てゐた。難波の津で揚がつた仏像を、信州の善光寺に納めるべく運んだ一行が、ここへ差しかかつたところ、折りから躑躅《つつじ》の花が満開であつたので休息、昼食を取つたことから、かう呼ばれるやうになつたとある。

説明を読み終へて目を上げると、金生山の無残に抉り取られた西側の斜面であつた。その下に白い建物の一部が見える。石灰工場であらう。躑躅は、石灰岩の山地に合ふから、華やかな彩りが一際燃ゑ立つ五月のこの山麓で、仏教伝来の歴史の一齣をなす昼食が採られたのだが、餓鬼阿弥はどのやうな昼食に与かつたらう。

道は左右に微妙に揺れるやうにして、左手へわずかに曲がる。そして、盛土の東海道線上り軌道下をくぐると、青墓町となつた。

＊

青墓町といふ文字面は、いまではやや奇異に感じられるかもしれないが、歴史的には名高い所である。

目の前に現はれたのは、あくまで物静かな家並であつた。そして、少し入つた右側の辻の奥正面に、思ひの外堂々とした石の鳥居が立つてゐた。

そちらへ折れ、鳥居へ近づいて行くと、玉垣が両側に伸び、境内を広く抱へ持つ白髭《しろひげ》神社であつた。創建は、これまた桓武天皇の時代に溯るといふ。瓦葺の社殿で、唐破風の軒下には細かな彫刻が丁寧に施されてゐる。

多分、このあたりが青墓の中心であつたのであらう。それなら、よろづ屋といふ宿もあつたのではないかと見回す。人買ひの手から手へと転売されて来た照手姫が、その屋の長者夫婦の目にとまり、買ひ取られてゐるのだ。

しかし、いくら見回してみても、宿場の面影はどこにもない。それも当然で、ここが宿場として栄へたのは、いまから六百年も前、南北朝あたりまでのことで、以降は、隣の赤坂にその役割を譲つた。

元の道へ戻つて、少し先へ行くと、右側に民家一軒分ほどの空き地があり、胸ほどの高さの板碑が立つてゐて、「円願寺古跡《ゑんぐわんじ》」とあつた。円願寺とは、北の山あひにある古刹、円興寺《ゑんこうじ》――延暦九年（七九〇）創建――の住職が嘉禄《かろく》元年（一二二五）に建てた隠居寺である。

その板碑の下半分に、かういふ文字が刻まれてゐた。

美濃国青墓里長者屋敷
照手姫の汲《くみ》給ひし清水
源義経の差《さし》給ひし芦竹《あしたけ》
照手姫守本尊千手観音

この青墓里長者屋敷が、物語のなかのよろづ屋であらう。説経ではひどく誇大に語られてゐるが、一日に下りの雑駄《ざふだ》五十頭、上りの雑駄五十頭、計百頭に及んだといふ。これだけの数の馬が、夕刻になると庭に一斉に繋がれ、荷が下ろされ、飼葉《かひば》が与へられたのだ。そして、馬子《まご》百人が、これまた足を洗ひ、手水《てうず》を使ひ、そして酒を飲み、飯を食らつた。その揚げ句、夜伽の女を求めた。そのため、百人の遊女が抱へられてゐたといふ。

いまでは想像も出来ないが、しかし、幾多の名のある遊女が輩出したのは、歴史上隠れもない事実である。『梁塵秘抄《りやうじんひせう》』に収められた今様《いまやう》の幾つかは、ここ青墓宿の遊女阿古丸《あこまろ》、目井《めゐ》、乙前《おとまへ》らが謡つたもので、なかでも乙前は、今様に熱中した後白河院の師となつた。そして、謡曲『班女《はんぢよ》』の主人公もここの遊女とされてゐる。京に優る遊芸の中心地であつたのである。

そのやうな宿であつたからこそ、照手姫は、高値で買はれて来たのだ。値は十三貫であつたと言ふから、六浦での二貫の六倍半である。本州の北半分をぐるりと回つて青墓に至るまでの間に、これだけ値上がりしたのだ。よろづ屋の長者――もともとは遊女の長者を言つたがこの頃は金持の意味にも

――夫婦は、姫を一目見るなり、遊女にすれば百人の遊女以上に稼ぐと踏んだのである。

さうして、まづ出身地を尋ねた。姫は、常陸と答へる。夫小栗の国こそ自分の国と考へたからであつた。それなら常陸小萩《ひたちこはぎ》と名乗るがよいと申し渡すと、十二単を着て客の前に出るやうにと、命じた。

姫は頭を振り、わたしが今日まで売られ売られて来たのは、男の肌に触れると、必ず病になるからです。余計なことを申し上げるやうですが、病となる前に転売されるのがお得でございませう、と言つた。かうして操《みさを》を守りつづけて来てゐたのだ。しかし、長者は騙されなかつた。手厳しくかう応へる。

――蝦夷《えぞ》や佐渡に売られて、足の筋肉を切られ、一日一合の食事で、昼は粟を啄みに来る鳥を追ひ、夜は鮫など魚の餌になりたいのか、と。

われわれは『山椒太夫』の母親が盲目となり鳥を追ふ身の上になつたのを知つてゐる。当時のこの物語の聞き手も勿論よく承知してゐた。しかし、姫は、怖ぢけづくことなく、頑として応じない。

長者は根負けして、

――そこまで言ふのなら、百人の遊女に仕へる十六人の水仕女《みづしをんな》の仕事を、お前一人でやつてみろ。

かう言ひ渡したのだ。姫は、その言葉を聞くと、さつと立ち上がり、襷《たすき》をきりりと締め、裾を端折り、よろづ屋ただ一人の水仕女として、コマネズミのやうに働き出したのである。

まづは天秤を肩に水桶を担《にな》つて、水汲みである。

板碑の建立が昭和五年（一九三〇）であるのを確かめて、せめて水汲み場なりを探さうと行きかけたが、板碑の斜め後に、小振りな五輪塔が六基ばかり並んでゐるのに気づいた。いづれも変則的なものので、「青墓のよしたけ庵」と案内板があり、あたりの地面に根ばかりが這ひ広がつてゐる。芦竹のものであらう。

案内板の説明はかうであつた。牛若丸が鞍馬山で修業を終へ、金売吉次を供に奥州へ落ちのびる時、ここ円願寺で亡父義朝や兄朝長《ともなが》の霊を供養して、源氏の再興を祈つた。その際、近江から杖にして来た芦（よしとも言ふ）の杖を地面に突き刺し、『さしおくも形見となれや後の世に源氏栄えばよし竹となれ』と詠み、東国へ出発した。その願ひが通じたのか、刺した芦が芽をふき、根を張り、竹の葉が生ひ茂つた。その後も成長をつづけ、『よし竹』と呼ばれるやうになるとともに、寺は『よし竹庵』と呼ばれた。

広がる根は、やはり碑にある義経由縁のものだつたのである。もともとこの宿は、源氏の外戚大炊《おほひ》氏《し》が代々長を勤め、遊女の長者には大炊氏の娘がなつた。その遊女の長者との間に源為義が四人の子をなし、その子の一人の義朝も、同じく大炊氏の娘の遊女との間に子を儲けてゐるのだ。さうした関係から、平治の乱に敗れて落ちて行く途、義朝一行はここへ立ち寄り、手負ひの朝長は自決した。源氏の命運に思ひをめぐらすのに相応しい場所である。

それにしても「芦竹」とは何であらう。辞書を引くと芦竹＝ダンチク＝イネ科の多年草、と出てゐる。「芦」は「あし」とも「よし」とも呼ぶところから、「善し」「悪し」の占ひに用ひられることがあつたらしい。照手姫も、目が回りさうな水仕事の合間に立ち寄り、義経と同じ判官の夫小栗の身の上を、また、自分の将来の善し悪しを占つたに違ひあるまい。

＊

家並が切れると、畑が広がつた。その左手向ふに、玉垣に囲はれ、木が五六本生へてゐる一劃があつた。

もしかしたらと思ひ、そちらへ折れて行くと、果たして「史跡照手姫水汲みの井戸」と刻まれた石柱が立つてゐた。

木立のなかに、木を井桁に組んだまだ新しい井戸がある。青い色の網が被せられてゐるのは、枯葉などが入らないための処置であらう。

よろず屋からここへ、水桶を天秤に掛けて、姫は日夜休むことなく通つた、といふのだ。どれだけの距離があつたのだらうかと、来た道を振り返る。板碑があるところからなら、百メートルほどだが、白髭神社付近からとなると、倍以上ある。物語では十八丁（二キロ近い）とある。

井戸を覗くと、光を鈍く反射する水面が、さほど深くないところにあつた。釣瓶《つるべ》はないから、一々桶を投げ落として、綱を手繰り上げたのだ。水を満たした桶は重い。そして、濡れた綱は、手に食ひ込む。冬はことのほか辛かつたらう。

大勢の旅人たちのほかに、百人の馬子の足洗ひと手水の水、そして百人の遊女に使用人たちの炊事、洗濯、広い屋敷の拭き掃除に打ち水、これを一人で汲み上げ、一人で運ぶのである。十六人の水仕女がやつと果たしてゐた仕事であつたが、見知らぬ男どもに肌を許すよりはと、身を粉にして勤めたのだ。

この常陸小萩の様子を、こころある人たちははらはらしながら見守つてゐたが、彼女は息もつかぬ勢ひで、くるくると立ち働き、台所にゐたかと思ふと、廊下にも洗ひ場にもゐる。そして、その姿が、三人とも、四人とも、五人とも、果ては十数人、数十人とも見えた。さういふとき、姫は、熱心に念仏を唱へてゐた。千手観音菩薩の手助けを受けてゐたのだ。六浦から駆けつけたのかもしれない。

浄瑠璃『小栗判官車街道』になると、かうも派手に観音の手助けを受けるのではなく、照天姫に加へもう一人、判官に心ひかれる常陸の女がゐて、二人とも水仕女となつて働く。作者の竹田出雲らはかういふ設定にしたが、これでは明らかにこなせない。

かうして襷を緩めることも髪に櫛を入れることもなく、姫は働き詰めに働いた。その彼女を、人々は念仏小萩と呼ぶやうになつた。

さうしたある日、姫は、よろず屋の店先に、打ち棄てられたやうに停められてゐる土車と餓鬼阿弥を見つけたのだ。

土車をここまで曳いて来た人たちは、店先に曳綱を置くと、それぞれに先を急いだ。その後、この綱を取るひとが現はれず、空しく留まりつづけてゐたのである。秋も終はりの頃で、伊吹山から吹き下ろす風は冷たく、餓鬼さながらの姿で打ち震へる様子を見て、たとへかうした姿であれ夫判官がこの世にをられたなら、と姫は思つたのだ。さうして、胸に下げた札を読んだ。


……熊野本宮湯の峰に、御入《おい》れありてたまはれや

閻魔大王の筆になる文言が、姫の胸を突いた。この世には、甦《よみがへ》りといふ人知を越えたことがあつて、閻魔大王が現にそのことをこのひとにお許しになり、かう指示を出してをられる、と知つたのである。甦りが本当に現実となるものなら、夫がこの世へ再び戻つて来ることも在り得るだらう。その奇蹟を実現するためにも、この方の甦りに力を貸すことができないだらうかと、姫は、思案した。藤沢の上人も、閻魔大王の要望を受けて、「一引き引いたは千僧供養。二引き引いた万僧供養」と保証してをられるのだ。

さて一日《ひとひ》の車道《くるまみち》、夫《つま》の小栗の御ためにも引きたやな。

さて一日の車道、十人の殿原《とのばら》たちの御ためにも引きたやな。


しかし、いかに望んでも、許される身の上ではなかつた。一度は断念した。が、翌日も、その次の日も、餓鬼阿弥は忘れられたやうに放置されてゐた。それを目にした姫は、ついにこころを決めて、長者に願ひ出た。門前の土車を、二日間曳かせてほしい。そして、戻るために一日、計三日の休みが頂きたい、と。


長者は、あざ笑つて言つた。

――烏の頭が白くなつて、駒に角が生《は》ゆるとも、暇においては取らすまいぞ。

しかし、姫は引き下がらなかつた。

――長者夫婦御身の上に、大事のあらんその折は、引き代り自らが、身代りなりとも　立ち申さうに、情けに三日の暇を賜れの。

この言に、長者も耳を傾けた。これから先、なにがあるか分からないが、水仕女十六人分の働きをするやうな女が、万一のとき身代はりに立つてくれるなら、これほどこころ強いことはないのではないか。自らの悪行を自覚してゐただけに、こころを動かされた。

――よし、さうと堅く約束するなら、慈悲に情けを添へて、五日の休みを与へよう。命に換へても違《たが》へるな。

＊

喜んだ姫は、裸足のまま駆け出した。そして、土車の曳き綱に手をかけた。

が、さて、このままの姿で曳いて行けば、先々の町や宿、関所で、好奇の目にさらされるばかりか、咎められることもあるだらう。さう考へ、よろず屋に戻ると、背丈に余る髪を解き乱し、古い烏帽子《えぼし》を貰ひ受けて被つた。そして、顔には油煙の墨を塗り付け、着流しの小袖の裾を肩まであげ、幣《ぬさ》を付けた笹《ささ》を担ぎ、狂気の者の体となつた。

この時代、狂気の者は、神が憑《つ》いた者とも見られてゐたから、この姿が旅の安全の保証にもなつたのである。それとともに、これまで抑へに抑へて来た情念を、思ふさま噴出させることになつた。働き者念仏小萩の変身である。

さうして、集まつて来たこどもたちに向ひ、声を上げた。

「引けよひけよ」

面白がるこどもたちばかりか、男たちも加はつて、餓鬼阿弥の土車を曳き出した。遊行上人の霊験譚から、恋と献身の物語へと大きく踏み出すのだ。

集落を外れると、すぐに狭い川である。大谷川だが、これを溯れば円興寺で、その山の中腹に朝長の墓がある。

その先、右に広々とひろがるのは、国分寺跡であつた。

跡地全体が近年になつて整備されたが、壮大さに目を見張らずにをれない。外回りが低い土手になつてをり、東西二百三十メートルに及ぶ。そして、内側の回廊跡は東西百二十メートルで、中央の門の礎石の大きさが目を驚かせるが、回廊の内側、右寄りの七重の塔の礎石は、それを上回る巨大さである。

　聖武天皇の国分寺設立を命ずる詔勅により、天平宝字年間（七五七〜六五）に創建されたが、数多い国分寺の中でも、特に雄大なものであつたらしい。青墓宿の繁栄も、この国分寺の存在が深く係はつてゐたのだ。繋がれる馬が一夜に百頭と言ふのも、この規模なら納得できさうである。

　ただし、この巨大伽藍は仁和三年（八八七）に火災にあひ、十世紀後半に再建され、十一世紀初めには、美濃国の受領であつた源頼光《らいくわう》が補修に力を尽くてゐる。その頃から、このあたりに源氏が勢力を扶植し、源為義、義朝と受け継がれたのだ。

　しかし、照手姫が、笹を担ぎ狂女となつて、餓鬼阿弥を乗せた土車を曳いて行つた時、国分寺はその壮大な姿を見せてゐたかどうか。

　国分寺跡の敷地の向ふの山の斜面に、白い幡が何本も立つてゐるのが見えた。そこがいまの国分寺である。江戸初期に再建されたが、本堂には、重要文化財の欅材の一木造りの薬師座像が祀られてゐる。関ヶ原の戦のとき、武士が馬の足を洗つた水たまりが、薬師像の背中に開いた穴だと分かり、掘り出されたと伝へられ、「馬盥《うまだらい》の薬師」と呼ばれてゐる。

　もつとも物語の中の青墓宿は繁栄の最中であるから、伽藍も健在だつたと考へるべきだらう。ただし、ひろく語り伝へられるやうになつた頃には、間違ひなく朽ち果ててゐた。だから、表だつて語られることはないが、関東の二つの武者集団の滅亡に加へて、巨大寺院の廃滅も、この物語は抱へ込んでゐるのである。

　街道が向ふ遥か彼方の山の上に、頂が薄く掃いたやうに白くなつた山塊が見えた。早々に雪をみた伊吹山《いぶきやま》であつた。ひどく冷たい風が吹きつけて来る。

国分寺跡を囲む土手が尽き、さらにその先、畑のなかを行くと、傍らに丸く、二メートルほどの高さの盛土があつた。上がつて見ると、標識に「古墳、伝長範遁馬屋《ちやうはんうまかくしや》」とあつた。盗賊熊坂長範が、奪つた馬を隠した場所だといふのである。多分、下は大きな石室にでもなつてゐるのだらう。

その上から先の道筋を見やつたが、人影はない。

＊

この先は垂井宿となり、関ケ原を抜け、不破《ふは》の関を過ぎ、伊吹山の裾を通つて行くのだ。それは長い長い坂道である。

狂女に身をやつした常陸小萩じつは照手姫と、餓鬼阿弥じつは小栗判官二人の、互ひに身の上を知らぬままの道行きである。


不破の関屋はさもなくて、涙の霰《あられ》はらはらと、かゝる憂身《うきみ》の憂旅《うき》は、誰かは宿を柏原《かしはばら》……。


浄瑠璃『小栗判官車街道』からである。柏原まで来れば、もう近江国である。道はなだらかになり、次は醒ケ井《さめゐ》である。清らかな水が豊かに湧き出て、なにびとであれ思ふまま喉を潤すことができる。最初の夜を迎へたのは、ここらであつたらうか。やはり女の足であれば、さほどはかどるまい。与へられたのは五日、行きに三日、帰りに二日が彼女の予定であつた。

醒ケ井からは米原、彦根、近江八幡の武佐宿《むさのしゆく》、そして鏡宿《かがみのしゆく》となる。

道は平坦なだけ気の遠くなるやうな単調さである。この鏡宿で、東下りの牛若丸が元服、義経となつたと伝へられる。が、また、その後を追つた母、常盤御前《ときはごぜん》が盗賊の一団に襲はれ、身ぐるみ剥がれた挙げ句、惨殺されたとも言ふ。
さういふ物語は知ることなく、三日目の朝には鏡宿を発ち、近江富士を仰ぎ見ながら進んだ。そして草津宿も過ぎると、やがて瀬田の唐橋にかかる。

えいさらえい

笹を振りたてて姫は、掛け声をかけ、謡ふ。

乱れ心か恋草の
力車《ちかぐるま》に　七車《ななぐるま》
積むとも尽きじ
重くとも引けや　えいさらえいと
一同に頼む　弥陀の力　頼めや頼め　南無阿弥陀仏

この文句は、先にも引いた謡曲『百万』からで、子を求める母親が長い黒髪をおどろに乱し、古びた烏帽子を被り、眉を描いた墨が乱れて顔は黒くなつたまま、小袖を逆さまに着て、笹を担いで行く。かうした夫なり子を恋ふて半ば心狂ふまま街道を練り歩いて行く女の姿は、さう遠くない昔の現実に違ひない。さうして、かうやすやすと現実を踏み越えて狂乱する姿に、人々は憑《よ》り付く神を認め、神が遊び戯れてゐると見なして、その身振りや曲節を芸能の領域のものとした……。さういふ動きに寄り添ふやうにして、この物語のヒロインも物語そのものも、生成して行く。

　道行く人々の耳目を集めながら、姫は、土車を曳いて勢多《せた》の唐橋《からはし》を渡る。折りから石山寺の鐘の音が響く。

　けふを限りとして、約束の日数も尽きやうとしてゐるのだ。血のにぢんだ足を踏み締め踏み締めて、先を急ぐ。

　さうして粟津《あはづ》の浜をへて大津も関寺の門前、たま屋に着いた頃には、夜もすつかり更けてゐた。明日の朝には、青墓宿を目指して戻らなくてはならない。餓鬼阿弥と過ごすのも今夜限りであつた。

　その夜ばかり、姫は別に宿をとらず、車の轍《わだち》を枕にした。ものも言はず、目も見えぬ餓鬼阿弥相手であつたが、別れとなると、さまざまな思ひが胸に湧いてくる。なにしろ亡き夫とその家来たちへの供養を果すことができたし、甦りへの期待を膨らませることが出来たのである。それだけでも、姫にとつては大きな喜びであつたが、このひとがやがて熊野へ送り届けられ、湯に浸かつて実際に甦つたなら、どのやうなことが起るだらう。甦りはいよいよ現実となるのだ。そして、わが夫もわたしの許へと戻つて来るやもしれない。いや、この餓鬼阿弥こそ、餓鬼道に迷ふわが夫そのひとかもしれない……。所詮はかない望みと自らに言ひ聞かせながらも、さう夢想するのだ。

　しかし、土車を曳く日々は終はつた。それも夫が生まれ育つた都の入口の、その名も逢坂《あふさか》を前にして。どうしてこの逢坂の関を越えることができないのか。自らの足弱を恨まなければならなかつた。

　泣き明かした姫は、筆を執ると、目も見えず口もきかぬ餓鬼阿弥の胸札にかう書き添へた。

　　青墓の宿よろづ屋の君《きみ》の長殿《ちやうどの》の下水仕《しもみづし》、常陸小萩……、青墓の宿からの、上り大津や関寺まで、車を引いて参らする。

熊野本宮湯の峰に御入りあり、病本復するならば、必ず下向《げかふ》には、一夜の宿を参らすべし。返す返す。

餓鬼に等しい姿から癒えてお戻りになる際には、一夜の宿を進ぜるゆゑ、ぜひぜひお立ち寄りください――その日の来るのを念じて書き終へると、身を返して、来た道を駆けるやうにして戻つて行つた。

熊野街道《くまのかいだう》

逢坂山を越える人は多い。

餓鬼阿弥を乗せた土車は、すぐさま曳き出されて、坂を上がる。

まづ関清水蝉丸宮《せきのしみづせみまるぐう》だが、盲目の琵琶法師や傀儡師《くぐつし》を初め、さまざまな芸を見せる漂泊の者たちが群れてゐる。街道のあちらこちらにかういふ所があるが、都の東の入口のここは、ことのほか多く、彼らを取り仕切る頭《かしら》たちがゐた。

鳥居の中からばらばらばらと人が出て来ると、綱を持ち、唱和する。練れた声であつた。

一引き引いたは千僧供養
二引き引いたは万僧供養
えいさらえい

鉦や小鼓、琵琶に簓《ささら》などを携へてゐる者がゐて、打ち鳴らす。曲節は微妙な潤ひを帯びて、冴える。

坂を上がり切れば関所だが、その手前下に、蝉丸神社がある。謡曲『蝉丸』によれば、醍醐帝《だいごてい》の第四皇子に生まれながら、両眼が塞がつてゐるのは前世の罪障ゆゑと、逢坂山に棄てられた蝉丸を祀る。

その蝉丸が琵琶をよくしたことから、世から棄てられ、一張の琵琶、一管の笛、一挺の鼓、そして鉦、簓、また自らの喉と舌、手足や身振りなどをもつて、生きるよすがとする者たちが尊崇、寄り集まるやうになつてゐた。それぞれの芸でもつて人のこころを動かし、喜捨を受け、街道を住処にしながら露命を繋ぐのだ。

これらの者のなかからやがてこの物語を専門に語る説経師が出て来るが、彼らがもつぱら持ち歩くやうになつたのが、簓も「擦り簓」である。細かく割れ目を入れた竹を、鋸のやうに刻み目のついた棒で擦つて、サラサラともザラザラとも音を出し、時には打ち付ける。およそ楽器とは言へない素朴なものだが、漂泊する者にとつては簡単に手作りできるのが、なによりであつた。

胸札のお陰で面倒もなく関を抜け、坂を下ると、山科《やましな》も四宮《しのみや》である。ここにも漂泊する者たちが群れてゐた。京の町を巡り歩く者たちである。

粟田口《あはたぐち》から都へ入る。

綱を曳き、唱和する声も、自づと都ぶりとなる。目も口も耳も働かないものの、その気配は餓鬼阿弥にも感じられたらう。しかし、その土車の異形の者が、七十二人もの女たちと気ままに交はり、果ては天地を騒がした貴公子であつたとは誰も気づかない。

そのまま都大路を通り抜け、羅生門《らしやうもん》を南へ出る。

そして、恋塚《こひづか》の前を過ぎる。遠藤武者盛遠の激しい恋は、恋する当の相手、袈裟《けさ》御前の首を自らの手で切り落とし、ここに葬る仕儀となつた。それに比べれば、恋する照手姫と家来を失ひながら、ひとり地獄から戻されて旅をする身は、まだしも恵まれてゐると言はなくてはならないかもしれない。

鳥羽は、都の港であつた。巨椋《おぐら》池につながる水面を前にして、華やかに彩られた離宮が並んでゐる。

乗船することは許されず、そのまま陸路をたどる。鴨川、桂川、木津川と幾つも大川が流れてゐるので、道程は容易でないが、淀を過ぎ、石清水八幡の男山の向ひ、天王山の麓を抜け、水無瀬野《みなせの》から在原業平《なりひら》が盗み出した女を鬼に食はれたといふ芥川、舟を操る遊女たちの屯する江口を過ぎて、難波の渡辺の津に至つた。

宇多法皇から始まつた熊野行幸は、鳥羽から船に乗り、淀川を下つてこの渡辺の津に上がる。そして、まづ、窪津王子《くぼつわうじ》を参拝するのが常であつた。

この窪津を第一として、この後、熊野街道の要所々々に祀られた九十九王子社をつぎつぎと参拝して行くのが、熊野詣である。最盛期にその王子社の実数は九十九を上回つたが、それぞれの社に弊帛《へいはく》を捧げ、主だつたところでは、歌会などさまざまな行事を執り行つた。

餓鬼阿弥は土車の上に据ゑられたまま、窪津王子を参拝、それから先、院たちが辿つたと同じ道筋を行くのである。

それにしても院たちは、どうしてかうも幾度となく熊野詣を繰り返したのか。当時の最高権力者にとつて、平安中頃までは社寺の造営が功徳を積むことであつたが、院政期に入ると、それだけでは足りず、自らが山中の遠隔の聖地へ赴く苦行に従はなければならない、と信じられるやうになつたらしい。

　　天満《てんま》通れば稚児《をさなご》の、祭の車と見違へて、

浄瑠璃『小栗判官車街道』では、大坂も天満の街中を餓鬼阿弥を乗せた土車が行くことになつてをり、こどもたちが天神祭の山車《だし》と間違へて飛び出して来た、と語られる。天神祭にはこども用の小さな山車が出たのだ。しかし、無惨な姿を目にすれば、祭気分はふつ飛んだらう。
この浄瑠璃作者はつづけて、
千歳楽万歳楽《せんざいらくまんざいらく》、声々囃す我夫《わがをつと》の、命は千年万年と、辻占《つじうら》聞くも御利生ぞと、天神橋より一筋に、頼む未来の寺町や……

土車は、遊行上人の霊験記として語り出された十四世紀後半でも、小栗家が滅亡した十五世紀でもなく、また、熊野詣が盛んであつた十二、三世紀でもなくて、十七、八世紀の繁華な大坂に迷ひ込むま、天神橋を渡つて真直ぐ南へと進めば、寺町で、土車の傍らには、いつしか照手姫ではなく、照天姫と小栗判官馴染みの遊女常陸の二人が付き添つてゐて、賑やかに囃す。ここには青墓から関寺までの道行きがなく、伴奏として掻き鳴らされるのも、三味線である。元禄になると、この物語の浄瑠璃化が盛んになり、小屋で上演されるやうになつてゐるのだ。

しかし、土車は、さうした大坂ではなく、石山本願寺の門前町となる前後からさほど隔たらない頃の上町台地を行く。

さうして四天王寺に着く。

＊

わたしは新大阪駅から地下鉄を乗り継ぎ、四天王寺西門前で降りると、石鳥居をくぐつた。

聖徳太子創設のこの寺には訪れるべき所が多いが、中でもこの鳥居とその先にある西門が名高い。

彼岸の中日に西門から西を望めば、石鳥居のなかへ夕日が沈むのが眺められたが、その夕日は西方浄土へと真直ぐ沈むと信じられ、それを拝すれば、浄土へ往生することが約束されると考へられた。それればかりか西門はじつは西方にある極楽の東門であり、石鳥居との間はこの世でもあの世でもないところとされ、この世に生きてゆけない者たち、また、人々の恐れ憚る病に犯された者たちなどが棄てられる場所となつた。

わたしのこどもの頃、さういふ行き場のない人たちがここに屯《たむろ》してゐたのをかすかに記憶してゐるので、餓鬼阿弥かそれに似たひとたちがゐるのではないかと、目で探さずにをれなかつた。『法然上人絵伝』では、筵に臥せつてゐる者たちが上人から食べ物を受けてゐるし、『一遍聖絵』では、西門の南側の築地塀の外に、身を横にしてやつと入れるほどの小屋がずらりと並び、なかには餓鬼阿弥の土車と同様、車輪がついてゐるものがある。

しかし、いまは露店が幾つか出てゐるばかりであつた。その間を抜けて、西門を潜り、そのまま南大門の方へと行く。

金堂や五重塔を囲む回廊の蔭に、ダンボールを傍らにして横たはつてゐる人々の姿がある。

餓鬼阿弥は、かうした群のなかに入れられたに違ひない。が、胸札に目を留めた人たちによつて早々に曳き出された。

南大門を出る手前に、熊野権現礼拝石がある。ここで南を向いて遥拝すれば、熊野に詣でたと同じことになるとされてゐるが、餓鬼阿弥はそれではすまない。

わたしも門を出る。と、石段の下には大阪在住の友人が、乗用車を傍らにして待つてゐてくれた。石段を駆け降りると、助手席に滑り込む。ここから友人の運転で、熊野まで行くのだ。

門前から切れ切れに熊野街道が残つてゐる。とりあへず車は大通を採つて、そのまま天王寺駅前の阿倍野橋《あべの》を渡り、賑やかな阿倍野商店街を進む。

「けふは紀州の湯浅まで。あしたが熊野の川湯温泉で、本宮は明後日だよ」

友人が予定を教へてくれる。

「馬にて参らば、苦行ならず。車なら、なほさらだけど、それでも結構きついよ」

友人は『梁塵秘抄』の一節を織り込みながら言ふ。勤務の合間を見つけて、付き合つてくれるのである。院たちは、本宮まで十日あまりかけたが、われわれは三日である。餓鬼阿弥はどうであつたらう。土車に乗つてゐるとは言へ、曳くのは徒歩の人たちである。

南海上町線の松虫《まつむし》停留所の少し先を、右斜めに入る。

「ここから少しの間、熊野街道が残つてゐるんだ。大阪のひとは、いまだに小栗街道と呼んでゐるよ」

仕舞屋風《しもたやふう》の家がところどころ見られる、いまは落ち着いた住宅街だが、道は微妙に曲折する。

安倍野五十丁引き過ぎて

絵巻からである。いまは阿倍野の文字を当てる。

左側に安倍晴明神社があつた。狐を母としてここで清明が誕生したと言はれてゐる。そのすぐ先に、阿倍野王子神社がある。現存する数少ない王子社のひとつで、かつては窪津につづいて、坂口、郡戸《こほと》、上野《うへの》とあつて、ここであつた。「熊野街道」と刻んだ石柱が立つてゐるが、いまはこちら側が裏通である。

その先で街道は消え、南海上町線の軌道沿ひを走る。

住吉大社であつた。古くは社前に住之江の浜が広がる景勝の地で、後鳥羽院は、御経供養や神楽、歌会などを催した。

太鼓橋を渡り、三つの棟の社それぞれに詣でる。

それから大和川を越え、やがて堺の市街を抜ける。

　ゐいさらゐいと引車《ひくゝるま》、仏の御手《みて》の糸長《いとなが》き、旅路の幾泊り、住吉堺引過て、足手も労《つか》れ身も労れ、
心使ひを何時迄も、果なし越《こし》の幾《いく》難所……。

浄瑠璃『小栗判官車街道』からである。

大鳥《おほとり》大社に立ち寄る。大鳥王子があつたところだ。ここも境内が広い。

その先から、阪和線とほぼ平行して、山手側に旧道が残つてゐる。

信太森《しのだのもり》の傍らを通りかかる。かつて篠田王子社があり、信太妻の物語の舞台として知られてゐる。先の阿倍野の安倍晴明神社に祀られてゐる晴明は、この森に住む狐が化けた女葛《くず》の葉《は》と安倍保名《やすな》との間に生まれたと語られてゐるのだ。

「昼飯にしよう」

さう言つて、友人は駐車場に車を入れたが、古びた店の看板には「葛の葉食堂」とあつた。

薄暗い店内の壁に、歌舞伎の『芦屋道満大内鑑《あしやだうまんおほうちかがみ》』の写真が貼つてあつた。葛の葉が童子の晴明を抱いたまま、口に筆を銜へ、「恋しくばたづね来てみよ和泉なる信田の森のうらみ葛の葉」と、障子に歌を書いてゐる。本性を知られ、夫の許に子を置いて去らなくてはならなくなつたのだ。

深泥ヶ池の大蛇は書き置きを残したのだらうかと、ふと考へた。身籠つた子はどうなつたらう？物語では触れられてゐない。口から口へと語り伝へる者たちにとつて、文字は縁が薄いのだらうか。ただし、餓鬼阿弥の胸札には、閻魔大王、藤沢の上人、そして常陸小萩の文字が記されてゐる。それらと障子に書かれた文字とを見比べたらどうであらうか。狐と人の隔たりを越えて意を通はせようと書かれた文字と、地獄とこの世の隔たりを越えて意を通はせようと閻魔大王が書いた文字、救済を願ふ不特定の人々に呼びかける藤沢の上人の文字、そして、目も口も利かぬ餓鬼阿弥宛に常陸小萩が書いた文字である。今日、われわれが書く文字とは、異質で、小栗判官と照手姫が通はせた艶書にしても、謎々で満たされてゐた。

早々に食事を済まして、車を出した。

道端の祠の礎石に、「小栗街道」と刻まれてゐるのが目にとまつた。説経から浄瑠璃に、さらには歌舞伎へと取り込まれ、広く親しまれるまま、かう呼ばれて来てゐるのだ。

ここまで来ると、熊野を目指す人たちの流れが幾つとなく合はさつて大きくなり、餓鬼阿弥の土車を曳く人々は入れ替はり立ち替はりした。身分ありげな男女もゐれば、逃散《てうさん》した百姓、婚家を抜け出した女、遊行僧や勧進柄杓《くわんじんびしやく》を手にした熊野比丘尼、笈《おひ》を背負つた修験者、また御師《おし》に引き連れられた巡礼たちもゐた。

東貝塚の先から街道は、阪和線の西側に移る。そして、関西国際空港への道路の下を潜り、大阪府の南端を区切る和泉山脈《いづみさんみやく》の一角、山中渓谷《やまなかけいこく》へと入つて行く。

トンネルを抜けると、紀州であつた。

眼下に、紀ノ川がゆつたりと流れてゐる。そして、向ふに山々が重畳《ちようでう》と藍色に霞んでゐた。間違ひなく熊野の山並である。

　車を止めて、その風景を眺めた。

「地図を見ると、日本列島の重心は、いかにも紀州半島にあるなあ、と思はないか。ちやうど中央に位置して、南へ丸く張り出してゐる。だからこの列島に生まれた信仰も、海外から伝へられた信仰も、多分、この熊野に集まり、溜まり、積もるんだね」

　友人が言ふ。

「だからわれわれを含め大勢の人たちが、熊野へ引き寄せられて行くのかな」

と、わたしは応じた。

「大和や京、また東国ばかりでなく、大陸や朝鮮半島、さらには印度から入つて来た文物も、いま目の前にしてゐる幾重にも連なつた山々に濾過され、熊野の奥に溜まり、積もつて、醸成されるんだよ、きつと」

「その通りかもしれないね。熊野では、古来の海の信仰と山の信仰がまづ重なり、一体化した。そこへ道教や仏教、浄土信仰や密教信仰が入つて来て折り重なつた……」

　そのわたしの言葉を引き継いで、友人が言ふ。

「それと一緒にわれわれ自身の生と死、此岸と彼岸をめぐるさまざまな思ひ、思考も積もり重なつた。さうして、それらが反撥したり分離することもなく、混ざり、習合したんだ。熊野信仰が急速に全国へ広がつたのも、その習合した成果と、その習合する能力のためだつたかもしれないよ」

「習合といふ現象は、大和や京でも東国でも九州でも起つたけれど、深くて巨大なダムのやうな熊野の山中でこそ、深く進行したんだな」

彼方へと重なりつづいてゐる山々を眺めてゐると、さうしたことが自然に納得できるやうである。その熊野の奥へと餓鬼阿弥の土車が入つて行つたのだが、呑海上人以下の事績を基にして、常陸や武蔵・相模での勇壮だが血なまぐさい出来事、そこから派生したさまざまな伝承、ここまでの道中でのことなどを、雑多に抱へ込んだまま進んで行くと、それらがいつしか絡み合ひ、溶け合ひ、習合して、この世とあの世の間を往還する一編の物語となるやうなことが起つたのであらう。

一気に坂道を下り、紀ノ川を渡る。そして、和歌山市街の東をかすめて走り、海南市の南に出た。岩礁の下へ切れ込んだ海が、白い飛沫を挙げてゐるのが遠望された。

木々が繁つて薄暗い藤白《ふじしろ》神社の境内に入つて行くと、王子跡の碑があり、後鳥羽院の歌塚があつた。後鳥羽院の一行は、ここで御経供養を行なひ、神楽や相撲、白拍子の舞を奉納、歌会を催してゐる。かうした異質な行事をまとめて行つたのも、いま言ふ習合の一つの現はれかもしれない。

境内の奥、藤白坂の登口脇に、有間皇子の墓と伝へられる五輪塔があつた。皇子は南紀の地を愛し、斉明天皇四年（六五八）の秋、天皇が彼の奨めに従ひ牟婁《むろ》の湯（現在の白浜温泉か）へ行幸したが、その留守に謀反を企てたと訴へられ、牟婁の湯に呼び寄せられると、尋問を受け、ここまで戻されて処刑されたのだ。

　　家にあらば笥《け》に盛る飯《いひ》を草枕旅にしあれば椎《しひ》の葉に盛る

歌碑があり、皇子の歌が刻まれてゐた。餓鬼阿弥も、椎の葉に盛つた食物を与へられたのだらうか。この物語を語り歩く者もまた、さうした食事をしながらでなくてはならなかつたらう。

藤白坂は、熊野街道の難所のひとつで、急坂である。土車は上がることが出来たかどうか。曳き手たちが抱へて登つたかもしれない。

その坂上からの眺望が素晴らしい。なにしろ紀淡《きたん》海峡が眼下で、そのまま太平洋へ繋がつてゐるのだ。しかし、道はその先、激しく上り下りを繰り返すので、われわれは途中から引き返す。

自動車道はすぐトンネルへ入つた。オレンジ色の灯火がどこまでも続く。紀州半島の西へ張り出し、王子跡を幾つも点在させた山塊を貫いて、一気に南へ下るのだ。

抜け出ると、あたりは夕暮れであつた。右手前方の湾が薄すらと紅色を帯びて靄つてゐる。湯浅《ゆあさ》湾である。

この地は、明恵《みやうゑ》上人が生まれ育ち、生涯にわたつて慕ひつづけ、島宛に手紙を出したりしてゐる。江戸時代以降は、醤油の町として知られてゐる。

宿で夕食をとつた後、友人と町をぶらぶら歩いたが、いたるところに水路が巡らされてゐる。水運が発達してゐたのだ。灯火もなくひつそりしてゐる一角に入り込むと、遊郭の跡だつた。いまなほ女たちの嬌声があちこちから聞えて来る気配だ。舟で売られて来た女、売られて行つた女たちがゐたのだ。

後鳥羽院に従ひ、建仁元年（一二〇一）十月九日、ここに泊まつた定家は、家の主が七十余日前に亡くなつたと知らされ、穢《けがれ》があると大騒ぎして、入江で潮垢離《しほごり》をとつた。そして、夜には後鳥羽院の許で開かれた歌会に、慌ただしく参上してゐる。

それから二、三百年後の餓鬼阿弥だが、どうであつたらう。民家の軒下で夜露を凌ぐことが出来ただらうか。

＊

翌朝、出掛ける釣客たちの気配で、われわれも早く目覚めた。予定より一時間ほど早く出発した。そして、幾つもの王子を飛ばして、御坊《ごぼう》に出て、道成寺へ行く。石段を上り詰めると、意外に広い境内であつた。文武天皇の勅願によつて、大宝元年（七〇一）に建立された立派な伽藍だ。清姫に追はれた安珍がここまで逃げて来て、鐘の中に隠してもらつたが、蛇体となつた清姫が巻きついて、鐘ごと焼き殺されたと伝へられる。

「絵解《ゑと》きを聞かせてもらへますか」

行き会つた僧に友人が尋ねた。『道成寺縁起絵巻』を広げながら、安珍と清姫の物語を僧が語り聞かせてくれるのだ。この街道の要所々々には、かういふ熊野を目指す人々を先へ先へと誘ひ込む仕組が用意されてゐるのである。しかし、時間が早すぎた。

石段の上から日高川を眺めた。清姫が蛇体に変身、向岸からこちらへと渡つて来たと伝へられてゐる。深泥ケ池の姫は蛇体となつて逆に去つて行つた。

日高川沿ひに海岸近くまで戻り、橋を南へ渡ると、塩屋王子神社であつた。巨木の間の急な石段を上ると、小ぶりな社殿があり、横に後鳥羽院御在所跡の碑が立つてゐた。そこからは青々とした海が木立越しに見える。

しばらく走ると、国道と旧街道が別れる。旧街道を採ると、すぐに清姫草履塚《ぞうりづか》があつた。小さな土盛に過ぎないが、遥か南の真砂《まさご》の里から安珍を追つて来て、ここで裸足となつたと言はれるのだ。

旧街道は、このあたりから海に迫り出した台地の上を行くので、青々とした水平線が右手に絶えず望まれた。集落が点々とある。その中の一つの駐車場に寄ると、清姫腰掛石があつた。駆けて来た清姫が一息入れたのだ。いかにも腰を掛けるのによさそうな自然石である。

「安珍は、なぜ焼き殺されたんだい？」

友人はそこに腰を下ろすと、尋ねた。

「殺されても仕方のない、ひどい仕打ちを、安珍は、清姫に対してやつたのかい？」

「いいや、もともとの話では、回りの者から、お前の夫となる人だよと言ひ聞かせられて育つたので、年頃になつた清姫が、妻としてくれるやう望んだところ、安珍は驚いて逃げ出した、と言ふだけのやうだね。後になると、いろんなふうに変へられたけど」

「修行者として、女に迫られれば、逃げるのは当然じやないか」

「さうだよ。遠いところからわざわざ熊野へ、定期的に験能を高めるためやつて来てゐたんだよ。職業的な修行者だつたから、清姫がいかに誘惑的な美女であつたとしても、逃げなければならなかつた。さうしなければ、修行者としてやつて行けなくなる」

「ところが清姫には、それが許せなかつたんだね。女として最大の侮辱を受けた、と思つたのかな。それとも、女を排除したところで、救済を考へる宗教自体に対し、怒りを爆発させたのかね。なにしろ寺の鐘ごと男を焼くところまで行つたんだから」

「熊野信仰は、当時にあつては例外的に女人を受け入れてゐたんだけどねえ」

「岩盤の薄いところを狙つて、マグマは噴出するんだよ。真砂の里から道成寺に至る道筋がさういふ場所だつたんじやないか」

清姫の行動は、一本の青い水平線のやうに見事にはつきりしてゐるが、そこまで過激に突き動かしたのは何であつたのか。もしかしたら照手姫を突き動かしたのと、内実は変はらないのではないか。男を焼き殺すのと甦らせるのと、方向は逆だが、この世の定めには囚はれず、突き抜ける。

「さういふ情念を正面から受け止めることができたのが、小栗判官だつたのかな」

「安珍のやうな平凡な修行者は逃げ出した末、殺されてしまつたが、小栗判官は、受け止めることが出来たんだね。さすが七十二人の女と大蛇を相手した男だけのことはあるよ」

戦乱のただ中、街道や市、門前、時には陣中などでも語られ、享受されることをとほし成長した主人公だから、それだけの強さは持つてゐたのであらう。

台地を下つて、横道にわづか入つた林のなかに、切目神社があつた。切目王子跡である。

ここには清姫が攀じ登つて安珍の姿を求めた松があつたと言ふが、いまは切り株も失はれてゐる。社殿はまだ新しい瓦葺である。平治元年（一一五九）十二月十日、熊野参詣のため平清盛ら一党はここへ到着したが、都から早馬があり、即刻引き返し、源義朝らを破り、平家全盛の時代を招き寄せた、ゆかりの場所でもある。義朝の息朝長は、このため青墓で自決しなければならなかつた。

蚊が多い。早々に出る。

密生した小松の上に水平線ばかりが見える道をしばらく走る。

その小松群のなかに、有間皇子磐代結松《いはしろむすびのまつ》跡の碑があつた。皇子は、ここでかう詠んだ。

　　磐代の浜松が枝《え》を引き結び真幸《まさき》くあらばまたかへりみむ

また帰つて来て、わたしが引き結んだ永久の命を約束するはずのこの松の枝を見たいものだ、と願つたのだが、それも空しく、藤白で処刑されて終はつた。しかし、人々は幸ひを求めて、飽きずこの道を歩き続けて来てゐるのだ。

やがて道は下り、湾に沿つて行くと、崖の中腹に山中王子の祠が張り付くやうにあつた。その入江の奥が南部《みなべ》の町で、前が千里浜である。鳥羽院の行幸の列が進んでいくと、「見物の貴賤」がずらりと並んで迎へたといふ。

その先が潮垢離浜であつた。後鳥羽院の一行もここで潮垢離を取つてをり、体調の悪かつた藤原定家も無理に海水を浴びてゐる。熊野詣の人たちは、道々幾度となく潮垢離をし、水垢離をし、湯垢離をすることになつてゐたから、土車を曳く人たちもここで潮垢離をし、餓鬼阿弥の皺み縮んだ肌に海水を掛けてやつたらう。

このあたりから田辺の市街である。車が混雑してゐたが、闘鶏《とうけい》神社へ向ふ。

その広い境内に、檜皮葺の社殿が三棟並んでゐた。この配置は熊野本宮に従つてゐるらしい。早く熊野権現本宮を勧請して、白河院の時代（一〇八六〜一一二九）には、新宮と那智に当社を加へて熊野三所権現とし、これら三山参詣を一山ですますことのできる所として勢力を伸ばした。そして、久安三年（一一四八）には、天照大神など十二神を勧請、新熊野権現と称し、熊野信仰の一角にあつて独自な立場を要求するやうになつた。

ただし、大きな勢力を持つやうになると、源氏と平家が天下を争へば、いづれに付くかを決めなければならなくなる。判断に迷つた当時の別当湛増《たんぞう》は、白と赤の鶏七羽を闘はせて占つたところ、白い鶏が勝つたので、源氏に味方したといふ。それ以来、ここは新熊野鶏合《とりあはせ》大権現と呼ばれたが、明治維新の神仏分離令によつて闘鶏神社と改められた。権勢の消長につれ激しく揺れ続けて来た社である。

その別当湛増の子と言はれるのが弁慶で、薙刀《なぎなた》を突いて立つ巨像があつた。それを眺めてから宝物館へ行く。

ここに熊野比丘尼が携へ、絵解きをして歩いた最も古い熊野那智参詣曼陀羅《くまのなちさんけいまんだら》と熊野観心十界絵図《くまのくわんじんじつかいゑづ》が収蔵されてゐるのだ。普陀落渡海《ふだらくとかい》の舟と赤い鳥居、巨大な那智の瀧、八咫烏《やたがらす》のゐる神社とも寺院ともつかぬきらびやかな聖地、それから、誕生から死に至る人生の階梯を示す橋と、閻魔大王が君臨する、針の山と血の池があり赤鬼青鬼が呵責の限りを尽くす恐ろしい地獄とを、人々はこの二枚の絵図でつぶさに知つたのである。地獄と言へば、源信『往生要集』といふことになつてゐるやうだが、一般庶民にとつては、まづ十界絵図であつた。

生憎、宝物館は閉まつてゐた。その閉ざされた扉の前に立つて、絵図を思ひ描いてみる。図版で幾度となく見てゐるので、さう難しいことではない。ふつと人の気配がしたので、振り返る。誰か、例へば藤沢の遊行寺で会つた赤いセーターの男でも立つてゐさうに思つたのだ。しかし、陽に照らされて境内は影もなく広がつてゐた。

＊

道はここから内陸部へと入つて行く。いはゆる中辺路《なかへぢ》になるが、いまでは国道百十一号である。やがて富田川《とんだがは》が見え隠れするやうになつた。

岩田神社があつた。稲葉根《いなばね》王子である。石垣が築かれてゐて、石段を上がると、銅葺のしつかりした造りの社殿である。

富田川は徐々に谷深くなつて行く。

西谷川との合流点が、清姫の生まれ育つた真砂《まさご》の里であつた。両岸を抉られ、迫り出すやうになつた一角に、小さな御堂と清姫墓があつた。自然は荒々しいが、どこか雅びな趣がある。この里の人たちが長い年月をかけかういふふうに整へ、保持して来たのであらう。ここでの伝承によれば、清姫は可憐な娘で、道成寺まで追つていかず、川に身を投げたことになつてゐる。

進むにつれ川床が路面近くまで上がつて来たところで、橋を渡ると、展示施設の古道館があり、杉林のなかに鳥居があつた。

瀧尻王子である。一段高く石垣が築かれたところに社殿があり、ガラス戸が入つてゐるのがそぐはない。院の一行はここでも川垢離を取り、御経供養をし、歌合を催した。

ここから先、中辺路の古道がほぼ残つてゐる。王子社の横を抜けてその入口まで行き、窺つて見ると、木々の根が幾重にも這ひ横切り、ところどころ自然石で段が作られてゐる険しい山道である。土車で行くのは、このあたりから難しくなる。

折から大峰入りの山伏たちが通りかかつた。彼らは、餓鬼阿弥を認めると、手早く蔓で籠を編み、土車を捨てさせ、その中に餓鬼阿弥を入れ、背負つた……。かう説経は語り進める。

この坂道を上ると乳岩《ちちいは》といふ岩屋があるはずで、それを見たいと思つたが、友人にせかされるまま車に戻る。

さうしてしばらく走つてから、車を道の傍らに寄せて停め、林の中の小道を上がる。一帯は杉が植林されてゐて、薄暗い。

そのなかに、牛と馬を並べて背に跨がる童子の石像があつた。高さ五十センチほどの、稚拙で可愛らしいものだが、一説によれば、花山院の姿を写してゐると言ふ。基壇には明治二十四年（一八九一）の刻入がある。

ここが箸折峠であつた。

藤原兼家《かねいへ》の企みに乗せられ、院は十九歳の若さで天皇の位を退く羽目になると、わずかの供を連れて諸国を遍歴、熊野にも足を運んだ。その折り、ここで食事を採らうしたところ、箸がなく、傍らの萱を折つた。それゆゑこの名が付いたといふが、その萱の折口からは赤い滴が染み出たので、院が血か露かとお尋ねになつた。そこからこのあたりを近露《ちかつゆ》と呼ぶ、とも伝へる。

血か露か、と言ふよりも、わが血涙か、と言ひたい思ひを、院は引きずつてゐた、と人々は考へたのであらう。

童子像の横には、高下駄を履いた、やはり童顔の行者の座像と、花山院の写経と法衣を埋めたと伝へる室町時代らしい宝篋印塔《ほうけふいんたふ》があつた。明治にも室町にも、院を悼む人々がゐたのだ。

車に戻り、少し走ると、杉の大木が急な斜面に生ひ繁つてゐる中腹で停まつた。そして、落葉に埋まつた細々とした石段を上がつて行くと、一際目立つた巨木が十本ほど、こちら側ばかり枝を伸ばして並び立ち、小さな社があつた。若一王子権現社《にやくいちわうじ》であつた。

そこからすぐ先に、赤毛布を床几にかけた茶店があり、視界がわづか開け、山々を見渡すことができた。

その先の道端に、秀衡桜《ひでひら》があつた。幹が幾本も束ねられたふうで、枝が複雑に突き出てゐる。藤原秀衡が奥州から懐妊した妻を伴ひ、熊野詣にやつて来たとき、と言ふから、鳥羽院の時代であらうが、先ほど立ち寄つた瀧尻王子を過ぎたあたりで、妻ははからずも産気づき、出産した。困惑した夫婦は、夢に現はれた熊野権現の告げるまま、傍らの岩屋、先程見損なつた乳岩のなかに赤ん坊を置いて出発、ここまで来たところで秀衡は、杖にしてゐた山桜の枝を地面に突き立て、かう念じたと言ふ、「子死すべくば、この桜も枯るべし。熊野権現の御加護ありてもし生命あらば、桜も枯れまじ」。

義経が青墓で杖とした芦竹を地に突き刺して念じたのと似通つてゐる。もともと杖は神の依代で、図り難い未来を占ふために用ひたらしいが、そこから望ましい未来を招来すべく、かうしたのだ。

そして熊野詣を果たして秀衡夫妻が戻つて来ると、杖が根付いてゐた。さては、と岩屋へ駆けつけたところ、赤ん坊は狼に守られ、乳岩から流れ落ちる乳を呑んで、健やかであつた、といふ。

切られて杖とされた桜でさへ、熊野権現の加護を受ければ、根を生やして甦り、置き去りにされた赤ん坊も育つのである。餓鬼のやうになつてゐやうと、閻魔大王と藤沢の上人が約束するとほり、小栗判官が元の通りになるのも、さう難しいことではないのかもしれない……。

秀衡桜の幹に触れてみる。樹皮には皺と罅《ひび》が無数に入り、ざらざらする。山伏たちも、後の時代にやつて来た照天姫らも、餓鬼阿弥の甦りを念じて触れたに違ひない。

陽が傾いて来たので、野中の清水や小広王子跡を早々に確認すると、国道が旧道と別の谷筋へ逸れるまま、川湯温泉へと向つた。

黄泉帰《よみかへ》り

翌朝、宿の主人が運転する小型車の後について、出発した。けふも好天である。すぐに山のなかの、濡れた道になつた。そして、小山ひとつを越えたと思ふと、停まつたのが、熊野本宮の社頭横の駐車場だつた。朝の光のなか、太い柱の鳥居が高々と立ち、横には色彩豊かな幡が、黒い八咫烏《やたがらす》を際立たせて翻つてゐる。

その情景を眺める余裕もなく、宿の主人に促されて、小型車に乗り換へる。

前日は小広王子《こびろわうじ》から横に逸れ、川湯温泉へ行つたが、その小広王子から先の中辺路《なかへぢ》を、引き継いで辿らうといふのである。本宮を拝するのは、それからである。

勢ひよく発進すると、狭い山道へ入り込む。

左右へ鋭く曲がり、急な坂を上り下りする。思ひがけず迫つた集落の軒先が窓をかすめる。

やがて薄暗い杉林のなかに停まつた。そして、落葉の積もつた、陽がところどころわづかに落ちてゐる小道を歩いて行くと、どこか繊細な造りの鳥居があつた。発心門《ほつしんもん》王子である。

鳥居を潜らうとすると、宿の主人は横の道を降りかかつてゐて、振り返り、

「こちらの方を先にご案内します」

と言ふ。

その後に従ひ、杉林のなかを、斜面に沿つて斜めに降りる。

岩蔭に、小さな社殿があつた。狛犬替りに石の龍が両脇に控へてゐる。舟玉《ふなだま》神社であつた。こんな山中に、舟の神とはなんだだらう。宿の主人は社前に黙つて立ち、手を合はせる。

熊野詣と舟は無縁でない。熊野川の中州にあつた本宮に参るのに舟を使ふことが多かつたし、新宮、那智大社へと巡るのには、本宮から熊野川を舟で下るのが一般であつた。それとともに舟玉神社は治水に係はるらしいから、山中に在つても不思議はないのだ。そればかりか、じつは死者があの世へと行くのに舟に乗るとするのが、エジプトだけでなく、わが国古来の信仰でもある。熊野へ行けば、死者に会へる、と古くから言はれてゐるが、そのことも無縁でないかもしれない。

その社前からさらに下ると、音無川《おとなしかは》の流れが、木々の間に見えて来た。そして、猪鼻《ゐのはな》王子跡の碑があつた。

小広王子から岩神《いはかみ》王子、湯川王子などを拝して、三越《みこし》峠を下ると、道は音無川のなかに消える。そこから瀬をたどりたどりして、ここへ至るのだ。そして、女院たちは白衣に着替へ、禊した。わたしも河原に下り、澄んだ流れに手を浸した。冷たい。

「林道が出来て、土砂で川底が埋まりましてね、様子はすつかり変つてしまひましたよ」

横に来て宿の主人が言ふ。流れのなか、岩が陰をつくり、川藻が茂つてゐてもをかしくないのだが、粗い土砂が一面を埋め、幽邃《ゆうすい》の趣はない。女院たちの裸身やおぞましい餓鬼阿弥の姿を映した川面は、しばらく戻つて来さうにない。

音無川の瀬から上がつて先へ進む気持で、いま来た道を戻る。

舟玉神社の前で一息入れて、さらに上がる。

さうして、発心門の鳥居を潜つた。奥に復元された小ぶりな朱塗の社殿があつた。桧皮葺《ひはだぶき》の屋根に、蔀格子《しとみがうし》が雅びな趣である。ここからいよいよ本宮の領域へ踏み込むことになるのだ。

此ノ王子ノ宝前《ほうぜん》、殊ニ信心ヲ発《おこ》ス。紅葉風ニ翻ル。

藤原定家の『明月記』建仁元年（一二〇一）十月十五日の記述である。彼はここで初めて感興を覚え、筆を執つた。さうして、王子社の裏にあつた御堂の門柱に、歌を書き付けた。

入り難き御法《みのり》の門はけふ過ぎぬ今より六つの道にかへすな

入り難い御法の門をやうやくけふ潜つた、もう迷ひの六道に戻ることがないやうに心しなければならぬと、殊勝な決意を詠んだのだが、御堂の尼に咎められた。落書きする者が絶えなかつたのだ。それから七十三年後の文永十一年（一二七四）夏、「南無阿弥陀仏」の名号を記した念仏札を配りながら、一遍上人がここへやつて来た。六十万人に配る誓ひを立ててのことで、この近くで行き会つた一人の僧に、「一念の信を起して南無阿弥陀仏と称へて、この札を受け給ふべし」と言つて、手渡さうとした。と、

「今一念の信心起り侍らず。受けば妄語《まうご》なるべし」

さう答へて、拒まれた。さらにその僧は、仏の「経教《きやうげう》を疑はずと雖《いへど》も、信心の起らざる事は、力及ばざる事なり」、——仏の経典に記されてゐる教へを疑ふわけでは決してないが、信ずる心が起らないのは、私の力の及ばぬところで、如何ともできない、と言つたのである。

これに一遍は、立ち往生してしまつた。信心しないひとに念仏を無理に勧めてよいかどうか。この僧が言ふとほり、信じないまま念仏することは念仏自体を妄語に、すなはち嘘とすることになるのではないか。これは大きな過ちかもしれぬ……。往来する熊野詣の人々が立ち止まつて、この二人を見てゐる場面が、いま引用した詞書とともに『一遍聖絵』に描かれてゐる。険しい山中の路、墨染めの衣から臑《すね》を出した、浅黒い顔の一遍の前に、いかにも高貴さうな僧が立つてゐる。背後には、市女笠《いちめがさ》から虫垂絹《むしのたれきぬ》を足元まで長々と垂らした女人二人がゐて、さらにその後から、身軽な旅姿の男女三人が成り行きを見守つてゐる。

このまま引き下がれば、他のひとたちも念仏札を受け取らなくなると恐れて、一遍は、本意でなかつたものの、

「信心起らずとも受け給へ」

さう言つて強引に念仏札を渡し、他の者たちにも渡した。

この出来事が、そのまま時宗の成立へと結び付くことになるのだが、さういふ由縁のある場所に、餓鬼阿弥は山伏たちに担がれやつて来た。山伏たちのなかには、そのことを承知してゐて、語り聞か

せる者があつたかもしれないが、餓鬼阿弥の耳はまだ聞くことができない。

＊

宿の車はそこから戻る。

しばらく走つてから下車、横道を歩いて行くと、廃校になつた小学校分校のグラウンドに出た。傍らに水飲場ばかりが健在で、竹筒の先から盛んに水が流れ落ち、陽を跳ね返してゐる。横に、水呑王子と刻まれた緑泥岩の碑が立つてゐる。

柄杓で受けて飲む。

次に車が停まつたのは傾いだ納屋の前であつた。狭い坂道を登り、小山の突き出た先へ出ると、石垣を背にして石の祠があつた。伏拝《ふしをがみ》王子である。

前から展望が開け、眼下の山と山を押し分けて作り出したやうな狭間の彼方に、陽を受けて光るものが見えた。熊野川であつた。そこの河原の広りが大斎原《おほゆのはら》だといふ。本宮の社殿はもともとそこにあつたのだ。明治二十二年（一八八九）に洪水で流され、山手へ移されたが、それまでは、ここから遠望することができた。

やつと、おのが肉眼で見ることとの出来るところまでたどり着いた、との思ひを、人々は味はつたのである。

その人々のなかに、和泉式部がゐた……。

祠の横に、このことに因んで和泉式部供養塔があつた。六十センチほどの高さで、胴は五輪塔だが宝篋印塔の笠が乗つてゐる。和泉式部没後およそ二百年後の延応元年（一二三九）の建立である。

その時、彼女は、月のものを見たと言ふ。当時、出産と月のものは「赤不浄《あかふじやう》」とされてゐたから、これでは参詣はかなわぬと嘆いて、歌を詠んだ。

晴れやらぬ身にうき雲のたなびきて月のさはりとなるぞ悲しき

罪障の晴れない身であるのに、憂き浮雲が棚引いて、悟りの月を仰ぎ見ることができなくなつたのは悲しいと、女の身を嘆きながら夜を迎へたところ、夢の中に熊野権現が現はれ、歌を返へした。

もろともに塵にまじはる神なれば月のさはりもなにかくるしき

れつきとした勅撰『風雅和歌集』（貞和元年・一三四六選進）巻第十九に収められてゐる問答歌である。この時代、神は仏より劣り、「塵にまじはる」存在とされてゐたが、それをもつて価値の転倒を行つた、と言つてよからう。さうした存在であるからこそ、浄不浄、貴賤、男女を問ふことなく、人々を救ひ取ることが神には出来る。遠慮なく参るがよい、と告げたのだ。権現とあるから、本地垂迹思想を踏まへてゐるものの、従来の立場から大きく踏み出した考へ方である。

もつとも、その和泉式部だが、本来は平安中期に実在した女流歌人だが、ここでは各地を歩き巡り、絵解きや勧進を行ひ、時には身をひさぐ女たちの名となつてゐたやうである。現に広く各地に和泉式部供養塔が残つてゐるが、いづれも当の女流歌人であるよりも、いま言つたやうな女たち――女である身を嘆くよりほか術のない女たちのものであつた。

その女たちが、いまのやうな歌による答を熊野権現からぢかに受けとつたと称して、広く語り伝へるやうになり、光厳院親撰の『風雅和歌集』に収められるまでになつたのだ。

かういふ由縁のある供養塔の前へ、発心門で問題を抱へ込んだ一遍もやつて来て、拝し、考へをめぐらせたらう。信不信は浄不浄の問題とも繋がつてゐるのだ。さうしたことがあつて、一遍の教へを受け継いだ藤沢の上人によつて送り出された餓鬼阿弥がここを通つて行つたのだ。

次に車を降り、笹の茂る小道を上がつて行くと、杉やウバメガシの木陰に、祓戸《はらひど》王子の祠があつた。本宮はすぐなので、最後の祓をし、参詣のため心身を整へなくてはならない。わたしも友人と並んで、神妙に頭を下げた。

＊

祓戸王子からは間違ひなく一息であつた。幾つか坂を下つたと思ふと、もう本宮前の駐車場であつた。宿の主人に礼を言ひ、友人の車が駐車されてゐるのを確認してから、あらためて正面の大鳥居を見上げる。

後鳥羽院一行は京を出てから十一日目に到着した。われわれは大阪からだが、三日目である。餓鬼阿弥はどうであつただらうか。瀧尻王子からは山伏に背負はれたから、思ひの外早かつたに違ひない。

大鳥居をくぐり、なだらかな石段を上がつて行くと、右手に、和船の模型が置かれ、「舟玉」と書いた幡が幾流も立つてゐる。やはり特別の係りがあるのだ。

菊の紋章のついた幕を垂らした神門をくぐる。

広い境内の向ふに、桧皮葺の小屋根を載せた塀が横に長く伸び、間合ひを置いて門が四つあり、奥に優美な曲線を見せた桧皮葺の社殿が四棟並んでゐる。

左から第一殿、第二殿と数へるが、いづれも、平入りである。次いで位置する第三殿は、妻入りで、幅広い庇の上に、黄金造の懸魚《げんぎよ》を輝かせ、その上、棟の先に千木を交差させてゐる。証誠殿《しようじやうでん》である。主神の家都御子神《けつみこのかみ》を祀る。そして、右端が第四殿である。第三殿とおなじ形の社殿で妻入り、天照大神の若宮である。

これらの社殿は、もともと熊野川と音無川が合流する広大な中州の大斎原にあり、第十二殿まで数へたらしいが、先に触れたやうに明治二十二年の大洪水のためほとんど流され、残つた上四社ばかりが明治二十四年にこの高台に移されたのである。規模は、かつての八分の一だと言ふ。

第一殿から順に手を合はせて、第四殿から証誠殿の前に戻つた。家都御子神は、須佐之男命の別名とも言はれるが、垂迹思想が広がるとともに、本地は阿弥陀如来とされた。そして、上皇や院が本宮へやつて来ると、この社殿に必ず籠もるのが習ひであつた。一般の人たちも、夜になると必ずここに籠つて、霊夢を授かつた。

山川千里ヲ過ギテ、遂ニ宝前ニ参拝ス。感涙禁ジ難シ。

定家が『明月記』にかう記したのは、この社前でなくてはならない。

久寿二年（一一五五）の冬、鳥羽院はここに籠つて天下泰平と自らの延命を祈願した。さうして夢に、御簾の裾から「ひだりの御手とおぼしきうつくしげなるをさし出させ給て、うちかへしうちかへし度々させ給ふ」（『保元物語』）のを見た。さつそく巫女を召して占はせたところ、巫女は涙を流し、院の命が尽き、掌を返すがごとく世が乱れる、と語つた。さうして実際に翌年に院は亡くなり、保元の乱が起つた。

吉夢を見るとは限らないのだ。しかし、ここに詣でた限り、ここで夜を明かさなくてはならないのだ。一遍上人もさうしたし、われわれが追つて来た餓鬼阿弥も、蔓の籠から引き出され、社前に据ゑられて眠り、夢を見た。目は見えずとも、夢ならありありと見ることができたらう。ただし、その中身は知れない。

坂を下り、大鳥居を出た。

熊野川の広大な河原が広がり、向ふ遠くに流れが見える。

鳥居前から川下へと歩いて行くと、右手の谷から川が現はれた。音無川である。道の下を潜つて、熊野川の河原のこちら端に沿ふやうになるとともに、川幅をひろげ、浅くなる。

小ぶりな鳥居があり、そこから向ふ岸へ平らな石が点々と置かれてゐた。かつてはかなり流量があり、中洲へは小舟で渡つたが、時代が下がると、水の中を徒歩《かち》で行くやうになつたから、「濡れ草鞋の入堂」と言はれたが、いまは靴も濡らさずその石を伝つて行くことになる。

渡つた先は、広大とでもいふより外ない草原で、山々がひどく遠くに見えた。大斎原である。ところどころに鬱蒼とした巨木の林がある。当てもなく草を踏んで行くと、そのひとつの林の蔭に、二基の石灯籠を前にした立派な石の祠が二つ並んでゐた。流失した中四社と下四社の跡である。このあたりを中心にして多くの社殿、御堂が建ち並んでゐたのだ。

『一遍聖絵』を見ると、かうである。舟で音無川を渡り、中州へ上がると、正面に大きな桧皮葺の礼殿がある。観音開きの板扉を備へた幅六間の規模で、そこから左右横に回廊が伸び、奥正面には朱塗りの社殿がある。平入りで、階段が二つ並んで付いてゐる。第一殿と第二殿である。そこから右へ回廊の中程を抜け出ると、そちらにも回廊が大きく巡らされてをり、手前に第三殿、証誠殿がある。そして、第四殿、中四社、下四社と順に並んでゐる。いづれも朱塗で、壁は白く、現在の白木の社殿と趣を異にしてゐる。その前を通り過ぎると、二層の朱塗の楼門となる。

この絵では、証誠殿の社頭に、長頭巾に袈裟を懸け、白衣に括り袴の男が立ち、その前に墨染の衣の男が跪いて手を合はせてゐる。白衣が熊野権現で、墨染の男が一遍である。

わたしは中四社と下四社跡の祠に向つて左側、少し距離を置いて、草の上に蹲つた。祠が正確に跡地を示すとは思はないが、おほよそこのあたりの正面に、証誠殿があつたのだ。

ここで一遍は、発心門で拒まれながら強引に念仏札を渡したことを思ひ悩みながら、微睡《まどろ》んだ。すると、社殿の戸を押し開いて出て来るひとがあつた。その白衣のひとは、回りに居並ぶ山伏たちの礼拝を受けると、一遍に近づいて来て、かう言つた。

融通念仏《ゆうづうねんぶつ》勧むる聖、いかに念仏をば悪しく勧めらるゝぞ。

から厳しい言葉を投げつけたのだ。やはり間違つてゐたのかと、一遍は身の竦む思ひをしたが、白衣のひとはつづけて、

御房《ごぼう》の勧めによりて、一切衆生初めて往生すべきに非ず。阿弥陀仏の十劫《じつこふ》正覚に、一切衆生の往生は南無阿弥陀仏と決定する所也。

お前の勧めによつて南無阿弥陀仏と称へ、往生するわけではない。阿弥陀仏——熊野権現の本地仏

――が念仏を称へれば往生すると決めてをられるからこそ、往生するのだ。そのところを間違つてはならぬ。さう釘を刺した上で、かう命じたのだ。

信・不信を選ばず、浄・不浄を嫌はず、その札《ふだ》を配るべし。

信ずる、信じないと言つたところで、人間が勝手にさう思つてゐるだけのこと、清浄、不浄にしても、人間が勝手に区別してのことで、それに囚はれず、ひたすら念仏札を配り、万人に念仏を勧めるがよい――と。確信が持てないまま一遍がやつたことを是認する言葉であつた。目を開くと、十二三歳の童子が百人ばかり一遍の側に寄り集まつて来て、「その念仏受けむ」と口々に言ふ。そこで念仏札を配ると、童子たちは「南無阿弥陀仏」と唱へながら、何処とも知れず消へて行つた。

物心もつかぬ童子であれ、不信の徒であれ、清浄な者であれ不浄なものであれ、相手を選ぶことなく、ひたすら念仏札を配り、念仏を勧めるべきなのだ。これまでやつて来たことを、確信をもつてより徹底して行へばよいのである。

かうして一遍の前には、新しい世界が広がつた。宗教といへば、信ずる信じないを安易に問題にしがち――とくに今日がさうだらう――だが、それに囚はれる必要はない。それとても、所詮、わたしの計らひに過ぎないのだ。

かう承知するなら、和泉式部の夢に現はれた権現が言つたことも、同じ趣旨だつたと知れよう。

かうして、信不信、浄不浄、貴賤、貧富などを問はない世界へと一遍は踏み込んだのだ。敵味方のない地帯を戦乱のさなかに出現させたのも、この考へ方からであつた。

白雲が草原の上を、彼方の山並みへと流れて行く。

餓鬼阿弥もまた、ここに座つた。一遍の教へを受け継いだ藤沢の上人によつて街道へ引き出され、つぎつぎと手渡されてやつて来たのだが、和泉式部が「赤不浄」を負つてゐたのに対して、この異形の者は、「黒不浄」(死の穢)と「病の穢」(当時は不治で遺伝し伝染すると信じられた癩《らい》が主であつた)を一身に負つた存在であつた。

だからこそ餓鬼阿弥は、和泉式部に次いで、ここへ来なくてはならなかつたのだ。そして、「信・不信を選ばず、浄・不浄を嫌はず」の教へを身をもつて完成させる役割を果たすのだ。

もつともこれでもつて清浄に身を保つことが無価値になつたわけではない。従来と違つた意味合ひを持つて、却つて輝いて来ることになる。

その餓鬼阿弥の姿を確認すべく、鉦叩きのやうな存在が見え隠れしながら付いて来てゐるだらうと、あたりを見回すと、音無川を渡つて去つて行く人の姿があつた。

＊

駐車場に戻り、友人の車に乗る。

木々に覆はれた小山へと上がり、やがて下ると、ちいさな盆地の小川沿ひを走る。

集落に入つて、小川の小橋を渡つて折れると、広場であつた。左が寺、右が旅館、突き当りが共同浴場である。湯の峰温泉であつた。川湯温泉に近く、その北に位置する。

寺は東光寺といひ、薬師如来を本尊とし、天仁元年(一一〇八)、鳥羽天皇の勅願で創建されたと伝へられるが、ながらく時宗に属してゐたらしい。藤沢の遊行寺などと係りを持つてゐたのだ。

車を出て、友人と小橋へ戻ると、狭い河原にコンクリート製の四角い槽が幾つも並び、その中で湯がたぎり、湯気を噴き上げてゐる。浴衣姿の人たちがある。

その湯煙の先、河床が一段と高くなつたところに、川へ迫り出て小屋があり、「つぼ湯」の文字が見えた。その上に小さく、「小栗判官湯治場《たうぢば》」とあるのが読めた。

小屋の板壁の下半分が蔀戸になつて開いてをり、中でちらちらするのは、人の裸らしい。

川沿ひの道を上がつて行き、小屋の前に立つと、足元が濡れてゐて、人の気配がなかつた。ちやうど上がつたところであつた。戸を開けると、直径二メートルほどの丸い石の湯船に、白乳色の湯が薄暗い灯の下、揺れてゐる。


菊のながれも是《これ》なれや、生薬《しやうやく》てふ熊野の湯、

浄瑠璃『小栗判官車街道』の一節である。不老不死の露を宿すといふ菊の薬効があると喧伝されて来てゐる。説経によれば、閻魔大王の手配で浄土から「薬の湯」が送られて来てゐるはずなのだ。服を脇の脱衣箱へ放り込むと、掛り湯もそこそこ、湯壺に身を沈めた。ややぬるめの湯加減だ。自然石を壺型に抉つてあり、意外に大きい。三、四人は入れさうである。

「いい湯だ」

友人も気持よささうである。

水音が激しく聞える。下から見たとほり蔀戸が上げられたすぐ横で、急流が飛沫を散らしてゐる。

向ふに湯煙をあげる槽と、先ほどわたしが立つて四方を眺めた小橋が見える。

朝、証誠殿の社頭で目覚めた餓鬼阿弥を、山伏たちが再び籠に入れ、この湯壺へと運んだ。すると、

ゐ合はせた者たちが受け取る。

運ぶ他力に曳かれ来て

先の一節のつづきである。胸に掛けていた閻魔大王、藤沢の上人、常陸小萩の書き込みのある札を首から外すと、この湯のなかへ深々と入れたのだ。土震塚《すなふるひつか》から這ひ出して四百四十四日目のことであつた。

浄瑠璃『当流小栗判官』は、この壺湯についてほとんど語ることがないが、『小栗判官車街道』では、照天姫に常陸の二人が甲斐々々しく介抱、この湯に入れる。そこへ藤沢寺の上人が駆けつけ、湯壺の回りに注連縄を引き回し、本宮に願かけに行くといふ騒ぎになる。この事態に横山の一党の者が、小栗判官に甦られては大変だと襲ひかかつて来る……。

江戸時代にもなると、派手々々しい展開になる。なにしろ奇蹟の仕上げが進行するのである。

かうして七日、湯に漬かると、まづ餓鬼阿弥の眼が開いた。

さらに十四日、湯に漬かると、耳が聞えた。

さらに七の三乗の二十一日、湯に漬かると、口がきけるやうになつた。

最初に見た風景、最初に耳に入つた音は、どのやうなものであつたらう。また、初めて小栗が口にした音声、言葉はどうであつたらう。

それに加へるに七日、湯に漬かると、

六尺二分、豊かなる元《もと》の小栗殿とおなりある。

浄瑠璃の方では、願掛けから戻つた藤沢寺の上人が、弟子たちに担がせた熊野権現の輿を湯壺近くに据ゑ、招魂の法を呪して、鉦を鳴らし、南無阿弥陀仏を唱へるのだ。すると異香《いかう》が熏《くん》じ、杓を手にした美女二人が湯壺の湯を汲んで、

一杓《ひとしやく》掛くれば色変り、二杓掛くれば肉を生じ、一度々々に身体髪膚《しんたいはつぷ》、五臓整ふ肌の光沢《つや》、二度《ふたたび》本の姿となる……

さうして、

小栗殿は夢の覚めたる心をなされ、

再び説経からであるが、これは『日本霊異記』や『今昔物語集』以来、用ひられてゐる黄泉帰《よみがへ》りの常套句である。冥府に赴くのは眠りの底へと深く沈むやうなもので、そこから再び浮かび上がるのが黄泉帰り――甦りであつて、本人にとつては、やはり夢から覚めるに等しい……。

かうして奇蹟がやうやく完成したのである。

湯の峰に到着、壺湯に漬かつて七の七乗、四十九日目のことであつた。

＊

壺湯を出ると、すぐ横に「蒔《ま》かずの田」と標識が立ち、稲が僅かに生へてゐた。湯に入るため小栗が髪を束ねた稲穂を投げ捨てたところ、以後は籾を蒔かずとも稲が生へるやうになつたと言ふ。また、近くには、さつそく力試しをした力石があり、本宮からここへ来る山道の傍らには、不要となつた土車を埋めたと伝へられる車塚がある。土車は瀧尻王子を過ぎたところで棄てたはずだが、拘ることはあるまい。

このやうにして全き姿に戻つた小栗判官の姿を目にした熊野権現は、絵巻ではかう考へる。

あのやうな大剛の者に、金剛杖を買はせずは、末世《まつせ》の衆生《しゆじやう》に買ふ者はあるまい。

この思案は、どこか念仏札の受け取りを拒まれた折の、一遍に似てゐる。この若者に金剛杖を受け取つて貰はなくては、他の者に買つて貰へなくなりさうだ、と思案、木樵《きこり》の姿となつて現はれ、金剛杖二本を示して、言ふ。

熊野へ参つたる印には、何をせうぞの。この金剛杖を御買ひあれ。

土産物屋の物売りめいた様子だが、それに対する判官は猛々しい。

餓鬼阿弥と呼ばれてに、車に乗つて曳かれただに、世に無念なと思ふに、金剛杖を買へとは、それがしを調伏《ちやうぶく》するか。

藤沢上人を初め、土車を曳いてくれた多くの人々に感謝するどころか、「無念」と悔しがるのだ。その上、「それがしを調伏するか」と、権現に向つて身構へる。恩知らずもはなはだしいと言はなくてはならないが、権現は、

いや、さやうではござない。

と気弱に否定して、これから世間に出たら、お前の運を開くものだからと説いて、

料足《りやうそく》なければただ取らする。

さうして二本の金剛杖を置き、掻き消すやうに消えるのだ。なんとも優しく、誠証殿から一遍の前へ現はれた白衣の男、じつは熊野権現とはまるで様子が違ふ。いまや力に溢れる判官に威圧されてゐるのだ。が、それが却つて嬉しい風情である。

なにしろ権現の教へ「信・不信を選ばず、浄・不浄を嫌はず」を小栗は身をもつて示し、甦りの奇蹟まで実現させたのだ。金剛杖は、義経の芦杖と秀衡の桜杖と同様、祈念した願ひが実現したことを端的に示す印であらう。だから小栗判官の手に取られなくてはならないのだ。

壺湯から出ると、川沿ひの道を上へ友人とぶらぶらと歩く。

と、左手の崖の赤黒い岩肌に、引掻いたやうな南無阿弥陀仏の文字があつた。「一遍上人爪書《つめか》き名号」であつた。南北朝期のものらしい。熊野のあちらこちらに現存するが、一遍の跡を継いだ遊行上人な

り、それに従ふ信徒、あるいは鉦叩きなどが彫つたのであらう。入り組んだその粗い線を見てゐると、さうした人たちの姿が見えて来るやうに思はれる。

壺湯のところへ戻つて来ると、戸が勢ひよく開いて、上気した男の子二人が素裸で飛び出して来た。思はず友人の顔を見る。爪書き名号を見て戻つて来るまでの間に、われわれ自身が少年に戻つて現はれ出たやうな気が、一瞬、したからだ。

物語《ものがたり》の神《かみ》

物語は、小栗判官の甦りで、大団円を迎へたかのやうである。

しかし、説経「をぐり」は終はらない。この後、小栗判官の両親との再会、出世、恋の成就、復讐譚となる。じつはこれこそ、この物語がながながと語られて来た本当の理由なのだ。

すなはち、親との再会、出世、恋の成就、復讐の達成こそ、この世で辛酸を存分に舐めて来た者が、こころの底から夢見、願つて来たことであり、そのことを、物語は真率に臆面もなく語らなくてはならないのだ。

小説であれ演劇であれ、近代以降は、さうすることをなぜか憚つて来たやうである。なにかおぞましいものが姿を現はすのではないかと、恐れるのであらう。たしかに辛酸はこの世のおぞましさと顔を突き合はせることであり、そこから夢見る幸福は、おぞましさを帯びる。いや、おぞましい影によつて濃く縁取られてこそ、その幸福は完全に近づく。その縁取りを持たない幸福は、全き幸福ではない。

物語は、さういふところからエネルギーを汲み取つて、一気に展開して行くのである。

＊

さて、最終章は、すこやかな偉丈夫として甦つた小栗判官が、修行者の姿になり、権現から贈られた金剛杖をついて京へ上るところから始まる。

小栗は、さうして、懐かしい京も二條の父兼家の屋形を訪ねるのだ。

しかし、小栗を知る者はゐなかつた。すげなく追ひ出されさうになるが、その日は小栗の命日であつたから、供養のため小栗の母親の兄の僧が来てをり、彼がその姿に気づいて、呼び入れる。

小栗は、庭へ回る。さうして、母親の居間の障子をさらりと引き開けると、頭を深く下げ、

なう、いかに母上様。いにしへの小栗にてござあるよ。

かう声を掛けるのだ。母に向つて「いにしへの」と言はなくてはならない哀れさが、胸に響く。つづけて、

三年が間の勘当《かんだう》を許《ゆる》いてたまはれの。

この言ひ方は駄々子めいてゐるが、これはそのまま流浪の語り手のものであらう。流浪に終止符を打つ、許されるなら口にしてみたい言葉であるが、所詮、わが身には叶はないと承知しながら、小栗の身になつて発するのである。

母親は、わが子を認めて狂喜する。そして、夫兼家の許へ走る。

しかし、兼家は、わが子小栗は相模の国、横山の屋形で、毒酒でもつて殺されたはずではないか。けふはその命日。そのことを忘れたのか、と問ひ返す。

母親は、兄が似てゐると言ふし、みずからもさう思ふと言ひ募る。

それならわが子かどうか確かめよう、と腰を上げると、五人張りに十三束《ぞく》の弓を左手に摑み、矢三筋を右手に取ると、まづ一の矢を番《つが》へてきりきりと引き絞つた。なんと恐ろしいことをと、母親はたまげるが、兼家は、障子の隙間から庭の小栗を目がけて、射放つた。

その飛んで来る矢を、小栗はさつと右手で摑み取つた。

兼家は、すかさず二の矢を射る。

今度は左手で摑む。

と見るや兼家は、三の矢を射る。

小栗は、向歯でかちりと受け止めた。

この技は、兼家がわが子小栗に教へたものであつた。小栗は三筋の矢を束ねてひとつに握ると、平伏して、

　　なう、いかに父の兼家殿。いにしへの小栗にてござあるぞ。三年が間の勘当許いてたまはれ。


　から高らかに願ふのだ。弓矢が帰還者の身分を明かす決め手となるのは、『オデッセイ』や幸若舞《かうわかまひ》『百合若大臣《ゆりわかだいじん》』そのままである。なにがかうした類似をもたらしたのか。『オデッセイ』がわが国に、この頃すでに伝来してゐたのか。あるいは、勇猛な男の帰還には、東西に共通の型があるのだらうか。ともかくかうして小栗は、冥土から帰還した当人であることを、一点の疑ひの余地もなく実証してみせたのである。

父母の喜びは、類ひなかつた。

一度死したる我が子にの、会ふなんどとは、優曇華《うどんげ》の花《はな》や、たまさかや、ためし少なき次第《しだい》ぞ

と、説経は語る。

そして、飾り立てた「花の車」を五台仕立てて、親子ともども帝の御所へ出向くのである。「花の車」が如何なるものか、よく分からないが、土車に対比してゐるのは確かだらう。大納言の身分で許される限りの豪奢な車を五台も連ねての上である。

帝は、小栗を引見、東国での活躍、地獄から這ひ出して熊野の湯峰の壺湯に浸かり、甦つた経緯をお聞きになると、勘気をお解きになるばかりか、大いに喜ばれた。そして、所領を与へようと仰せ出され、五畿内の五ケ国――山城、大和、河内、和泉、摂津――を永代領有する旨を、廷臣に書かせ、御綸旨《ごりんし》として下されようとした。

いかに物語とはいへ、これでは過大に過ぎる。もしかしたら、この小栗の蘇生に、帝は、帝たる者の根本的な在り方と微妙に重なるものをお感じなさつたのかもしれない。甦り甦りして、太古から常に位にをられるのが帝である。その点で、甦りの意味を最もよくご承知なのが、帝であつて、それだけにお喜びも大きかつたのであらう。

小栗は、この帝の仰せを押し止どめ、そのやうな大国よりも、美濃の国一国を頂きたいと願つた。帝は、なにか子細あつてのことであらうと仰せになつて、願ひをお聞き入れになつた。

かうして小栗は、例のない出世を遂げたのである。

＊

屋形へ戻ると小栗は、早速、高札《かうさつ》を立て、家来を募つた。すると三日で三千騎を越す者どもが集まつた。馬を抱へ持つれつきとした武者たちであつた。この時代、これだけ奉公先を自由に選ぶことのできる武者が京なり周辺にゐたとは思はれないが、細かく詮議だてする必要はなからう。

この三千余騎を引き連れて、小栗は美濃の国へ領主として向つた。

逢坂山を越えれば、かつて土車に乗せられ照手姫に曳かれてたどつた道である。その瀬田の唐橋を、土車でなく駿馬に跨がり、轡の音も高らかに響かせて、渡る。鏡の宿では、雄々しくも雅びやかな自らの姿を泉に映して眺め、伊吹山の裾野になると、青墓の宿ももう遠くはないと隊伍を整へる。

青墓の宿では、新しい領主のお国入りとあつて、長者は百人の遊女を集め、十二単で装はせ、待機させた。

やがて犬と鷹が付けた鈴の音、轡の音を先駆けとして、一行はよろづ屋に到着した。

新しい領主の座が定まると、遊女たちが取り囲み、思ひ思ひに工夫を凝らして歓心を買はうと努めた。しかし、一向に喜ばない。やがて長者夫婦を呼ぶと、かう問ふた。


これの内の下の水仕に、常陸小萩といふ者があるか。

をりますと答へると、即座にかう命じた。

御酌《おしやく》に立てい。

長者は慌てて常陸小萩の許へ走り、新しい領主のお酌に出るやう頼んだ。しかし、小萩は首を縦に振らない。今夜酌に出るなら、とうの昔に遊女の勤めをしてをりました。相手が領主さまであらうと、出ません、と断る。困じ果てた長者は、餓鬼阿弥の土車を曳かせてほしいと暇を願つた時、われわれ夫婦に苦難が持ち上がつた際、身代はりに立つと約束したではないか。それが今だと、口説いた。

かう言はれると、小萩は拒むことができない。

今御酌に参るも、夫《つま》の小栗の御ためなり。

さう自らに言ひ聞かせると、前垂れをした水仕女の姿のまま、襷をきりつと掛け、銚子を手にして、座敷に出た。小栗の前へ進み出たものの、顔を見せぬやう伏せたままであつた。

常陸小萩とは御身《おんみ》のことでござあるか。常陸の国ではたれの御子ぞよ。お名乗りあれの。小萩殿。

頑なな姿勢をとる女に、小栗はさう問ひかけた。

小萩は、新領主の方を見ず、わたしは主人の命で御酌に出て来たばかり、初めてお会ひした方が如何やうな方であれ、身の上話をするわけにはまゐりません、と手厳しく答へて、わたしのお酌がお厭なら控へませうと銚子を下に置いた。

小栗は、慌てて、

げにも道理や、小萩殿。人の先祖を聞く折は、我が先祖を語るとよ。

さう答へると、

かう申すそれがしは、常陸の国の小栗と申す者

驚く小萩の様子を見ながら、これまでの自らの来歴を一気に語つた。

――横山殿のひとり娘照手姫に恋をして、婿に押し入つたものの、その科《とが》でもつて毒酒で殺された。しかし、閻魔大王の情けで黄泉帰り、餓鬼阿弥となつて土車に乗せられ、遥々と熊野湯の峰まで曳かれて行き、湯に浸かつてこれこのとほり元のやうになつた。その熊野湯の峰までの道中、土車を曳いてくれた人は多いが、そのなかでも美濃の国青墓の宿よろづ屋の下水仕、常陸小萩といふひとが、大津の関寺まで曳いてくださつた。

そこまで話すと、懐中からかつて胸に下げていた木札を取り出し、小萩に示した。

そして、

この御恩賞の御ために、これまで御礼に参りてござあるぞ。常陸の国にては、たれの御子ぞよ。御名乗りあれや、小萩殿。

なにゆゑかほどまで懇ろに慈悲をかけてくれたか、分からぬままに、感謝の思ひを込め、重ねて問ふ。

女は、涙にむせび、しばらく言葉もなかつた。
万が一にもあり得ぬことと思ひながら、夢見てゐたとほり、あの餓鬼阿弥がわが夫であつたのだ。
そして、いま、枕を交はした折りのままの美丈夫となつて、戻つて来たのである。
が、この自分が妻の照手姫であると、即座に分かつてもらへるかどうか。

……かう申す自らも、常陸の者とは申したが、常陸の者ではございないよ。

まづさう断つてから、意を決して名乗つた。

相模の国の横山殿のひとり娘、照手の姫にてござある。

つづけて、夫小栗と同様、これまでの来歴を語るのだ。
——大納言の子を殺した以上は、わが娘も殺さずば都への聞えも悪からうと父が思案した末、相模川に沈められたが、鬼王、鬼次兄弟の情けと、六浦の老太夫の慈しみによつて救はれました。しかし、その後、人買ひの手に落ち、遊女となるのを拒んだゆゑ、あなたこなたと売られ、数へてみれば四十五人の手を経て、この青墓よろづ屋で、水仕となつて十六人分の仕事をしてをります。
さうして、小栗をひたと見ると、言つた。

御身に会うてうれしやな。

夫は地獄から熊野までへめぐり、妻は渦巻く淵から本州の北半分の浦々までへめぐつた末の、再会であつた。

照手姫は、地獄を知る小野篁の血を受け継ぐとも言はれてゐるが、いかにもその夫にふさわしい道筋を小栗判官はたどり、姫もまた生き地獄と言つてよい人買たちの作る商ひの道筋を貞節を貫いて辿り辿りして、いま、手と手を取り合ふことができたのである。

＊

再会の喜びがいくらか鎮まると、小栗は、妻照手姫が置かれて来た苛酷な身の上に、怒りを爆発させた。

長者夫妻を呼び付けると、

なんぢらがやうな、邪見な者は生害《しやうがい》。


殺す、と言ひ渡したのだ。

照手姫はこれを押し止め、餓鬼阿弥の土車を曳くのに、三日に二日を添へて暇をくれた慈悲を言ひ、命を助けるだけでなく、恩賞を与へてほしいと願つた。

小栗は素直に頷くと、長者夫妻に死罪を許す旨伝へるとともに、美濃の国の十八郡を自由に裁量する権限を与へた。一転して、なんとも気前のよいことであつた。歓喜した長者は、よりすぐつた遊女三十二人を、姫の女房にと差し出した。

かうしたことがあつて、小栗と照手姫は、長い長い行列を組んで常陸の国への道を採つた。

常陸小萩と名乗つてゐたが、照手姫にとつては初めての常陸の国であつた。屋形から雄岳と雌岳が寄り添ふ筑波山を仰ぐことができるのを、殊のほか喜んだ。

小栗は、再び家来を集めた。そして、総勢七千余騎とすると、横山攻めに出発しようとした。

驚愕したのは、横山の一党であつた。殺したはずの小栗が甦り、強大な力をもつて襲つて来るのだ。復讐は手ひどいものと覚悟しなければならなかつた。敵はぬと分かつてゐても、武士としては戦はないわけにはいかない。

空堀に水を入れ、逆茂木《さかもぎ》を巡らし、態勢を整へた。

照手姫にしても、父とその一党を憎まないわけではなかつた。なにしろ夫とその家来を毒殺され、娘の自分は淵に沈められようとしたのだ。しかし、夫にかう言はなければならなかつた。

――いかに仇をなしたと言つても、父は父。父を亡き者とするならば、父殺しの罪を負はねばなりませぬ。どうか横山攻めを思ひ止どまつてくだされ。それができないのなら、横山攻めの門出に、わたしを殺して、それからにしてくださいませ、と。

小栗は、その願ひを聞き入れて、横山殿へ書状を送つた。

受け取つた横山殿は、娘の嘆願ゆゑの処置と知り、「七珍万宝の数の宝より、我が子に増したる宝はないと、今こそ思ひ知られたり」と、駄馬十頭に黄金を担はせ、それにかの鬼鹿毛を添へて贈物とし、三男の三郎に縄を打つて引き渡した。三郎こそ小栗に毒酒を盛る企てを立て、姫を相模川に沈ませようとした張本人であつた。

小栗は、「恩は恩、仇は仇で報ずべし」と、贈られた黄金すべてを使つて黄金の御堂を建立、鬼鹿毛の姿を写すと漆で固めて像とし、馬頭観音として祀つた。

三郎に対しては、万が一にも生き返ることのないやう十重二十重に簀巻《すま》きにして、海底深く沈めた。それから六浦へ出向くと、老太夫の妻を捕へ、穴を掘り、肩から下を埋め、竹の鋸で首を引かせた。老妻は、一引きごとに叫び悶へた末に、死んだ。当時考へられる最も残忍な殺し方であつた。一方、老太夫を捜し出すと、所領を与へて手厚く報ひた。

勧善懲悪が厳正におこなはれたのである。

かうして小栗と姫は、常陸の国に戻ると、立派な屋形を新たに営み、富み栄へて暮らし、八十三歳で大往生を遂げた……。

＊

説経『をぐり』を本棚に戻して数日たつたある日、ふと思ひ立つて、新幹線に乗つた。名古屋で在来の東海道線に乗り換へると、三十分少々で大垣である。

青墓を訪ねた際も、ここで一旦下車、電車で西北方面へ向つたが、今回は東へである。

駅前からタクシーで、十分ほど走り、揖斐川《いびがは》を渡る。大きな川だ。

物語にはもう少し記述があつて、小栗判官が大往生をとげると、神々と仏たちが集まつて協議、「かほどまで真実に大剛の弓取り」をこのままにしておくのは惜しいとなつて、かう一決したと言ふのである。

「神にいはひこめ、末世の衆生に拝ません」

わが国では、さまざまな人が神として祀られてゐるが、小栗判官もまたさうだつたのだ。さうして、美濃の国安八《あんぱち》の郡墨俣《こほりすのまた》に、正八幡として祀られた、と語られてゐる。

揖斐大橋を渡つて数分で、長良川の西岸の町、墨俣であつた。

このあたりには八幡神社が多い。古く石清水八幡宮の荘園があつたためらしい。そのいづれがその社か、分からないまま、まづ町の中心の墨俣神社へ行く。延喜式内社で、享保六年（一七二一）には祭神が正一位になつただけに、立派な社である。そこから道筋一つ西の、長良川に注ぐ五六川《ごろくがは》の堤に近い八幡神社へ徒歩で向ふ。数分の距離である。

旧美濃道《みのぢ》（鎌倉街道）を横にして石の鳥居があつた。脇に板札が出てゐて、「正八幡宮由来」が書かれてゐる。風雨に晒されよくは読めないが、「延喜式内社で……従一位荒方明神」であり、後に八幡宮に改められた云々とある。墨俣神社に準ずる格の社で、どうもここが物語が名指す社であるらしい。

石畳の参道を進むと、脇の石灯籠に、「正八幡宮」とくつきり刻まれてゐた。そして、屏風ふうに造られた石の神橋があり、その先が拝殿で、高く築かれた石垣の上に本殿がある。小振りだが丁寧に細工が施されてゐる。

ここがさうかと、なほも信じられない気持で本殿を見上げる。それから、ゆつくりと急な石段を上がり、社前に垂れた色褪せた布を引く。

間違ひなく、鰐口《わにぐち》の鈴が鳴つた。

思はず『をぐり』の冒頭を口ずさむ。

　そもそもこの物語の由来を、詳しく尋ぬるに、国を申さば美濃の国、安八の郡墨俣、たるいおなことの神体は正八幡なり。

幾度となく読み返すうちに覚えてしまつてゐたのだ。この物語は、すつかり失念してゐたが、この「正八幡宮」の祭神が人として世に在つた折のことを語るといふ縁起譚の形式を採つてゐたのである。

ただし、この文言のなかの、墨俣の次に来る「たるいおなことの」の意味が、よく分からない。呪文の一種かとも思はれるが、ある学者は「足《た》る日女殿《ひをなごどの》」と読み解いてゐる。多分、さうなのであらう。すなはち、足らざることのない満ち足りた日々をわがものとした女を尊んで、かう呼んでゐるのである。さうして、さういふ女をこの世に出現させたのが、この正八幡の神、かつての小栗判官である、と言つてゐるのであらう。

八幡神は言ふまでもなく武芸の神で、正八幡とは、正真正銘の八幡神といふことのやうだが、「真実に大剛の」とあるとほり、小栗判官は豪気に生死を越えて恋を貫いたのだ。さうして、神仏を感ぜしめるまでに至つた。天照大神を主神とする伊勢信仰を背景にして出現した照手姫に相応しい男であつた、と言はなくてはなるまい。

五六川の堤に出てみると、すぐ右手で長良川と合流、対岸には墨俣城が見えた。木下藤吉郎時代の豊臣秀吉が永禄九年（一五六六）に一夜で築いたと言はれ、実態が不明なまま、大垣城に似せて再現され、四層の天守閣まで備へてゐる。

この地は、間違ひなく古代から水陸交通の要衝であつたのだ。さまざまな旅人が行き過ぎ、さまざまな物語もまた行き交つた。そして、古代の芸能の中心であつた青墓とも十キロほどの距離である。

かうして時宗の上人の霊験譚と熊野・伊勢信仰が結び付きを強め、関東の小栗と横山といふ二つの武士団にまつはる伝承が織りなされたところへ、大納言の御曹司といふ設定が持ち込まれて、ひと繋がりの物語となつた……。そのやうなことが、もしかしたらこのあたりで起つたのかもしれない。折しも、戦国時代の雄たちが京を目指してをり、この地近く岐阜には織田信長がゐて、配下の木下藤吉郎が墨俣城を築くなどして全国制覇へ突き進みつつあつた。街道を生成と享受の場とするだけに、かうした状況とも連動したとしても不思議はない。

わが国の中世後半は戦乱に明け暮れたが、不思議なことに同時に農業生産も商業活動も著しく振興を見た。多分、全国規模の戦乱がこの国土を掻き回し動き返す働きをしたのである。そして、各地に根ざす力を引き出し、成長させた。守護大名が戦国大名に入れ替はつたのも、それゆゑで、そこから天下統一へ向ふやうになつた。このやうな事態に物語も漏れることなく、各地に伝承されるにとどまつてゐたのが、街道を語り歩く者たちの口に上るやうになり、遠くへと運ばれ、他の幾多の物語とも結びつき、融合するやうなことが起つて、成長しつづけたのである。さうして、やがて大きく統合され、実を結んだのであらう。

車に戻り、照手姫の社を目指した。

物語の最後、照手姫も「十八町下に、契り結ぶの神」として祀つたと付け加へられてゐるのだ。ただし、川はしばしば流れを変へるから、そればかりを手掛かりにするわけにはいかない。

揖斐川の東岸近くまで戻つて、北へ少し行くと、結《むすぶ》地区であつた。阿仏尼の『十六夜日記』に一面の「水田の面をそさながら渡り行く」やうに歩いて行くと「目に立つ社あり」とあるが、人家と畑が散在するなか、果たして神社があつた。幡が賑やかに翻つてゐる。

結大明神は、明治の揖斐川の付け替へで移動してゐるとのことだが、堤防から少し離れて、樹木の茂つた境内が細長く伸び、その奥に唐破風の軒を持つ社殿があつた。これまた立派な社である。「結」の名もあつてか結婚式がよく行はれるらしい。

案内板を見ると、照手姫の文字があつた。享禄～嘉吉年間（一四二九～四四）に姫が当社に祈願したところ夫小栗判官と再会できた。そのため「照手姫の宮」と俗称されたとある。藤沢の遊行寺の小栗堂を思ひ出した。照手姫を名乗る女がゐて、この物語を語つたとのことだが、ここにも語り歩く女――「足る日女殿」を名乗る女がゐたのではないか。京の美女七十二人に加へ、大蛇が変身した妖女にもまさる、恋を貫いて幸を掴んだ、女のなかの女である。そして、もしかしたら正八幡宮には男の語り手がゐたのかもしれない。それも餓鬼阿弥に似た姿の……。

参道を戻りながら、わたしは満たされて来るものを感じてゐた。

物語を締めくくつた言葉は、言葉の上だけのものでなかつたのである。間違ひなく美濃の国、安八の郡墨俣の地の実在の社に、二人はそれぞれ祀られてゐたのだ。

もつとも明治の神仏分離以来、正式の祭神からは外されたやうだが、かつて祀られた事実は動かない。漂泊の悲運に囚はれた男なり女たちが、時には自らを主人公に同一化しながら語り歩くことをとほして、物語の枠を越え出て、二人を神へと押し上げたのだ。

駅へ戻る途、タクシーが揖斐川の橋の上に差し掛かつたところで降ろしてもらひ、しばらく川を眺めた。

細かく波立つ川面には、幾筋かの流れが浮き出て、捩れたり分かれたりしてゐる。さうして流れ下り遠去かるにつれ、空の青を帯びる。その色の微妙な変化が、こちらの視線を誘ひ込む。

この先、杭瀬川、長良川なども合流するのだ。

幾億万の水の粒子が犇《ひし》めき合つて、海へと流れ込んで行く、と思つた。

これら粒子は、海へ出ると、やがて太陽によつて熱せられ、重力を奪はれるとともに、龍と化して上昇するだらう。その空の高みで、粒子は再び重力を宿し、地上へと降り注ぎ、地を潤す。さうして集まり、流れ寄つて、川へと成長すると、またも犇めき合ひながら海へと向ふ。このやうにして天と地の間をめぐりめぐる運動を繰り返してゐるが、言葉もまた、さうではないか、と考へた。

無限に近い言葉が、やはり天と地の間をめぐりめぐつて、遠い昔からこの人間世界を潤しつづけてゐるのだ。地へと降り注いだ言葉が、われわれの暮らしに滲み渡り行き渡つて、やがて流れ出し、顕はれ出て来る。それが詩とも歌ともなるが、さらに寄り集まり大きくなると、物語となる。さうして、大海へ入るが、やがてまた天へと向ふ……。

そのやうな物語が、少なくともかつてはこの国土を巡り歩く無名のひと達によつて語られつづけてゐたのだ。そして、その物語は、言葉本来の働きにもとづいて、悲運に沈んだ者たちが抱いた夢を存分に展開させ、考へられる限りの高みへともつて行き、完結させせた。だからこそその主人公たちは、神へと押し上げられたのであり、現にその高みに小栗判官と照手姫は座してゐる。

その言葉の大きな流れに寄り添ふことによつて、わたしはどうにかここまで尋ね来て、物語が生み出した二柱の神を拝することができたのだ。

『小栗往還記』引用・主要参考文献

室木弥太郎校注『説経集』新潮日本古典集成　新潮社
荒木繁・山本吉左右編注『説経節』東洋文庫　平凡社
信多純一・坂口弘之校注『古浄瑠璃　説経集』新日本古典文学大系　岩波書店
図録『をぐり―伝岩佐又兵衛の小栗判官絵図』宮内庁三の丸尚蔵館
「をぐりの判官」（豊孝本）新群書類従第五　国書刊行会
「小栗判官蘇活物語（弘前市立図書館蔵）」岡本隆雄・加藤智恵子翻刻と解題　群馬県立女子大学国文学研究16号　群馬県立女子大学国語国文学会
「当流小栗判官」『近松全集』第十四巻　岩波書店
「小栗判官車街道」水谷不倒校訂『竹田出雲浄瑠璃集』続帝国文庫　博文館
「呼子鳥小栗実記」『菅専助全集』第三巻　勉誠社
「小栗実記」京都大学文学部国語国文学研究室編『京都大学蔵大惣本稀書集成』第五巻　臨川書店
「鎌倉大草紙」群書類従　国書刊行会
中島悦次校注『古今著聞集』角川文庫
柿村重松『本朝文粋註釈』冨山房
山下宏明校注『太平記』新潮日本古典集成　新潮社
『明月記』国書刊行会
伊藤正義校注『謡曲集』新潮日本古典集成　新潮社
次田香澄・岩佐美代子校注『風雅和歌集』三弥井書店
大橋俊雄校注『一遍聖絵』岩波文庫
小松茂美編集・解説『一遍上人絵伝』「日本の絵伝」20　中央公論社
室木弥太郎『語り物の研究』風間書房
福田　晃『中世語り物文芸』三弥井書店
福田　晃「小栗照手姫譚の生成」「國学院雑誌」昭和40年11月
広末　保『漂泊の物語』平凡社
大橋俊雄『一遍と時宗教団』歴史新書　教育社
橘俊道・圭室文雄編『庶民信仰の源流―時宗と遊行聖』名著出版
五來　重『遊行と巡礼』角川選書
萩原龍夫『巫女と仏教史』吉川弘文館
真野俊和『日本遊行宗教論』吉川弘文館
網野善彦『中世の非人と遊女』明石書店
京都部落史研究所編『中世の民衆と芸能』阿吽社
中野猛編『略縁起集』第二巻　勉誠出版
宮家　準『熊野修験』日本歴史叢書　吉川弘文館
小山靖憲『熊野古道』岩波新書
篠原四郎『熊野大社』学生社
『熊野中辺路―歴史と風土』熊野中辺路刊行会
茨城県史編集委員会監修『茨城県史』中世編　茨城県
今井金吾『今昔東海道独案内』日本交通公社出版事業局

『小栗往還記』あとがき

われわれの生は、現に生きてゐるこの世に限られてゐるのか？　ある面では、限られてゐる。死ねば、すべては無に帰する、と言つてよからう。しかし、われわれは記憶し、意志し、祈念することによつて、簡単にその枠を越える。また、われわれが日々普段に使つてゐる言葉の数々は、思ひのほか遠い過去から現在へ届けられたものであつて、未来へも、多分、届けられるであらう。そして、このやうに時空を越えた在り方によつて、今日の過剰な一過性の情報伝達にしても、じつは支へられてゐる……。

いきなりこのやうなことを書いたのは、説経『小栗判官』を採り上げ、歴史仮名遣ひを用ひたのが、かうしたことに思ひめぐらすところから出てゐるからである。

『小栗判官』の世界は、現世だけに限定されてゐない。鞍馬寺に両親が祈念して授かつたのが主人公で、彼は大蛇と男女の関係を持つし、荒馬ともこころを通はせ、一度は死んで地獄へ赴き、閻魔大王と対面、熊野本宮まで土車に乗せられて行き、甦る。そして、恋した姫と一緒になり、幸せに満ちた生を終へると、神とした祀られた……。

現実離れした中世の単なる物語ではないかと言はれるかもしれない。しかし、現実離れして異次元の世界を経巡ることをとほして、人間の生を大胆に拡大して見せてくれてゐる、とわたしには思はれるのだ。その見せてくれるところを、物語の舞台になつた場所――京から関東、中部、熊野へと、主人公とともに足を運ぶことによつて、できる限り見届けようと努めた。

歴史的仮名遣ひを用ひたのも、同じく現代の枠を越えて、できるだけ遠い時点まで遡ることを望んでのことである。文芸は勿論のこと、思想、宗教も、経済、科学などの営為も、文字が係はる以上はその表記法が問題になるが、先人が積み重ねた成果を、遠い過去まで遡つて受容するには、歴史的仮名遣ひに拠るのが捷径である。現に『小栗判官』が語り出された時代も越えて、さらに遠く、今から千年以上も遡ることができるのだ。

それに対して今日の仮名遣ひは、アメリカなど連合軍の占領下で行き止まりである。占領軍が被占領国の言語の改変に関与するなどといつたことが許されるかどうか、改めて考へなくてはならないと思ふが、それはともかく、被占領下までか、それを越えて歴史の遥か彼方まで届くか、の違ひがある。

もつともわたし自身、評論・雑文の類ひは、現代仮名遣ひを使つてゐる。今日の状況下で文章を発表するのには、さうするより外なかつたのだが、本書のやうな性格の著作は、可能な限り歴史的仮名遣ひとして来てゐる。忸怩たる思ひを覚えながら、そのことをお断りしておく。

今回はそれに加へ、歴史的仮名遣ひによる総ルビ付きとした。出版局の西山嘉樹氏の提案によるもので、正直なところ、わたしは一瞬、躊躇した。そこまで考へてゐなかつたし、また、やり遂げるだけの自信もなかつたからである。しかし、これを機会に、歴史的仮名遣ひを徹底して実践してみよう、とこころを決めた。

考へてみれば、歴史的仮名遣ひによる総ルビ付きは、戦後はないのではないか。全集類や児童向けなどではあるかもしれないが、一般読者向け単行本では皆無であらう。それならなほさらのこと、やつてみる意味はあるだらう。

多分、今日の言語の問題は、上にも述べたやうに、言語を歴史の深みにおいて考へようとしないことと、人間の肉声、それも今に生きてゐる人だけでなく、祖先の人たちの肉声との繋がりを問題にせず、切り棄ててゐることである。総ルビは、少なくともそのことを意識してもらふ切掛けを提供することになり、文字が急速に記号化してゐる（メールの普及が拍車をかけてゐる）状況に、ささやかながら一石を投ずることになるかもしれないと思ふ。

ただし、予想したとほり、総ルビ付けの作業は容易でなかつた。多くはわたし自身の知識、教養の乏しさによるのだが、優秀な校閲者を得て、曲がりなりにも果たすことができた。もつともわたしの無知、不注意による誤りがあるかもしれない。ご教示頂ければ幸ひである。

なほ、引用文献と主な参考文献を掲げたが、他にも参考にした文献は多い。また、かつての大学の同僚今浜通隆氏を初め、多くの方々からご教示を受けた。深く御礼申し上げる。本書は、雑誌「季刊文科」第八号（平成十年七月）から第十八号（同十三年五月）まで、九回にわたつて連載、しばらく放置してあつたが、大幅に加筆するとともに、一章を新たに書き加へたものである。このやうな文章を、総ルビ付きで一冊として下さつた西山嘉樹氏には、感謝の言葉もない。

平成十九年　盛夏

松本　徹

『風雅の帝　光厳』

皇室系譜（「本朝皇胤詔運録」による）

現行皇室系譜で
後嵯峨は第八十八代だが、
仲恭天皇を入れないため、
記載のようになる。

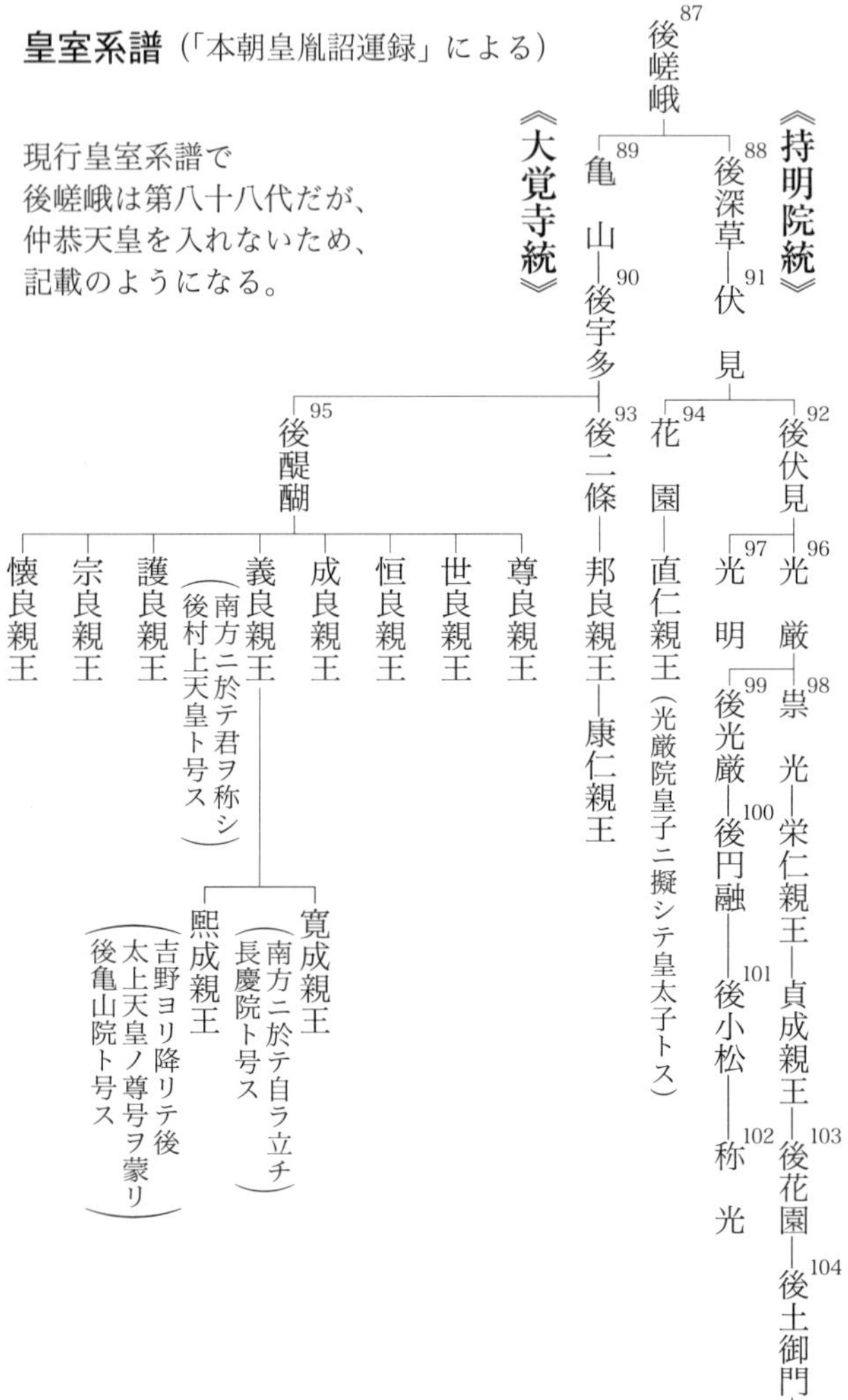

衰乱《すいらん》ノ時運《じうん》

何げなく踏み入つた小路に、建て替はつた新しい家が一軒、また一軒と、昔ながらの家並の間に窮屈さうに挟まつてゐる。京都のこんなところにも、時代の風は吹き込んで来てゐるのだなと思ひながら、前を見ると、小路を抜けた先、背高な漆喰塀を背に、腰ほどの高さの石標が立ち、かうあつた。

持明院仙洞御所《ぢみやうゐんせんとうごしょ》跡

「持明院」の文字は、教科書でも南北朝の騒乱のページに必ず出てくる。持明院統《ぢみやうゐんとう》と大覚寺統《だいかくじとう》に別れて皇位を争つた末、武士たちがそれぞれの天皇を担いで入り乱れて戦ひを繰り広げた。その後者の根拠地となつた大覚寺は嵯峨野の入口にあり、観光地となつてゐるので、訪ねたことがあつたが、持明院統の御所となると、一向に知らずにゐたが、このやうなところにひつそりと在つたのだ。上京区も人形で知られる宝鏡寺にほど近い、入り組んだ一劃《いつくわく》である。

あまり広くはない南北に通じる道に出ると、漆喰塀と道の間の僅かな空間に白砂が敷かれ、姿のいい松が植はり、その石標が立つてゐて、左横には反りを持つ瓦屋根を載せた四脚門が開け放たれてゐた。

「旧常盤《ときは》御所光照院門跡《くわうせうゐんもんぜき》」と書かれた板が下がつてゐる。

常盤御所とは、何だらう？　江戸時代も寛政元年（一七八九）に光格天皇が賜つた号であるらしい。光照院は、それから四百三十三年前の延文元年（一三五六）、伏見天皇の皇女進子内親王が得度して室町通一條北（ここから六、七百メートル南）に創建した寺院の名であるが、やがて焼失するとここへ移つて来た。いや、進子内親王の縁からすれば、戻つて来たと言ふべきだらう。

これだけの年月を隔てた名称が、一枚の板に一つながりに書かれてゐるのだ。不思議な気持に誘はれる。

しかし、これに驚いてはゐられない。現在のここの地名は安楽小路町《あんらくこうぢまち》で、光照院は安楽光院とも呼ばれてゐるが、その名は今から千年近くも溯る。

この地に藤原道長の孫基頼《もとより》が邸宅を営んだ際、邸内に持仏堂を建てたが、その子通基《みちもと》が天治年間（一〇九九〜一一〇四）に建て直し、九品仏《くほんぶつ》を安置して安楽光院と名付けたのに始まるのである。その時、邸宅全体の号を持明院殿とし、やがて天皇の位を降りた上皇の御所、仙洞御所となつた。

京都では由縁を尋ねると、すぐさまかういふことになる。道ではなく、長大な時間にわたつて張り巡らされた経緯の網に、迷つてしまひかねない……。

その持明院殿そのものは、南北朝の騒乱のなかで焼失したが、仏堂ばかりは、これまた一時、他所へ離れたが、立ち戻つて、今もこの地を守つてゐるのである。

門の横から右へ漆喰塀が伸び、中程に小ぶりな乳型金具の付いた扉がある。そちらは閉ざされてゐて、頭がつかへさうな細身の石の鳥居が前に立つてゐる。

その鳥居を潜つて、扉の隙間から中を覗いてみた。

正面、少し退いた位置に寄棟の御堂があり、蔀戸《しとみど》を降してゐるが、軒先からくすんだ布一筋が垂れてゐる。これを引いて手を合はせる人がゐるのだ。

よくは見えないが、右に小規模な社殿が並んでゐる。鳥居があるのはこのためらしい。神仏混淆がいまなほ保たれてゐるのだ。

四脚門を入つた。右側に塗塀がつづき、そのまま建物の側壁になる。その先は、瀟洒《せうしや》な邸宅の趣の板塀に変はり、向ふ側は木々や石をほどよく配置した庭の様子である。

道の正面には五葉松が立つてゐた。見上げるほどの高さで、枝々の肌は鱗立つて銀色を帯びてゐるが、艶々した葉がみつしりとついてゐる。常盤御所の号に相応しいとして、植ゑ継がれて来てゐるのであらう。

その脇で板塀が切れ、庭を横切つて奥へつづく小道があり、その先に、白い障子を閉《た》て切つた玄関が窺ひ見られた。光照院の庫裡《くり》である。いかにも格式ある門跡寺院の気配である。

いまから七百年ほど前、正和《しやうわ》二年（一三一三）七月九日に誕生したひとりの皇子が、このあたりで持明院統一門の期待と慈愛を一身に受けて、育てられた。

父は後伏見院、母は前左大臣西園寺公衡《きんひら》の娘、寧子《ねいし》、後の広義門院《くわうぎもんゐん》で、父の弟花園《はなぞの》天皇も位を退くと加はり、皇族としては珍しい団欒に恵まれた。

その皇子、量仁《かづひと》親王は、学問を叔父の花園院から、琵琶を父後伏見院、歌は祖父伏見院の中宮永福門院から学んだ。

花園院は漢学や禅に詳しく、名刹妙心寺の礎を置いたことで知られる高潔な人柄で、書も歌もよくした。永福門院は、伏見院と卓越した歌人藤原為兼《ためかね》の薫陶《くんたう》を受け、『玉葉和歌集《ぎよくえふ》』で目覚ましい活躍ぶりを見せた、京極派を代表する存在である。

かうした選りすぐりの才学ある高貴な人々によつて、親しく教育されたのだ。それも親族の暖かさのなか、持明院統が伝へて来た諸々のものが豊かに注ぎ込まれた。

五葉松の向うに古い小学校の体育館ほどもある木造の建物があつた。千鳥破風《ちどりはふ》の軒を備へ、入口横には「常盤会館」とある。昭和天皇の即位の際に建てられたのを移築、文化的行事や皇族の子弟教育に使はれて来てゐるらしい。

量仁親王は、やがて花園院からいはゆる帝王学を受けた。花園院は、もともと天皇の位に就く身でなかつたが、持明院統が即位する順になつた延慶《えんきやう》元年（一三〇八）、兄の後伏見院に皇子が生まれてゐなかつたため、代はりに位に登つて十年、大覚寺統の後醍醐天皇に譲つて退いてゐたから、資格も義務もあつた。

しかし、時代は急激に険しさを見せて来てゐた。

五葉松を改めて見上げる。枝々の肌はあくまで銀色に鱗立ち、葉は緑で艶々してゐる。

花園院は禅と宋学にもとづいて理念を説くとともに、目前の現実の政治状況とも向き合ふやう導いた。花園院自身、譲位後は後醍醐天皇の執る政治を誰よりも真剣に見守りつづけてゐた。さうして、量仁親王が皇太子となり、ようやく元服を遂げると、恐るべき覚悟を要求した。


恐ラクハ唯ダ太子登極《とうきよく》ノ日、此ノ衰乱《すいらん》ノ時運《じうん》ニ当《あた》ランカ。

帝王学の総まとめとして草した「誡太子書《かいたいししよ》」の一節である。そなたが天皇の位に登る日、衰乱の時運に当る恐れがある、と言ふのである。だから、天皇の位に登るのを止めよ、と言ふのでは勿論なく、近いうちに登らなければならないが、その時は、衰乱の時運と心得よ、容易なことでは全うできないぞ、と厳しく戒めたのだ。

時に元徳二年（一三三〇）、後醍醐天皇治世十三年目の二月、量仁親王は十八歳になつてゐたが、苛酷に過ぎる言葉である。花園院にしても、できることなら筆にしたくない言葉であつたらう。凶々しすぎる。しかし、目前に明々と見えてゐるなら、相手が慈しむべき兄の子であらうと、黙つてゐるわけにはいかなかつたのだ。

この言葉が文字に記され、皇太子の前に置かれたのが、この場所だつたのである。

＊

光照院の門を出ると、そのまま真直ぐ東へ歩いた。

道はところどころで微妙に食ひ違ひ、戸惑はされたが、呆気なく烏丸通《からすまどほり》に出た。

そこから南にかけ広い烏丸通の両側には、同志社大学の建物が並んでをり、西側一帯は、足利幕府三代将軍義満《よしみつ》のいはゆる花の御所跡であつた。

その先で、今出川通と交差、向ひ南東の角から一帯が京都御苑である。木々が高々と繁つてゐる。下校する学生たちと一緒に交差点を渡り、御苑のなかへ入つて行くと、先程の塗塀よりも一段と高い瓦屋根を乗せた塀が、溝を前にして長々と伸びてゐた。京都御所である。明治になつて整備、大幅に拡張されたが、もとは土御門東洞院《つちみかどひがしとうゐん》の内裏があつた。

量仁親王は「誠太子書」を手にしてから一年七ヶ月後、ここで即位、光厳《くわうごん》天皇となつた。

当時は里内裏の一つで、規模が現在とはまるで違ひ、一丁（百九メートル）四方に過ぎない。それに対して現在は南北が四倍、四百五十メートルもある。

塀沿ひに歩いたが、間遠に皇后門、清所門、宜秋門《ぎしうもん》とあつて、なかなか塀は尽きない。やうやく南端に至り、小砂利を踏んで正面へ回り、建礼門《けんれいもん》の前に立つた。天皇のためにだけ開かれる門である。その桧皮葺《ひはだぶき》の屋根の向うに、瓦葺の屋根が見えるのが承明門《しようめいもん》で、さらにその向う、大きな桧皮葺の屋根が、紫宸殿《ししんでん》である。天皇の住ひの清涼殿《せいりやうでん》は、その背後、左手にある。三種の神器などを祀る春興殿《しゆんきようでん》は、紫宸殿の向つて右側である。

振り向くと、広大な御苑が広がる。松や桜などが植ゑられた芝生の中央を小砂利を敷いた広い道が彼方へ続いてゐる。明治までは公家たちの屋敷が建ち並んでゐたところで、このきれいさつぱりした空間が、明治に起つた出来事の大きさを端的に語つてゐよう。

この御苑を南へ抜けた先に、後醍醐《ごだいご》天皇が内裏とした二條富小路殿《とみこうじどの》がある。紫宸殿あたりを基点とすれば、南へ一キロほど、少し東寄りに位置するが、北へ同じく一キロほど、西寄りには持明院殿がある。

頭の中で地図を広げて、この地理的近さと対称性はなんだらう？と考へた。

小砂利の道を避けて、芝生を南へと歩いたが、このあたりに百数十年ほど前まで住んでゐた公家たちは、武力と無縁に、天皇を戴いて千年の間、権威を保ち、曲がりなりに政治の一角を担ひつづけたのだ。恐ろしく困難な、綱渡りにも似た営為であつたらう。しかし、結局は武家へと擦り寄り、辛うじて身を保つ道筋へと押しやられた。

さういふ成り行きになるのが我慢ならず、七百年前の時点で、抜本的な打開策を強引に打ち出したのが、後醍醐天皇であつた。それに対して、妥協的態度を採つたのが持明院統であつたと、図式化してよからう。さうして朝廷は前者へ、あるいは後者へと傾き、多量の血飛沫を上げて奔流する事態となつたが、この時代が差し出した問題は、以後の日本の歴史の曲り角ごとに甦る……。

御苑も南の端近くなると、池が広がつた。九條池である。九條家の邸宅があつたところで、橋が架かつてゐる。

その橋の上から眺めると、池の表には雲が幾つも浮かび、その奥に動く青空が美しい。

北西から突き出た岬の先端に、小ぶりな朱塗りの厳島神社がある。水辺に祀るべき女神、市杵島《いちきしま》姫命《ひめのみこと》を祭神とするためか、いかにも雅やかな佇まひである。

後醍醐天皇は、じつは花園院と同様、本来は天皇の位に登る身の上でなかつた。ところが兄後二條天皇が早世、その子邦良《くによし》親王が幼少であつたため、父後宇多院の指示で、邦良親王への繋ぎ役どして、一代限りの約束で即位した。そのため年齢も当時としては異例の三十一歳といふ高さで、学識を積んでをり、新しい宋学にも詳しく、国政に関してそれなりの考へを持つてゐたから、意欲を大きく膨ませた。そして、天皇親政を追求するやうになつたのだ。

その新帝の意欲の赴くところ、後宇多院が現に執つてゐる院政、一代限りの天皇といふ約束、やがて位を渡さねばならぬ持明院統とその約束を保証する鎌倉幕府の存在が、障害として大きく立ち塞がる事態となつた。

当時の皇位継承が複雑に縺れるに至つた経緯を簡単に要約しておくと、後嵯峨天皇が長子の後深草天皇に位を譲り、その後、弟の亀山天皇に継がせた上で、以降は亀山天皇の子孫が継ぐやうおほよそ定めたことに始まる。これを後深草院（持明院殿に居住したので持明院統）が不服とし、亀山院（大覚寺に居住したので大覚寺統）と争ひ、鎌倉幕府の仲介によつて、両統が交互に位に就く、いはゆる両統迭立《てつりつ》の約束ができた。その取り決めを守るため、順番が来た時、嫡子がゐなかつたり幼かつたりすると、弟を代理として臨時に立てることがおこなはれ、花園天皇、後醍醐天皇が出現したのである。

念のためここまでの皇位継承の経過を記すと、亀山天皇の後、同じ大覚寺統の後宇多天皇が継ぎ、その後、持明院統へ移つて、伏見天皇、その第一皇子の後伏見天皇とつづき、それから大覚寺統へ戻つて後二条天皇、次いで持明院統の花園天皇、それから大覚寺統の後醍醐天皇となつたのだが、その際、後二条天皇の在位が短かつたことを配慮、皇太子を邦良《くによし》親王とし、その次を持明院統の量仁親王とした。

この臨時の一代限りといふ約束を、後醍醐天皇は即位に際して受け入れたのだが、破棄を企てるばかりか、自らの親政を目指すやうになつたのだ。ただし、後宇多院在職中は、その意図を明かさなかつた。

＊

九條橋を渡りきり、門を出ると、御苑の南端を区切る丸太町通（かつての春日小路）であつた。向ひ左手に京都地方裁判所が見える。その東側が富小路になる。

裁判所横には弁護士事務所がずらりと並んでゐた。そして、表通から二筋目の夷川通は家具店が多く、左角が日本家具、右角が洋家具専門店に挟まれて富小路は先へ続くが、現在は全体が東へ少し移動してゐるため、先へ進むだけで富小路内裏の跡地の中へ踏み込むことになる。

右側に元中京区庁舎があり、「富小路内裏跡」と刻んだ石標が立つてゐた。

健康の衰へを覚えた後宇多院が元亨《げんかう》元年（一三二一）十二月、院政を停止すると、後醍醐天皇はさつそく親政に乗り出した。まづ、このあたりに記録所を開設、人々の訴へをぢかに聞いた。また検非違使庁を強化して洛中の直接掌握を図り、各地の関所を廃して商品の流通を促すなど、次々と目覚ましい政策を打ち出した。

かうした姿勢を人々は期待をもつて迎へた。花園院もその一人であつた。

しかし、それも二年ほどで、正中元年（一三二四）六月二十五日、後宇多院が崩御すると、後醍醐天皇はかねてからの倒幕計画を具体化させた。すでに在位七年目に入り、大覚寺と持明院の両統から皇太子邦良親王への譲位を迫られ、幕府からも圧力を加へられる状況になつてゐたためであつた。

すると密告する者があり、九月十九日、六波羅探題《ろくはらたんだい》が兵を動かし、一味の土岐頼有《ときよりあり》らを討ち取ると、天皇側近の日野資朝《すけとも》、俊基《としもと》、北畠具行《ともゆき》らを捕へた。正中の変である。

ただし、幕府は極力穏便に対処、資朝らを流罪とするにとどめ、後醍醐天皇には累を及ばせなかつた。が、花園院ら少なからぬ人々が危惧の念をもつて厳しく見るやうになつた。

さうして一年半が経過した嘉暦《かりやく》元年（一三二六）三月、皇太子邦良《くによし》親王が病没した。

すると後醍醐天皇は、都合よく障害が除かれたと考へたのだらう、新たな皇太子の候補として自らの子世良親王を推薦した。これは正中の変で置かれるやうになつた自らの立場をまつたく顧慮しないばかりか、一代限りの約束を真向から無視するものであつた。持明院統は勿論のこと、大覚寺統からも強い抗議が出、重苦しい空気が立ち込めるやうになつた。

かういふ状況の中、幕府は、量仁親王を皇太子とする裁定を下したのである。

先に公園があり、富小路殿公園の表示が出てゐた。煉瓦で造られた花壇の傍らにベンチがあつたので、腰を降ろす。

花園院は量仁親王に対して帝王学の教授を本格化させた。ただし、量仁親王は元服してをらず、皇太子としての資格を十分に備へてゐなかつたため、持明院統側は元服させようとしたが、後醍醐天皇は言を左右して承認を与へなかつた。

この対応に持明院統の人々が怒りを募らせたのは言ふまでもない。後伏見院は、粘り強く幕府に働きかけるとともに、社寺に祈願、嘉暦三年（一三二八）九月四日付け賀茂社の願文にかう書いた。

身のためにして世を傾《かたむ》くるにあらずや。天の下は一人の天の下にあらず。天の下の天の下なり。

後醍醐天皇は、平安前期の醍醐、村上両天皇の延喜《えんぎ》・天暦《てんりやく》の治《ぢ》の再現を旗印に掲げ、一部からは「賢聖」と囃されてゐたが、実際は天下を自分一人のものにしようとしてゐるのではないか。世を乱す所業にほかならない、と糾弾したのだ。確かにやつてゐることを見れば、さう受け取るよりほかあるまい。花園院にしても、後伏見院と認識を同じくするやうになつた。

いまは穏やかな町筋や公園を眺めながら、後醍醐天皇を見守る当時の人々の思ひを想像してみるに、一方では確かに「聖主」「明君」であつたが、他方では、すべてをわが手中に独占するため、いかなる手段も辞さず、狡猾にも姑息にもなる、恐るべき「覇王」と見えてゐたやうである。現に『太平記』も冒頭、「聖主」と盛大に称へたすぐ後、阿野廉子《れんし》を寵愛、彼女が容喙《ようかい》するまま、理を非とするやうになつたと厳しく記す。

かうした後醍醐天皇であつたが、いつまでも量仁親王の元服を認めないわけにはいかず、元徳元年（一三二九）も押し詰まつた十二月二十八日、加冠《かくわん》の儀がようやく挙行された。立太子の儀から三年四ヶ月余も経過してゐたが、これでいつ即位してもよい体制となつたのである。

その上で、先に触れた「誡太子書」を花園院が量仁親王に与へたのである。危機感溢れるものとなつたのも当然だらう。

一方、後醍醐天皇だが、いよいよ追ひ詰められてゐた。両統迭立下では在位十年が限度とされてゐたが、すでに十三年目に入つてゐたから、なほさらである。

この年の三月になると、皇子大塔宮護良親王《だいたふのみやもりよし》を座主に据ゑた比叡山延暦寺を初め、東大寺や興福寺、春日社などに行幸を繰り返した。僧兵たちを掌握するためであつた。また、貨幣経済の伸展や交易の発達によつて力をつけて来た悪党と呼ばれる武装集団や海賊らとの結び付きを強めたし、六波羅のなかに呼応する者を求めて画策することも忘れなかつた。正中の変の過ちを繰り返さぬよう、さまざまな手を打つたのだ。

さういふ状況の下、持明院殿で量仁親王は静かに「誡太子書」を読み進めてゐたのである。


徳無クシテ謬《あやま》リテ王侯ノ上ニ託シ、功無クシテ苟《いやしく》モ庶民ノ間ニ莅《のぞ》ム、豈《あに》自ラ慙《はぢ》ザランヤ。


徳がないのに誤つて王侯の上に身を置き、功がないのに庶民に対して君として臨むことは、深く恥じなければならない。

また、かうも書かれてゐた。


若《も》シ主《しゆ》賢聖ニ非《あら》ザレバ則《すなは》チ乱恐ラクハ唯数年ノ後ニ起ラン。

もし君たる者が賢聖でなければ、ここ二、三年のうちにも乱が起きるだらう。そして、一旦起れば、簡単には治まるまい……。

これらの文言は抽象論ではなかつた。目前に後醍醐天皇といふ存在があり、さまざまな角度から観察、思ひをめぐらした結果であつた。理想を高く掲げ、実際に「賢聖」と言はれてもよい施策を行つてゐながら、他方では、後伏見院が断じたやうに天下をわたくししてゐるのだ。それも尋常でない狡猾さ、苛烈さでもつて。かうであれば、乱が必ず起り、簡単には治まらない……。

その「衰乱ノ時運」がすぐそこ、天皇交替の時とともに迫つてゐて、その交替は、決して平穏には行はれない、と花園院は言つてゐるのである。その文言を、皇太子は日々噛み締めつづけてゐた。

＊

かうして元徳二年は暮れたが、翌三年（一三三一）の四月下旬、後醍醐天皇側近の日野俊基、文観《もんくわん》、円観らが、幕府に捕へられた。同じ天皇側近の前大納言従一位吉田定房《さだふさ》が討幕計画の実効性を危ぶみ、天皇一身の安全を図つて、幕府に密告したのだ。

さうして緊張を孕んだまま五月、六月、七月と経過、八月には改元して元弘としたが、その月の二十四日夜、天皇を初め后たちが不意に富小路殿の内裏から姿を消した。六波羅探題の武士が踏み込んで来る、との急報があつて、慌てて女車に乗り、北の対から密かに抜け出したのだ。

天皇失踪の知らせを受け六波羅の者たちが駆けつけると、下働きの女たちばかりが右往左往し、御座所には硯や筆が散らかつたままであつた。

じつは討幕の挙兵を目前にしてゐたから、後醍醐天皇は先手を打たれたと慌てたのである。計画によれば、天皇は比叡山へ赴くことになつてゐたが、急遽、尹大納言師賢《ゐんだいなごんもろかた》に天皇の礼服を着せ、比叡山へ向はせると、自らは南へ向ひ、九條で狩衣《かりぎぬ》に着替へて馬に乗り、大和へと急いだ。その天皇の動きを知らず、六波羅は比叡へ兵を派遣、延暦寺の大衆たちとの間で戦闘が始まつた。元弘の乱の始まりである。

都は騒然となつた。

天皇は、木津の渡場で輿に替へ、奈良東大寺東南院に入つたが、そこに留まることができず、南山城の鷲峰山《じゆぶせん》を経て、笠置山《かさぎやま》へ入り込んだ。

わたしは富小路公園のベンチから腰を上げると、南の二條通を西へ歩いた。さうして烏丸通を少し北へ戻り、地下鉄烏丸駅の階段を降りた。

持明院殿では、後伏見院と花園院が相談、皇太子量仁親王を擁してゐる以上、このままでは危険だと、二十六日朝を迎へると、一つ車に同乗して六條殿へ向つた。戦乱ともなれば、備へのまつたくない身としては六波羅に頼るよりほかなく、その六波羅に近いところとして、六條殿を選んだのである。

わたしは五條駅で下車、南出口から地上へ出た。そして、そのまま烏丸通を南へ二百メートルほど行くと、右の狭い通へ折れた。六條通である。かつては大路であつたが、いまはひどく狭く、ところによると両側の家の軒が接するばかりになり、店があるので、古いマーケットの中にでも入り込んだやうな具合である。

途中で、北へ五、六メートルほどずれて、なほも西へ狭い道を行くと、西洞院通との交差するところに至つた。

その角から西北一帯に六條殿があつたのだ。ただし、角に現に建つてゐるのは、どこにでもありさうな小規模な三階建てビルで、広壮な殿舎があつた面影はどこにもない。持明院殿跡のやうな石標が

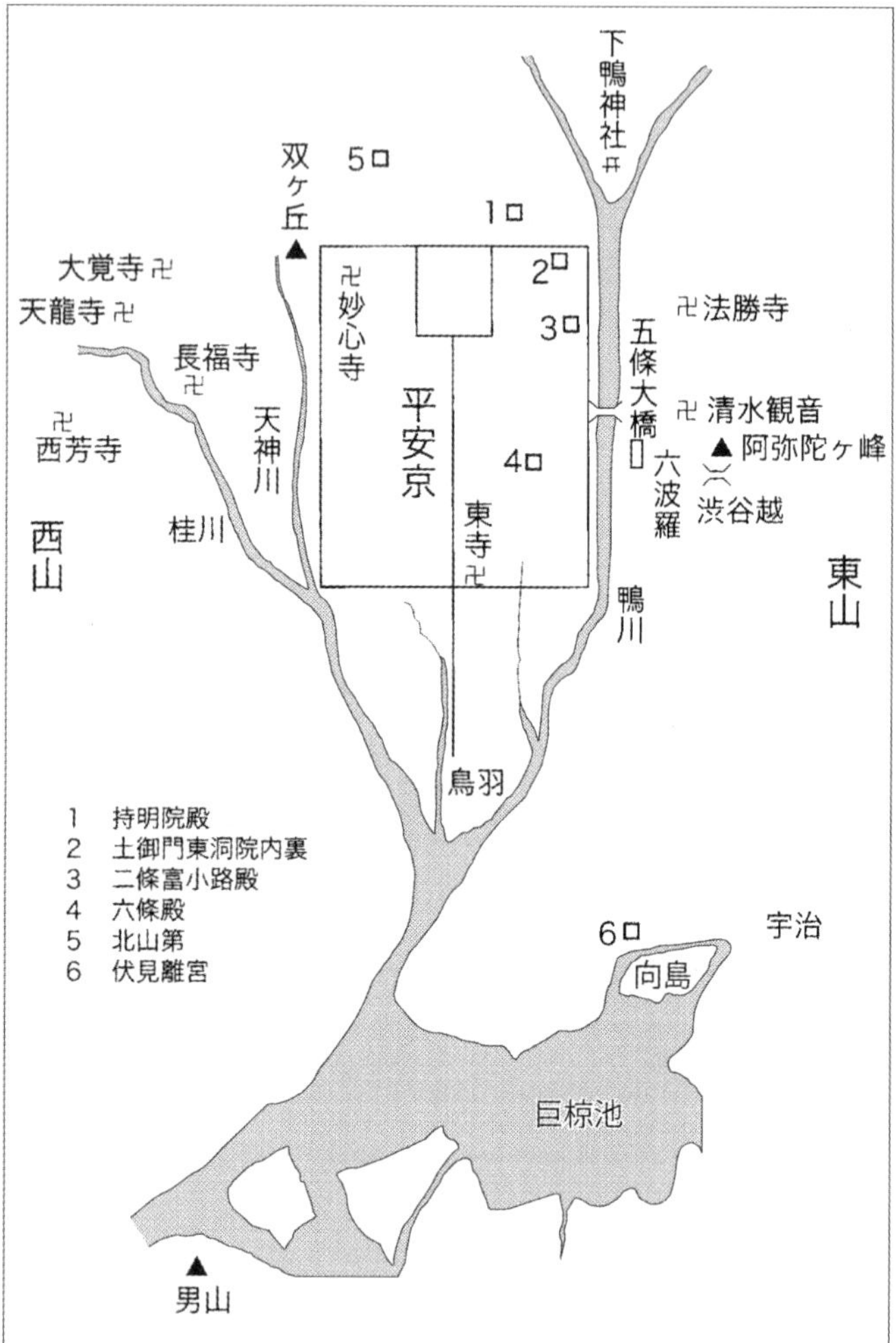
下鴨神社
双ヶ丘
5
1
2
3
4
6
大覚寺
天龍寺
妙心寺
長福寺
西芳寺
天神川
平安京
桂川
西山
東寺
法勝寺
五條大橋
清水観音
阿弥陀ヶ峰
六波羅
渋谷越
東山
鴨川
鳥羽
1　持明院殿
2　土御門東洞院内裏
3　二條富小路殿
4　六條殿
5　北山第
6　伏見離宮
宇治
向島
巨椋池
男山

平安京周辺図

あるのではと探してみたが、見当らない。

六條殿は後白河院の御所の一つで、持仏堂を長講堂《ちやうかうだう》と言つたが、全国に広がる膨大な荘園がここに帰属するかたちをとつてゐた。それが後深草天皇を経て、持明院統に伝へられ、経済力の根幹をなすやうになつてゐたのである。

到着すると、六波羅から兵たちが派遣されて来た。そして、公卿たちも衣冠を正して駆けつけた。今出川兼季《かねすゑ》、三條通顕《みちあき》、西園寺公宗《きんむね》、日野資名《すけな》らである。天皇が姿をくらますとは位を降りるに等しく、皇太子量仁親王が位に昇るのは疑ひなかつた。

六條殿で一夜を過すと、一行は列を整へて六波羅へ向つた。ここも安心できなかつたのである。どのやうな道筋をとつたか分からないが、鴨川を渡るのに、当時は五條橋しかなかつたから、わたしは西洞院通を北へ歩いた。そして、現五條通横断、さらに二百メートルほど進んでから、松原通へ折れた。この通がかつての五條大路にほぼ当る。ところどころ小規模ビルがある、今日ではごく平凡な街中の通である。

さうして河原町筋を突き切り、鴨川の岸に出ると、松原橋を渡つた。ここに五條大橋が架かつてゐたのだ。

正面に深い緑を見せて東山が連なり、中腹に清水寺の塔堂が見える。左手彼方には比叡山が青く望まれた。その麓では、戦闘が行はれてゐたのだ。大衆は、後醍醐天皇が行幸したと信じて奮戦、六波羅勢を圧倒した。しかし、間もなく身代りと知れると、一気に弱まつた。

橋を渡つたところから清水寺へ向ふ道の南側一帯が六波羅の地である。埋葬地鳥辺野《とりべの》の入口に当つたから、平安末、人家が乏しかつたのを幸ひに、平家が京における拠点としたのを、鎌倉幕府が受け継ぎ、探題を置いてゐた。

二つ目の辻を右へ折れる。このまま進めば現在の五條通に出るが、中ほどで立ち止まつた。東側に辻が口を開けてゐる。この奥が六波羅密寺《ろくはらみつじ》の南端になる。多分、ここから南へかけて六波羅探題が堀を巡らし、城郭に近い構へを築いてゐたのである。

その領域は五條通を越え六條も方広寺の手前近くまで及び、大きく北と南に分かれてゐた。一行は、その北の木戸を潜ると、奥の桧皮葺の殿舎に入つた。鎌倉幕府は京から将軍を迎へる体制になつてゐたから、将軍のため御所風の建物を備へてゐた。

その日（二十七日）、後醍醐天皇の所在が笠置山と判明、幕府は、大軍を笠置山へ向けて発進させた。それとともに後醍醐天皇を廃して、皇太子量仁親王の即位を決めた。

おそろしく慌ただしい展開であつた。

*

後醍醐天皇が姿を消して二十六日目、九月二十日、甲冑を帯びた武士たちに警護され、量仁親王は六波羅から土御門東洞院殿へ入つた。そして、後伏見院の院宣により、践祚《せんそ》の儀が執り行はれた。践祚には三種の神器がなくてはならないが、宝剣と神璽《しんじ》は持ち去られてゐたから、宝剣は清涼殿の御座所の御剣を代用、神璽はないままの儀式であつた。女房は規定の四十人が揃はず、三十人ほどであつた。

かうして光厳天皇が誕生した。まさしく「衰乱ノ時運」のただ中において、「登極ノ日」を迎へたのである。

八日後、笠置城は陥落、脱出しようと迷つてゐるところを、後醍醐（これ以降、天皇と呼ぶことができるかどうか、問題があるので単にかう表記する）は捕へられた。髪は乱れ、小袖に帷子《かたびら》一枚の姿であつた。宇治に収容され、十月三日、粗末な網代輿《あじろこし》で京へ連れ戻されると、六波羅に幽閉された。

六波羅の北なる桧皮屋《ひはだや》には、もとより両院・春宮《とうぐう》おはしませば、南の板屋のいとあやしきに、御しつらひなどしておはしまさする……。

『増鏡《ますかがみ》』第十五「むら時雨」からである。「春宮」と記されてゐるが、量仁は践祚を終へ、すでに天皇であつた。桧皮屋（桧皮葺）と板屋との違ひは、その身の上の決定的な隔たりを端的に示す。この二つの建物は、北と南と言ふものの、実際は「葦垣ばかりへだて」るにとどまり、何事も筒抜けであつたらしい。

間近き程によろづ聞しめし御覧《ごらう》じ触るる事ごとにつけても、いかでか御心動かぬやうはあらん、口惜《くちを》しう思ひ乱る。

かう『増鏡』の筆者は、後醍醐の心中を思ひやつてゐる。なにしろ北では、践祚に次いで即位式の準備が賑やかに進められてゐたのだ。

この時代、践祚と即位の礼は、日時を変へて行ふのが慣例で、その準備の日々が、宮中にあつて最も晴れがましく華やかであつた。それを葦垣ひとつ隔てて、囚はれの廃帝が知らなくてはならなかつたのだ。

新帝は、十三日には二條富小路殿に移つた。やはり先帝の皇居に身を置く必要があつたのである。そのため居残つた近習の者たちは、なほさら憚ることなく華やかな気配を撒き散らした。即位の礼の典侍《ないしのすけ》として仕へることになつた『竹きが記』の筆者名子の、高ぶる気持を押さへかねた文章からもその様子は十分に察せられる。

朝廷は、いかなる事態においても、華やかさ雅びさを手放さない。そのことを誰よりも後醍醐がよく承知してゐたから、準備の進捗状況も手に取るやうに分かつたらう。

六波羅陥落《ろくはらかんらく》

元弘二年（一三三二）は穏やかに明けた。元旦は気持よく晴れわたり、暖かであつた。『増鏡』にはかうある。

上《うへ》も若うきよらにおはせば、よろづめでたく、ももしきの内、何事も変らず。

天皇も若く美しくいらつしやるので、なにごとにつけ結構で、内裏は万事変りなく、かつての賑ひが戻つて来た、と。ただし、

参りまづかる顔のみぞ変れる。

参内する者たちの顔触れが入れ替はつてゐたのだ。

先帝後醍醐は、十七日に逃走を試みたものの、取り押さへられ、なほも六波羅に閉じ込められてゐた。中宮後京極院との間の贈答歌が、『増鏡』『太平記』を初め、『新葉和歌集』に見えるが、悲哀をそそる言葉でつづられてゐる。

さうするうちに隠岐《おき》への配流が決まつた。承久の変に際しての後鳥羽院に対する処置に倣つたもので、桜が咲き始めた三月七日に都を出立した。

その十五日後の二十二日、即位の礼が土御門東洞院殿で執り行はれた。践祚の場合と違ひ、三種の神器も後醍醐の手から戻されて揃ひ、人数も足り、その他もろもろのものも欠けるところがなかつた。

『竹きが記』の筆者は高御座《たかみくら》の御帳《みちやう》を掲げる役を与へられたが、御帳を掲げた際、間近かに仰ぎ見た新天皇の様子を、かう描いてゐる。

　主上、玉の御冠《かうぶり》、御礼服《らいふく》奉りて、御笏《しやく》正しくおはします御さま、唐《から》めける御装ひには、いとどしく世に知らぬ御光加はりてぞ見えさせ給ひし。

玉もきらきらしい冠を被り、礼服を召され、笏も正しくお持ちになつたご様子は、異国風であつて、「世に知らぬ御光」が著しく加はつて拝された、と言ふのだが、その光とはどのやうな光であらう。いづれにしろこの世のひととは思はれない麗しさ雅びやかさに、数へで二十歳の若さが気品を備へて照り輝いてゐたのだ。さうして公卿を初めとする百官の拝礼を受けた。

さうして、後醍醐天皇の跡を継いだ者として、二條富小路殿へ向つたが、後伏見院と花園院は、一つ車に乗り、待賢門《たいけんもん》近くに停め、その行幸の様子をご覧になつた。文字通り手塩にかけて育て上げた、新帝の正式な誕生であつた。

ついで四月二十八日には改元が行はれ、正慶《しやうきよう》元年となつた。名実ともに、光厳天皇の世となつたのである。

『竹むきが記』は、この後、光厳天皇を中心にした行事や遊びをあれこれと記す。四月には賀茂祭、七月に後伏見院、花園院のおはした常盤井殿（富小路殿の北隣）への行幸、八月には稚児《ちご》幸若《かうわか》を召して舞を楽しみ、九月には豊明節会《とよのあかりのせちゑ》の試演が行はれた……。

大嘗会《だいじやうゑ》を控へた神無月《かんなづき》の禊《みそぎ》の行幸の様子はかうである。

> なべてならぬ御直衣《なほし》のさま、白浪の立ちたるかと見えて言ひしらぬに、いとゞしき御光、言はん方なく見えさせ給。御随身《ずいしん》十二人、角《すみ》の間の勾欄《かうらん》の際《きは》に、床子《しやうじ》に候《さぶら》す。色々の姿ども、さまざまに美し。

直衣もいつもとは違ふ白い浄衣ゆゑに、勾欄の際に随身十二人が工夫を凝らしたきらびやかな色彩の衣でずらりと並ぶなか、若き帝のお姿が際立つて「白浪の立ちたるか」と見えたと言ふのである。

『増鏡』も、かうした華やかで艶な様子をつづるが、それとともに先帝の近臣たちが次々と遠国へ流される様子も記す。

そして、十一月十三日には、大嘗会の儀が執り行はれた。位に就いた天皇にとつて、最も意義深く重い儀式である。

十六日は豊明節会が催された。新穀を天皇が群臣とともに食する宴だが、華やかに彩るのは、五人の少女による五節《ごせち》の舞である。

　高御座に出御なれば、舞姫昇る。殿上人、登廊《のぼりらう》にて、びんたゝら、二度乱舞す。更《ふ》くるまゝに霜冴え渡れる月影も、取り集めたる夜のさまなりき。


『竹むきが記』からだが、新帝が出御されると、舞姫が舞を見せ、節会が果てると、賜禄、叙位などの儀があり、その後、殿上人たちが一斉に「びんたゝら」を唄ひ、乱舞したのだ。

「びんたゝら」とは、一応歌詞も伝はつてゐるが、意味がよく分からない。ただし、鬢の黒髪も美しい舞姫の愛嬌ある姿を言ひ、調子のよい囃し言葉もあつて人気を呼び、さまざまなふうに歌ひ替へて楽しまれたやうである。多分、殿上人たちは自らの鬢を撫ぜ、足踏みをし、変はつた身振りをして、踊つたのだ。それも一度ですまさず、二度まで。十六夜の月が冴えるまま、夜の更けるのを忘れ、歓を尽くした。

＊

　この大嘗会に始まる大事な儀式や宴が催されてゐる最中、後醍醐の皇子大塔宮護良《だいたふのみやもりよし》親王が吉野で兵を挙げ、前年九月に赤坂城（大阪府千早赤坂村）を失つてゐた楠木正成が再び姿を現はして、人々を驚かせた。豊明節会が催される前々日には、富小路の内裏や持明院殿の門に、鎧を着た武者が立ち、警戒を強めた。

　さうして月末には、楠木正成が奇計でもつて赤坂城をまんまと取り戻した。

　これに対して六波羅は畿内の武士たちに動員をかけ、守備体制を固めたが、年を越して正慶二年（一三三三）になると、早々から楠木正成は河内・和泉の守護代を次々と攻めて破つた。そして、地の利を生かしたゲリラ戦略をもつて天王寺まで進み出て来たし、赤松円心が播州で軍勢を動かした。

かうした事態に慌てた朝廷は、一月二十一日夜には鎌倉へ落ちることに一決しかける有様であつた。もつとも翌日には沙汰止みになつたものの、受けた衝撃は強かつた。

はかばかしい対応策を出さずにゐた鎌倉幕府は、ようやく大軍を発進させ、二月早々には京へ入つて来た。そして、河内・和泉方面へと向ひ、多大の犠牲を出しながらも、金剛山《こんがうさん》の西麓、河内の赤坂城を攻略し、閏二月一日には、大塔宮の手に落ちてゐた吉野を奪ひ返した。

しかし、楠木は赤坂の奥、千早城に拠つて気勢を挙げつづけ、その月の十一日、赤松円心が摂津の摩耶山《まやさん》（神戸市灘区）へと進み出て、尼崎へ迫つた。幕府軍が河内や吉野を抑へてゐても、脇腹を突かれる恐れが出て来た。

そこへもつて来て、二十四日、後醍醐が隠岐を脱出し、二十八日には船上山《せんじやうさん》（鳥取県赤碕町）で挙兵した。思ひもかけない事態であつた。鬼神のごとき存在と、人々は受け取つた。

かうなると各地で呼応する者たちが次々と現はれた。そして三月、赤松は摩耶、尼崎で六波羅軍を撃破すると、その勢ひでもつて山崎、淀から桂川へと進み出たと思ふと、夜、路傍の家々に火をかけ、それを松明代《たいまつ》はりとして撤退する六波羅軍を追撃して、三月十二日には、一気に京の中へ攻め込んで来た。

六波羅側は、このやうな急激な展開になると予想もしてゐなかつたから、態勢を立て直すのが容易でなかつた。攻め手は、京の町中へ深く駆け入り、あちこちと火をつけて回つた。

驚いた日野資名らが二條富小路内裏の光厳天皇の許へ駆けつけると、門は開け放たれ、警護の武士は一人もいない有様だつた。洛中の戦闘に馳せ付けたか、逃亡したのだ。

急いで新帝とともに二上皇、それに十四歳の東宮康仁《やすひと》親王（邦良親王の第一皇子）、皇后、天台座主の梶井二品尊胤《そんいん》親王（光厳院の異母兄）をそれぞれ輿にお乗せして、鴨川の河原に出ると、六波羅へ急いだ。その途中、他の公卿らも加はり、供する者たちの敬蹕《けいひつ》の声とともに、混乱する六波羅の中へ入つて行つた。

前回と同じく北の桧皮葺の殿舎を御所とした。しかし、帝となつた以上は、神器のほか琵琶の名器玄象《げんじやう》や下濃《すそご》、観音像などを携行してゐた。そして、母の女院、時の関白冬教の北の方、それに少なからぬ殿上人たちがそれぞれ少人数ながら稚児や女房たちを従へてゐた。

これら大勢の宮廷人を収容するのは難しい。一つ座敷に屏風を幾つとなく立て隔てる有様で、行き来する武士の姿も間近かであつたから、上皇からして直衣を召したままで過ごさなくてはならなかつた。

急に武士たちが慌ただしい動きを見せた。敵が近づいて来たのだ。轟くやうな響きが迫つて来た。

いくさと言ふ事はいまだ目にも見たまはぬ事なれば、鬨《とき》の声・矢叫びの音におぢをののかせたまひて……消え入るばかりの御気色……。

『太平記』はかう描くが、なにしろ優雅さを第一として生きて来た人々である。女ばかりでなく、男も脅えずにをれなかつた。平治の乱の折、六波羅に逃げ込んだ二條天皇にしても、かうまで緊迫した状況ではなかつたらう。

しかし、新帝は、御簾を巻き上げ、戦場から駆け戻つて来た血まみれの見るだに恐ろし気な武士たちを接見して、懇ろに功を称へ、励ました。また、主だつた社寺に命じて、戦勝を祈願させた。

幕府とともに在るべく心を決めた帝として、やるべきことはやらうと決意した様子であつた。六波羅軍は、どうにか踏みとどまり、四月には、赤松勢らを京から退けた。

そのところへ、足利高氏《たかうぢ》（後に尊氏）が大軍を率ゐて上洛して来た。十六日のことで、皆々は愁眉を開く思ひであつた。

が、足利高氏は、戦乱の収拾を目指してはゐなかつた。源義家《よしいへ》の孫義康《よしやす》を祖とする家柄から、北條氏の下風に立つのを潔しとせず、現状からの脱却をひそかに狙ひつづけてをり、その好機の到来と捉へてゐたのだ。そこで京の状況をつぶさに見、日頃から誼《よし》みを通じてゐる武将たちと、密かに連絡を取りあつた。

そして二十七日、高氏軍は後醍醐軍を撃つべく西国へと向つたが、丹波《たんば》の篠村《しのむら》（京都府亀岡市）で反転、赤松円心、千種忠顕《ちくさただあき》らと連携、五月七日、京へと襲ひかかつて来た。

六波羅は、三万の兵を繰り出し、木幡《こはた》、伏見、竹田、そして東寺の拠点で防戦に努めた。しかし、つぎつぎと敗れ、後退に後退を重ね、八條河原で持ち応へようとした。が、それも叶はず、いづれの戦線からも六波羅へと逃げ戻る事態になつた。

六波羅の内は、これら敗残の武士たちで膨れ上がつた。

かうなると、いくら大勢の兵がゐてもどうにもならないのは明らかであつた。軍隊としての箍《たが》が外れてしまつたのである。日ごろ、武勇の名のある者たちさへ、思ひ思ひに群れ集まつては落ちる支度をする有様であつた。武将たちが声を嗄らして叱咤《しつた》しても、従はうとする者はほとんどゐない。

急変する情勢を目の前に、朝廷の者たちは、ただ呆然と見守るよりほかなかつた。

＊

再び六波羅を尋ねるべく、京阪電車の五條駅の階段を上がつた。

五條橋の東袂に出ると、五條大通の歩道を東へ歩く。正面は清水山と阿弥陀《あみだ》ヶ峰《みね》である。阿弥陀ヶ山上には豊臣秀吉の廟があるが、それと清水山の麓からこのあたり近くまで、すでに触れたやうに葬送の地であつた。そこへ向つて、今日の五條大通は通じてをり、六波羅探題の真ん中を貫くかたちである。城郭にも劣らない巨大な建造物はどこへ消えたのであらう。今はその幻を車が次々と轢きしだいて行く。

北六波羅の裏あたりかと思はれる細い辻を入り、洛東中学校の横を行き過ぎると、六波羅密寺《ろくはらみつじ》の前に出た。

六波羅探題の盛衰を間近かに見て来た寺である。ただし、明治になつて境内を大きく削られ、開山堂を初め幾つもの御堂も撤去され、かつての壮麗さはなく、本堂ばかりが通近くに建つてゐる。

朱色があちこちに残るその本堂の木の階段を上がる。

創建は天暦《てんりやく》五年（九五一）、空也《くうや》上人による。上人自ら刻んだ十一面観音像を車に据ゑ、雀躍《じやくやく》しながら念仏を唱へ、市中を曳き廻し、貴族のものであつた仏教を一般庶民のものとする上で、決定的役割を果たした。そして、不思議なことにこの地にありながら、戦火は蒙らなかつたが、後になつて火災にあひ、現在の本堂は貞治《ぢやうぢ》二年（一三六三）の建造である。

本尊に一礼して、裏の宝物殿へ行くと、口から次々と仏を吐き出してゐる空也上人像があつた。絶えることのない念仏を表現してゐるのだ。その像の横に、頭を丸めてゐるものの眼光鋭い男が座して、巻物を半ば開きながら掲げ持つてゐる。肖像彫刻の傑作の一つと言はれる平清盛像である。

彼がこの六波羅を根拠地として、全国に覇を唱へ、平治の乱の際には、二條天皇と中宮を邸宅に迎へたし、最盛期には屋敷三千二百余棟を数へた。しかし、清盛没後間もなく、寿永二年（一一八三）七月、平家一門は西へ落ちて行かなくてはならなくなり、火を放つて、焼き尽くした。

その焼野原に源頼朝が命じて建物を作り、都および西国を監視する六波羅探題を設置、誰もが憚らなくてはならない鎌倉幕府の出先機関として在りつづけて来たのだ。しかし、平家と同じく、終末が迫つてゐた……。

それも雅《みや》びを生き、万民安寧の祈りを責務とするはずの先帝が呼び出し、集めた、得体の知れない軍勢に、いまやびつしりと取り囲まれてゐたのだ。各地に蟠踞《ばんきよ》してきた悪党と呼ばれる者たち、御家人の下に屈従して来た中小の武士団、鎌倉武士でありながら寝返らうと虎視眈々《こしたんたん》として来た者たちなど、これまで封じ込めて来た諸々のものが俄に溢れ出し、荒れ出し、巨大なマスとなつて押し寄せ、呑み込まうと迫つてゐる……。

夜の闇が降りると、木戸を密かに開け、逆茂木《さかもぎ》を越えて思ひ思ひに逃げて行く者たちが続いた。『太平記』によれば、さうして五万を越えたはずの兵が、千を下回る有様となつたといふ。なんといふ急変であらう。

踏み留まつたのは、六波羅探題の選りすぐりの鎌倉武士たちと、天皇を初めとする皇族、公家たち、それに仕へる少数の者たちであつた。明日にもここが全員の死場所になるのは明らかであつたから、当然であつた。

ただし、攻める側は、天皇と二上皇をどう扱へばよいか、決断しかねてゐたし、六波羅勢の最後の抵抗を恐れてゐた。まともに戦へばどれだけ犠牲を出すか、分からない。あぶれ者たちも躊躇する。

そこで包囲網の山手側をわざと開けた。

さうしたなか、六波羅勢の主だつた武将たちが集まり、話し合つた。踏みとどまつて最期まで戦ふか、落ちるか……。

このまま名もない兵の刃にかかつて果てるよりも、天皇と二上皇を奉じて関東に下り、再び兵を整へ、攻め上るのが良策だと、糟谷《かすや》三郎宗秋《むねあき》が主張すると、大勢が賛同した。京における鎌倉武士の代表として、むざむざと殺されて終はるわけにはいかないのである。

さう一決すると、まづ帝の母、皇后、公卿の北の方、女房たちに稚児を落とした。別れを惜しむ暇もなく、それぞれ闇に紛れて去つた。北探題の仲時《なかとき》も、北の方と最期の別れをしなければならなかつた。

さうして天皇と二上皇は、馬に乗り、ひそかに東の裏門を出た。『太平記』には「迷ひ出でたまふとあつて、続けて、

行く行く、泣き悲しむ声遥かに耳に留まつて、離れもやらぬ悲しさに、落ち行く前の路暮れて、馬にまかせて歩ませ行く。これを限りの別れとは、互ひに知らぬぞ哀れなる。

＊

辿つたのは、清水山と阿弥陀ケ山の間の峠を越える渋谷通《しぶたにとほり》、またの名は苦集滅道《くずめぢ》であつた。

現在、五條大通は、五條坂下で東山の麓にぶつかるが、そこから先は道幅が半分になつて国道一号線となり登つて行く。その一号線に並行して、南側に渋谷通が通じてゐる。

わたしは五條大通に出ると、歩き出した。が、時計を見ると午後も遅くなつてゐた。これでは東山を越えて山科《やましな》から逢坂山《あふさかやま》に至るのは無理なので、タクシーを拾ふ。

五條大通の突き当りから一旦は右手へ折れ、馬町の交差点から渋谷通を行く。

道は思ひの外広く、整備されてゐる、わづかに左右にじぐざくする登り坂である。下馬町、上馬町の町名が続く。その町名が示すやうに、明治の初めに鉄道が通じるまで、馬宿がずらりと並んでゐたのだ。さすがは京の入口である。

やがて家並みが途絶える。

振り返ると、遠く鴨川の向うの市街が見えた。

十四、五町うち延びて跡を顧みれば、はや両六波羅の館《たち》に火懸けて、一片の烟《けむり》と焼け揚げたり。

先の引用のつづきである。天皇と二上皇が、馬上から六波羅の北と南の館が炎を噴き上げるを見たのだ。夜であつたから嫌でもはつきり見えた。平家滅亡の時と同じである。

やがてカーブすると、国道一号線にぶつかつた。ここから先は、国道一号線に合流するものの、手前車線ばかりで、向うの東行車線へ入ることが出来ない。

「歩いてなら、向う側に出て、上へ行けますよ」

運転手が教へてくれた。もともと歩くつもりであつたから、降りて、歩行者用トンネルで一号線の下を潜る。

その向うは、東山ドライブウエイが下つて来て、周囲はコンクリートで固められた、ひどく殺風景な場所だつた。葬儀社の建物がある。

運転手に教へられたとほり、上がつて行くと、国道一号線よりも少し高い位置に出た。一号線東山トンネルが目の前に口を開けてゐる。下り気味になつた路面を車がスピードをあげて次々と滑り入つて行く。向う側からは、これまた絶えることなく車が滑り出て来る。

呆気にとられた思ひで、しばらく眺めた。

ようやく自分が歩いて来た道の正面に目を向けると、緩やかに上がつて行つた先に、小さなトンネルの入口があつた。旧国道一号線のものである。

乗用車が一台やつと通り抜けられる幅で、近づいて行くと、入口周辺は古びた煉瓦が積まれ、上の木々の繁みから蔦が幾筋も垂れ下がつて、人影はない。

トンネルへ踏み入る。

彼方にぽつんと出口が小さな円になつて見えた。そこへ向つて蛍光灯が頭上から一列に点々と続いてゐるが、野外の明るさに慣れた目には、歩を進めるに従ひ、闇が濃く押し包んで来る。壁が黒々と濡れて、その印象を強める。

仲時らに先導されて、天皇と二上皇は、このトンネルの上へと登り、越えて行つたのだ。折から五月闇《さつきやみ》で、木々の生ひ茂る濃い夜の闇の中、人馬が黒々と蠢《うごめ》くのを、気配で察するよりほかなかつたらう。

鋭い音を引いて矢が飛んで来る。

野伏たちが射かけて来るのだ。落ち武者とあれば、相手構はず襲ひ、金目のものを奪ひ取る。この手合ひが、虫のやうに湧き出て、こちらを窺ひ、痛め付け、隙があれば襲ひかかつて来る。

六波羅を囲む者たちは、まだしも正体が知れたが、このあたりに潜む者となるとまつたく得体が知れない。かういふ者たちを、後醍醐が大挙出現させてしまつたのだ。

不意に南探題の北條時益《ときます》が落馬した。従ふ糟谷七郎時広が馬から飛び降り、駆け寄ると、首を射抜かれてゐた。躊躇せず矢を引き抜くと、絶命した。射手は闇のなか、いづれか知れない。朋輩たちはすでに先へ進んでゐる。時広は、刀を抜くと時益の首を斬り落とし、手早く錦の直垂に包み、手探りで道の傍らを掘り、埋めた。そして、主の死骸の傍らへ駆け戻ると、自ら腹を切り、その上に突伏した。

『太平記』は、かうした出来事を坦々と記す。

トンネルの出口に近づくと、壁が明るい色に変はつた。最近、補修されたのだ。

出たのは、一号線から離れたところであつた。峠はどのあたりだらうと、振り返つて見上げたが、下りて来る旧道らしいものは見当らない。失はれたのか、別のところへ降りるのだらうか。

道なりに行くと、すぐに自動車の走行音が激しくなり、国道一号線の脇に出た。道路公団スノー・ステイションの文字の見える小屋がある。年に幾度かはここにも積雪があると見える。

小屋の裏から小道は国道を一旦は離れたが、また脇へと戻り、共に右へと大きくカーブする。と、左手に展望が開けた。

山科の盆地であつた。

これから先、いかなる道中が一行を待ち受けてゐるか、思ひやらずにをれなかつた。わたしは七百年近くも後、興味の赴くまま跡を追つてゐるに過ぎないが、それでも暗澹たる思ひになる。展望が開けることによつて逆に深い闇を突き付けられた気持だ。

しかし、一行は、展望が開けたのを気配で察すると、天地がまだ闇に閉ざされてゐるのを有り難く思つた。弓矢を持つて虫のやうに湧き出て来た者たちの目から護つてくれてゐるのだ。

廃業したのか、「犬のカフェ」と看板を掲げた無人の建物の脇から、国道と別れ、車の通らない急な坂を降りる。

一気に下ると、住宅街だつた。

その住宅街のなかをひたすら東へと進む。やがて賑やかな京阪山科駅前に出た。京都から清水山の北、粟田口を採ると、やはりここへ出る。

ついで四宮河原であつた。

京の町中を徘徊する芸人たちが根城にしてゐたところだから、いかに早暁でも人影があつたはずだが、猫の子一匹ゐない。皆が物陰に身を潜ませ、様子を伺つてゐるのだ。

そこを過ぎた頃、ようやく空が明るくなり、回りの人の顔が見えるやうになつたが、すでに幾人もの公家たちが姿を消してゐた。東宮の康仁親王もゐなかつた。大覚寺統のひとだから、持明院統と行動をともにする謂れはないのだ。

と、矢が射かけられた。

「落人《おちうど》の通るぞ」

「討ち留めて物具剥げ」

呼ばはる声が、前後から上がつた。残つた日野資名《すけな》、勧修寺経顕《くわんじゆじつねあき》、綾小路重資《あやのこうぢしげすけ》らわづかな公家たちが、帝と二上皇の前後を固めた。

六波羅の兵たちがやうやく退けると、赤く色づき始めた朝雲が背後の東山を越えて、都へとなびいてゐるのが仰がれた。思ひもかけず東への道をたどることになつた者たちには、この急な成り行きが信じられなかつた。どうしてこのやうなことになつたのか？

逢坂山へとかかると、木々の下はまだ暗い。その暗さを頼りに、木蔭に駒を繫ぎ、帝や両上皇は馬を降りて休息をとつた。なにしろ慣れぬ馬のこと、轡《くつわ》を取る者がゐても、疲れ果ててゐた。

すると、いきなり矢が飛んできて、帝の左肘に突き立つた。

陶山備中守《すやまびつちゆうのかみ》が慌てて駆け寄り、矢を抜いた。そして、傷痕を吸ふ。毒が塗られてゐたかもしれないのだ。血は容易に止まらない。見る間に、雪のやうな帝の膚が赤く染まる。

かたじけなくも万乗の主《あるじ》、卑しき匹夫《ひつぷ》の矢前に傷《やぶ》られて、神龍《しんりよう》たちまちに釣者《てうじや》の網にかかれる事、あさましかりし世の中なり。

中国の故事を引いて、『太平記』はかう記すが、父の後伏見院も、帝王学を注ぎ込んできた花園院も、この若い帝が血を流すさまを、呆然と見守つた。彼こそ、持明院統がやうやく生み出した精華ともいふべき存在ではないか。それがどうしてこのやうなことになるのか、と。

心づいた者が慌てて命令、兵たちに身をもつて楯を作らせ、警護するのが精一杯であつた。

かうして血を流すのは、若い帝の白い膚ばかりでなく、営々と築き、保持して来た雅びな秩序そのものでもあらう。自ら守る術を持たぬまま押し流され、路傍の者が気まぐれに放つた矢一本によつて、手も無く深手を負ふのだ。

番場《ばんば》の蓮華寺《れんげじ》

東の空がすつかり明るくなり、朝霧が晴れて行くと、逢坂山《あふさかやま》の関へと上がつて行く道の北側の斜面に、蠢《うごめ》く者たちの姿が見えて来た。盾を並べ、弓には矢を番《つが》へてゐる。五、六百人もゐるのではないか。半端な具足をだらしなくつけた、得体の知れない荒くれた男たちだ。野伏《のぶせり》である。

これでは逢坂山を越えることさへ出来さうにない。

六波羅の武士たちは、覚悟はしてゐたものの、朝日の下、明らかになつて来る野伏の群に驚き呆れ、立ちすくんだ。由緒正しい家柄の彼らにとつて、武士とも夜盗ともつかぬ野伏は、得体が知れないだけ、不気味さが先に立つ。すでに楠木正成との戦でかうした者たちの存在は知つてゐたが、それらがいま、都落ちの一行の前に大挙して出現したのだ。

左肘の傷も痛々しい光厳帝の前に控へてゐた武士たちのなかから、備前出身の中吉弥八《なかぎりやはち》ひとりが馬に飛び乗ると、駆け出し、呼はばつたと、『太平記』は記す。

「かたじけなくも一天の君、関東へ臨幸成るところに、何者なればかやうの狼藉《らうぜき》をばつかまつるぞ。心ある者ならば、弓を伏せ冑を脱いで通したてまつるべし」

野伏どもは声を揃へて、からからと笑つた。そして、

「いかなる一天の君にても渡らせたまへ、御運すでに尽きて落ちさせたまはんずるを、通しまゐらせんとは申すまじ」

野伏どもの、天皇に対する考へ方を端的に示す言だらう。いかに尊崇されるべき存在であらうと、運が尽きたと分かれば、遠慮はしない。

「たやすく通りたくおぼしめさば、御供の武士の馬・物具《もののぐ》を皆捨てさせて、御心安く落ちさせたまへ」

さう言ひも終はらぬうちに、彼らはどつと鬨《とき》をつくつた。この野盗まがひの者たちに、いかに対抗すべきか、六波羅の武士は分からない。が、地方出身の弥八は違つた。

「につくき奴原《やつぱら》が振舞ひかな。いでほしがる物具とらせん」

さう言ひ放つと、付き従ふ若党六騎とともに、攻めかかつた。野伏どもは、蜘蛛の子を散らすやうに四方八方に逃げる。弥八と若党は追ふ。

そして、深追ひした、と気づいた時、弥八は若党から引き離され、二十余人ばかりの野伏に囲まれ

てゐた。手強い相手をやつける際の彼らの罠に落ちたのだ。若党が救ひ出さうとするが、隔てを突き破ることができない。

弥八は、頭目と思はれる者に組みつき、ともに馬から落ちた。そして、上となり下となるうちに深田にはまり、組み敷かれてしまつた。

が、囲みが解かれると、弥八はゆつくり起き上がり、京の方へ歩き出した。野伏どもはその後について ぞろぞろと行く。

何事が起つたのか、誰にも分からなかつたが、これ幸ひと、逢坂山を越えた。

『太平記』によくある機略譚の一つで、弥八は、俺の首をとるのもいいが、助けてくれるなら、六波羅の金銀を埋めた場所を教へてやるぞ、と欺いたのだ。彼らは酒や物品を弥八に与へ、大挙してついて行つた……。実際に起きたかどうか分からないが、書き手は、幕府側であれ反幕府側であれ、折りあらば嘲弄の対象にするのだ。

そのお陰で一行は、近江の国に入ることができ、安堵する思ひであつた。代々近江国守護を勤める佐々木氏の嫡家の時信《ときのぶ》が加はつてゐたからである。

粟津《あはづ》の松原、打出《うちで》の浜を過ぎ、瀬田川も無事渡つた。

守山《もりやま》にかかると、またも野伏が纏ひ付いて来た。しかし、野洲《やす》の篠原《しのはら》の宿では、粗末な網代《あじろ》の輿を捜し出し、天皇をお乗せして、武士たちが担いだ。

山科駅から東海道線の普通電車に乗ると、大津、膳所《ぜぜ》、石山、瀬田、南草津、草津、栗東《りつとう》、守山、野洲《やす》と十も駅があつて、篠原《しのはら》である。ただし、鉄道は当時の道筋――草津までは東海道、それから先、江戸時代には中山道《なかせんだう》になる――よりかなり西になる。

篠原では、梶井二品尊胤親王が一行に別れ、伊勢へと鈴鹿山《すずかやま》を越えて行つた。出家の身で、身体も頑健、肝も据つた人であつたから、賊に狙はれるからと馬を捨て徒歩となり、二人の供を連れただけであつた。

この日は、そこからさらに鏡山、武佐《むさ》の宿を過ぎ、老蘇《おいそ》の森を抜けた先の観音寺山で夜を過ごした。そこが佐々木氏の本貫《ほんくわん》の地であつた。

篠原から近江八幡を経た一つ先、安土《あづち》駅で降りると、左前方に信長が城を築いた安土山があり、右側近くには観音寺山（またの名が繖山《きぬがさやま》）が聳えてゐる。四百二十二メートルに過ぎないが、琵琶湖の東岸一帯では最も高く大きな山で、山腹に佐々木氏の城があつた。

踏切を渡り、観音寺山を左手にして、田圃のなかの道を東へ十五分ほど歩くと、広い境内を持つ神社がある。佐々木氏の氏神、沙々貴《ささき》神社である。随神門が茅葺なのが珍しい。簡素な回廊がめぐらされ、中央に舞殿がある。

社前からさらに東へ二十分も行くと、観音寺山の南へ伸びた山裾の先端へ至る。そこを左へ回り込むと、すぐ右手が、老蘇の森であつた。

新幹線に分断されてゐるが、大木が亭々と聳えてゐる。歌枕として古くから盛んに歌に詠まれて来てゐるから、歌をよくし、関心も深い光厳天皇、そして花園院は、感慨を覚えずにをれなかつたらう。

　　東路《あづまぢ》の思ひ出にせむ郭公《ほととぎす》おいその杜《もり》の夜半の一聲　　公　資（『後拾遺集』）

なにしろ旧暦五月、まさしく郭公の鳴く季節であつたから、このよく知られた歌を思ひ浮かべたに違ひない。ただし、「東路」を「思ひ出」にするのではなくて、逆に都を「思ひ出」にしなくてはならない成り行きになつてゐるのだ。そして、天皇は左肘に矢傷の痛みを抱へてゐた。

観音寺山の東麓には、民家が並んでゐる。ここは後に楽市楽座《らくいちらくざ》で栄えるが、その繁栄へ向う気配が、この頃すでに見られてゐたかもしれない。

一行は、このところで一夜を過ごした。黒々と聳える観音寺山が心強く思はれたらう。しかし、翌早暁、まだ暗いうちに隊伍を組んだのは、七百騎ばかりだつた。千騎近くゐたはずだが、夜の間に抜けたのだ。

佐々木時信を後陣として、糟谷三郎宗秋が先陣に立ち、出発した。愛知川《えちがは》を越え、彦根も佐和山の麓を過ぎ、鳥居本《とりゐもと》の宿を抜けると、磨針《すりはり》峠にかかる。

わたしは安土駅に戻ると、再び電車に乗つた。

能登川、稲枝、南彦根、彦根と停車する。安土からここまで十九キロである。そして、彦根から近江電鉄に乗り換へると、一駅目が鳥居本であつた。

中山道の宿として栄えたが、いまこの電車を利用する人は少ない。無人駅になつてゐる。しかし、駅舎は、吹き抜けのある瀟洒な洋館と言つてよい建物であつた。明治に開設された際の賑はひぶりが偲ばれる。

駅前は国道八号線で、車が多い。

横断して町へ入ると、住宅街のなかの物静かな道が中山道だつた。そこを北へ歩く。たまに小型の乗用車が擦り抜けて行く。

茅葺の堂々とした家に突き当つた。「腹薬・赤玉神教丸本舗《あかだましんけうがんほんぽ》」の看板が出てゐる。江戸時代から知られた店らしい。ここから程近い伊吹山が有数の薬草の産地なのだ。

そこを道なりに右へ行くと、右手から山が迫つて来て、それにつれ左へ向ひ、国道八号線に合流した。さうなるとトラックがつぎつぎやつて来て閉口する。が、すぐ先で中山道は再び八号線と別れ、山へ分け入る。

磨針峠への道である。

いまでは手軽なハイキングコースになつてゐるらしい。雑木林のなかを右へ左へ折れながら、道は緩やかに上つて行く。

その道がにはかに急になつたと思ふと、もう峠であつた。右手、石垣を高く積んだ上に建物があり、その前に望湖堂と刻んだ石柱が立ち、横から琵琶湖が見えた。

ここで旅人たちは景色を楽しみ、江戸時代になると名物の「すりはり餅」を食べた。が、一行は、ほの白く見え始めた湖面を振り返ることもなく、慌ただしく通過する。

ここからは先が見通せない。峠からわづか下ると、集落があり、左手に迫つた山陰に沿ふて曲がりくねつて行くのだ。右手もわづかな耕地を隔てて小山である。

前方、堤が長々と横たはつてゐると見えたが、近づいて行くと、名神高速路であつた。

その手前で道は左手の山との間へ入り込む。そして、下りになつたと思ふと、正面に伊吹山が現はれた。周囲の山々を越えて、大きく迫つて来る。近江の北東の果て、美濃との境に位置する巨大な山塊である。

これからその裾野へ出て、東へ進まなくてはならないのである。

両側がわづかながら開けて来て、人家が見え始めた。番場の宿である。この宿は細長くつづく。彦根までは、佐々木氏嫡流の六角氏の勢力圏だが、このあたりから同じ佐々木氏でも京極家の勢力圏になる。当主は油断のならない策謀家の導誉《どうよ》で、伊吹山の麓、美濃との国境柏原の宿を本拠とし、山腹のあちらこちらに城塞を構へてゐるのだ。その彼がどう出るかによつて、一行の命運は決まるはずだ。

正面の伊吹山が不気味に見えて来た。なにしろ日本武尊《やまとたけるのみこと》の生命を奪つた山である。

しかし、ここしばらくは左側の小山の連りが、琵琶湖から吹き付ける風を防いでくれる。

下番場の集落へかかると、「蓮華寺《れんげじ》」と大きな掲示が出てゐて、右へ入る道がある。そこを通り過ぎて百メートルほども行くと、このあたりでは六波羅山と呼ばれる左手の小山の連なりが切れ、米原へ出る脇道があつた。正面には同じやうな小山、地頭山が位置して、「旧跡、中山道」と刻まれた自然石が据ゑられてゐる。次の醒ケ井《さめがゐ》宿へはその右へ回り込んで行けばよい。

と、その地頭山を背にして、盾を並べ矢を構へた野伏たちがゐるのを、糟谷三郎が認めた。躊躇することなく、部下の三十六騎とともに、攻めた。野伏たちは、手も無く地頭山へと逃げ登る。

なんとも手応へのない奴らと思ひながら、逢坂山の例があるので、用心しながら半ば進み出て、あたりを見回すと、野伏たちがゐるのは、目前の山だけでなく、右手の退いた山の斜面にも、その彼方の山々にも、びつしりと犇《ひめ》めいてゐるのだつた。

さすがの糟谷三郎も、唖然《あぜん》と見やるよりほかなかつた。これほどの軍勢がいつどこから湧いて出たのか？

すると、朝日の下、一流の錦《にしき》の旗がなびいてゐるのに気づいた。三郎はわが目を疑つた。われわれこそ天皇、上皇を擁してゐるはずではないか。ところが正体の分からぬ者たちが錦の旗を掲げてゐる。

もしかしたら、船上山に陣取つた後醍醐の発した宣旨がすでに届いてゐるのかもしれなかつた。そして、佐々木道誉が足利高氏と連携、行動に出たのかもしれないのである。

　さうなると、目の前の一団を蹴散らしたところで、なにほどのことにもならない。これから先、手強い道誉の本拠、柏原を突切らなくてはならないし、万が一、首尾よく突切つたとしても、その先、気の遠くなるほどの数々の敵に立ち向はなくてはならないのだ。鎌倉までの道筋を、三郎はよくよく承知してゐた。しかし、すでに矢も乏しく、馬も疲れ果ててゐた。

　どうすればよいか？

　退いて、路傍にあつた辻堂に入り、後続の到着を待つた、と『太平記』には書かれてゐるが、その辻堂はどこにあつたのだらう。少し後戻りした、「蓮華寺」の掲示が出てゐるあたり、六波羅山側にあつたやうである。

　馬を急がせて仲時がやつて来た。迎へに出た三郎は、辻堂のなかへ誘ひ、仲時に向つて手を突くと、かう言つた。

「弓矢取りの死ぬべきところにて死せざりければ恥を見る、と申し習はしたるは、ことわりにて候ひけり。われ等都《みやこ》にて討死すべく候ひしが、一日の命を惜しみてこれまで落ちもて来て、今言ふ甲斐なき田夫野人《でんぷやじん》の手に懸かつて、尸《かばね》を路径《ろけい》の露に曝さん事こそ口惜しく候へ……」

　都を捨てて、関東に落ち延びることを主張したのは、ほかならぬ三郎であつた。しかし、それは間違つてゐた。いまや如何に敵を打ち倒しても打ち倒しても、道は開けない事態となつてゐると思ひ知つたのだ。

「これ等を敵に受けては、退治せん事、恐くは万騎の勢にても叶《かな》ひがたし。いはんやわれ等落人の身と成つて、人馬ともに疲れ、矢の一筋をも、はかばかしく射候ふべき力もなく成つて候へば……」

そこで、後陣の佐々木時信の到着を待ち、観音寺まで引き返し、城に立て籠もつて、関東勢が上洛するのを待つよりほかないと申し述べた。

仲時は、佐々木時信を信頼してゐなかつた。何時、裏切つてもをかしくないと見てゐた。が、いまとなつては、三郎の言ふとほり時信一人を頼りにするよりほかなかつた。彼の到着を待ち、評定することにして、五百余騎の武士たちを辻堂の庭に集めた。

『太平記』の記述はかうだが、五百余騎の武士たちが辻堂なりその周囲に集結できるはずもないし、それでは無防備に過ぎる。

掲示の出てゐるところから、東へ入つて行くと、車の騒音が激しくなり、名神高速道路の高架であつた。その下を潜り抜けた正面、やや高い位置に、蓮華寺の山門があつた。

扉には菊の紋章が彫り込まれてゐる。勅使門である。創建は古く、聖徳太子によるといふ格式の高い寺である。しかし、正面石段の左側の乾いた溝の横に標示が出てゐて、「血の川」とあつた。ただの溝を「血の川」と呼ぶのかと、不審に思ひながら、その溝を跨いで、勅使門の横の短い坂を上がる。

境内は、思ひのほか広かつた。瓦屋根を高く聳えさせた大きな本堂が奥にあり、その左側から手前へ鉤の手に庫裡が伸びて来てをり、向ひには鐘楼がある。軒瓦のいづれにも菊の紋章が付いてゐる。

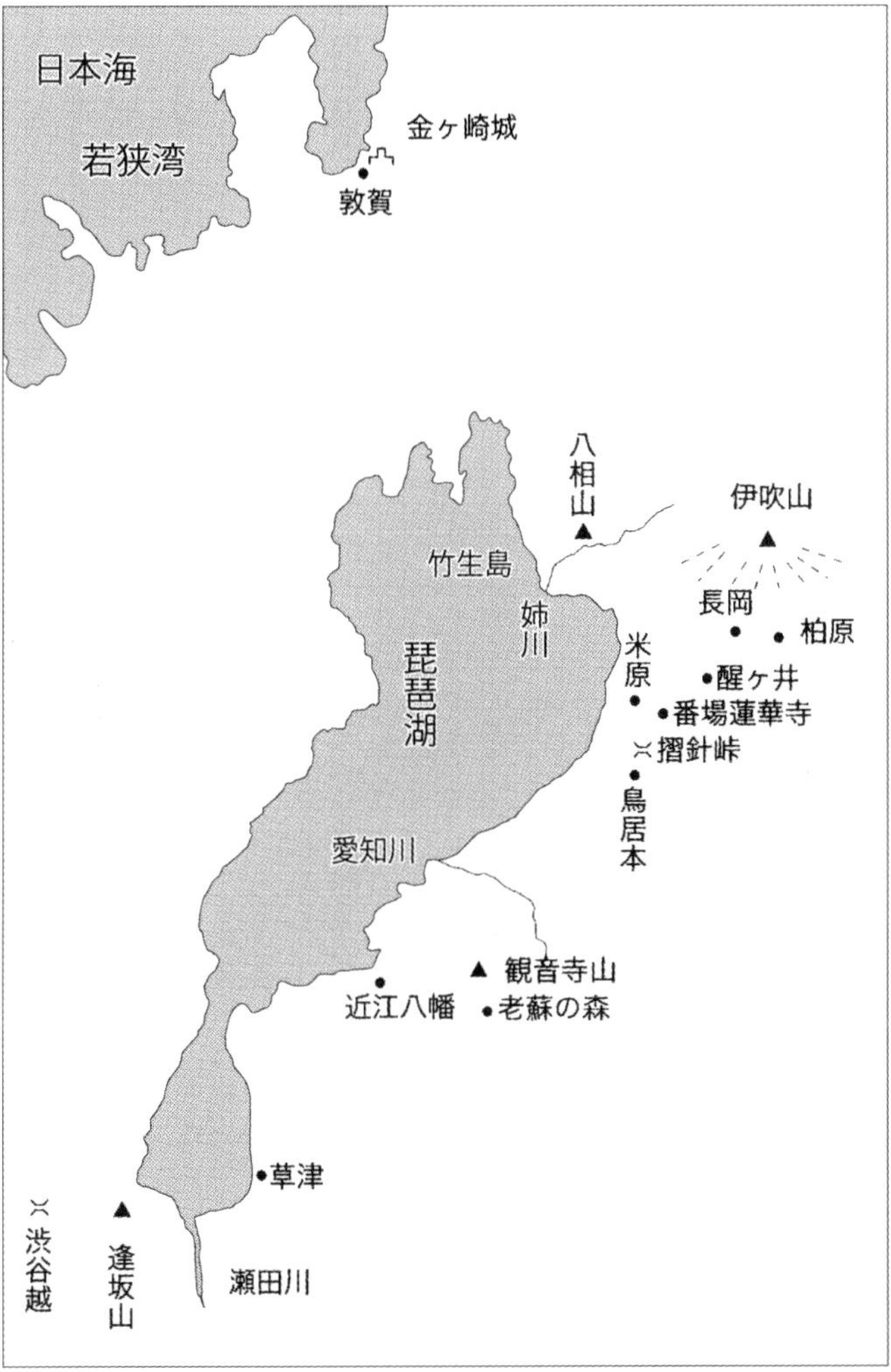
日本海
若狭湾
金ヶ崎城
敦賀
八相山
伊吹山
竹生島
姉川
琵琶湖
長岡
柏原
米原
醒ヶ井
番場蓮華寺
摺針峠
鳥居本
愛知川
観音寺山
近江八幡
老蘇の森
草津
渋谷越
逢坂山
瀬田川
琵琶湖周辺図

じつは、この時点より二十四年前の延慶二年（一三〇九）、ほかならぬ花園院が天皇の位にあつた折、勅願所とした寺であつた。いまは浄土宗も一向派に属する、一寺の本山となつてゐる。

ここなら、五百余騎ほどであれ集結できたらう。山を背にした小高い地だから、天皇と二上皇、三種の神器を奉じた者、僅かに従ふ公卿たちを本堂に入れ、門前から街道の辻、さらには正面の六波羅山にも、警護の武士を配置、野伏どもの襲撃に備へることができたに違ひない。

庫裏の玄関のベルを押した。

ややあつて初老の背高の男が出て来た。

「やあ、失礼しました。奥で洗濯機を使つてゐて、気付くのが遅くなりました」

恐縮した様子で、応対してくれる。

「住職が亡くなつてから、檀家の者が輪番制で留守番をしてるんです」

亡くなつた住職の名を聞くと、一向宗研究でわたしのやうな門外漢でも耳にしてゐるひとであつた。

本堂を案内してもらふ。

外から見たよりも、広壮である。正面の厨子一つに、釈迦像と阿弥陀像が並んで収まつてゐる。いづれも鎌倉時代の作で、この蓮華寺の開山とされる一向俊聖上人が入山する以前、六波羅山の麓にあつた草堂に安置されてゐたものだと、当番の男は言ふ。

両脇の祭壇にも仏像が幾体も安置され、それぞれの前に、野の花が供へられてゐる。

「今朝、わたしが山から取つて来たんですわ」

ざつと見渡しただけでも、かなりの量になる。こころを込めて留守番を勤めてゐるのだと分かつた。

片隅に鉦と撞木《しゅもく》が下げられてゐた。普段は使はないが、山形から一向宗のひとたちが来て、踊り念仏をする時に使ふのだといふ。地元の檀家だけで踊り念仏を催すことはなくなつてゐるらしい。

なぜわざわざ山形からなのですかと尋ねると、先々代の住職の窿応《りゆうおう》上人が大正八年（一九一九）に山形の寺からここへ入つたからで、その寺は、南村山郡金瓶村の宝泉寺、斎藤茂吉の生家の隣だと言ふ。茂吉が幼時から師として仰いだ上人だつたのである。

歌人として名をなしてから茂吉は幾度となく足を運び、枕を並べて寝て、醒ケ井へ豆腐を買ひに出掛けたりもしてゐる。


伊吹嶺《いぶきね》に雪ふるころはみちのくのみ寺しぬびたまふといふも尊し

窿応上人とともに遠く山形を思ひやつて詠んだ歌である。そして、上人が病むと懇ろに見舞つた。

本堂の裏の一室が宝物殿になつてゐた。まづ目についたのは、絵巻の複写だが、集まつた大勢の僧たちが涙を流してゐる中央、四角い畳の上で、立つたままひとりの僧が天を仰ぎ、合掌してゐる。一向上人の往生の図であつた。

弘安十年（一二八七）十一月、念仏を数百遍唱へ、笑みを含みながらこの姿勢で往生したと伝へられる。そして、この絵巻は嘉暦《かりやく》三年（一三二八）に完成したといふから、花園院の援助があつたのではないか。その絵巻完成から五年後、一行がここへやつて来たのである。

当時、この寺は、一向上人の弟子の代になり、それ相応に整備されてゐたたらう。

絵巻の横に、「六波羅過去帳」が広げられてゐた。時阿弥陀仏、浄阿弥陀仏、師阿弥陀仏……と、戒名が長々と書き連ねられてゐる。原本は国宝で、展示されてゐるのは複製だつたが、ここで起つた事件の結末を端的に語つてゐる。

待ちに待つたものの、佐々木時信は遂にやつて来なかつたのだ。如何に後陣で、ゆつくり進んだとしても、まだ到着しないのはをかしいと、皆々が口々に言つてゐると、佐々木時信は愛知川からはやばやと引き返した、との知らせが届いた。

『太平記』には、番場で仲時一行が全滅したとの報告を受けたため、と記されてゐるが、嘘であるのは明らかである。もしかしたら佐々木導誉と連絡をとつた上で、見棄てる挙に出たのかもしれない。

いづれにしろ佐々木時信が抜けたとなると、観音寺山に入ることがかなわないばかりか、この近江の地で安全なところはどこにもなくなつた、と言ふことであつた。

いまや進むことも退くことも、ここにかうしてゐることも出来なくなつたのだ。

この場で武士たちが交はした論議を、『梅松論《ばいしょうろん》』はかう書いてゐる。

のがるべき所なかりしかば、恐れながら仙洞《せんとう》を害し奉り各《おのおの》討死自害可仕由《つかまつるべきよし》、一同に申しければ、

仙洞とは上皇の謂ひだが、ここでは光厳天皇も含めてゐるのは言ふまでもない。五百騎の主だつた武士たち「一同」が揃つて、かう主張したのだ。

天皇と上皇を自分たちの「主君」と同じと考へるなら、当然の対応と言はなくてはならない。生きたまま敵の手に渡してはならないからである。それ以上の恥辱はなく、できれば首も渡してはならない。刀の柄にはやくも手をかける者がゐた。

かう主張する激しい肉声の数々を、天皇と二上皇は、間近かに耳にしなくてはならなかつたのだ。仲時は、きつとなつて言つた。

「我等命を生て君を敵にうばはれんこそ恥なるべけれ、命をすてゝ後は何事か有《あ》るべき」

われわれが生き永らへながら、天皇・上皇を奪はれてこそ恥となる。われわれが死ねば、恥になるもならぬもないではないか。わたしは自害する。お前たちも死ね、と。

仲時は、かうして天皇・上皇を武士の世界で言ふ「主君」とは別の次元の存在としたのである。それとともに、己が身を亡き者とすることによつて、われわれにとつて「主君」とは誰か、改めて論議する余地をなくし、天皇・上皇を守つた、と言つてよいかもしれない。

ただし『太平記』にこの記述はない。仲時はかう言つたとする。

「当家の滅亡近きにあるべしと見たまひながら、弓矢の名を重んじ、日来《ひごろ》のよしみを忘れずして、これまで着きまとひたまへる志、なかなか申すにことばは無かるべし」

まづ、かう皆々に感謝の言葉を述べて、

「その報謝《ほうしや》の思ひ深しといへども、一家の運すでに尽きぬれば、何を以つてかこれを報ずへき。今はわれかたがたのために自害をして、生前《しやうぜん》の芳恩を死後に報ぜんと存ずるなり」

恩になつた「かたがたのために」わたしは自害する、と。後はこのわたしの首を取り、足利勢に渡せば、身の安全を確保できるばかりか恩賞も得られるはずだ、と言ひも果てず、鎧を脱ぎ、衣をくつろげると、一気に腹を切つた。

仲時は、誇り高い六波羅武士としての範を垂れるとともに、生き残らうとする武士たちの利益にもなるやうにと、自害の先陣を切つたのだ。天皇・上皇についてはは触れてゐないが、重々意識してゐたらう。もしかしたら「かたがた」とは、誰よりも天皇と上皇、そして、それに付き従ふ人々だつたのではないか。さうだとすれば、『梅松論』で言ふのと同じく、自らの首でもつて、天皇以下の生命を贖《あがな》つたのだ。

「しばらく待ち候へ。死出《しで》の山の御供申し候はん」

三郎は、柄《つか》口まで突き刺さつた刀を仲時の腹から引き抜くと、己が腹へ突き立て、仲時の膝に抱き着いた。

これを見た面々は、つぎつぎと腹を切つた。十五歳にもならぬ少年も、六十歳を越えた者もつづいた。そして、それぞれ直接の主に抱き着いた。

主と家来の契りを結ぶとは、文字通り生死を共にすることだつたのだ。北條時益が射殺されれば、従ふ糟谷七郎時広は即刻割腹、時益の死骸に抱き着いたが、仲時が自害すれば三郎宗秋ら従ふ者たちも即座に折り重なつて死ぬ。それが主従の義であつたのである。

『太平記』はそれら百六十人の名を書き並べ、さらに、都合四百三十二人同時に腹をぞ切つたりける。

別系統の本には、四百三十三人とあるが、彼らは決してばらばらに死んだのでなく、抱き着き、折り重なつてであつた。つづけて、

血はその身を浸《ひた》して、あたかも黄河《くわうが》の流れの如くなり。死骸は庭に充満して、屠所《としよ》の肉に異ならず。

勅使門の下の溝が「血の川」とされてゐるのも、これゆゑだつたのである。「六波羅過去帳」には、これらの人名が、法名とともに百八十九記載されてゐる。この蓮華寺の僧が、死骸を一体づつ改めて、記録したのだ。

本堂を出て、右側の道を上がる。

山間へ入つたと思ふと、左手の斜面に、夥しい墓石がびつしりと並んでゐた。要所に、やや大きめの五輪塔を据ゑ、三列、三段で、二百八十一基あるとのことである。数字が『太平記』や「六波羅過去帳」と合はないが、詮索する必要はあるまい。

山陰で、湿気の去ることがないやうだが、絶えず掃き清められてゐる様子である。

この墓と向ひあつて大きな記念碑が建つてゐた。北條仲時以下の遺族の子孫が、昭和になつて建立したものであつた。そして、林越しに、名神高速道路を走る車が間近かに見え、騒音が激しい。

本堂の前へ戻つて、改めて日の当る明るい庭を眺めた。

『太平記』のこの節の終はりには、かうある。

主上・上皇は、この死人どもの有様を御覧ずるに、肝心《きもこころ》も御身にそはず、ただあきれてぞましましける。

如何なる天皇・上皇も、かほどまでの多量の自害者を目の前にしたことはあるまい。そればかりか、武士たち一同が声を揃へて、「恐れながら……害し奉り」と言ひ、仲時が押し戻した経緯を、御簾越しであつたが、つぶさに耳にし、目にもしたのだ。それだけに二十一歳の天皇は面を背けることが出来ず、つぎつぎと自害して折り重なる者たちの屍の山と、流れ出る夥しい血の川を、見詰めつづけたらう。

多分、後伏見院は衣で顔を覆つて伏し、花園院は心強くも光厳天皇を庇つた。が、光厳天皇は、さうされながらもその情景をしつかり見据ゑつづけた。

この後の歩みを考へると、さうした三人三様の姿が見えて来るやうに思はれるのだ。

一方、公卿たちだが、日野資名は遊行聖《ひじり》の許へ駆けつけ、出家を願つた。戒師《かいし》となつた聖は、髪を洗つて頭を垂れる資名を前にして、かう唱へた。

「汝是畜生発菩提心《によぜちくしやうほつぼだいしん》」

やはり出家しようとして髪を洗つてゐた三河守友俊《ともとし》は、これを聞いて、「命の惜しさに出家すればとて、汝は是畜生《これちくしやう》也と唱ふ事の悲しさよ」と嘆くとともに、「えつぼに入て笑ける」と、『太平記』は記す。自嘲の、哄笑に見舞はれたのだ。武士の行動と、保身に走つた公卿たちを鋭く対比させた叙述である。

が、この捉へ方は間違つてゐる。戒師となつた聖は一向上人俊聖の弟子のはずで、俊聖が畜能と名乗つたのを受けて、跡を継いだ礼智阿は自ら畜生と称してゐた。現に鐘楼に吊るされてゐる梵鐘の銘文に、弘安七年（一二八四）十月十七日の日付とともに、「勧進 畜生法師、願主僧畜能」と鋳込まれてゐる。だから、聖が畜生法師本人でなかつたとしても、「汝是畜生」は資名を嘲つたのではなく、信ずる教へにもとづいて、自らを畜生と自覚して菩提心を起せ、と説いたのである。

仲時以下、六波羅の武士たちがここを死場所としたのも、この寺がいかなる寺か、よく承知してゐたからであつた。鎌倉と京の間を往復する途、彼らは一向上人の教へに接する機会を持ち、立つたまま往生するやうな豪気さこそ、鎌倉武士に相応しいと考へる者が少なからずゐたのだ。それとともに一遍であれ一向であれ、一向宗の僧たちは戦場に出没し、戦死者の菩提を弔つてゐた。野伏どもの狼藉から遺体を守つてくれるのは、間違ひなくこの寺の僧たちであつた。現にこの後、遺体を改め、法名を与へ、記録してくれたのは彼らであつた。だからこの場で安んじて腹を切ることができたといふ事情がある。

かういふことを花園院は知つてゐたらう。三河守友俊は知らなかつたのかもしれないが、『太平記』の筆者たちはどうか。僧なり寺に籍を置く者であつたらうから、知らなかつたはずはない。それにもかかはらず無知を装ひ、曲解を押し通して、資名らを貶めたのだ。悪意ある曲筆舞文と言はなくてはならない。かういふ手の記述が『太平記』には意外に多いと心得ておかなくてはならない。

伊吹山太平護国寺《いぶきさんたいへいごこくじ》

米原駅から、在来線に乗つた。

駅を出ると、すぐ左前方に、巨大な椀を伏せたやうな山塊が、陽を浴びて見えて来た。樹木はほとんど裾野に留まり、草地が剥き出しである。伊吹山《いぶきさん》である。

いま椀を伏せたやうなと言つたが、こちら側の中腹が広く棚状になつてゐる。冬には、そこから上がスキー場になる。

やがて列車は、伊吹山に横を向けた。と、川が寄り添つて来る。天野川《てんのがは》である。反対側は、トラックなどが激しく行き交ふ国道二十一号線である。

光厳天皇と二上皇は、北條仲時ら四百三十余人がことごとく腹を切つて突つ伏した血の海のなかに取り残された挙句、五辻宮《いつつじ》守良《もりよし》親王覚静《かくせい》の手の者になんなく捕へられた。そして、粗末な網代の輿に乗せられると、この道を進んだのだ。『太平記』にも『梅松論』にも記されてゐないが、他に道はない。

坊城経顕、源有光《ありみつ》の僅か二人の公卿が従ふばかりと『太平記』にはあるが、『増鏡』には、出家した資名の弟の資明《すけあきら》、四條隆蔭《たかかげ》の名が見える。さすがに野伏然とした者は遠ざけられたが、猛々しい武士たちが回りを警護、錦の御旗を掲げて歩いた。

醒ケ井に停車する。駅前から家並みを五分ほど入れば、豊富な湧き水があり、醒ケ井と古くから呼ばれて来てゐるのだ。

この事件の起る九十年ほど前、仁治三年（一二四二）八月、ここに立ち寄つた『東関紀行』の筆者はかう書いてゐる。

音に聞し醒が井を見れば、蔭暗き木の下岩ねより流れ出《いづ》る清水、あまり涼しきまですみわたりて、誠に身にしむばかりなり。余熱（残暑）いまだつきざる程なれば、往来の旅人おほく立寄てすゞみあへり。

一行もまたここへ立ち寄り、手足についた血を洗ひ流し、口を濯いだらう。光厳天皇は、肘の矢傷の手当をしなくてはならなかつた。

結ぶ手に濁る心をすゝぎなば憂き世の夢や醒が井の水

弘安二年（一二七九）十月に鎌倉へ旅した阿仏尼《あぶつに》が、ここで詠んだ歌（『十六日記』）である。しかし、いかに澄んだ水で顔を洗ひ、目を洗つても、血なまぐさい蓮華寺での情景は、天皇の眼底から消えなかつたらう。夢なら醒めたいと思ふが、夢ではないのだ。それに六波羅の武士たちは、天皇と上皇のため生命を犠牲にした、と言つてよいだけに、思ひは彼らの上に絶えず戻る。

列車は、ほんの僅か北へ進路を振り、天野川に沿つて進んだ。伊吹山へ斜めに近づいて行く。

一体、どこへ連れて行かれるのか、と不安が強まつたらう。なにしろ進むのは、いまは亡い仲時ら四百三十余人とともに歩むはずであつた道である。このまま行けば、佐々木道誉の本拠の柏原である。

その柏原では、ちやうど一年前、後醍醐天皇の側近、北畠具行が鎌倉へ送られる途、斬首された。幕府の命を受けた道誉の手の者によるが、そのやうな目に天皇や上皇が会ふことはあるまいものの、従ふ公卿となると、分からない。日野大納言資名や三河守友俊が番場で慌てて出家し、脱落したのも、その運命を逃れるためであつた。

柏原の手前、長岡で一行は方向を転じ、裾野を登つて行く道を採つた。

＊

近江長岡駅で下車する。

駅前は思ひのほか広く、バス停がありタクシーがゐた。

しかし、わたしはどこへ行けばよいのか、正直なところ、分からないのだ。分かつてゐるのは、いまでは廃寺になつた伊吹山太平護国寺と、門前の太平寺村といふ名ばかりである。その村もすでに昭和三十八年（一九六三）には廃村になつたらしい。

その寺に、五辻宮守良親王がゐた、といふのである。番場で行く手を塞ぎ、仲時以下を自決へと追ひ込んだ、野伏とも武士ともつかぬ者たち数千の大軍の将として。

伊吹山のどこかに在つたその寺へと、天皇と二上皇を擁した長い列は進んで行く。

「太平護国寺といふ寺の跡を知つてゐますか」

車の横で煙草を吸つてゐるタクシーの運転手に尋ねた。

「え？　タイヘイゴコクジ？　知らんなあ」

首を振る。

「太平寺村といふ村は？　もう四十年ほど前に廃村になつたらしいけれど」

「四十年前か。わしは赤ん坊だつたからな。だけと、聞いたことがある」

さう言ふと、後のタクシーの白髪の運転手のところへ寄つ行つて、ふたことみこと、言葉を交はすと、彼を連れて来た。

「太平寺村ね。あつたよ。セメント採掘の鉱区になつたんで、麓へ集団移住したのよ」

ここから見る伊吹山は、西側が大きく人工的に削られてゐるが、セメント鉱石採掘のためだと言ふ。

「ほら、山腹がこちら、南へ張り出してゐますやろ。その西の一番端、削られたとこのすぐそばに村があつたんですわ」。

指さして教へてくれる。

「海抜四百五十メートルもあつて、吹き晒しで、蕎麦ができるだけ。あんなところでよう暮らしてゐたもんですわ」

さう言ひ、五、六年前に一度、客があつて近くまで行つたことがあるが、姉川《あねがは》沿ひに伊吹山の西へ入り込んでから、急な坂を登りつめると、村跡の入口になる。寺跡はそこからさらに急坂をかなり上がらなくてはならない。その一帯は長らく立入禁止だつたから、道がどうなつてゐるかは分からない、と話す。

「立入禁止なんですか？」

「ああ、採掘場だからね。だけど、セメント工場がこの九月で閉鎖になつたから、禁止は解けたかもしれん。だけど、工場が管理してないから、却つて危ないかもしれへんなあ」

寺跡へぜひとも行つてみたいと思つてゐたが、どうも無理らしい。

さて、どうしたものかと思案してゐると、太平護国寺や太平村のことが知りたいなら、麓の伊吹山文化資料館へ行つてみたら、とその運転手が言つた。

タクシーで緩やかな裾野を上がつて行くと、前方に巨大な煙突が見えて来た。セメント工場のものである。新幹線からも見える。この麓の町にとつて唯一の大工場だ。それが閉鎖されたのだから、住民にとつては大変な事態だらう。

煙突のかなり手前が集落の入口で、墓地を前にした、コンクリート二階建の大きな建物が文化資料館であつた。人口が減り、廃校になつた小学校を転用したのである。

幾室も使つて、伊吹山の歴史が要領よく展示されてゐた。日本武尊が言挙げして登り、病になつたといふ『古事記』の話に始まるが、平安の初め、仁明《にんめい》天皇の時代、山腹に一寺が建てられ、薬師念仏が盛んに修されるやうになつたらしい。そして、仁寿《にんじゆ》年間（八五一〜四）に沙門三修《しやもんさんしう》が入山すると、つぎつぎと堂舎を建て、元慶《ぐわんきやう》二年（八七八）には、伊吹山護国寺と寺号を掲げ、朝廷から定額寺の指定を受けるまでになつた、とあつた。

その沙門三修の名は、『今昔物語』巻第二十に出てゐる。通力優れ、飛行自在で、飛行上人とも呼ばれたが、「法文《ほふもん》を学ばず、ただ弥陀の念仏を唱へるより外のこと知ら」なかつたので、天狗に騙され、蓮華台に乗り浄土へ向け飛行したつもりであつたが、奥山の杉の梢に裸で縛り付けられてゐるのを発見された、と。南都や比叡の「法文を学ぶ」のに専念する僧とは異質の、験力を発揮するのをこととする者だつたのだ。

いまは跡形もないが、険しい岩場があちこちにあり、峻厳な行場としての条件を備へてゐたし、今日では高山植物が知られてゐるが、薬草の宝庫であつた。この薬草が行者が験力を発揮するためには必要であつたらしい。そして、麓を幹線道路が通つてゐたから、堂舎が早々に営まれるやうになつた。

展示室には伊吹山の模型が作られてゐて、中腹の高原の縁に沿ひ、東から観音護国寺、弥高護国寺、長尾護国寺、そして西の端に太平護国寺と書き込まれてゐた。護国寺と称する以上、国家の安寧を祈祷するのを主眼としたのであらう。後の応永九年（一四〇二）の記録では、弥高護国寺の僧房三百宇、太平護国寺は百宇にのぼつたとある。誇張があると思はれるが、山岳宗教の一大拠点となつてゐたのだ。

そのやうな伊吹山の太平護国寺に、亀山天皇の皇子五辻宮守良親王が隠棲してゐて、鎌倉幕府の体制が揺らぎ、後醍醐天皇が令旨を発すると、後醍醐天皇の五宮であると称して、兵を集めた。山腹の四つの寺院の荒らくれ者たちは勿論、近江は野洲あたりから、さらに美濃、伊賀、伊勢の「山立、強盗・溢者二三千人」（『太平記』）が馳せ参じた。さうして一山は、一大兵力を擁する城塞と化したといふ。

そこへ六波羅勢が光厳天皇を奉じて鎌倉を目指して落ちて来たのだ。

ただし、この軍勢を実際に動かしたのは、佐々木道誉の手の者あたりであらう。行者や「山立、強盗・溢者」だけでは、統制がとれるはずもない。

二階へ上がると、大きな円空仏があつた。粗い鉈《なた》使ひの二メートルほどもある十一面観音立像が独特の微笑を浮かべ、腰を少し捻つてゐる。太平寺にあつたものであつた。背後に墨書があり、元禄二年（一六八九）三月六日に制作、翌七日に開眼したことが分かる。

説明板には、昭和三十八年に廃村になるとともに村人が運び降ろし、この資料館の近くに太平寺観音堂を建て、祀つてゐるが、その観音堂改修の間、ここに展示する、とあつた。製作されて以降三百二十年余、村人によつて大事にされて来てゐるのだ。

事務室を覗くと、館員がゐた。

「太平護国寺ですか。まだ手着かずです。佐々木道誉の後の、戦国時代の京極氏の城や寺については、最近かなり調査が進んでゐるんですが」

残念さうに言ひながら、幾つかの資料を見せてくれた。小学校の閉鎖に伴ひ、学芸員に転身した元教員であつた。

そのなかにワープロ打ちの小冊子があり、大正五年（一九一六）頃の太平寺村の略図が収められてゐるのが注意を引いた。

伊吹山の南へ張り出した台地と主峰との境を大富川が西へ流れ下つて姉川へ注ぐが、その大富川の左岸を溯り、クマハリ坂を登り詰めると、集落がある。白髪の運転手が話してゐたとほりで、十二の家の略図が描かれてゐるから、十二軒あつたのだらう。その真ん中に、太平護国寺の仲之坊跡の文字があつた。

太平護国寺なる寺は、間違ひなくあつたのだ。ただし、大正初めには失はれてゐたのである。

その集落を左へ外れると、まづ観音堂跡とある。跡とあるのがひつかかるが、円空仏が安置されてゐたのはここであらう。次いで釣鐘堂跡があり、奥の坊となつて、その一角に上乗坊がある。ここばかり「跡」との記入がないから、まだ建物があり、行者がゐたかもしれない。その横に、現在墓地とある。数葉の写真コピーが添へられてゐて、立派な石塔や石祠が傾き、小ぶりな五輪塔や卵塔が犇めくやうに見える一枚もあつた。背後には伊吹の頂らしい隆起が写つてゐる。多分、この「現在墓地」を写したものであらう。一山村のものではなく、かなりの規模の寺院の存在を想定させる。

「太平村つてどんなところなんですかね」

「とにかく見晴らしのいいところですね。そのかはり、生活するには厳しいところでした」

「そのやうなところに、どうして住んでゐたんでせう」

「特別の意味があつたんだと考へてゐます。時代によつて、移り変はりはありましたが」

館員は、慎重に言葉を選んで答へる。

「その意味とは、なんですか」

「根本は宗教でせう、修験道系ですね。厳しい修行をしてゐたんです。いまのわたしなどには、理解がなかなか届かないのですが」

地図に目を戻して、観音堂跡から見直す。山上側に太平神社の記載がある。その神社横から真直ぐ山上へ一本の道がつづいてゐて、草引坂と書き込まれてゐる。急峻で、草に摑まり摑まりしなければ登れなかつたのだらう。その先に、太平寺城の本丸とあつた。

ここだな、と思つた。当時、城があつたかどうか分からないが、後にであれ本丸を置くやうなところであれば、光厳天皇と二上皇を収容するのにふさはしからう。ある程度の平地が確保され、かつ、人目に触れにくく、脱出——現に後醍醐は隠岐を脱出した——なり奪還が難しいところである。

しかし、このやうなところに運び上げられて過ごした日々は、どのやうなものであつたらう。

人目は少ないと言ふものの、武士たちが絶えず身辺に徘徊し、見張つてゐた。そして、風も荒々しければ、陽差しも強い。

加へて、番場まで大事に奉じて来た三種の神器を初め、琵琶の名器の玄象、下濃も、清涼殿二間に安置すべき仏像も奪はれ、従ふ公卿たちは数人に過ぎない。天皇たるものが執り行はなくてはならない数々の行事一切ができず、いたづらに宙空高く持ち上げられて、血なまぐさい記憶に責められつづけるのだ……。

父後伏見院は、心身ともに打ちのめされた様子で、力無く臥せつてゐただらうし、なにかと気配りをする気丈な花園院も、病弱であつたから疲れ果て、時には苛立ちを見せないわけではなかつたらう。

これほどまでの目にあはされた天皇は、他に例がない。天皇たるものが持つはずの権威も権力も職務も完膚無きまで剥ぎ取られ、生身ひとつ、無力な存在として、ここにいきなり幽閉されたのだ。

しかし、若い天皇は、眼前に広がる壮大な展望に目を奪はれたに違ひあるまい。

麓すぐ下には中山道沿ひに柏原、長岡、醒ヶ井、番場、米原と続き、その先、琵琶湖が大きく広がつてゐるのだ。天の重みで平らに伸されたやうな膨大な水が、光をたたへてゐる。そして、彼方には比良の連山から比叡山、遠く逢坂山も望むことができ、地球の円みが感じられる……。

わたし自身、先年、その彼方の比叡山頂のケーブル駅から、真つ青な琵琶湖の広がりと意外に近く見える伊吹山を眺め、その壮大さに圧倒されたが、まさしくその風景を、伊吹山側から、光厳天皇は見たのだ。

そして、日本列島の要の地域を一望の下に収めてゐる、と思つたらう。天地をしろしめす者が立つべきところに、立つてゐる、とも。なにしろ近江は天智天皇が都を置いて以来、枢要な地であり続けてゐるのである。それでゐてこの展望のなかには、京を抜け出して血の海に陥り、虜囚の身となるに至つた自分の辿つた道筋が収まつてゐて、ここに至つた経緯の節々を生々しく思ひ出させる……。

しかし、自分はいまもなほ天皇であると、考へたらう。「衰乱ノ時運」も極まり、天皇たる者が持つはずのものすべてを奪はれたが、自分はなほ天皇で在りつづけてゐるし、天皇で在りつづけなくてはならない。花園院が「誡太子書」で厳しく述べたのは、このやうな事態に立ち至つても、なほ天皇たれ、といふことだつたらう、と。

また、ここまで自分たちを追ひ込んだ後醍醐にしても、伯耆国《はうきのくに》の船上山に留まつてゐる。いかに武力で都を制圧しやうと、その身が都から遠く離れてゐては、天皇たり得ない。都なり都近くに在つてこそ、天皇たり得るのだ。いまの自分を措いてほかに天皇はゐない。

さうして光厳が行つたのは、東の空が白みはじめるとともに床を離れ、清涼殿の隅の滑らかな石灰壇《いしばいだん》に代へ、粗い石の上で沐浴斎戒《もくよくさいかい》し、天照大神を初めとする天神地祇《ちぎ》に、天下安寧、五穀豊饒、子孫繁栄を祈ることであつた。これなら、生身《なまみ》一つで出来る。幣《ぬさ》も浄衣も祭壇も殿舎も権力も権威も不要である。この国土に暮らすすべての人々を代表して、祈るのだ。

それはほとんどひとりで天を支へるに等しからう。天皇だけができる、天皇にとつて最も肝要な責務だ。毎朝、かうしなければ、天地が崩れる、と信じて、祈るのだ。

＊

十日ほどすると、船上山の後醍醐が、さる十七日付けをもつて光厳天皇を廃し、自ら復位を宣言したと知らされた。それも年号を正慶から元弘に戻し、光厳天皇が即位した元弘元年（一三三一）九月以来、行つた任官、叙位のすべてを停止したといふ。

それがどういふことか、すぐには理解できなかつたが、光厳天皇といふ存在そのものを、その治下にあつた一年八ヶ月余の月日ごと、まるごと抹殺し、時間を元へ巻き戻すことであつた。天皇を廃することはこれまでもなかつたわけではないが、かうした例はない。時間の流れの外へすべてを撥き出し、廃帝でさへなくする。そこらに転がる小石や草花でも何者かであるが、光厳天皇ばかりは存在したことさへなかつたとされたのだ。

怒りに囚はれるとともに、一段と無力感に落ち込まずにゐられなかつた。

しかし、光厳は、朝の拝礼を廃することはなかつた。もし廃すれば、自分が存在しなかつたとする後醍醐の処置を受け入れることになるのだ。

が、その数日後、さる二十二日に鎌倉が新田義貞《にったよしさだ》らによつて攻め落とされ、高時以下幕府の面々が、東勝寺でことごとく自決したと知らされた。

「血は流れて大地にあふれ、漫々として洪河の如くなれば、尸《むくろ》は行路に横つて累々たる郊原の如」く、死者は八百七十余人に及んだと『太平記』巻第十は記す。番場での、二度とあるはずがないと思はれた悲惨な情景が、十三日後には一段と拡大され、鎌倉に出現したのだ。

かうして持明院統の後盾ともなつて来た鎌倉幕府は、あつけなく消滅してしまつたのである。

いよいよけふ限りの生命だと覚悟を決める者たちもゐた。が、光厳は拝礼をやめることなく数日が過ぎた。

さうしてこの山上に幽閉されてから十八日目、五月二十七日、光厳と二上皇は再び網代の輿に乗せられた。

わたしが広げてゐる冊子の終はりに、昭和三十八年に太平寺村の住民が集団下山する際の写真が収められてゐた。小型トラックの荷台に荷物を抱へた女たち八人が詰め込まれて手を振り、傍らでは男たちが笑つてゐる。

彼ら男女は、この文化資料館からすぐ下の春照《すいじょう》地区に移住したが、その彼らと同じ道筋を、光厳と二上皇らもたどり、このあたりを通過して行つたのだ。

さうして、番場を経て愛知川を渡り、来る時に夜を過した観音寺山と反対の湖側を南下して、さほど離れてゐない近江八幡の長光寺で一泊した。そして、翌二十八日には逢坂山を越えて京へ入つた。沿道には、貴賤を問はず、大勢の見物人が集まつてゐた。そして、口々にかう言ひ合つた。

「あら、不思議や、去年先帝を笠置にて生捕《いけど》りまゐらせて、隠岐国へ流したてまつりしその報《むく》ひ、三年《みとせ》の中に来たりぬる事のありさまよ」

足掛け三年だが、実質は、いま記したやうにわづか一年八ヶ月余の後である。

「昨日は他州の憂へと聞きしかど、今日はわが上の責めに当たれりとは、かやうの事や申すべき」「この君もまたいかなる配所へか還されたまひて、宸襟《しんきん》を悩まされんずらん」

『太平記』からだが、後醍醐が隠岐へ流された以上、それ相応の処分を持明院統の方々が受けるだらうと言ふのである。その声が、輿の上の三人の耳にも届いた。

＊

持明院殿は焼けることもなく無事であつた。

二十日余の不在であつたが、その間に、天下は文字通り転覆したのである。以前に変はらぬ御殿での日々と見えながら、伊吹山においてと同様、いまや虜囚であつた。

月が改まり、六月四日（『太平記』では五日）の夕、楠木正成が先導して兵庫から後醍醐が東寺に到着した。先の関白左大臣二条道平を初めとして、地下の役人たちまでが、競つて詰め掛けた。

翌日、後醍醐は、永きにわたつた行幸から還幸したかたちをとつて、二條富小路の内裏への道を進んだ。鳳輦《ほうれん》の前後を帯剣の公卿たちが供奉、その左右を兵五百人が列をなして歩み、威儀を正した百官がつづく。その後を足利高氏、直義《ただよし》兄弟が行く。それから、馬に跨がつた甲冑の五千余の兵、そして歴戦の武将たちが、それぞれに装ひを凝らし、手勢を連れて進む。

この列の先頭が二條富小路殿に入つても、後尾はまだ東寺に留まつてゐた。囚はれ人として隠岐へ赴いた時とは、天と地の違ひであつた。

その沸き立つやうな騒ぎのなか、持明院殿ばかりは静まり返つてゐた。後醍醐が重祚《ちようそ》の手続きをとらず、異例の長い長い行幸から還幸したかたちを採つたことに、言ひ知れぬ衝撃を受けてゐた。光厳天皇は、存在しなかつたことにいよいよ決したのだ。

その理由として、三種の神器のうち、神璽《しんじ》を後醍醐が携行しつづけてゐたことを明らかにした。笠置山で捕へられた時も六波羅に収容された時も、隠岐へ流された際も、ずつと隠し持つてゐたと言ふのである。神璽が如何なるものかよく分からないが、どうも拳の大きさで、何重もの厳重な筥に入れ（花園院が宸記に図を残してゐる）、封印し、天皇さへも開けることは許されなかつた。だからかなりの大きさになり、人目につかぬはずはなく、隠し通せるものではないが、さうしたことは一切無視する。さうして光厳が即位式に安置し、番場まで持つて行つた神璽は偽物だつたとした。

かうした一方的な態度で、幕府側なり持明院統側に身を置いた者たちに苛酷に対処、少なからぬ者が斬られた。逃れられぬと覚悟、自決する者も相次いだ。血なまぐささは、さらに広がる様相であつた。

さうした折、後伏見院から光厳へ文があつた。

「面々に御出家あるべし」

から記されてゐた。花園院ともども出家しなさい、といふのである。遠島を避けるためで、持明院統が天皇の位につく望みを棄てたのだ。これまで執念を燃やしつづけて来たが、力尽きたのである。

しかし、光厳は違つてゐた。『増鏡』にはかう記されてゐる。

思ひも寄らぬよしを、かたく申されけるとかやぞ聞えし。

断固と拒否したのだ。勿論、それは遠島も辞さぬ覚悟の上でのことであつた。出家すれば処分は逃れられるかもしれないが、処分するなら甘んじて受けよう、と言ふ態度に出たのである。

光厳天皇といふ存在をなかつたことにしようとしてゐるが、そのなかつた存在をどうして処分できるのか？　処分すれば、その存在を認めることになるぞ、と迫つたのだ。

このあたりで光厳は、伊吹山での天皇たる自覚を踏まへて、後醍醐と正面から向き合ふ道を選び採つてゐた。勿論、後醍醐に武力で対抗することは、鎌倉幕府が消滅した以上、不可能である。が、少なくとも光厳天皇の存在は認めさせよう。たとひ遠島されても、天皇の位を一旦は踏んだ者として振る舞ひつづけよう、と堅く心を決めたのだ。

ここに両統の対立は決定的になつた、と言つてよい。

後伏見院は、後醍醐が還幸してから十七日後の二十二日、剃髪《ていはつ》した。その席に、花園院も光厳も列席したが、ともに口を堅く閉ざして、その心の内を漏らすことはなかつた。

北山第《きたやまだい》

平安時代以降、軍事力を行使して位に就いた天皇はゐない。しかし、隠岐を脱出した後醍醐は、足利高氏、新田義貞ら鎌倉の御家人を初め、楠木正成、赤松円心、名和長年など地方の中小武士集団、僧兵たち、それに野盗とも紛ふ者たちを糾合、その武力でもつて鎌倉幕府を打ち倒し、天皇の座に復帰した。

だから、一年九ヶ月余もの長期にわたつて笠置山、隠岐などへ行幸して帰京したかたちをとることに、拘つたのであらう。一旦、位を離れたことにすれば、復帰の過程が問はれ、天皇としての正統性も問題にされる恐れがある。なにしろ両統迭立の約束も、自らが一代限りの大覚寺統の繋ぎ役である定めも、破棄してゐるのだ。

ところがその後醍醐の動員した軍事力自体、幕府の体制から外れたものが半ばを占めてゐたが、幕府を倒すことによつて、ますますもつて箍《たが》が外れてしまひ、ありとあらゆる暴力形態が裸のまま、犇めき合ふ事態になつた。

およそ収拾のつけやうがなくなつたのである。真に収拾されるのは、多分三百年近く後、徳川幕府の成立を待たなくてはならないのではないか。しかし、後醍醐や側近にはさういふ厄介な事態をもたらしたといふ認識がなく、天皇による一元的統治で押し切れると考へ、事態に臨み、一層深刻化させてしまつた。

この事態が顕在化したのは、まづは戦功の褒賞問題であつた。

褒賞は公明正大さをもつて公平に行ふのが大原則だが、もともと公家と武家はまつたく異質な存在で、戦功を公平に測る尺度などない。そこへもつて来て野盗と紛ふやうな者たちも加はつてゐるのだ。褒賞を行へば行ふほど、多くの者が不満を募らせる結果になつた。

それを抑へるのは、強大な軍事力が必要だが、その指揮権を後醍醐は掌握しきれなかつた。

天皇自前の軍事力を確保すべく早くから皇子大塔宮護良親王が働き、独断専行ぶりが目立つたものの、この年の五月、征夷大将軍に任じられるところまで行つた。ところが高氏が激しく反発、結局、四ヶ月後には解任した。さうして新政権の弱体振りを天下にあからさまにしてしまつたのだ。

かうなると、建武中興の理想の下、優れた政策を次々と打ち出しても、整合性、一貫性が保持できず、いたづらに混乱を呼ぶことにしかならない。

後醍醐自身が疑心暗鬼に陥つたのも当然だらう。

紫宸殿の屋根の上に夜な夜な怪鳥が現はれる、と噂されるやうになつたのは、その顕はれに違ひない。平安末の世情不安定な近衛天皇の時代、これと同じことがあつて、源頼政《よりまさ》が射落としたが、この度は、隠岐次郎左衛門広有《ひろあり》が勅命を受けて見事射落としたと、『太平記』巻第十二には出てゐる。

しかし、重く垂れ込めた暗雲は一向に晴れず、大掛かりな呪法を行ふべく、神泉苑《しんせんゑん》の改修工事にかかる有様であつた。

さうしたなか、持明院殿では、光厳が愛した三條公秀《きんひで》の娘秀子が懐妊した。

光厳には、母広義門院の傍らで育てられた、広義門院の兄西園寺実衡《さねひら》の娘などがゐた。しかし、彼女たちでなく、花園院の女房であつた秀子と、伊吹山から帰つてから夜を重ねてゐたのである。広義門院は、その点でやや飽き足りない思ひをしたやうだが、身を竦めるやうにしてゐなくてはならないこの時期に、新たな生命が芽生へたのを喜んだ。光厳にしても次代へと繋がる証を得た思ひであつた。

かうした折、後醍醐は、持明院統に対して融和策を打ち出した。

まづ光厳の姉の珣子《じゅんし》内親王を、この年の十二月七日、自らの中宮に迎へた。二月足らず前に後京極院（西園寺実兼の娘）を亡くしてをり、その跡であつた。

その三日後、太上天皇の尊号を光厳に贈つた。光厳が天皇の位に就いたのを認めたわけではなく、自らの東宮であつたことによる、としたが、同時に、故後京極院との間に儲けた懽子《かんし》内親王を光厳の後宮へ入れた。

新政権が思ひの外不安定であると思ひ知れば、自らの中宮の喪などに拘らず、持明院統を取り込むべく打つべき手を打つたのだ。かういふ政略優先の非情な後醍醐の心を改めて思ひ知らされたが、とりあへず遠島の恐れが遠ざかつたと、安堵したのも確かであつた。

年が改まると改元され建武元年（一三三四）となり、恩賞が行はれた。予想されたとほり後醍醐の側近の公家や阿野廉子《あのれんし》の縁に繋がる者たちばかりに厚いと、不平不満の声が高まり、世の中は却つて騒然となつた。

高氏は天皇から尊治のなかの一字を貰ひ、尊氏（以下、かう表記）となつた。

一方、秀子は順調に産み月を迎へ、四月二十二日に第一皇子興仁《おきひと》親王を誕生させた。光厳院（以下、かう表記）は、二十二歳で父親となつたのである。しかし、かうなると、暗澹たる思ひに誘はれた。

父親の自分は太上天皇であるとはいへ、天皇であつた事実さへ認められずにゐるのだ。そのやうな者の子に、いかなる場所がこの世に用意されてゐるのか？　この子のために、父親としてなにができるのか？　さうしたことを考へずにをれなかつた。

＊

わたしは、また持明院殿跡の周辺を、あてもなく歩いた。

梅雨に近い曇天の日である。門前の松を仰ぎ見、門を潜つて突当りの五葉松を眺めたが、ひどくくすんで見えるばかりだ。それでゐて、枝々の繁みも萱も、どこか鈍い光を内に含んだやうな気配である。低く垂れ込めた雲のせゐだらう。


思ふ事ありあけの空の時鳥《ほととぎす》わが為とてやいまき鳴くらむ

光厳院の歌が浮かぶ。いつ詠んだのか分からないが、季節はちやうど今頃である。苦集滅道を越え、老蘇の森から番場、伊吹山へと至つた季節である。もしかしたら、あの事件から一年後、ここで詠んだのではあるまいか、と考へる。

もしもさうだとすれば、かう解釈してもよささうである。――一年前、老蘇の森で聞くことがなかつた時鳥（郭公）の鳴き声を、眠れぬ夜が明けようとしてゐるいま、聞く。あの血塗られた日と、数へきれない死者たちの姿を思ひ出させ、身を裂く思ひに陥れるべく、死者の国から飛び来たつて、鳴くのだらう。どうか鳴くのをやめてくれ……。

父親となつても、いや、さうなつたからこそ、却つて生々しく蘇つて来るのだ。

いつまでも持明院殿跡の周辺をうろうろしてゐるわけにもいかず、今出川通の方へ足を向けた。と、前を若い男が歩いてゐた。上下揃ひの紺のスーツを着てゐるのに、幅ひろい布のベルトを右肩から斜めに掛けて、胸のあたりに、なにか抱へてゐる。

赤ん坊であつた。後から付いて行くかたちになると、この男がどこへ行くのか、気になつた。妻の許へ？ あるいはこのまま勤め先へ？

今出川通に出ると、すぐ角の喫茶店の扉を男は押す。一息入れるのにちやうどいいと、わたしも入つた。

男は、カウンター越しに赤ん坊を初老の女に渡して、その場の席に腰を降ろす。

赤ん坊を受け取つて一旦引込んだ初老の女は、すぐに出て来て、窓際のわたしから注文を聞き、男の注文は聞かず、カウンターにカップ二つを並べ、コーヒーの粉をガラスポットに手早く入れる。女は男の母親のやうである。

わたしはテーブルに京都市街の地図を広げ、さて、これからどこへ行かうと考へた。

後醍醐の新政は、いろんなところから綻び始め、建武元年夏には、大塔宮と尊氏の対立は厳しさを増し、宮は尊氏追討の計画をめぐらした末に、諸国へ令旨を発した。それに対抗して尊氏は、宮に帝位簒奪《さんだつ》の企てがあると訴へ出た。その結果、十月二十二日夜に大塔宮は宮中で捕縛され、鎌倉へ送られる結果になつた。

尊氏に譲歩したことが、ここまで行く破目になつた。いや、じつは後醍醐自身が尊氏討伐の命令を、大塔宮を初め新田義貞、楠木正成らに出し、事が露見したため、大塔宮ひとりに責任を被せたのだと『梅松論』にはある。息子を犠牲にして身の保全を図つたのだ。それとともに、尊氏と義貞の間を決定的に険悪なものにしてしまつた。このことが建武政権を瓦解させる最大の要因だらう。

かうした事態を見澄ましたかのやうに、北条氏の残党が河内の飯盛山や長門で、つぎつぎと兵を挙げた。

京都だけでなく、関東、いや、奥羽から九州までの地図が必要だな、と思ふ。

初老の女がコーヒーを運んで来た。

一口飲んで、テーブルに戻すと、男はもう飲み終へたのか、カウンター席から立ち上がつた。

「早よお帰り」

その声に、彼は店を出て行く。

翌建武二年はかうした状況のまま推移して、またも忌まはしい六月を迎へたが、十七日早朝、不意に警護の兵を連れた二條師基《もろもと》と千種忠顕が、厳しい表情で持明院殿へやつて来た。そして、後醍醐天皇の命令だと、三上皇を二條富小路内裏に近い京極殿へ移した。

何事が起つたのかと様子を窺つてゐると、北條高時の次男、時行が信濃で兵を挙げ、鎌倉を脅かす事態になつたと知れた。いはゆる中先代《なかせんだい》の乱である。

さうして二十二日には、西園寺公宗《きんむね》とその妻名子の兄日野資名――番場で出家したが還俗して中納言に降格されてゐた――、その子の氏光の三人が捕へられた。時行と共謀して、後醍醐暗殺を企てた、といふのである。楠木正成、名和長年らの軍勢が捕縛に動いた。

西園寺家は、永福門院を初め母広義門院の実家であり、当主の公宗は光厳の従兄弟に当る。そして、公宗の妻は『竹むきが記』の筆者で、即位式の際には幕を掲げた。

さうした親密な係りにあつただけに公宗の捕縛は、持明院にとつて容易ならぬ事態であつた。

金閣寺へ行くのがよささうだな、と思つた。足利義満によつて金閣が建てられる前は、北山に西園寺家の邸宅と寺があり、そこに捕縛に至つた証拠があつた、と言ふのである。

＊

タクシーは今出川通を西の端、北野白梅町まで行くと、そこから北へと転じて、西大路を進む。正面に左大文字山が、左前方に濃い緑に覆はれた小山が張り出して来る。北山の先端で、その麓に金閣寺があるのだ。

やがて車は左折して、黒門前に停つた。

一面に楓の若葉が瑞々しい。その間を誘はれるやうに辿つて、総門を潜る。

そして、鏡湖池の岸に出た。

いかにも優美なかたちの深緑の小山を背に、金閣が水面に姿を落とし、目映い。およそこれほど自然と異質な建物はあるまい。それでゐながら、岩の小島を散らした池と背後の山の自然を、見事に荘厳してゐる。

公宗の時代の邸宅は、どのあたりに、どのやうな佇まひを見せてゐたのだらう。想像してみようとするが、うまくいかない。金閣の存在が圧倒的なのだ。

後醍醐を迎へて宴を催すための広壮な湯殿が、大勢の匠を集めてこのあたりに建てられたらしいのである。鎌倉幕府討伐の密議を、半裸の無礼講にこと寄せて凝らしたといふ天皇に相応しい供応の趣向であらう。ただし、その上場《あがりば》には、板を踏めば、一転、鉄菱を植ゑたところへ落ちるカラクリが備へられてゐたと、『太平記』は記す。それとともに、北條高時の実弟泰家四郎左近大夫入道を還俗させて匿ひ、決起に備へてゐた、ともいふ。

鏡湖池の岸を伝ひ、金閣の横を過ぎ、裏へ回る。

すると裏山の裾に、義満が茶に使つたと伝へられる銀河泉、手を清めた巖下水が並んでゐた。そして、もう一つ龍門瀧があつた。この龍門瀧が、いまでは数少ない西園寺家の時代の遺跡らしい。瀧と言つても高さはほとんどなく、狭い岩の裂け目から水が激しく迸り出てゐる。

もしかしたらかの湯殿には、この水が引かれてゐたかもしれない。

ところが北山殿へ行幸する直前になつて、後醍醐は凶夢を見た。そして、躊躇してゐると、公宗の腹違ひの弟公重が謀殺計画があると密かに告げた。そこで公宗の配下の者を捕へ、夜昼となく拷問したところ、陰謀を自白した、といふのである。

カラクリによる謀殺計画とは、宇都宮の吊り天井のやうな話ではないか。宇都宮の城主本多正純が徳川秀忠の謀殺を図り、天井を落として圧殺する部屋を作つたが、事前に発覚した——といふのだが、興味本位に作られた話のやうである。もしかしたらこのカラクリ湯殿は、『太平記』の執筆担当者が、誰にもウソと分かるやうに作つた話ではなからうか。陰謀を自白した者をすぐさま六條河原で斬り、公宗らを捕へる挙に出てゐて、なにがなんでも後醍醐謀殺計画があつたことにしようとしてゐる気配なのである。

持明院統と大覚寺統の双方に深い繫がりを保ちながら、鎌倉時代の初めから、関東申次《まうしつぎ》として幕府の意向を伝へて来たのが西園寺家で、その存在が、後醍醐にとつてはひどく目障りで、疑心暗鬼の的となつてゐたのは間違ひない。それに笠置山で捕へられた時、公宗と対面、今回の事件は「天魔ノ所為《せゐ》タリ。寛宥《かわんゆう》ノ沙汰有ルベキ」（『花園院宸記』）と責任逃れの言を頻りに口にして、弱みを見せてゐたから、一刻も早く抹殺したいと思つてゐたとしても不思議はない。また、都合よく側近に西園寺家の総領の地位を狙ふ公重がゐた。

さうした事情はともかく、光厳の受けた衝撃は、大きかつた。

北山第は、光厳にとつて忘れることのできない貴重な記憶の場所であつた。即位して翌年正月二日、方違ひのため、そこに永福門院を訪ね、ちらつく雪があたりを薄く化粧していくさまを、夜が明け放たれるまで眺めながら閑談に時を忘れたが、その席には、父の後伏見院も叔父の花園院も、母の広義門院も、そして傍らには公宗と妻の名子も侍つてゐた。

この北山第が在る限り、自分の未来が閉ざされることはないと信じることができたのだが、いまやそこがおぞましい陰謀の場所とされたのである。そして、二十七日、公宗は出雲へ流罪と決つた。

七月になると、北條時行の軍勢が五万余騎に膨れあがり、武蔵の国を犯すに至つた。この事態に尊氏は、再三、関東下向を願ひ出たが、後醍醐は頑として許さなかつた。北條時行の動きよりも、尊氏を関東にやることを恐れたのだ。それこそ虎を野に放つことになる、鎌倉幕府が京へ尊氏を派遣したと同じ誤りを犯すことになる、と考へたのだ。

しかし、二十五日には鎌倉が陥落してしまつた。防衛に当つてゐた弟の直義は、獄に繫いでゐた大塔宮護良親王を殺して、脱出した。

非情な後醍醐であつたが、これは大きな痛手であつた。

それとともに鎌倉が実際に陥落したとなると、放つておくわけにはいかない。この状況を見て、尊氏が勅許を得ぬまま、強引に都を出て、関東へ向つた。

八月二日の朝のことであつたが、どう対処すべきか、後醍醐は苦慮した。さうして、その日の午後遅くのこと……。

公宗が流刑の地出雲へ出発するのを翌日に控へて、護送役の名和長年が、身柄の引き取りに中院貞平（定平とも）邸へやつて来た。北の方名子は夫と別れを惜しんだ末、見送るべく門前に控へたが、やがて公宗が屋敷を出て来ると、輿に歩み寄り、腰を落として乗るべく簾を掲げた、その時、長年がつつと走り寄つたと思ふと、いきなり公宗の髻《もとどり》を掴み、地に押し伏せ、刀を抜き放つとも見せず、首を斬り落としたのだ。一瞬の出来事であつた。

『太平記』によれば、貞平が「はや」と輿の出発を促したのを、長年が早合点して、殺せと命じたと思つた、といふのである。これまた不可解な記述である。貞平は長年に命令する立場でもないし、長年にしても早合点をするやうな男でなからう。

北の方名子は失心、邸宅へ連れ戻された。ところが、その北山殿はかうであつたと記す。

さしも堂上《だうじやう》・堂下《だうか》雲の如くなりし青侍《せいし》・官女、いづちへか落ち行きけん、人一人も見ず成つて、翠簾《すいれん》・几帳《きちやう》皆引き落されたり。常の御方《おんかた》を見たまへば、月の夜・雪の朝《あした》、興に触れて、詠み棄てたまへる短冊《たんじやく》どもの、ここかしこに散り乱れたるも、今はなき人の忘れ形見と成つて、そぞろに涙をも催されたまふ。

北山第を囲んでゐた軍勢が、公宗斬殺と同時に踏み込んで来て、家捜しをしたのだ。さうして公宗の腹心橋本俊季《としすゑ》らを捕縛しようとしたが、見つけられず、腹いせもあつて徹底的に荒らした。その跡は、雅びを尽くしてゐただけに、無残さが際立つた、といふのである。

貞平邸の悲劇と北山第への乱入は、計画された一体のものであつたのは、疑問の余地があるまい。

そして、その計画だが、名和長年に直接手を下すよう命令できる立場の人物、言ふまでもなく後醍醐によると考へるほかない。

龍門滝の横から小山へと上がつて行くと、濃い緑にとろんとした安民沢《あんみんたく》である。これまた平安時代以来と考へてよいものらしい。小島があり、石塔が立つてゐる。白蛇の塚と呼ばれてゐる。

名こそ安民沢だが、この古池にはさまざまな陰謀が潜んでゐさうだな、と眺める。黒々として見通せない。その陰謀に『太平記』の書き手たちも巻き込まれ、片棒を担いでゐるかもしれないのだ。

多分、出雲への流刑を一旦は決めたものの、鎌倉が北條時行の手に落ち、尊氏が勝手に鎌倉へ向つたとなると、後醍醐としては関東の事情に通じる西園寺家の当主をこのままにして置くわけにはいかなくなつたのだ。しかし、大納言以上の貴族は死罪にしないといふ平安朝以来の不文律があり、正当な手続きをもつて斬ることはできない。そこで持ち出されたのが、「早合点」といふ拙劣な言ひ訳だつたのであらう。

＊

東へ向つた尊氏は、瞬く間に時行軍を撃ち破り、八月十九日には、鎌倉へ入つた。恐るべき強さを見せつけたのである。

そして、鎌倉に落ち着くと、後醍醐天皇の許しも得ずに、征夷将軍を称して、これまた勅許を得ずに配下の者たちに恩賞を与へた。そのなかには京に留まる新田義貞の所領も組み入れてゐた。さうして、義貞追討のため直義名で兵を集める挙に出たのだ。

後醍醐の命を受け、尊氏討伐に義貞が動いたのを察知してのことであつたらう。義貞は、言つてみれば第二の大塔宮だつたのである。後醍醐に忠実で、天皇が武士を直接自由にする事態を招来すべく働き、尊氏に敵対するのも辞さない者であつた。そのやうな者は、徹底的に潰す、といふのが尊氏の基本戦略であつた。

いや、西園寺公宗の捕縛の本当の標的は、尊氏であつたのかもしれない。だから尊氏は、強引に京の脱出、鎌倉へ向つたのであらう。さうして義貞を徹底的に挑発する態度に出た。

これに後醍醐は、義貞に対し尊氏・直義討伐の命を出さなければならなかつた。建武政権を樹立させた軍事力を、自ら二つに引き裂く挙に出たのだ。

金閣と庭園を見下ろすことのできる茶室夕佳亭の横を過ぎ、向うへ下つて行くと、不動堂があつた。義満による全面的な改変と、応仁の乱の戦火をくぐり抜け、存続しつづけて来た数少ないものの一つらしい。

立ち止まつて眺める。

事件後には、北山第に公宗の弟公重が乗り込んで来て、西園寺家の当主の座を占めた。年来の野望を実現したのだ。名子は、嵯峨野に隠れて男の子を出産、死産だつたと偽り、ひそかに育てた。

さうした中で、花園上皇が髪を下ろした。十一月二十二日のことである。

徳義を重んじる上皇としては、離合集散を繰り返す世情に耐へられぬ思ひをしたのだらう。殊に西園寺公宗をめぐつて、謀殺計画とか密告が囁かれたのが、殊に疎ましく思はれたはずである。なにしろ血が繋がつてゐるのだ。それとともに、西園寺家の縁に繋がる持明院統の者として責任をとる必要を感じたのかもしれない。

かうして後伏見院、花園院と相次いで退き、光厳ひとりに後が託された。

もつとも「後」と言つてみたところで、持明院統に未来があるだらうか。多分、ない。ないが、しかし、から心得なくてはならなかつた。

興廃スル所以ヲ観察セヨ

花園院が「誡太子書」に書きつけた言葉である。もはや如何なる機会も持明院統には訪れないかもしれないが、時代の動きは冷徹に観察しつづけなくてはならない。この世は絶えず変動し、興廃する。後醍醐のやうな政治がいつまでも続くとは思へないし、また、続いてはならない。変動、興廃の「所以ヲ観察」し、よくよく承知しておきさへすれば、如何なる事態が出来しても、対処することができる……。

もはや誰もゐなくなつて、自分一人になつたが、持明院統最後の、少なくとも天皇の位を踏んだ者として、身を処さなくてはならない責務を負つたのだ。光厳は二十二歳であつた。

＊

新田義貞は、尊氏を討つべく東へ進み、勝利を重ねた。が、箱根の竹下に至つて、破れた。これに呼応して、西国からも次々と後醍醐に叛旗を掲げる者たちが現はれた。後醍醐は、急ぎ京へ戻るよう、義貞に命じた。

時代は、またしても大きく変動し始めたのだ。

金閣寺を出て、西大路を南へぶらぶらと歩く。と、敷地神社があつた。わら天神とも腹帯天神とも呼ばれてゐる。

入つて行くと、思ひのほか立派な社で、小ぶりな社も境内もよく手入れが行き届いてゐる。そして、腹の大きな女と男の二人連れや、赤ん坊を抱いたひとたちの姿があつた。安産の神で、藁を護符として授けてゐるのだ。

光厳院の二歳になつた皇子興仁親王、隠れて育てられてゐる名子の西園寺家の嫡男のことが思ひやられた。無事に成長してくれるやう、人々は祈つたらう。それからもう一人、この年の五月末日、光厳の血を受けて誕生した男の子がゐた。その出生は伏せられてゐたが、無事に育つたら、持明院統の嫡子として据ゑるべきではないかと、光厳はひそかに考へ始めてゐた。なにしろ相手は、興仁親王の母秀子とは比べるべくもない高貴な女人であつた。

京へ戻る義貞を追つて、尊氏が進撃した。そして、翌建武三年一月初め、京のすぐ南、男山に、八十万騎の大軍をもつて陣取り、入京の機会を窺ふ事態になつた。

いまや尊氏が立ち向ふのは、義貞にとどまらず、後醍醐であつた。

後醍醐は、鎧姿の武士たちが担ぐ鳳輦で、二条富小路の内裏を出て、東坂本へ向つた。従ふ公卿、殿上人たちも、衣冠を正しく身につけたのは三、四人ばかりで、外の者は甲冑に弓矢を帯びてゐた。

　月卿雲客《げつけいうんかく》、さしたる事もなきに、武具を嗜《たしな》み弓馬を好みて、朝儀《てうぎ》道に違《たが》ひ、礼法則《のり》に背《そむ》きしも、早《はや》かかる不思議出で来たるべき前表《ぜんぺう》なりと、今こそ思ひ知られたれ。

かう『太平記』は記す。本来は朝儀道に適《かな》ひ、礼法則に従ふようにと事を起こしたはずだが、実際は、逆へ逆へと動いたのだ。内裏には後醍醐が好んで弾いてゐた琵琶の名器玄象《げんじやう》、牧馬《ぼくば》、日々礼拝してゐた五大明王像が置き忘れられてゐた。

その翌日、一月十一日に尊氏が京へ入つた。二條富小路の内裏はすでに炎を上げてゐた。

尊氏はすぐさま持明院殿へ急いだが、逃げ遅れた女たちがゐるばかりであつた。三上皇を初め、光厳院の弟宮豊仁親王、幼い第一王子の興仁親王も、後醍醐とともに比叡山へ戦乱を避けたのだ。この時、尊氏は持明院統の誰かを天皇の位につけ、後醍醐に対抗しようと考へてゐたと『太平記』は記すが、どうであらう。

日を置くことなく、東国から北畠顕家《あきいへ》の軍が近江へ入り、尊氏に味方する佐々木氏頼を観音寺山に破り、態勢を立て直した新田義貞軍と東坂本で合流すると、三井寺を攻めて炎上させ、退く足利勢を追つて京に入つて来た。

そして、賀茂河原を中心にして激突した。新田勢は先の竹下での敗戦の恥を濯がうと攻め立て、楠木、名和らは奇計を巡らして足利勢を翻弄した。

足利勢は大軍を擁してゐたが、戦ひに疲れ、不利な態勢へとずるずると追ひ込まれ、二十七日、尊氏は西山を越えて丹波へ退いた。

その三日後、後醍醐は京へ帰還した。内裏は焼失してゐたから、まづ成就護国院に入り、その後、花山院（現御苑内の仙洞御所の西）を御所とした。

目まぐるしいと言ふも愚かな状況の変化であつた。

すぐさま臨時の除目を行ひ、新田義貞を左近衛中将《さこんえのちゆうじやう》に、義貞の弟脇谷義助《わきやよしすけ》を右近衛佐《うこんえのすけ》に任じ、二月二十五日には、建武の年号ゆゑに戦乱が続くと、延元《えんげん》と改元した。

しかし、これで戦乱が収まるとは誰も思つてゐなかつた。

君《きみ》と君《きみ》の御争《おんあらそ》ひ

新幹線が六甲山地を縦断するトンネルを西に抜けると、瀬戸内海も播磨灘《はりまなだ》が遠く見えた。陽を反射して光るなかに点々と黒く見えるのは、間違ひなく船影である。

兵庫から船に乗つた尊氏一行は、この播磨灘をさらに西へと落ちて行つたが、その時の尊氏は、従来の尊氏とは違つてゐた。

かつて鎌倉幕府に叛旗を翻す決意をした折と同じ丹波も篠村に留まつてゐると、『梅松論』によれば、夜遅く赤松円心入道がやつて来て、かう進言したと言ふ。このまま再び京に攻め入つても、軍勢は疲れてをり、大功を挙げるのは難しい。しばらく西国に軍を移し、馬を休め、弓矢刀剣も十分に用意して、再度、上洛するのがよいのではないか、と。その上で、

をよそ合戦には旗をもつて本《もと》とす。官軍は錦の御旗を先立《さきだて》つ。御方《みかた》は是に対向の旗なきゆへに朝敵にあひにたり。

合戦には旗印が肝要だが、今回は相手が錦の御旗を掲げ、われわれはそれに対抗する旗印を持たないため、「朝敵」とされた。これでは軍勢に勢ひをつけることができない。だから、われわれもそ

れに対抗する旗印を手にしなくてはならない、と。そして、言つた。

持明院殿は天子の正統にて御座あれば……急《いそぎ》て院宣を申くだされて、錦の御《み》はたを先立られるべきなり。

赤松円心と言へば、船上山で旗を上げした後醍醐が都へ攻めのぼるのに際し、決定的役割を果たした者の一人だが、いまでは当の後醍醐に敵対する側に回り、排除を真剣に考へるやうになつてゐたのだ。そして、「持明院殿は天子の正統」と捉へてゐた。

『太平記』は少し違ひ、尊氏が篠村からさらに摂津へと落ちる途中、ひとり思案した。

「今度京都の合戦に、御方《みかた》毎度打ち負けたる事、全く戦ひの咎《とが》にあらず。ひたすら朝敵たる故なり。さればいかにもして、持明院殿の院宣を申し賜つて、天下を君と君の御争ひに成して、合戦を致さばやと思ふなり」

敗因は、戦ひの巧拙、戦力の差ではなく、正統性を持たず、「朝敵」とされたためだ、と赤松と同じやうに考へ、それなら後醍醐と拮抗する権威を手に入れ、「君と君の御争ひ」とすればよい、と思ひ至つたと言ふのである。

いきなり「朝敵」なる言葉が出てくると、今日のわれわれは戸惑ふが、問題は「天下」を争ふかどうか、といふことにかかはる。ただの争ひなら、「朝敵」であるなしは問題にならない。尊氏にしても、これまでは幕府との争ひなり、後醍醐が引き起した騒乱の渦の中に身を置いて来たに過ぎないが、いまや後醍醐といふ「君」を相手に、「天下」を争はうとしてゐるのだ。

さうなれば、「天下」に君臨するものの本来の在り方に則《のつと》らなくてはならない。もともと武力でもつて支配できる領域は、さう広くはないのだ。「天下」と言ふ以上、そこを外れたさまざまな領域、名分も習慣も伝統も宗教も含まれる。正統な天皇なりそれに相応する存在だけが、それらを大きく包み持つことができるのだ。

だから、「朝敵」とされたままでは、最終的勝利は難しい。後醍醐を相手にする以上は、あくまで「君と君の御争ひ」へ持ち込まなくてはならない。

さう心を決めるまでには、弟直義と突込んだ話し合ひをしたらう。さうして、稚児姿の道有《だういう》薬師丸を呼び寄せると、かう命じた。

「これより京都へ帰り上《のぼ》つて院宣をうかがひ申して見よかし」

密かに光厳院と接触、「院宣」を授かるよう工作せよ、と言つたのである。薬師丸は、熊野の執行法印道珍の息で、光厳の側近、日野資明《すけあきら》の縁に繋がる者であつたから、これまでも光厳院との連絡係として働いて来てゐたのであらう。

さうしておいて二月十二日夕、尊氏は船に乗つて九州を目指した。

この東に西にと動く行動範囲の広さに驚かされるが、これが尊氏の力の源泉の一つであり、天下を狙ふ資格であつた。

瀬戸内海は、海岸線が入り組み、多くの島々が散在して、潮の干満に従ひ、複雑だが早い流れを生み出す。そのためその流れを読み、うまく乗りさへすれば、意外に早く舟を走らせることができるのだ。

＊

ただし、播磨灘はほとんど島がなく、潮の流れを利用するのが難しい。しかし、尊氏の乗つた船は、折からの西風によつて一気に播磨の室津《むろつ》に到着した。ここは奈良時代以前から栄えてゐる港である。

ここに一両日滞在して、地上をやつて来た直義が率ゐる軍勢と軍議を開き、定めるべきことを定めると、さらに西へ船をやつた。

このあたりから潮を見ての航海になる。そして、十五日には瀬戸内海のほぼ中央に位置する鞆《とも》ノ浦《うら》へ入つた。

鞆ノ浦は、福山市街の西を流れる芦田川の河口の先、南へ伸びる沼隈半島の先端にある。目の前には仙酔島、玉津島などが点在、この小さな入江を風波から守り、背後には熊ヶ峰山塊が控へてゐて、内陸から脅かされる危険も低く、瀬戸内屈指の良港であつた。

京都駅から山陽新幹線で一時間二十分足らず、わたしは福山駅で下車した。

駅前からバスに乗る。三十分ほどで、鞆ノ浦である。

停まつたバスのフロントガラスの向うに、穏やかな海面が広がり、色彩豊かな漁船が二、三十艘ばかり係留されてゐる。左手から伸びた石垣の突堤が正面彼方で弧を描き、右手から突き出した突堤の先端には、大きな石の常夜灯が据ゑられてゐる。江戸時代に築かれたものだ。

このあたりに尊氏の船が横付されたのであらう。

バスを降り、少し後戻りして、家と家との間の狭い坂道を上がる。すぐに福善寺であつた。六波羅密寺を拠点にした空也上人の開山と伝へられ、いまは真言宗に属する。その客殿の対潮楼《たいてうろう》に、江戸時代は朝鮮使の正使らが宿泊、わが国の文人たちと交歓を重ねたことが知られてゐる。

対潮楼の広い座敷へ入つて行くと、奥の広い窓いつぱいに緑に覆はれた仙酔島が見えた。窓辺に寄ると、狭い海峡の潮目も明らかで、小塔を乗せた弁天島が浮かんでゐる。右手、眼下は港であつた。

ここから船の出入りは手に取るやうに分かる。

一日遅れの夕、この景観のなかに小舟が現はれ、舟脚も早く港へ入つて来た。一目で高位と分かる僧が乗つてゐた。それを見て尊氏はいたく喜んだ。

福善寺から背後の古い町中へ降りると、向ひが鞆城跡である。ごく小規模な孤立した小丘だが、これまたこの港の心強い備への一つである。その城跡の裏へ抜ける道を採つたが、瓦屋根の民家の軒下を歩いてゐると、遠い時代へ紛れ込んで行くやうな気持になる。

光厳院からの使者との対面は、公事《おはやけごと》とする必要があつたから、それなりの場所を用意する必要があつた。選んだのが、万年山小松寺《こまつでら》であつた。

平重盛が厳島参詣の途、安元三年（一一七五）に立ち寄つて阿弥陀仏を安置したのに始まるが、重盛が小松内府と呼ばれたことからこの名となり、以後、鞆ノ浦随一の格式ある寺となつた。

路面が石畳に変はると、大きな構への寺々がつづく。今日の町に似合はない規模である。江戸時代には城が撤去されたが、寺町は逆に発展した。瀬戸内の航路網が富をもたらしたお陰である。

戦国時代の武将山中鹿之介の首塚の傍らを過ぎる。備中高梁川《たかはしがは》の阿井の渡で斬られ、ここにゐた室町幕府最後の将軍足利義昭の検分に供すべく、首が運ばれ、後に埋められたのだ。足利幕府と深い係りを持つやうになつてゐたのである。

やがて広壮な神社の前に出た。沼名前《ぬなくま》神社（祇園宮）である。その社前、左側に石の門柱を立てただけの寺が、目指す小松寺であつた。

入つて行くと、総二階の古びた木造の長屋に突き当つたのには、驚いた。洗濯物が一面に出てゐる。その玄関先を右手へと抜けると、小ぶりな石段があり、そこから境内らしくなつた。

その石段の上、さらに十二、三段ばかり石段があつて、幡《はた》が翻つてゐた。奥にアルミサッシ入りの本堂があるのを確認して、石段横へ戻り、玉垣からあたりを眺めた。

今は建物に遮られてゐるが、かつては海が望まれたらう。そして、右手間近かに鞆城があつたから、海上に不審な船影が現はれれば、すぐさま臨戦態勢を取ることができた。多分、ここは鞆で最も安全で、景観にも恵まれた場所だつたのである。

尊氏が威儀を正して迎へたのは、醍醐院三宝院の僧正賢俊《けんしゅん》であつた。日野俊光の子で、これまで幾度も登場した資名、資朝《すけとも》（彼ばかり後醍醐に仕へ、正中の変で佐渡に流され斬られた）らと兄弟で、醍醐寺では後醍醐と結び付いた文観に対抗、持明院統の立場にあり、今回は、光厳院の院宣を携へてゐた。

いまは『梅松論』に従つて記述してゐるが、『太平記』では、尊氏が九州まで落ち延び、態勢を立て直して京へ向ふ途、『梅松論』よりも二ヶ月半ほど後、厳島で賢俊を迎へたとしてゐる。尊氏が薬師丸に密命を与へて丹波の陣から京へ向はせたのは、十一日深夜か十二日早朝であつたから、十六日夕に鞆ノ浦では早過ぎると考へたのであらう。確かに早過ぎる。潮の早さを計算に入れたところで、使ひが行き来するには相応の時間がかかるし、光厳院と接触、院宣が下されるに至るまでとなると、さう簡単に運ばないはずである。

しかし、尊氏が各地の武将に発した文書を見ると、建武三年二月十三日までと四日後の十七日以後とでは、歴然と違つてゐる。すなはち、以前は新田義貞らを討つため尊氏名で協力を求めてゐるに過ぎないが、以後となると「新田義貞与党人等ヲ誅伐《ちゆうばつ》スベキノ由、院宣ヲ下サル所ナリ」とはつきり記してゐる。

密命を帯びた薬師丸は、十二日中に持明院統の誰かに連絡をつけ、翌十三日か、遅くとも十四日昼までに、賢俊が京を発つ運びになつたのだ。薬師丸は恐ろしく機敏に行動し、賢俊の乗つた舟も速かつたのである。しかし、それも光厳院が思案に時を費やすやうなことがあつたなら、かくも早く院宣がもたらされることはなかつた。

この時、京は新田義貞と北畠親房の軍によつて完全に制圧され、尊氏は西へ敗走中であつた。それだけに光厳院が思ひめぐらさなくてはならない事は、山ほどあつた。もしいま尊氏に院宣を下せば、遅かれ早かれ後醍醐側に知られるが、そうなつた時、どのやうな事態が降りかかるか。それに尊氏にしたところで、つい先頃、幕府側から後醍醐側へ寝返り、六波羅を陥落させ、持明院統を奈落の底へ突き落とした張本人である。信頼しきれる相手ではない。

が、光厳院は、尊氏の願ひを聞くと、打てば響くやうに即決、院宣を草させ、賢俊を出発させたのだ。

「心中の所願すでに叶へり。向後の合戦においては、勝たずといふ事あるべからず」。

賢俊の手から院宣を受け取つた尊氏は、かう言つて喜んだ。『太平記』からだが、『梅松論』はかう記す。

是によりて人々勇みあへり。いまは朝敵の儀あるべからずとて、錦の御旗を上《あぐ》べきよし国々の大将に仰つかはされるこそ目出《めでた》けれ。

尊氏ばかりか配下の主だつた者たちいづれもが喜んだのだ。いまや錦の御旗を掲げよ、と命ずることができる。これまでは後醍醐方に対して逆賊として戦つて来たが、けふからは「君と君の御争ひ」、対等の戦となつた。如何なる引け目も覚えることなく、実力を存分に発揮して戦ふことができる。各地の武将たちも続々と従ふだらう、といふのである。

それとともに幕府を開く権利を、半ば掌中にしたことを意味した。そのためこの鞆の地を足利幕府発祥の地とする見解もある。

それにしてもなにが光厳院に、かくも素早い対応をさせたのか。

持明院殿において皇位の重さを存分に教へ込まれ、この上なく手厚く育てられたから、優柔不断になりがちだが、光厳院はさうでなかつた。瞬時に、文字通り自らの命を賭けて、果断に反応したのだ。幼少の折から学問や歌や管弦に親しむだけでなく、弓を好んだが、さうした影響があつたのかもしれない。いや、さうしたことよりも、この時の光厳院には、持明院統が追ひ込まれた状況が、はつきり見えてゐたのだ。そして、病重い父後伏見法皇、敬愛する花園院の存在があつた。

自らの理念に固執し、幕府も持明院統も抹殺しようとする態度を、苛酷に貫かうとする後醍醐に対抗するには、真正面から争ふよりほかないと、こころを固めたのだ。そして、もし、いま、この機会を逃せば、後醍醐の恐るべき専横を招来、さらに惨憺たる事態になるだらう、と。

光厳院もまた、「君と君の御争ひ」へ踏み出すべく、決断したのだ。そして、この院宣が、院として積極的に政治に関与する第一歩となつた。

＊

僧正賢俊が鞆ノ浦から帰京、密に復命して間もなく、二月も二十五日、光厳院の実母の広義門院が落飾した。後伏見法皇の病はいよいよ重くなつてゐた。

尊氏追討の兵は、次々と京を出て行つたが、西国からは一向に知らせが届かなかつた。光厳としては薄氷を踏む思ひの日々であつた。

一ヶ月ほどして、やうやく尊氏が筑紫で菊地勢を討ち負かしたとの報が入つたが、それでまた、途絶えてしまつた。

光厳院は「般若心経」を書写、伊勢大神宮に奉納した。その奥書にかう書いた。

延元々年三月十四日、伊勢大神宮ニ奉納センガタメ、コレヲ書写ス。忽《たちま》チニ一字三礼ノ功徳ニヨツテ、速ヤカニ二世無辺ノ願望ヲ成サン。

「二世無辺ノ願望」がいかなるものか、第三者には分からないやう用心してゐるのだ。しかし、京に向け尊氏が進軍を始めたとの報は一向に届かなかつた。光厳院は、ぢりぢりするまま、十一日後、今度は石清水《いはしみづ》八幡宮に「般若心経」を奉納した。その奥書、

延元々年三月二十五日、八幡大菩薩ニ奉納センガタメ、コレヲ書写ス。願ハクバ一巻書写ノ功徳ヲモツテ、三界流転ノ衆生ヲ救ハシメン。

八幡大菩薩に祈るのだから、なによりも戦勝だが、ここでは「衆生」を押し出してゐる。現状のままでは「衆生」の平安は得られないと考へるに至つてゐたのだ。つづけて四日後、

延元々年三月二十九日、春日大社ニ奉納センガタメ、コレヲ書写ス。願ハクバ四所明神ノ利益ニヨツテ、速ヤカニ三界衆生ノ願望ヲ満タサン。

かうなると、光厳院は持明院統とか大覚寺統に囚はれることなく、国のため、民のため身を投げ出すやうにして祈つてゐる、と見てよからう。かつて伊吹山で独り祈つた祈りも、さうであつた。天皇なり上皇は、突き詰めれば、この祈りに心を傾けるよりほかないのだ。

ほぼ同時期、日吉山王七社法楽《ほふらく》和歌懐紙には、かういふ歌を書き付けた。

国やたれ民やすからぬすゑの世も神かみならばたゞしおさめよ
神にいのる我ねぎ事のいさゝかも我ためならば神とがめたまへ

思ふところを述べただけの歌だが、この国土に生きる者たちを代表して、「神にいのる」地位にある者だけが、詠むことのできる歌である。神に向つて、神なら如何に末の世であらうと、世を正し治めるべきではありませんか、と厳しく要求するとともに、神に祈るわたしの願ひ事がいささかなりと自分のためであるなら、咎めて下さい、と言つてゐるのである。

ここには父後伏見院が皇太子時代の光厳院の元服を祈願、後醍醐のやり方を「身のためにして世を

傾くるにあらずや」と記した、その文言が意識されてゐたらう。

いま、光厳院が院宣を下すことによつて、「君と君の争ひ」になつたと書いたが、光厳院としては必ずしも対決に終始するのでなく、「三界衆生」のため「神にいのる」者として、後醍醐も包摂しようと望んでゐたのではなからうか。これまでの持明院統の命運を担ふ者としての苦難の日々が、それだけの度量を光厳院のうちに育てあげてゐたやうに思はれる。そして、それが一段と光厳院をして果断にしてゐたのだ。

＊

四月三日、尊氏は太宰府《だざいふ》を発つた。半月ばかりで北九州をほぼ平定して、新たな軍勢を加へつつ、瀬戸内を進んだ。

その報がまだ届かない六日、持明院殿では後伏見法皇が崩御した。四十九歳であつた。番場の事件以来、すべてを断念してゐたから、春の泡雪が消えるやうな最期であつた。

尊氏は、先を急がなかつた。

翌五月の五日に再び鞆ノ浦へ入ると、改めて軍議を謀り、海陸二手に分かれて進むこととして、尊氏は船団を、直義は騎馬と徒歩の兵を率ひ、十日に出発した。

わたしも京都へ戻らなくてはなるまい、と思つた。

バスで福山駅へ。途中から乗る人がほとんどなく、二十分少々で着いた。

しかし、尊氏はスピードよりも着実さを重んじた。さほど距離もない児島に至るのに、五日もかけた。船で直行すれば数刻で足りるし、新幹線なら、福山の次が新倉敷、そして岡山で、二十分ほど、そこから在来線で南へこれまた二十分ほどである。敵対する勢力を、着実に潰して行く途を選んだのである。光厳院の身については、どれだけ考へただらうか。考へたなら、一刻も早く、と思はなくてはならないのだが。

その遅々たる歩みのうちに、次々と加はつてくる将兵たちがあり、軍勢は大きく膨らんで行つた。そのためか、児島からさほど行かぬうちに、赤松円心の拠る兵庫の白旗城を囲んでゐた新田勢が囲みを解いて退いた。

しかし、湊川《みなとがは》に陣を構へる楠木正成は、退かなかつた。攻め上つて来る尊氏勢と正面衝突すれば支へ切れないから、京から退いて時期を待つ作戦を奏上したが、受け入れられず、これを限りと覚悟を決めてゐたのだ。

さうして五月二十五日、数万の兵船と陸路の五十万騎が湊川へ押し寄せた。奮戦するものの楠木軍は早々に壊滅、正成は自決した。

尊氏は、翌日には西宮へ陣を進めた。すると二十七日、後醍醐は、神器を先に立てて比叡山へ向つた。前回、一旦は東坂本へ退いたものの、すぐに盛り返し、西へ尊氏を追ひ払つたので、この度は、供奉する者たちが多かつた。この時点になつても人々は、楠木正成と違ひ、楽観してゐたのだ。幾人もの公卿や役人たち、そして、新田義貞、名和長年らがつづいた。

京を北へ外れた修学院から音羽川沿ひに四明岳へ上がり、延暦寺へ至る雲母坂へとかかる。この坂を上り詰め、東塔を経て、東坂本へ降りるのである。

持明院殿へは、備前の土豪、太田判官全職《みつもと》が騎馬でやつて来て、追ひ立てるやうにして花園、光厳両院、弟の豊仁親王を比叡へ導かうとした。

やむなく持明院殿を出た一行は鴨川を渡つた。そして、わづか行つたところ、現在の岡崎付近に聳へ立つてゐた法勝寺の巨大な八角九重塔の傍らに至つたところで、光厳院が病苦を訴へ、輿は止められた。

全職は焦つたが、病苦は容易に治まらず、輿は動かせないまま時がたつうちに、兵火が迫つて来た。丹波から数千騎が錦の御旗を掲げ、攻め入つて来たのだ。尊氏は光厳院らの確保を命じてゐた。

このまま光厳院の回復を待つことはできないと、全職は判断、供奉の者たちに小康を得次第比叡山へお連れするよう言ひ置くと、花園院と豊仁親王の輿ばかりを急がせた。

その全職の姿が見えなくなると、光厳院は、彼が戻つて来ないうちにと、日野資名と妃秀子の兄弟三條実継を供に、輿を南へ転じさせた。そして、すでに尊氏軍の手に落ちてゐた東寺へ急いだ。

新幹線の列車が西から京都駅に近づくと、右手に五重塔が見えて来る。東寺である。

『太平記』は、この時、すでに尊氏本人は東寺にあつたとするが、さう急速には進まず、五日後、六月三日になつて、ようやく山崎の天王山にある宝積寺へ陣を進め、淀川対岸の男山八幡へ東寺から光厳院ばかりか花園院も弟の豊仁親王も迎へ入れた。全職の強要を花園院も親王も振り切つてゐたのだ。

さうして尊氏軍は、休むことなく比叡を攻めたてた。

後醍醐側は寄せ手を下に見て応戦、わづかな隙を見つけては襲ひかかつて来たから、攻めあぐんだ。

このやうな戦況を見て、尊氏は東寺の城塞化を急がせた。

いまも南側に残つてゐるが、堀を周囲に巡らし、塀を高く頑丈にし、門を固め、柵や逆茂木を何重となく据ゑ、要所では塀を張り出させて高櫓を築いた。さうして十五日に、花園と光厳両院と、豊仁親王らを八幡から迎へ、御所としたのである。それとともに、後醍醐によつて延元と変へられてゐた年号を建武へと戻した。建武は後醍醐によるものだつたが、それまで抹消することはしなかつたのである。

＊

京都駅南の八條口を出て、歩く。

列車の中からだと、すぐのやうだが、歩くと、思ひのほか距離がある。

ようやく東側の慶賀門に達し、中に入ると、築地塀に劃された広大な境内が広がる。遠く向うに壮大な規模の講堂、金堂が甍を大きく波立たせ、手前左手奥、境内の南東の隅には五重塔がそそり立つてゐる。

これらの建物は、いづれも桃山から江戸にかけて再建されたものだが、規模なり建物の位置は、創建当時とほとんど変はらず、講堂の内部には、空海が自らの密教世界を具現すべく配置した多くの仏像が、そのまま鎮座してゐる。後醍醐も光厳院も、また尊氏も、その前にぬかづいたはずである。

ただし、いま目にしてゐるのは、東寺の境内の半ばで、右手の築地塀の北には、宝物館や幾つかの塔頭と学校があり、西を画する築地塀の向うには、大日堂、御影堂などがあり、その南には庫裡、客殿などがある。御座所となつたのは、その客殿の一劃であつたらしい。

平安京の入口、羅城門の東側で、山城盆地のただ中に位置する。だから、四方八方から攻撃に晒される恐れがあり、城塞には適さない。平家が根拠地とし、鎌倉幕府が受け継いだ六波羅は、背後に東山、前には鴨川があるが、敢へてこの無防備な場所を尊氏は選び、光厳院もそれをよしとしたのだ。

それと言ふのも、ここは平安京の入口として象徴的意味を持ち、京全体ばかりか、全国に君臨してゐることを端的に示すことになるからである。後醍醐が比叡の山に隠れてゐるのに対して、天下に身を晒し、正当な帝であることを主張したのだ。『太平記』巻第十九には光厳院が六月十日に重祚《ちようそ》したとあるのは、このことを言つてゐるのであらう。

から出られると後醍醐側は、手を拱《こまぬ》いてゐるわけにいかなかつた。東寺を目指して軍勢を休みなく繰り出した。

なかでも大規模であつたのは、六月も晦日の戦闘であつた。新田義貞、名和長年らが大軍を率ゐて山を降り、北から迫つた。また、南からは鳥羽の作道を経て、東からは九條河原を渡つて、それぞれの軍団が攻めかかつた。

尊氏側は、このことのあるのに備へて、要所に軍勢を配置、応戦したが、南では、羅城門跡の小高いところまで寄せ、矢をさんざんに射掛けると、西南隅に張り出した塀に対して楯を持つ兵たちが次々と駆け寄り、少しづつ突き崩した。そして、高櫓に火を放つた。

この西南隅近くには、寺として最も大事な潅頂院《くわんぢやうゐん》——僧の資格を与へる儀式を行ふ場所——があり、その北に接して、客殿の奥に位置する建物、小子房《せうしぼう》があつた。光厳院はここを御座所としてゐたと思はれる。

尊氏陣営に緊張が走り、勇猛で名高い悪源太土岐《とき》頼直《よりなほ》が駆けつけ、防戦に努めた。その激しい剣戟の響き、武士どもの雄叫びが、御座所に端座する光厳院の耳に届いた、といふより、五十メートルと離れてゐなかつたから、耳を激しく打つた。矢は絶え間無く飛び来り、高櫓を焼く炎も流れて来た。光厳院は、夜陰に紛れ六波羅を落ちた時のことを生々しく甦らせ、いままた同じ事態に陥る覚悟を固めたに違ひない。

が、この時の光厳院は、かつてとは違つてゐた。事態の推移も分からぬまま、敗走の群のなかに引き入れられたのに対して、自らが下した決断から出来した事態を目の前にしてゐたのだ。なにしろ尊氏以下、後醍醐側と戦つてゐる者たちは、光厳院が発した院宣を背にしてゐるのである。

それだけに、いやが上にも冷静に戦況の推移を見守つた。

やがて南側からの攻撃を辛うじて退けたが、その時、北からの寄手が門外に迫つてゐた。こちら側は市街地であつたから、尊氏側は辻々を巧みに使ひ、相手を分断する作戦を繰り広げてゐたが、止めることが出来なかつたのだ。

さうして門前（寺伝によれば東大門）に至つた新田義貞は、『太平記』によれば、この争ひの元は自らと尊氏にあるから、と説いて、かう高らかに叫んだ。

「多くの人を苦しめんより、独り身にして戦ひを決せんと思ふゆゑに、この軍門にまかり向つて候ふなり」。

一騎打ちを望んだのである。そして、矢を射放つと、高櫓を越え、尊氏が座してゐた幕の内の柱に鋭く射立つた。尊氏は、それに応へて立たうとしたが、周囲の者たちが鎧の袖を押さへて離さなかつた……。このあたりは多分、創作であらう。

この事態を待つてゐた尊氏側は、脇門を開けると、集結させてあつた新手の軍勢を次々と打つて出させた。

これに新田勢はたぢたぢとなり、退き始めた。そこで一気に追撃をかけた。そして、三條熊野で名和長年を討ち取るなど、数々の戦果をあげた。

＊

後醍醐側は大きな痛手を負つたが、なほも持ち応へ、一ヶ月たち、二ヶ月たつても戦闘はつづいた。さうして宇治、八幡あたりにも敵軍が増え始めたとの噂が飛び交ふやうになつた。

さうした状況にもかかはらず、尊氏は、光厳院に弟宮豊仁親王の践祚を求めた。

後醍醐側が天皇を称する以上、こちらも天皇でもつて応じ、完全な「君と君の御争ひ」にしなければ、決着は着かないと考へたのである。

光厳院は、それを受けて八月十五日、院宣を発して、豊仁親王を光明天皇として践祚、自らは院政を執ることにした。

持明院統の代表者として宿願を果たしたわけだが、それよりも自らの責任を明確にすることに意味があると考へたのだ。光厳院が天皇の位に就いたのは笠置山の戦の最中であつたが、治天の君になつたのも乱戦のただなかであつた。そして、近衛経忠を関白に任じ、後醍醐の天皇親政に替へて、院政の体制を整へた。

尊氏はこれを決定的な成果と受け止めたやうである。践祚の二日後、清水寺に願文を奉納した。「この世は夢のごとくに候」に始まる有名なもので、自身の「後生《ごしやう》」を願ふとともに、「今生の果報は直義に賜せ給候て、直義安穏にまもらせ給候べく候」と、ひたすら弟直義の「今生」の幸ひを念じた。

この願文についていろいろな解釈がおこなはれてゐるが、最も肝心な点は、ここまで漕ぎ着けたのはもつぱら直義の功であると認め、深く感謝、今後の一層の努力を求めたことである。常に尊氏が表に立つて来てゐるものの、実際は直義の描く設計図に従つて動いて来てゐたのだ。だからこそ「今生の果報」は、直義が受けるべきだと書き、直義をさらに奮ひ立たせようとしたのだ。

しかし、戦局はなかなか安定しなかつた。宇治の敵を討つべく出撃した者たちが敗れて戻り、敵は木幡、稲荷山を経て、東山の阿弥陀ヶ峰を占拠、夜は篝火を焚き、示威する有様になつた。

阿弥陀峰は、東寺からよく見える。夏の東の空に燃えるその火に、京の人々は平静でゐることができなかつた。

加へて二十三日暁、加茂川糺《ただす》の河原で大規模な戦闘が行はれ、戦巧者の高師直《かうのもろなほ》が傷を負つた。かうして憂色を深めたが、数日後には、一転して阿弥陀ヶ峰の敵をやすやすと追ひ払ひ、比叡から攻め下つて来た者たちを難無く退けた。後醍醐側の戦闘力が目に見えて衰へて来たのである。

じつは後醍醐側の背後、近江から北陸にかけて封鎖網を築き、補給を断つよう努めてゐたのが、ようやく効果を顕はしたのだ。

かうなつたところで、さまざまな和平工作を仕掛けた。これにはさすがの後醍醐も、従ふ意向を示さないわけにいかなかつた。

しかし、さうなれば、後醍醐に従つてこれまで戦つて来た新田義貞ら武将たちの立場はどうなるか。見捨てられるばかりか、朝敵となる。

激しく反発したが、劣勢はいかんともし難く、十月十日に新田義貞は、後醍醐の東宮恒良《つねよし》親王と尊《たか》良《よし》親王を奉じて北國へと落ちて行つた。『太平記』によれば、後醍醐は恒良親王への「受禅の儀」を執り行ひ、譲位したと言ふ。神器も渡したはずである。

さうして後醍醐は十六日、京へ還幸したが、それを直義が出迎へ、神器の譲り渡しを受けた上で、花山院に幽閉、供奉した武士の少なからぬ者たちを斬つた。その上、十一月二日には、改めて神器授受の儀を執り行なつた。笠置山の落城に際しては、偽物の神器を渡したと称してゐたから、念に念を入れたのである。

その三種の神器だが、神代から伝へられたとされる鏡は伊勢神宮、剣は熱田神宮に祀られてをり、宮中にあるのはその複製品なり代替品であり、それも内侍所に安置されてゐるのが常で、天皇の身辺にはそのまた複製品なり代替品だつた。神璽は、先に触れたやうに筥入りで、天皇さへ見ることは許されなかつたから、却つて偽物を作るのは容易であつたといふ事情があつた。

しかし、神器は象徴的意味を担ふもので、そのもの自体の真偽は問題にしてもあまり意味がないのではないか。それにも拘わらず、後醍醐はことさら神器を重んじ、その真偽を問題にして、天皇の神格を強調するのに使つたが、幾セットも偽物を作つたと考へざるを得ない。わが子の恒良親王へ渡したのも、勿論、偽物であつたらう。

かうした後醍醐に対して、光厳院は、太上天皇の尊号を贈り、十四日には、光明天皇の東宮に後醍醐の成良《なりよし》親王を立てた。

この処遇は、持明院統と大覚寺統の迭立制を、今後とも堅持する意向を明確にするものであつた。

そして、十二月十日、光明天皇は東寺から一條室町の内裏に入り、光厳院は持明院殿へ還御した。二年半前は伊吹山から囚はれの身としてであつたが、いまは天下をしろしめす君としてであつた。時に光厳院は数へで二十四歳、光明天皇は十五歳であつた。

すべて落ち着くべきところに落ち着き、新しい治天の君と天皇の下、ようやく泰平の世が開けるかと思はれた。尊氏らも「建武式目」を制定（十一月七日付）、幕府としての体制を整へ、直義が政務を担当することになつた。

しかし、二十一日に後醍醐は、花山院から密かに抜け出し、吉野へ走つた。

西芳寺《さいはうじ》

後醍醐が走つた先が、なぜ吉野だつたのか？

楠木正成はすでに亡いが、河内、和泉を初め大和、伊勢などには後醍醐に応ずる者たちが多く、そこへ到る道が比較的安全であつたこと、険しい山々が複雑に折り重なる熊野の入口に位置し、その山々を跋渉《ばつせふ》する修験者の多くを味方につけてゐたこと、熊野の修験者は全国的ネットワークを持つてゐたことなどがあるだらう。

それに加へて、初代とされる天皇神武が熊野へと迂回して、大和へ入り、政権を樹立したといふ歴史があり、その大和政権にとつて吉野は聖なる意味を持ち、歴代の天皇がしばしば行幸、壬申《じんしん》の乱に際しては、大海人皇子がそこへ一旦退くことによつて、皇位を奪ひ取ることができたことも、意識のうちにあつただらう。

後醍醐は、刑部大輔景繁《ぎやうぶのたいふかげしげ》の導きで、女房の姿になると、童が踏み開いた花山院の築地塀の崩れ目から忍び出て、用意された馬に乗つた。『太平記』によると、この時、新任の勾当内侍《こうたうのないし》に神器を持たせて出て、あとは景繁が担いだとある。

神器はすでに光明天皇に引き渡してゐたし、それが花山院に安置されてゐたはずもないから、奇怪な記述である。多分、文章の上だけのことだらう。

かうして後醍醐がまづ入つたのは、賀名生《あのふ》であつた。大和の奥の五條からさらに深く入り込んだ谷のなかである。

里遠くして人煙かすかに、山深うして鳥の声もまれなり。柴といふものをかこひて家とし、芋《いも》野老《ところ》を掘つて世を渡るばかりなれば、皇居に成すべき所もなく、供御に備ふべきその儲けも尋ねがたし。

柴で囲つて家とし、山芋を食べる暮らしであつたから、お出しする食べ物もない有様であつた。早速、吉野執行を勤める吉水院の宗信法印に連絡を取ると、宗信が吉野山中に働きかけ、後醍醐を迎へ入れるやう取り決め、一山の若大衆三百余が甲冑に身を固めて迎へに行つた。楠木正行ら河内、大和、紀伊の武将たちも馳せ参じた。

この事態に、洛中は大騒ぎになつた。

が、知らせを受けた尊氏は、花山院にゐて頂いて警護するのも、遠国へ流すのも厄介で、困惑してゐたところで、今回の後醍醐の行動は、「大儀の中の吉事なり」と言つたと、『梅松論』は記す。手間が省けたと言ふのである。

光厳院は、精一杯の配慮への手酷い裏切りと受け取つたらう。その一方で、いかにも後醍醐らしい過激さだと思つたに違ひない。

かうして京と吉野に、天皇がをはす事態となり、南北朝時代が始まつたとされる。しかし、この時点で後醍醐は天皇であつただらうか。すでに笠置山へ走つた時、疑義が生じてゐたことは述べたが、今回は、自ら天皇に不可欠とする神器を正式に引き渡し、光明天皇の即位も知つてゐれば、太上天皇の称号も受けてゐた。加へて、『太平記』によれば、東宮の恒良親王に自ら譲位してゐたのである。二重三重に、天皇でなくなつてゐた、とするのが妥当だらう。尊氏が「吉事」と楽観的な感想を漏らしたのも、もう天皇ではないと認識してゐたからに違ひない。「君と君の御争ひ」には、すでに決着がついてゐたのだ。

しかし、吉野に逃れた後醍醐は、なほ自らが天皇であると主張、船上山においてと同様、決起を呼びかけた。花山院を脱出する際に神器を持ち出したとの『太平記』の記述は、さう主張するため流布させた作り話であらう。

この後醍醐の呼びかけに応じて、兵を動かす者があり、新田義貞らは越前金崎《かねがさき》城に立て籠もつたが、船上山の再現とはならなかつた。

もつとも敦賀湾の東岸の山岳部に位置する金崎城は、難攻不落と称され、足利軍の激しい攻撃によく持ち堪へた。しかし、翌建武四年三月六日には陥落、義貞は脱出したものの、息子の義顕は尊良親王とともに自害、恒良親王は捕へられ、京へ送られるが、やがて殺害された。またしても皇子が犠牲になつたのである。

陸奥にゐた北畠顕家は、鎌倉を陥れ、その勢ひをもつて建武五年（一三三八）正月に鎌倉を発つと、青野原（関ヶ原）で勝利を収めた。しかし、京へは攻めのぼらず、伊勢へと迂回して、南から京を脅かしたが、五月に和泉の石津で戦死してしまつた。吉野軍は石清水八幡まで進出したが、師直軍が吉野まで追ひ詰め、行宮を焼き払ふことによつて殲滅した。

さらに閏七月、活発な軍事行動を展開する力を失つてゐた義貞は、福井も藤島付近で深田に落ちたところを、雑兵に射られて自害した。華々しい戦歴とは似合はぬ惨めな最期であつた。顕家とともに吉野へ来てゐた北畠親房らは、起死回生の全国的規模の作戦計画を立て、その年の秋、自ら義良親王を奉じ、陸奥へ船で向つたが、嵐にあつて難破、一行はちりぢりになり、瓦解した。かうして後醍醐側について戦つた主だつた武将たちは、つぎつぎと退場して行つたのである。

後醍醐の期待に反して、騒乱には一区切りついたと見るべきだらう。

＊

持明院殿を仙洞御所とした光厳院は、かうした事態の推移を見守つてゐたが、金剛峯寺に天下静謐の祈祷を命じる院宣を出し、引き続き各地の有力寺院にも祈祷を命じた。治天の君として、まづ大々的に天下泰平を祈願したのである。

そして、その年八月に尊氏を征夷大将軍に任じ、成良親王を廃して空席になつてゐた東宮に、まだ五歳の光厳の第一皇子興仁《おきひと》親王を就けた。

持明院統と大覚寺統の交互迭立を止め、持明院統でもつて先々担つて行くことにしたのである。後醍醐との融和を断念したのだ。そして、暦応《りやくおう》と改元した。

さうして尊氏と直義の奏上を受けて、一国一基の塔婆建立に着手した。二人が帰依する禅僧夢窓疎石を中心とする、正中の変以来の戦で死んだ者たちを全国的規模で弔ひ、霊を鎮め、平安を願ふ戦乱の最終的処理であつた。もつとも同時に、新たな精神的統合を図るひそかな意図もあつた。

光厳院は、朝廷の評定の席に努めて出た。ただし、朝廷の力の及ぶところは、いまや恐ろしく狭小になつてゐるのを思ひ知らされた。すでに鎌倉幕府によつて厳しく押さへ込まれてゐたが、後醍醐が引き起した戦乱が、武力がものをいふ領域を一気に拡大させ、経済もまた、武士の手中に多く握られるやうになつてゐたのだ。後醍醐の意図と逆の結果になつてゐたのである。その上、公家たちの少なからぬ家々が京と吉野に二分され、そこに家督争ひも絡めば、権勢がいづれに移らうと生き延びるやう担保する思惑も働き、複雑に縺れて、なほさら力が殺がれてゐた。

事態がここに至れば、尊氏ら武士たちと緊密に協力して天下を治めて行くよりほか方途がないのは明らかであつた。そこにおいて肝要なのは、朝廷としての存在意義を不断に明確にしつづけることであつた。

光厳院は、まづ十一月十九日、大嘗会を挙行した。

これで光明天皇の皇位継承に係はる儀式のすべてを終へることになつたが、さうして今上天皇の在り方を遺漏ないものにすれば、治天の君である自らの正統性も確保されることになる。それとともに京を遠く離れ、出所のはつきりしない神器でもつて、皇位の正統性を主張する吉野方の根拠の薄弱さを明白にするはずであつた。

かうして大嘗会を手初めに、宮中での祭祀を光明天皇が主宰して、滞りなく行ふやう光厳院は心を砕いた。

翌暦応二年（一三三九）五月には、光厳院自身が琵琶の秘曲「啄木《たくぼく》」の伝授を受けた上で、持明院殿で楽の会を催した。楽もまた、朝廷の最高責任者としてなほざりにできない事柄であり、後醍醐が琵琶に巧みであつたから、なほさらであつた。

それに加へていま一つ、大事なこととして、勅撰和歌集の編纂事業があつた。

この事業は、天皇の名でもつて一歌集を編むのだが、もともと歌なるものは、言葉を雅びに洗練させ、柔軟、的確に働かせて、世の人々と森羅万象の係りやうを定め、かつ、人のこころを鎮めるのを基とするのである。

だから、優れた歌が多く詠まれ、かつ、ひろく享受されるなら、人々の生も雅びに、世は安らかになるはずなのである。権力や武力、また経済力によらず、最終的には文の雅びによつて世を治める、それが平安時代以来の文治主義であり、『古今和歌集』以降の一貫した思想であつた。いまは武力に多くを依存せざるを得ない時代だが、それだけ却つてこの事業が持つ意味は大きい。

身辺にあつて普段に寄り添ふやうにしてくれてゐる花園院と語り合ふことをとほして、光厳院は、ますますこの事業の必要を痛感するやうになつてゐた。

さうするうちに後醍醐が、八月十六日丑の刻、崩御した。直前に天皇の位を義良親王に譲り、後村上天皇とし、かう言ひ置いたと『太平記』は記す。

「生々世々の妄念ともなるべきは、朝敵をことごとく滅ぼして、四海を太平ならしめんと思ふばかりなり。（中略）玉骨はたとひ南山の苔に埋もるとも、魂魄は常に北闕《ほつけつ》（京の内裏）の天を望まんと思ふ。もし命を背き義を軽んぜば、君も継体（皇位継承）の君にあらず、臣も忠烈の臣にあらじ」

太平を望むと言ひながら、「朝敵をことごとく滅ぼ」すことを絶対条件とする。その徹底した武断的専制的態度が、この言を恐るべき呪詛と化す。実際に「左の御手に法華経の五の巻を持たせたまひ、右の御手には御剣を按じ」た姿で、息絶えたといふ。

これに対して光厳院は、廃朝の礼を執り、弔意を表した。

つづいて、尊氏、直義と協議、十月五日には院宣をもつて、嵯峨野の亀山殿に後醍醐の霊を弔ふ寺院の建立を決めた。名は亀山暦応資聖禅寺（後に天龍寺）、開山は夢窓疎石とした。一般の歴史書は、尊氏と直義の計らひとばかり記して、光厳院の名は出ないが、この時期、主な公事は光厳院の発する院宣によつて決せられてをり、それも単なる形式に留まるものではなかつた。現にこの建立に際し、院宣を出すとともに、所有する長講堂領の一部、丹波国弓削《ゆげ》を造営料として寄進、材木を切り出す処置を取つた。そこからなら切り出した材木を筏に組んで弓削川を下して、桂川、大堰川《おほいがは》へと流し、嵐山で陸揚げすることができる。

光厳院にしても、完膚なき殲滅を希求してやまない後醍醐の激越な亡魂に対して、恐れを抱いたらう。歴史には、かういふ激越な亡魂がしばしば出現する。平将門も菅原道真も崇徳上皇もさうである。ただし、それらの場合と違ひ、その霊を嵯峨野に迎へ、鎮撫しようとしたのだ。さうして霊的領域においてであれ、皇統の一体化も図らうとしたのである。

なほ、後村上天皇なる存在を、光厳院なり尊氏らが認めたかどうか。後醍醐に対して上に見たとほりであるから、当然、認めはしなかつた。「本朝皇胤録」（応永三十三年・一四二六成立）には、義良親王とあつて、「南方ニ於テ君ヲ称シ後村上天皇ト号ス」と注記されてゐる。この程度の認定であつたらう。

＊

かうして世の中は、やや落ち着きを見せるやうになつた。が、さうなればなつたで、厄介なことが次々と持ち上がつて来た。

後醍醐の娘で、光厳院の妃であつた宣政門院が微妙な立場を余儀なくされ、暦応三年五月二十九日、持明院殿を出奔、仁和寺の河窪殿へ入り、髪を下ろした。光厳より二歳下の二十六歳であつた。是非ないことと受け止めるよりほかなかつた。

また、武者たちの狼藉が目立つやうになつた。いまの時代は自分たちが力づくでもたらしたのだと、思ひ上がつた者たちが放縦な行動に出るのだ。

この年の十月六日、光厳院の弟亮性《りやうしやう》法親王がゐる門跡寺妙法院（当時は祇園近くにあつた）の楓の枝を、紅葉狩の帰りの佐々木秀綱（道誉の息）が折り取り、制止する坊人と争つた。この時、秀綱らは一旦逃げ帰つたが、夜になると父親の道誉も加はつて妙法院を襲ひ、火を付け、法親王の子息らを打擲する行為に及んだのである。

こどもの喧嘩に親が出た恰好だが、背景には、延暦寺と道誉の対立があつた。そのため延暦寺側は佐々木道誉父子の処罰を強硬に求め、紛糾した。そして、父子は流罪となり、一応は流刑地へ向つたが、派手々々しいカブいた格好でのし歩き、翌年にはもう足利幕府内に復帰してゐた。幕府にとつて道誉は、なくてはならぬ存在だつたのである。

『太平記』が師直の乱行を記すのも、この頃のことである。夜な夜な宮々の姫の許を訪れては、けしからぬ振舞ひに及んだ。そして実際に、関白二條正平の妹を孕ませた。戦闘でも傍若無人に振舞ひ、男山八幡や吉野の社寺を焼き払ふやうな神仏を恐れぬ男であつたから、当然であつた。出雲の鹽冶《えんや》判官佐々木高貞の妻に横恋慕した揚句、その妻と高貞ともども攻め殺したのも、この頃のこととする。もつともこの事件は単なる色恋沙汰でなく、深刻な勢力争ひであつたらしい。

このやうに人の世界は、鎮まることがないのだ。それだけに光厳院は、治天の君として泰平への思ひを凝らさなくてはならなかつた。

＊

暦応三年（一三四〇）十二月十九日は雪であつたが、光厳院は方違《かたたが》ひを幸ひに、懐かしい北山第へ行幸した。

北山第には、先に触れたやうに無二の歌の導き手で義理の祖母永福門院が住まつてゐた。五年前には西園寺公宗が反乱を企てたとして斬られ、弟の公重が当主に収まつたが、いまは公宗と妻名子の間に生れた実俊《さねとし》が家督を取り戻してゐた。

まだ六歳のその実俊が、萌黄の唐織物の水干（当時は少年の晴着）を着て、西園寺家の当主として光厳院を迎へた。そして、老いた永福門院の許へ二十八歳の治天の君を案内したが、二人は、年齢を忘れ時を忘れて語り合ひ、夜に及んだ。

なにについて話したのだらう。西園寺家の行く末から持明院統の、いや、朝廷そのものの行く末、そして、歌の行く末についてであつたらう。雪が音といふ音を吸ひ取つてしまつたなか、一筋の道がほのかに光を帯びて、光厳院の前に浮かんで来る思ひをしたのではないか。

翌朝は晴れ上がり、降り積もつた雪の眩しい南庭を寝殿から眺めると、向うの無量光院の軒に氷柱が垂れ下がり、玉を連ねたやうにきらきら輝いてゐた。光厳院が所望すると、西園寺家の者が折り取り、硯の蓋に白い鳥の子紙二葉を重ねた上に載せ、名子が取り次いだ。

かうした振舞ひにも、光厳院は心満たされた。

渡殿へ出ると、雪のなか、枝の折口も生々しい老松があつたので、傍らに侍る実俊に、どうしてこのやうなことになつたのかと尋ねると、雪の重さゆゑと、しつかりお答へ申し上げる。

「亭主いみじく答へ聞えたる」

から機嫌よく光厳院は言つて、頼もしく思はれたご様子だつたと、『竹むきが記』に名子は記す。

この後、西の対へ移り、御簾を巻き上げ、雪の庭を眺めながら、酒を楽しんだ。

それからはこれといふ出来事もなく推移して、一年後の翌年十二月七日には、実俊が元服、光厳院は冠に直衣、指貫《さしぬき》を贈つた。そして、年を越した暦応五年（一三四二）正月二十八日には、また北山第へ赴いた。

八歳になつた実俊は、この度の除目で中将に任じられ、西園寺家の当主として地位を固めつつあり、この行幸が一層確かにするはずであつた。さうして、老いの衰へを見せるやうになつてゐた永福門院を見舞つた。

勅撰和歌集を編むには、勅撰和歌集の編纂事業に着手するには聞いておかねばならぬことが、まだあつたのだ。

選び集めなくてはならないが、まづ今の世の人々が日々詠んでゐる膨大な数の歌のなかから、優れた歌を選び集めなくてはならないが、それとともに、遠い過去から今に至るまで記憶され、今において手本とすべき歌の数々も選ばなくてはならないのだ。この作業だけでも大変だが、それらをある秩序体系をもつて配列し、歌集としてまとめあげる必要がある。

『古今和歌集』以来、四季の歌に始まり、雅歌、離別歌、恋歌、哀傷歌、雑歌などの巻々で構成されるが、なかでも四季の歌が最も重んじられる。それといふのも、四季の狂ひない循環こそ、この世が泰平である基本的な枠組みをなすからである。春なら春の推移に従ひ、その時々の姿——桜が蕾をもち、綻び、咲き誇り、やがて散つていくのを詠んだ優れた歌々を整然と並べて、今の時代においても春が、さまざまな姿を見せ、人々の心、感情、暮らしを波立たせるかと思ふと鎮め、喜びに満たし、かつ、哀しみの尾を引きながら狂ひなく推移して行くさまを示す。

さうして、けふといふ日が過ぎ去るとともに、あすといふ日が間違ひなく訪れて来て、けふとなるのを確認する。けふといふ日が必ず来ると信じきれないのが、争乱の時代であつたから、その不安の克服を、文字の上においてであれ、果たすのだ。

また、恋にあつては、この情念がさまざまなかたちをとつて、さまざまな男女の身の上に訪れ、喜びと悲哀を深く刻み込みつつ推移し、この生を豊かに彩るのを検証、かつ、改めて恋の坩堝《るつぼ》へと誘ひ、恋といふ生の燃焼を言祝《ことほ》ぐ。

このやうにして生の全般へと及ぶのだが、じつはかうして今の世における人の在りやうを整へて雅びの秩序を編み出し、その自づからの顕現を祈るのである。勅撰和歌集を編纂する勘所は、ここにある。『古今和歌集』の仮名序で言ふやうに、歌が「あめつちを動かす」のは、この言葉の精華による雅びの秩序がこの世界全体を覆ふとき、初めて可能になる。優れた歌がその秩序になにほどか与かつて詠み出されてこそ、たとへ一首であれ、「あめつち」を動かすのである。

かういふところに狙ひを定めなくてはならぬと、日々思ひを強めてゐただけに、光厳院は、永福門院の語るところを改めて聞きたかつたが、門院は、すでに口を開くのも物憂げな様子で、長く面談することはかなはなかつた。

＊

永福門院の容体を気に掛けるうちにも、春はやつて来た。

そして、乾ききつた風がしきりに吹きつのつた三月二十日、東に黒煙が上がつた。岡崎の民家から火が出て、法勝寺に燃ゑ移つたのだ。

光厳院は、すぐさま用意させると、輿を急がせた。
法勝寺は、白河院がその財力を傾けて建立した巨大寺院で、治天の君として院政を執る上で大きな支へになつて来てゐたのだ。それに建武三年五月、この塔の傍らから東寺へ走つたことが今日への途を開いたのだ。
二條河原へ出ると、鴨川を隔てて、眼前であつた。巨大な八角九重塔はすでに炎に包まれ、九輪が傾ぎ、落ちやうとしてゐた。金堂や講堂も炎を上げ、近づくことができない。もはや手の施しやうがなく、見守るよりほかなかつた。

猛火雲を巻いて翻《ひるがへ》る色は、非想天《ひさうてん》（人間世界の最頂部）の上までも上り、九輪《くりん》の地に響いて落つる声は、金輪際《こんりんざい》（この世界の底）の底までも聞えやすらんとおびただし。

『太平記』巻二十一である。九輪が落下、轟然《ごうぜん》と地を震はせた。つづいて、瓦といふ瓦が雪崩落ち、真赤になつた棟木が落ちる。

煙の上にあるいは鬼形《きぎやう》なる者、火を諸堂に吹きかけ、あるいは天狗《てんぐ》の形なる者、松明を振り上げて、塔の重々に火を付けけるが、……一同に手を打つてどつと笑う……

院政を執るわが身の拠つて立つ場が、崩れ落ちる、と思はずにをれなかつた。
が、この巨大伽藍に替はる、決して燃えることのない言葉の塔を築かなくてはならないと、光厳院は、改めて覚悟を固めるのだ。

さうして、余燼も治まらぬ四月八日、光厳院は、尊氏、直義らを従へて嵯峨野の南、西山の谷あいにある西芳寺へ赴いた。

聖徳太子創建と伝へられながらも、衰微してゐたこの寺は、三年前に夢窓が再興、様相を一新してゐた。

以前は浄土宗に属してゐたため阿弥陀仏を本尊とし、本堂の軒に「西来堂《さいらいだう》」の額を掲げてゐるが、その前に桜の大木が二本、花に替へて薄紅を帯びた稚葉を一杯につけてゐた。

夢窓が出迎へた。典型的な瓜実顔で撫肩の、現存する画像から察するのに、およそ禅僧の厳しさを感じさせない、繊細な感受性と秀抜な知性を兼ね備へた、温和な人柄だが、苛酷な修行に年月を重ねて来てゐるだけに、外柔内剛の、敬愛の念をひろく抱かせずに置かないひとであつたらう。すでに六十八歳になつてゐたから、その華奢な骨格がいよいよ露《あら》はになつてゐた。

この寺の庭は、いまでは苔の美しさで広く知られ、苔寺とも呼ばれてゐるが、当時はどうであつたらう。わたしが訪ねたのは十一月も半ば、時折り時雨れながらも青空が面を覗かせる天候であつた。ところどころ紅葉があざやかで、それを花なり稚葉と見なくてはなるまいと思ひつつ、歩んだ。

東面する本堂の北側に庫裡、観音堂と並び、その先、わづか低くなつたところに庭園が広がる。池が複雑に入り組み、島が幾つとなく横たはり、木々がやや密に茂つて、地表は苔で覆ひ尽くされてゐる。島々の間に渡された橋も苔に包まれてゐて、ここに通ふ風は、秋なほ緑に染まつてゐる気配だ。苔の種類は百二十余に上ると言ふ。

当時、金閣や銀閣のモデルになつた瑠璃殿《るりどの》があつたといふが、どのあたりであらう。

観音堂の前から、池をめぐる小道へ入る。池泉回遊式庭園で、まづ右手へ向ひ、東端に至ると、湘《しよう》南亭《なんてい》茶室がある。月見台が張り出してゐる。そこを過ぎて北岸へと回つて行くにつれ、水面と苔と木々、そして梢から覗く気まぐれに陽を零す空が、微妙な諧調を保ちつつ、一歩ごとに変容する。

北岸の中程に至ると、立礼式の茶室潭北亭《たんほくてい》があつた。その先、ほぼ庭園を巡り終へたところの右手奥に、白漆喰塗の通路を丸く開いた向上関があつた。

それを潜ると、石段が曲折して北側の穏山の登りにかかる。が、四十九段で終はり、ちよつとした台地へ出る。さうして山腹に沿ふやうに西へ進むと、石組があつた。

わたしでも抱へ上げられさうな石十個ほどで、仏教が説く宇宙をかたどつてゐるのだ。中央に立てられた高さ四十センチほどの目立たない石が、宇宙の中心に聳える須弥山《しゆみせん》であり、頂に帝釈天《たいしやくてん》、山腹には四天王の住ひがあつて、回りを日月星辰が回転してゐる。いつも見上げる太陽や月や星の運行を、今はその石の回りに、見下ろしながら想像することになる。そして、石の根元周辺に置かれた幾つかの石が九山八海《くせんはつかい》であり、その海のなか、須弥山の南側――わたしが立つてゐるところからは向ふ側に、われわれ人間が住む島、閻浮提《えんぶだい》がある……。

われわれが現に生きてゐる宇宙全体を、可能な限りリアルに思ひ描くのが、禅の修行のひとつでもあるやうだが、光厳院が禅に惹かれたのは、それが理由であつた。この全宇宙を包み込むだけの想念の広がりを、多少なりとわがものにすれば、勅撰和歌集の編纂にも役立つだらう、とも……。

石組の横から石段が始まり、四メートルほど上に、小さな御堂があつた。指東庵《しとうあん》である。

そこまで上がつて行き、中を覗くと、左側に祭壇があり、夢窓の像と位牌などが安置されてゐた。その祭壇の前、開け放たれた窓の外に、山の斜面を利用した規模の大きな石組がある。夢窓の手になる最も古い枯山水である。いまは開山堂となつてゐるが、もとは座禅堂で、この石組と向き合つて座つたのだ。

　鉄鋼のやうに堅く、角張つた、しかし、滑らかな断面を見せて、大小さまざまな石がおほよそ三段に組まれ、流れ下る激湍《げきたん》を出現させてゐるかのやうである。

　もつとも用ひられてゐる石は、このあたりにあつた古墳のものだと言ふから、それら一つ一つには死者の刻印が押されてゐて、流れてゐるのは水でなく、死者の記憶かもしれない。が、いかにさうであれ、見えて来るのは、聞えない音を響かせて流れ下る清流である。さうして、この指東庵の床を浸し、石段下の須弥山へと降り注いで行く。

　この日、光厳院は、夢窓から受衣《じゆえ》、弟子となつた。治天の君として、今後は夢窓を中心とする臨済禅をもつて、この世の安寧を図る手立てとすると決めたことを意味しよう。その意味は重い。

　じつは暦応資聖禅寺の建立を決めて以来、延暦寺から執拗な抗議を受けてゐた。国家鎮護、王朝守護を祈祷する任は、延暦寺の役割と決まつてゐるのに、禅宗をもつて代へようとするのは何事か、と言ふのである。その揚げ句、夢窓の追放を要求、年号そのままを寺号とするのは、延暦寺にのみ許されることで、暦応資聖禅寺の称は認められないと厳しく主張してゐた。

　この最後の点については譲歩、寺号を天龍寺と改めて、建造を進めてゐた。さういふ状況のなかに在つて光厳院は、敢へて夢窓の弟子となつたのである。本堂前の桜の樹を何事もなささうに眺めやるその姿に、尊氏や直義ら並ゐる者たちは、強靭な精神を見る思ひをしたらう。


花の色ことばの玉も君に今みがかれてこそ光りそふらめ

夢窓がこの時に奉つた歌である。

なぜここで夢窓は、「花の色」に続けて「ことばの玉も」と詠み込んだか。この時、光厳院は「ことばの玉」を選び磨き、かつ、連ねる事業への意欲を、熱心に語つたのであらう。さうして勅撰歌集が依拠し、かつ、顕現すべき雅びの秩序を織り上げるとともに、支へる世界観、宇宙観を得ようと、夢窓にあれこれ尋ねたのではないか。だからこそ夢窓は、かう詠んだのに違ひない。

その同じ月の二十七日、光厳院は改元を行ひ、康永《かうえい》とした。

しかし、五月七日、永福門院が七十二歳で亡くなつた。

光厳院は、錫綜《しやくちよ》をつけ、翌月二日まで喪に服したが、さらに五ヶ月心喪をつづけた。

確かな資料はないが、この半年の間に、光厳院はこれまで自分が詠んで来た歌の数々を取り集め、見返し、取捨し、整理して、歌集にまとめたと思はれる。『光厳院御集』がそれだが、自分が歌人として如何なる存在であるかを明らかにすることが、一代の事業に取り組むためには、不可欠と考へたのだ。

その巻頭の歌を挙げれば、かうである。


　　よもの梢かすむを見ればまだきより花の心ぞはや匂ひぬる

春で最も早い時期を扱つてゐるのも理由の一つだらうが、それだけでなく、「花の心」が匂ふとした工夫に力点があつて、巻頭としたのであらう。御集の先を見ると、かういふ歌を拾ふことができる。

花も見ず鳥をもきかぬ雨のうちのこよひの心何ぞ春なる
物ごとに我をいたむるゆゑはあらじ心なりけり秋の夕暮
心とてよもにうつるよ何ぞこれたゞ此のむかふともし火のかげ

まづ「心」を言ひ、「心」を捉へようとするのだ。花の心を問ひ、春も雨降る夕暮の心、また、秋の夕暮となると、なほさら内へと屈折する心の在りやうを問ひ、赴くところ、深夜ひとり灯火と向き合ひ、自問自答する己が「心」へと収斂するかのやうである。

その孤独な己が「心」の内から外界へと視線を放つとき、捉へるのが次のやうな情景となる。

しづむ日のよわき光は壁にきえて庭すさまじき秋風の暮
目にちかき軒のうへよりしらみそめて木ずゑかほれる雪の曙

ここに在るのは、誰の目にも明らかなすぐれて個なる己であり、かつ、己自身と向き合ひ、内面へと沈潜、深く突き詰めようとしてゐる。治天の君として、天下泰平を祈り、雅びな秩序体系を織り出さうとするところからは、遠い。

しかし、豊かな感受性と強い内省力を持つ若い帝が、動乱の時代に翻弄され、六波羅の一党がこぞつて自決するのを初め数々の惨憺たる情景を眼前にしながら、なほ歌に繋がりつづけて来たのは、この内向する姿勢ゆゑであらう。深く沈潜して、流されない。

ただし、かうした態度に留まりつづけることも許されない。この天が下全体、いや、それもひつくるめた宇宙全体へと、この度の勅撰歌集の編纂のためには、自らの世界を広げなくてはならないのである。さう厳しく自覚するところから、禅を深く知る花園院に導びかれつつ、禅を学び、その宇宙観を我がものにしようと努めて来てゐた。肝要なのは、沈潜する道を突き詰めつつ、その狭さから自由になることだつた。

西芳寺の門を出て、川沿ひの道をしばらく歩くと、両側の山は退いて、向ふに京の空が見えた。その空の下で、これから如何なることが起るか？　人が生きてゐる限り、何事かが予想を越えて必ず起こる。法勝寺の炎上を上回る大事であれなんであれ、治天の君として向き合ひ、対処していかなくてはならないのだ。

伏見《ふしみ》の離宮《りきゆう》

永福門院の心喪も果てやうとする頃、故伏見院の二十六回忌を迎へた。その日、康永元年（一三四二）九月三日、持明院殿内の安楽光院で法華八講《ほつけはつかう》を修め、翌日、光厳院は主だつた公卿たちと僧を具して、伏見へ赴いた。

亡くなつたのは文保元年（一三一七）で、当時、光厳は五歳だつたから、記憶といふべきものはあまりない。しかし、その后永福門院から親しく語り聞かされて、懐かしくも大きな存在と受け止めて来てゐたし、歌に関心を深めるにつれ、敬愛する永福門院の才を慈しみ育て、一代の大才藤原為兼をことのほか重用、さまざまな障害を排して『玉葉和歌集』を編纂させた、卓越した眼力と粘り強い行動力を尊く思ふやうになつてゐた。

勅撰集を編纂しようとするいま、学ぶべき最大のひとは伏見院を措いて他になく、その伏見院が最も好んだ地が、伏見であり、その離宮であつたのだ。

東山の連山が尽きた南端、桃山の南麓に位置してをり、初めて別業を営んだのが、宇治に平等院を建てた藤原頼通の第三子橘俊綱《としつな》で、豪壮な館を建て、伏見長者と持て囃されたが、以後、「比類ない勝地」と言はれて来てゐた。なにしろその地に至れば、山城盆地から外へ、視界が一気に開けるのだ。

わたしは京都駅から近鉄電車に乗つた。

電車は東寺の東側を南下、鳥羽も近い竹田からは東南へ向ふ。ただし、院の一行は深草の法華堂に寄つたのではないか。伏見院の遺骨が収められてゐたからである。そのため八條あたりから、東山麓沿ひの道を採つたらう。

深草を過ぎると、前方に天守閣が見えて来た。再建された伏見桃山城である。桃山の西側の中腹に位置する。

伏見の山は、この豊臣秀吉による築城のため大規模に掘り崩され、その後、三代将軍徳川家光が伏見城を根こそぎ解体、撤去、幕末には鳥羽・伏見の主戦場となり、大正になると明治天皇陵が造営された。このやうに大規模土木工事が幾度となく行はれ、元の佇まひを残してゐるかどうか、はなはだ心もとない。

それにしてもなぜかうも権力者たちは、この地を繰り返し大規模に掘り返し、痛め付けたのだらう？

山城盆地の入口にある以上、掌握しておかなくてはならない要衝の地、との認識があつたのであらう。俊綱にしても風光を愛でるだけではなかつた。鎌倉時代となると、後嵯峨院が領有、後深草院へと譲り、以後、持明院統によつて受け継がれたが、なかでも伏見院には特別の思ひ入れがあつた様子である。

電車は丹波橋駅に停車、そして走り出したと思ふと、すぐ桃山御陵前駅であつた。

高架下の改札口を出ると、そこが伏見の町の中心、大手通である。東西に伸びる繁華な商店街で、慶長以来の老舗が今もある。

山手へ向つて大手通を上がつて行くと、すぐ左側が伏見城跡の石垣になつた。

その石垣の上の広い一帯が御香宮《ごかうのみや》神社である。延喜式に記載されてゐる由緒ある社で、桃山時代の華麗な社殿があり、秋の祭礼は賑やかで見世物小屋が出るが、秀吉以前とは位置が動いてゐる。築城のため秀吉は社を深草の山中へ移し、それを徳川家康が元へ戻したのだが、その際にやや西寄りになつた。

社前を通り過ぎ、坂を上り詰めると、境内の東脇を南北に走る国道二十四号線に出た。車が犇めいてゐる。

信号に従つて横断、先へ行きかけて、この国道の山側すぐに、古く御香宮神社が位置してゐたのを思ひ出した。光厳院一行は、ほかでもないこのあたりを目指してやつて来たはずなのだ。そして、参拝をすますと、この先の下り坂にかかつた。と、右手に景観が広がつた。今はビルによつて遮られてゐるが、鳥羽の入江と、それに臨む壮麗な鳥羽離宮が、手に取るやうに見えたのだ。

鳥羽離宮を築いた鳥羽院は、院政において大きな力を振るつたが、その入江からよく船を出し、淀の流れを下つて水無瀬離宮に遊んだのは、その孫の後鳥羽院であつた。為兼の敬愛する藤原定家らを侍らせ、『新古今和歌集』を編纂させた。

一瞬、このまま南へ進まうかと思つたが、東へ折れる。と、家並で視界は閉ざされ、左手から鉄道の軌道が曲線を描いて伸びて来た。桃山の裾をぐるりと巻いて、木幡から宇治へ至る奈良線である。

桃山の駅があつた。人気のない駅前を過ぎると、長いプラットホームと住宅地の間を下る道になるが、右手へ入ると、先が小高くなる。

その短い石段を上がると、思ひのほか広い平地であつた。そして、ひどく古びたコンクリートの共同住宅が幾棟と並んでゐた。

ここは何だらう？　怪訝な思ひに囚はれて、見回す。

注意して見ると、眼前にある建物は、階段の踊場が吹き抜けになつてゐる昭和三十年代後半に集中して建てられた四階建て共同住宅であつた。わたしが結婚して間もなく入居したのと同型であつたから、間取りまで頭に浮かぶ。いきなり半世紀近く前へ引き戻された気持である。

棟々の間隔はゆつたり取られてゐて、ベランダを南にして四棟、左右横に四棟、計十六棟が並んでゐる。公団住宅ではなく、公務員用住宅だつた。そして、右端の向うには、もう少し新しいタイプの四階建て共同住宅が、これまた幾棟となく群れてゐる。そちらは公団住宅らしい。

人気はほとんどない。向うを制服の中学生が本を読みながら、ゆつくり歩いゐる。

もしかしたら、ここが離宮跡なのではないか？　と思つたが、しかし、こんな殺風景な建物が大々的に占拠するやうなことが、現実に在り得るのか？

半信半疑のまま、棟々の間を行くと、敷地の南端には背高の樹木が帯のやうに繋つてゐて、先は急斜面で落ち込んでゐる。

その繋み沿ひに右手へ移動して行くと、樹木の帯が切れ、目下に寺の大屋根、そして、前にはビルがあつたが、四、五階の高さである。そして、崖下には細長い町並があり、すぐ先には、電車の軌道と堤防が見えた。京阪電鉄宇治線と宇治川である。

間違ひなくここは桃山の南麓から張り出した台地の上であつた。奥行きは百メートル足らずだが、東西は恐ろしく長い。

東へ戻り、さらにその先へと行くと、樹木の帯が厚みを増す。そして、共同住宅の端を区切るフェンスに阻まれたが、その向うは、玉垣に囲まれた白砂の空間で、石の鳥居があつた。天皇陵である。

入つて来たところから外へ出て、少し行くと、御陵の入口であつた。

参道の両側には松が整然と植ゑられ、正面向う中央ばかり、奥行きをもつて高く樹木が繁つてゐる。そこが陵墓なのだ。

共同住宅群を右に、左には落ち着いた住宅地——多分、そちらがこの台地の東端——を見ながら進み、玉垣前にたどり着くと、石柱に「大光明寺陵」とあつた。そして、光明天皇、崇光天皇、後光厳天皇の文字が刻まれてゐた。光厳院の跡を継いだ弟と子息二人のものである。

この大光明寺の名は、光厳院の母広義門院が建立した寺のもので、その名の大伽藍が、わたしがいま立つてゐる御陵の前から、あたり一帯にかけてあつたのだ。広さに不足はない。いや、それは伏見離宮と別のものではなかつた。子と孫を一度に奪はれて悲嘆にくれた広義門院が、寺院に転用したのである。

九躰堂《くたいだう》の高欄に出でて見渡せば、

伏見院ではなく、その父後深草院の時代の離宮の様子を、『とはずがたり』に見ることができる。阿弥陀像を九躰安置したのが九躰堂だが、この高台から張り出すやうに建つてゐて。その縁に、出家した後深草院と再会して招かれた女二條が出ると、折から望月であつた。

世を宇治川の河波《かはなみ》も、袖の湊《みなと》に寄る心地して再会の喜びゆゑの涙がわたしの袖に月の光を宿すとともに、宇治川の河波一つ一つが月光を反射させて、これまたわたしの袖に光るやうですと、彼女は語りかけるが、足下を宇治川が洗つてゐるのだ。

この九躰堂の北西すぐのところに小御所の甍が聳え、北には御堂もあつたらしい。また、古資料を丹念に調べた川上貢『日本中世住宅の研究』（中央公論社刊）によると、不動堂などもあり、台地下の川岸には下御所があつて、釣殿が流れに突き出て建つてゐた。

紫楼《しろう》・紺殿《こんでん》を彩《いろど》り、奇樹・怪石を集めて、見所《みどころ》有りし

『太平記』巻第二十三も伏見離宮の様子をかう書き出してゐる。しかし、光厳院一行が踏み入つた時の離宮は、かつてとは違つてゐた。右の引用のつづき、

旧主座を去ること年久しく成りぬれば、見しにもあらず荒れはて、一村薄《ひとむらすすき》の野と成つて、鶉《うずら》の床《とこ》も露しげく、八重葎《やへむぐら》のみ門を閉じて、萩吹きすさむ軒端の風、苔もりかぬる板間の月、昔の秋を思ひ出でて、今の涙をぞ催しける。

型通りの叙述だが、旧主伏見院がこの世を去つて荒れるに任せた年月は、そのまま父後伏見院と叔父花園院、そして光厳院自身が辿つて来た苛酷な年月であつた。

それだけに光厳院は、一瞬、立ち竦む思ひをしたらう。しかし、七百年近く後にはコンクリートの古びた共同住宅群に占拠されるとは、思ひもしなかつたらう。戦前までは陸軍の駐屯地であつたから、

敗戦による陸軍解体に伴つてかうなつたのだ。歴史の動きとともに、徹底的に踏み躙られて来てゐるのだ。

しかし、台地の上だけに空がことのほか広く感じられ、風が起つて高い梢が揺れると、伏見院の、多分、この離宮で詠んだと思はれる歌が浮かぶ。

秋風もよもに吹きたつこのごろの愁にむかふ我が身悲しも

帝であり、治天の君でもあつたひとに、このやうな悲しみがあつたのか、と改めて思ふが、もしかしたら「愁にむかふ」の語には、これから先、子二人と孫が辿らなくてはならない非運まで、織り込まれてゐるのではないかと疑はれる。

もつとも九躰堂は、光厳院の前に傾くこともなく建つてゐた。

中へ入ると、三間の長い須弥壇に、あまり大きくはない阿弥陀仏が九体、横に並んで、黄金の輝きを静かに放つてゐた。

光厳院が座を定めると、僧たちが香を焚き、読経を始めた。するうちに光厳院の思ひは、自づと伏見院の人となり、そして、その歌、勅撰集編纂に際して重ねたであらう苦労の上へと赴いた。

そしてまた、開け放たれた南側の扉から見える風光を、いつか伏見院の目で眺めてゐるのだ。女二條が描いたのは夜の風景であつたが、いまは昼の光の下、歴々と見える。眼下に宇治の流れがあり、その向うには、巨椋池《おぐらのいけ》の広大な水面がひろがつてゐる。

この広大さにかかはらず池の名で呼ばれるのは、水深が浅く、ところどころ蓮や水草が覆ひ、季節によつて広さを変へるからだが、ここから眺めてゐる限り、ひたすらひろびろと空を宿して拡がる水の面である。そして、東は宇治橋を中心とした水郷の家々から木津のあたりまで望まれ、西は、来る途で見た鳥羽の入江から離宮が見渡せ、正面すぐには向島が、彼方遠く男山、天目山が丸い頂を見せ、その天目山から北へは西山が連なる。

このやうな壮大な風景は、京では東山の南端に位置するここからだけであらう。かつて伊吹山の中腹から眺めた風景が甦へつても来るが、ここでは左から太陽が上り、中天を横切つて、やがて右へと落ちて行くのを、なにものにも遮られることなく眺めつづけることができるのだ。次いで、月が上り、やがて傾いて行くのを、これまた心行くまで眺めやることができる。

「あめつち」そのものとぢかに向き合ふ、と言つてもよからう。その点で、「あめつち」を統治する者が身を置くべき場所であらう。かつて古代の天皇は、眺望のきく地に登つて「国見《くにみ》」を執り行つたが、京の都にある治天の君たる者が折に触れ身を置くべき場所は、ここなのだ。他に比類のない景勝地とされ、伏見院がことのほか好んだのも、これ故に違ひあるまい。

いまは繁つた樹木によつて遮られてゐるが、そのため却つて、その向うに、帝や院が眺めた風景が光を帯びて浮かんでくるやうである。

＊

参道を戻り、前の道を下つた。

明治天皇陵から南へ下つて来た道に出る。意外に道幅があるのは、伏見城の築城に際して、宇治川の浜に陸上げした資材を運び上げ、江戸時代初めの解体の際は、引きずり下ろしたからであらう。早々に国道七号線に出た。並行して京阪宇治線の軌道があり、その向うは宇治川の堤防である。

伏見の街の方へ歩いて行くと、台地の裾側に門を閉ざした寺があつた。門前に車寄せをゆつたり取り、月橋院の偏額を掲げてゐる。

崇光天皇の皇子で、光厳院の孫に当る栄仁《よしひと》親王の大通院指月庵《しげつあん》があつた所である。もとは伏見離宮の下御所で、船戸御所とも呼ばれ、直接船に乗り降りし、先に触れたやうに釣殿があつて、釣り糸を垂れ、夏の夜には篝を焚いて鵜飼を楽しんだ。台地から降りて来れば、これは別世界であつた。

その水の流れに代はつて、いまは車が間断なく走り過ぎて行く。

この栄仁親王の跡を子の貞成《さだふさ》親王が継いで居住、不遇をかこちながら文人として活躍、月橋院としたのだが、その子彦仁《ひこひと》親王が、称光天皇に皇子がゐなかつたため、後花園天皇として即位した。期せずして光厳院の嫡流に皇位が戻つたのである。歴史は、思いがけない流れ方をする。

車の流れに追ひ立てられるやうに歩くと、間もなく豊後橋《ぶんごはし》の袂に出た。

騒音は倍増する。御香宮神社横の坂を下つて来た国道二十四号線がここで七号線と交差して、宇治川を渡つて行く。

その豊後橋を渡つた。

橋全体が激しく震えてゐる。車のためである。川上を見ると、屋形舟が何艘も繋がれてゐる。高い堤防の間へ押し込められながら、なほ客を集めるだけの魅力は失つてゐないらしい。料亭の看板も見える。

橋を渡り終へたが、巨椋池はいまや完全に消滅、向島は地名として残るだけだ。秀吉に始まつた干拓事業が、四百年近くの年月を費やし、昭和になつて完成したのだが、ここもまた殺風景な、いまや時代遅れの工場地帯の入口のやうな印象である。

堤防に出て、伏見側を眺めた。桃山を背にして、ほどよい高さの台地が川沿ひに長々と横たはつてゐるのが、よく分かる。あのコンクリートの共同住宅群は、樹木に隠されて見えない。秀吉も家光も、明治天皇御陵や敗戦後の住宅団地建設も、この地形を変へることは出来なかつたらしい。

あの台地一帯は、近世以降、月見の名所とされ、「指月の森」とも「四月《しげつ》の森」とも呼ばれた。月を指さして賞するので「指月」と言ひ、天と川と池、それに月見の宴に集ふ人々の杯に月が映り輝くから、四つの月、すなはち「四月」といふ計算にもなるらしい。豊後橋も観月橋と呼ばれた。

しかし、あの台地から見渡すこちらの風景は、確実に変はつてしまつた。その失はれた風光のただなかに、わたしは立つてゐて、橋を渡り終へた大型トラックが間断なく傍らを走り過ぎて行く。

それでも空が赤く染まつて来た。夕暮れは、如何なるものの上にもやつて来るのだ。

＊

わたしは橋を戻つて、国道二十四号線の坂を上がつた。

二日間にわたつた伏見院追善法要もようやく果てる頃、『太平記』はかう書き継ぐ。

憐れむべし九月初三《しよさん》の夜の月、出づる雲間に影消えて、虚穹《こきゆう》に落つる雁《かり》の声、伏見の小田の物すごく、をち方人の夕べと、動き静まる程にも成りしかば、

正確には、三日月でなく、六日月夜であらうが、光厳院を初め供奉の公卿や高僧たちを乗せた牛車は、松明を掲げて、伏見離宮を後にした。

わたしも伏見桃山御陵前駅に戻ると、京都行きの電車に乗つた。

牛車に揺られながら光厳院は、勅撰集を編纂するのに相応しいところへ、大きく近づいたとの思ひを抱いたらう。

すでに自分の歌のほとんどを集め、整理してゐたから、勅撰集に選び入れるとすれば、どの歌か？勅撰集の中で治天の君として詠まなくてはならない歌があるとすれば、如何なる歌だらう？などと、牛車に揺られながら、思ひを凝らしたとしても、不思議はない。

また、編纂の具体的な手順についても、考へ始めてゐた。やや退いた位置に自らを置くやうにしてをられる花園院のこと、選者の選定、幕府との交渉等々、考へなくてはならないことは幾らもあつた。

わたしは竹田駅で、地下鉄に乗り換へた。光厳院の帰り道を見届けようと考へたからである。

一行は、夜もすつかり更けてから、京の街に入つた。そして、東洞院大路を北へと進み、五條近くにかかつた。

わたしは地下鉄五條駅で降りた。六條殿を尋ねた際も下車したが、その時と反対の、北側の階段を上がる。

五條大通の向うに、東山が黒々と見えた。東洞院通の角のショーウインドーには、照明を浴びてゴルフ道具が整然と並んでゐる。

この東洞院通を一行が進み、当時の五條大路（現在の松原通の位置）の一つ手前の樋口小路にかかつたところ、騎馬の武士たちと行きあつた。

松明を掲げた前駆が走つて行き、叫んだ。

「何者ぞ、狼藉《らうぜき》なり。下《お》り候へ」

『太平記』巻第二十三からだが、すると一人は馬から飛び下り、畏まつたが、一人は、昂然《かうぜん》と胸を張り、

「さう言ふはいかなる馬鹿者ぞ」

から罵り返し、武勇も名高いそれがしに向つて馬から下りろなどと言ふ者は、この洛中にゐるはずがないわ、と嘯《うそぶ》いた。土岐頼遠であつた。東寺の戦闘で活躍した頼直の弟で、尊氏の下、武名で知られ、昨年も越前美濃で新田義貞の弟脇屋義助軍と戦ひ、戦功を挙げ、美濃の守護となつてゐた。この日は、今比叡の馬場（東山七條、今熊野瓦坂付近）で笠懸《かさがけ》（騎馬で矢を射る競技の一種）をやつて散々に汗を流し、芝の上で大酒を呑み、やつて来たのだ。

前駆、随身たちが口々に呼ばはつた。

「院の御幸にてあるぞ」

頼遠はからからと笑ひ、

「なに、院と言ふか、犬と言ふか。犬ならば射て落さん」

さう言ひ放つと、馬の腹を蹴つた。随身たちが慌てて退くと、笠懸そのまま蟇目矢《ひきめや》を弓に番《つが》へる。そして、随身たちを蹴散らし蹴散らし、院の車の回りを駆け巡る。さうして、矢を放つた。激しい矢音が襲ひかかる。鏃《やじり》は付いてをらず、音だけ高いと承知しながらも、皆々は竦み上がつた。二の矢、三の矢と容赦なく射る。公卿たちはつぎつぎと馬の背から滑り落ち、随身たちは逃げ惑つた。

公卿の一人が儀礼用の太刀を抜いて院の車に駆け寄ると、走れと命じたが、すでに御者は逃げてゐなかつた。それればかりか牛の胸懸《むながけ》は切れ、轅《ながえ》の先端の首木は折れてゐた。頼遠が放つ矢は、強力さゆゑ紐を射切り、細い木の棒も射折つてゐたのだ。

頼遠はさらに勇み立ち、馬を自在に操り、射かける。院の車の御簾は落ち、車輪の軸と輪を繋ぐ華奢な造りの輻《や》が音を立てて折れ、車は転倒した。

それを見届けると、頼遠は蹄《ひづめ》の音も高く走り去つた。

あさましと言ふもおろかなり。上皇はただ御夢の心地ましまして、何ともおぼしめし分けたる方も無かりける……

『太平記』からである。

この少し前、足利直義が病に犯されると、光厳院は勅使を石清水八幡宮に送り、平癒を祈願させるなどして、武家と緊密に協調して行く態度を鮮明にしてゐた。それだけに、腹立たしさはひとしほであつたらう。すでに弟亮性法親王を初め、皇族、公家たちが、武士から散々狼藉を受けてゐたが、その累が院の身に及ぶに至つたのだ。

ようやく車を乗り換へ、呼び戻した御者に牛を御させ、ほの明るくなり始めた都路を北へと辿つた。持明院殿は一條の先だから、まだ距離があつた。

わたしも東洞院通を北へ歩いた。漆喰壁の民家があるかと思と、モダンなマンションやレストランがあつたりする。

車に揺られる院の耳の奥からは、猛々しい男の声が容易に消へなかつた。「なに、院と言ふか、犬と言ふか。犬ならば射て落さん」、その声に重なつて、九年前に番場の蓮華寺で耳にした、六波羅の武士たちが後伏見院と花園院と天皇の自分を道連れに、自害しようと主張した声々が甦つて来る。あの時は北探題の北條仲時が皆々を抑へ、自ら腹を切つたため、免れた。それに対していまはどうか。戦功に奢り、酒に酔つた男に、馬を使つての弓射訓練の的代はりにされたのだ。命を狙はれたのではなく、徹底して侮辱されたのだ。

伏見の離宮で覚えた、天地をしろしめす存在として覚えた昂揚感は、霧散してゐた。

そもそも治天の君たる者が、一介の武士に侮辱されるといふやうなことが、あつてよいものだらうか。すでにあたりは明るくなつゐた。が、このやうに惨めな治天の君の上に、朝が来てよいのか。近づいたと思つた勅撰和歌集の編纂事業が恐ろしく遠く、そして、どうでもよいことのやうにも思はれた。この事業にどれだけの意味があるのか。所詮、一握りの宮廷歌人たちによる、言葉の遊びではないか。蟇目矢を射られて、宙へ舞ひ上がる破れ扇とたいして変はらない。

やうやく御所が見えて来た。木と土と紙による技を凝らした建築で、時代々々があげる炎のなか、幾度となく燃え崩れながら、その度に建て直されて、いまも建ちつづけてゐる。が、いつまた、焼失するか分からない……。

天龍寺《てんりゆうじ》

持明院殿では、光厳院が主宰して、康永元年（一三四二）十一月四日と九日の二回、歌合を開いた。花園院のほかごく近臣の者と女房たち十二人が集まつた。

予期してゐたやうに、落着かぬ気配が座に漂つた。院に狼藉を働いた土岐頼遠は、二ヶ月経過したいまも行方をくらましたままであつた。政務を執る直義からは、厳罰に処するとの連絡を受けてゐたが、尊氏が頼みとする勇猛な武将の一人であつたから、尊氏がどう出るか、予断を許さぬところがあつた。もし、罪に問ふことができなければ、朝廷は間違ひなく世から侮りを受けることになる。

さうしたことを出席した各人が考へずにをれないなかでの、歌合《うたあはせ》であつた。

光厳院自身は、さういふ状況だからこそ、歌に集中しようと心を決めての開催であつた。さうするほか如何なる方途があるかと、半ば居直る思ひでもあつたが、初日ははかばかしく歌が出なかつた。

四日措いての二日目は、冷え込み、この年初めて雪がちらついた。北山殿での永福門院とともに過ごした日を思ひ出し、吉兆かと光厳院は眺めた。

ながめてもまづ恋しさぞうかびぬるみ山の里の雪のおもかげ
思ひやるみ山の里の初雪も君すまぬ色はいかがさびしき

光厳院は構へることなく、詠んだ。永福門院の不在の切なさを覚えれば、それを素直に現はせばよい、と思ひ定めるままにであつた。門院がをられたなら、辱めを受けた治天の君としての不手際を厳しく叱責されたかもしれないが、それとともに、かうした折りの心の持ちやうも教へ諭してくださつたらう。

そして、権威とか伝統とか雅びといつたものが、一介の粗野な武士の気まぐれな乱暴の前に、初雪と同様、呆気なく蹴散らかされるものの、それでゐながら、この汚れた地上を一時美しく輝かせる働きをするのは疑ひなく、その働きの貴重さを知らなくてはならない、と優しさのうちに威を込めて話されるに違ひなかつた。

その貴重さを深く知つてこそ、朝廷に身を置く者としての資格を持つのだ。

なかでも歌が肝要なのは、同じ雅びに属しても、儀式や慣例と違ひ、ひとびとが現に暮らしてゐるこの世に向つて自らを開き、そこで捉へた事柄、受け取つた思ひを、絶えず内深くに取り込み、そこから自づと現はれ出て来るものを言葉にするからであつた。そのためには季節の移り変はり、時代の動き、人々の在りやう、自身の心の揺らめきに、たゆみなく観察の目を注ぎ、その勘所を掴みとり、かつ、そこに生まれる心によく添つてどこまでも柔軟に言葉を働かせるやう努めなくてはならないのだ。さう努めるとき、この世の枠も越えて、いのちあるものの秘密に、この天地の「心」にも与かることができる……。

多分、それが門院の心掛けたことであり、その師の為兼が説いたところでもあつた。

春は花のけしき、秋は秋のけしき、心をよくかなへて、心に隔《へだ》てずなして言《ことば》にあらはれば、折節のまこともあらはれ、天地の心にもかなふべきにこそ。（『為兼卿和歌抄』）

ちらつく雪のうちに、光厳院はかうした声を密かに聞く思ひで、歌を案じつづけた。

＊

それから三日後の十二日、花園院の許に赴くと、僧衣をまとつた院が、墨色も鮮やかな自筆の文書を光厳院に示した。

……愚僧、一瞬ノ後、

まづこの文字が目を射た。置文、すなはち、死後の処置を決めた文書であつた。初めから読み直すと、目録が添へられ、妃の宣光門院に一部を遺《のこ》す他は、領地すべてを光厳院に譲る旨が認《したた》められてゐた。花園院は、いまでも持明院殿にをられることが多かつたが、すでに洛西の花園に隠棲の地を定め、その御所・萩原殿を禅僧関山慧玄《ゑげん》に賜はり、管領させてゐた。仁和寺に近く、双ケ岡《ならびがをか》の東、後に妙心寺となるところである。

花園院はまだ四十六歳であつたが、法体になつてすでに八年目、健康も優れなかつた。それにしても、このやうな取り決めをなさたことに、驚かされた。院には男女六人の親王があるが、ほとんどすべてを光厳院に託されたのである。

持てるものはできるだけ光厳院に集中して、盛り立てようとの思ひからであるのは明らかで、幼少の折りから一貫してこの態度で臨んでくださり、いままたかうした取計ひをして下さつたのだ。光厳院は深く頭を垂れ、報ひるすべがあるかどうか、考へずにをれなかつた。

これまでも花園院の期待にはかばかしく応へないばかりか、逆に手ひどく踏み躙るやうなことも犯してゐた。もし、世の人がその所業を知つたなら、忘恩の恥知らずと糾弾するだらう。しかし、花園院は、一貫して慈愛を注ぎつづけ、いまなほ変はらない。いや、より豊かに惜しみ無く与へて下さるのだ。

間もなく頼遠が嵯峨・臨川寺《りんせんじ》の夢窓国師の許に隠れてゐると知れ、夢窓から助命嘆願の仲介があつたやうだが、十二月一日夕、六角壬生《みぶ》へ引き出され、斬られた。

光厳院は、喜ぶ気にはなれなかつたが、ほつとする思ひであつた。少なくともしばらくは、武士たちの乱暴狼藉から免れられる。その保証が、今は必要なのだ。

武士たちにとつては衝撃であつた。いかに武勲を挙げ、主君の覚えを得やうとも、恐れ憚らなくてはならぬものがある、と知らされたのだ。皇族と思はれる風体の者に出会へば、しがない貧乏な老人であらうと恐れ畏まつたと、『太平記』は笑話を記してゐる。

直義としては、この時期、世情の安定を第一に考へてをり、そのため治天の君を頂点とする従来の秩序体系を保持するのが不可欠と認識してゐたのだ。もし、これを失へば、代はるものを新たに編み出さなくてはならないが、それは叶はぬことと見極めてゐた。尊氏もその考へに賛同してゐたし、また、光厳院と緊密に提携して現に推し進めつつある大きな事業が、二人の前にはあつた。天龍寺の創建である。

すでに触れたやうに天龍寺は後醍醐の慰霊を目的としてゐたが、事業を進めるうちに東大寺を頂点とする国分寺の全国的組織に替はる体制を構築しようとする目論みが膨らんで来てゐた。なにしろ鎌倉幕府は鎌倉の地に留まり、武家支配に片寄つて、政体としては半端にとどまつたとの考へが直義にはあつて、全国各地に利生塔《りしやうたふ》に加へ安国寺《あんこくじ》の建立も計画してゐた。さうした武力が及ばない領域では、光厳院の協力がなによりも必要であつた。

＊

京都駅から山陰線に乗ると、二十分足らずで嵯峨嵐山駅である。西へ五分ほど歩くと、天龍寺の門前である。

いま門前といつたが、五山第二、やがて第一とされたのにふさはしい三門《さんもん》は失はれて、狭い水路を小橋で渡ると、ごく簡素な総門があり、すぐに中門となる。

中門の左に勅使門が並んでゐるが、江戸時代初め伏見城から移築された桃山様式の、猫の彫物などがあるものの、比較的簡単な造りである。

その閉ざされた勅使門の先が放生池で、蓮に覆はれ、欄干のない石橋がゆるやかに弧を描いて架かつてゐる。この池を前にして、かつて三門が聳えてゐたのだ。

放生池は柵で囲はれてゐるので、迂回して進み、その三門の礎石が残つてゐないかと探した。かなり大き礎石があつてもおかしくないのだが、見当らない。

その場から正面を見ると、広い参道が真直ぐ伸びた彼方に、寄棟の御堂が大きく建つてゐる。瓦が銀色に光り眩ゆい。軒下に額が掛かり、「選仏場」と書かれてゐるのが遠目にも読める。

その道の両側は松の疎林で、外側それぞれに塔頭《たつちゆう》寺院が並び、前を石畳道が通じてゐる。

人のゐない中央の道を進んで、さらに礎石を探した。創建当初は、三門をくぐると、まづ仏殿があつた。そして奥に、いまは選仏場のあるところに法堂《はつたう》があり、回廊が巡らされ、塔頭や庫裡はその外であつた。

疎林のなかに庭師の姿があつたので、声をかけると、こちらへ寄つて来てくれた。

「このあたりに古い礎石が残つてゐませんか？」

さう尋ねると、日焼けした藁帽子の庇を手で突き上げ、ちよつと困つたやうな表情をみせ、

「わしがここへ来るやうになつて、まだ十八年だけど、見たことないですなあ」

「ここだけでなく、天龍寺の境内のどこかに残つてゐませんかねえ」

首を傾げて考へ込むふうだつたが、申し訳なささうに、

「ないなあ。親父にも爺さんにも聞いたことないなあ」

失はれた建物の礎石は早々と片付けられてしまつたらしい。足利幕府が総力を挙げ建立した当初の威容は、いまでは想像するのが難しい。

康永元年（一三四二）十二月二日、この伽藍の上棟が行はれてゐる。ただし、頼遠斬刑の翌日であつたから、朝廷が忌避、式は延期され、棟木ばかりが高々と引き上げられた。

その三日後、勅使を迎へて正式に上棟式が挙行された。

目の前に巨大な裸の柱が林立、要所々々には虹梁《こうりやう》が曲線を描き、肘木《ひぢき》が複雑な組合せを見せ、その遥か上に棟木が青空を断ち切るやうに走り、これまでにない様式を示してゐたのだ。

この日のために設けられた桟敷には、尊氏と直義を初め、幕府の主だつた面々に、公卿や皇女、高位の女官たちが華やかに並んだ。そして、傍らには工人たちに贈る馬が何十頭と繋がれ、織物や太刀、銭などが山のやうに積まれた。

天龍寺の歴史は、じつは焼失と復興の繰り返しで、落成してから十一年目に焼失したのに始まり、

記録によれば九回も焼けてゐる。とくに幕末、元治元年（一八六四）年六月には、蛤御門《はまぐりごもん》の変で敗走する長州藩兵を追つて薩摩藩兵が砲撃を加へ、主だつた建物をことごとく炎上させ、勅使門や禅堂を残すばかりとなつたのだ。

その壊滅的な状態に、廃仏毀釈が追ひ打ちをかけた。明治維新はこの大伽藍に対して苛酷な上にも苛酷で、境内も十分の一に削られた。

選仏場の前に立ち止まる。砲撃から辛うじて残つた禅堂で、明治三十二年（一八九九）にここへ移築された、それを皮切りに、復興事業が始まり、大方丈と庫裡を再建、昭和九年（一九三四）には後醍醐の霊を祀る多宝殿に及んだ。

選仏場前から右へ行くと、塔頭の並びが切れ、八幡社であつた。鳥居も社殿も朱塗である。横に後嵯峨天皇と亀山天皇御陵の入口がある。持明院統と大覚寺統に分裂するもとになつた天皇と、その子で大覚寺統初代の天皇が並んで眠つてゐるのだが、ともに幕末に営まれた。

その左手奥、突き当りが、庫裡であつた。甍《いらか》が高々と弧を描き、その下の切妻正面の、縦横に走る柱によつて整然と劃された白壁がまぶしい。

玄関を入り、選仏場裏の大方丈へ進むと、長い縁の向うに、曹源池《さうげんち》が広がつてゐた。

ここばかりは開祖夢窓が造営した当時のままだといふ。六百六十年も経つてゐるので、樹木はすつかり様相を変へてゐるだらうし、山の姿も石の位置も微妙に変化してゐるだらう。しかし、天龍寺の創建時を考へるには、この庭と向き合ふのが最もよいやうである。

夢窓は、末期の鎌倉幕府から後醍醐、そして、尊氏・直義と、一貫して権力者から尊崇され、幾多の禅寺を開き、そのほとんどに庭園を築いてゐる。「天性水石に心を寄せ」と『太平記』は記して、天龍寺造営で夢窓が行つたことを、かう書いてゐる。

石を集めては烟嶂《えんしやう》の色を仮《か》り、樹を植ゑては風濤《ふうたう》の聲を移す。慧崇《ゑそう》が烟雨《えんう》の図、韋堰《ゐえん》が山水の景にもいまだ得ざりし風流なり。

慧崇は小品画にすぐれた宋の僧、韋堰は松石画をよくした唐の役人で、舶載した彼らの烟雨や山水を描いた名品を越える「風流」を実現したと言つてゐるのである。さうして古く平安朝以来、営まれて来た離宮亀山殿の庭園に、新たな禅風の美意識を持ち込んだのだ。

庭園に不案内なわたしは、縁先に座り込んでぼんやり眺めてゐるよりほかなく、さうしてゐても、これといつた感想が浮かんで来るわけではない。直義が問ひかけるまま答へた『夢中問答』の中で、作庭は仏道の修行と無縁でないと言つてゐるのを思ひ出すまま、無なり空に思ひを凝らし、ものの持つ形を一旦は徹底して剥ぎ取つたうへで、石と水と草木といふ形あるもので、この世界の構造を一景観として示してゐるのだらう、と推察するばかりだ。

さうして、曹源池の向う岸中央の石組は、夢窓が掴んだ自然の核心的在り方を、石橋はそれと向き合ひ生きる自らの決意を示してゐるのかもしれない、などと考へてみる。

微風が来て、水面に皺を寄せて吹き過ぎる。

と、そこに映つてゐた嵐山が消えた。木々に覆はれ盛り上がつてゐる嵐山と水面の嵐山が一体になつて、一つの円かな嵐山が出現してゐたのが、ふつと消えたのだ。が、三級岩の一角に一本足で立つ五位鷺は、身動きもしない。

さまざまな異質な時間が捩れ合はさつて、いまとなつてゐるのだな、と改めて思つた。五位鷺の時間、風と水と山それぞれの時間、また、夢窓、尊氏、光厳院の時間、そして、ここに座つてゐるわたしの時間。それらが捩れ合はさつて、いまの一時となつてゐる……。

立ち上がつて、右手の書院横から伸びる渡り廊下を歩いた。意外に長い。

その先に、多宝殿があつた。

ここばかり桧皮葺の寝殿風の建物で、蔀が上げられてゐた。横から軒下の床へ上がり、正面へ回ると、障子が僅かに開いてゐて、二間隔てた奥に、衣冠束帯の、等身よりやや小ぶりな座像が安置されてゐた。後醍醐天皇像である。白銀とも見える色の衣が鮮やかで晴れがましい。

この建物は、昭和天皇即位の式場となつた建物の一部を下賜され、造られたもので、吉野にあつた紫宸殿を模してゐるといふが、像もその際の製作であらう。

この像の横に、確認出来なかつたが、後嵯峨、亀山天皇とともに、光厳院の位牌も置かれてゐると言ふ。敵として相対したものの、創建に係はつたからであらう。

正面の階に腰を降ろして、前の枝垂桜の艶々とした緑を眺めた。階の下左右には、左近の桜右近の橘に替へて、ともに梅が植ゑられ、青い実をつけてゐる。

かうしてぼんやりしてゐると、対立抗争したのを忘れて四人の天皇が団居《まどゐ》してゐる側近くに侍つてゐるやうな気持になつて来る。生身では決して持つことがなかつた時間だ。

わたし自身、この時代の騒乱を追ふのに、疲れてゐるのかな、とも思ふ。向うには、先に言葉を交はした庭師が枯れ枝を拾ひ集めてゐる。

＊

天皇なり上皇には、私的な生活はない。最も私的なはずの男と女の閨《ねや》のことにしても、皇位継承に繋がるだけに、公ごとの最たるものとなる。しかし、やはり私的な秘密に押し止どめて置きたいと思ふ場合もあるだらう。

藁天神へ立ち寄つた際と花園院から置文を示された時、暗示的に触れたが、光厳院自身、天龍寺の上棟も済み、五山の第二位とする院宣も出した頃、そろそろはつきりさせなくてはと考へる事柄があつた。

その秘密だが、結果的には六百数十年も後の、昭和三十九年（一九六四）になつてやうやく世に知られたが、康永二年（一三四三）四月十三日、光厳院は驚くべき置文を書いてゐた。まだ置文を書く年齢でなかつたから、前年に花園院から示された置文に応へてであつたらう。

そこには次の天皇は、現皇太子の興仁親王でよいが、興仁に男子が生まれたら必ず出家させよ、その次の天皇は直仁《なほひと》親王でなくてはならない、とあつたのだ。

奇怪な指示と言はなくてはならない。直仁親王は花園院と妃宣光門院の間に生まれた四人の子のなかの一人であるし、花園院自身、先に触れたやうに後伏見天皇に量仁親王（光厳院）が生まれるまでの繋ぎ役として皇位についた身である。そのやうなひとの子が皇位を継ぐべき理由はまつたくないが、次の次の皇位継承者として指名、そればかりか興仁親王に対して、天皇として得た所領は一代限りとし、「一瞬ノ後、必ズ直仁親王ニ返スベシ」と命じてゐるのだ。「返スベシ」とは、直仁親王こそ本来の正統な皇位継承者であるといふことにほかならない。

さうした上で光厳院はかう書いてゐた。

クダンノ親王ヲ人皆法皇皇子タリシイフ。シカラズ、元コレ朕《ちん》ノ胤子《いんし》ナリ。

直仁親王は花園院の子だと人々が言つてゐるが、じつはさうではなく、自分の種、自分の血を受けた皇子である、と。

伊吹山護国寺から京へ戻され、ともに持明院殿に蟄居《ちつきよ》を余儀なくされた時期、光厳院は秀子となぢんだが、出産のため宿下りすると、宣光門院との間に交渉が生じた、と考へるよりほかあるまい。

もつとも宣光門院は、洞院《とうゐん》実明の娘実子で、当時（正慶二年・一三三三）はまだ花園院の正規の后妃ではなく、従三位、南御方と称する女房待遇で、寵愛を受けてゐた。女院号の宣下を受けて妃となつたのは、直仁親王が生まれた（建武元年・一三三四か）後、建武も五年（一三三八）四月になつてからである。

この二人の関係を花園院は知らなかつたのだらうか。光厳院は「朕ナラビニ母儀女院ノ外、他人ノ識ラザルトコロ」とも書いてゐるから、花園院の目を盗んで南御方の閨へ忍び込み、愛を交はし、挙げ句の果て、妊娠させた、といふことにならう。『源氏物語』の光そのままの所行である。二十二歳であつた光厳院を衝き動かしたのは、敬愛する叔父の寵妃ゆゑの、慕情であつたかもしれない。

さうした甥の心のうちを、花園院はよく承知してゐて、まだ癒えない六波羅落ちの傷に苦しむ光厳院を敢へて南御方に委ねたのではなからうか。そして、子が生まれると、花園院は自らの子として慈しみ育て、南御方も一層寵愛、宣光門院として正式の妃に据ゑた……。

さうした経緯が分かつてゐたから、死支度をする花園院に対して、光厳院は上に引いたやうな置文を書かずにをれなかつたのではないか。

ある面では乱脈といつてよいかうした男女の係はりは、当時の宮廷にあつて実例がないわけではない。先に触れた『とはずかたり』の筆者後深草院二条は、後深草院を初め亀山院、西園寺実兼ら五人の男と交渉を持つてゐた。性の垣根は今日のわれわれが考へるよりも遥かに低かつたのだ。

勿論、宣光門院は後深草院二条とは違ふ。しかし、どこか通ひ合ふ空気を呼吸してゐたのであり、光厳院は、ほかならぬこのことによつて骨身に染みて、花園院の慈愛を思ひ知つたのだ。だから、この過去の秘密を秘密のまま葬るのではなく、表へ持ち出し、報はなくてはをれなかつたのである。

しかし、花園院は、かういふ決定を喜んだかどうか。この後の歴史の推移は、秘密のまま眠らせるやうに働いた。

が、光厳院自身は、かう決することによつてふつ切れるものがあつたに違ひない。花園院からの慈愛を慈愛としてしつかり受け止めるとともに、これ以上は甘えることなく、自分の足で、治天の君として力を尽くさう、と。

＊

勅撰和歌集の編纂の手続きは、なかなか進まなかつた。

先年の内輪の歌合を受けて、広く人々に呼びかけ、大掛かりな歌合を企てる一方、康永二年秋には、勅撰集について幕府に諮問した。しかし、なんの応答もなかつた。

勅撰集の編纂は朝廷の専権事項であつたが、世を挙げての大事業であつたから、幕府の承認と協力を得るのが先例となつてゐた。直義とは天龍寺の造営といひ、安国寺と利生塔の建立といひ、歯車が噛み合ひ、確実に推進させつつあつたが、これぱかりは別であつたやうである。

当時の歌壇は、朝廷の分裂も絡んで、花園、光厳両院を中心とする京極派と二条派に分かれて対立、直義は二條派と親しく、それなりの思惑もあつて、動けなかつたのかもしれない。

しかし、光厳院は、粘り強く条件を整へるべく努め、冬には大掛りな歌合を実現させた。「院六首歌合」である。六首九十六番で、持明院統の京極派歌壇に属する人たちを総動員、三十二人を参加させた。

そのなかの院の歌。


ゆう日さす落葉がうへに時雨すぎて庭にみだるるうき雲の影

歌人としての才能を窺ふのに十分であらう。秋の庭に斜めから夕陽が差して、なにもかもくつきりと浮かび上がらせてゐる、そこへ時雨がさつと通り過ぎ、地上の落葉に出来た水溜りが空と雲とを映してゐる――、微妙な光と音とが響き合ふとともに、それに見入つてゐる心の在りやうまでが思ひやられる。

しかし、かうした作ばかりではなかつた。

吹きとほす木木のひびきもはげしきは冬や嵐の時にはあるらん
うちつけに人は心のわれに似ぬにつひの契もすでにかなしき

なにか激するものが、このひとの内にあるのが明らかである。それを時には鋭く閃かせつつ、勅撰集を編む力が京極派歌壇にあるのを誇示して見せたのである。現にこの歌合から『風雅和歌集』に十八首も採られることになる。

この後、「院五首歌合」「院恋五首歌合」など次々と催した（詳細は不明）が、そのまま空しく年を越し、夏が過ぎても、幕府から勅撰集の諮問に対する答はなかつた。

それに対して天龍寺の工事は順調に進んで、仏殿にひきつづき、法堂、庫裡、僧堂、鐘楼、輪蔵、そして回廊なども出来あがり、康永三年（一三四四）一月には、霊庇廟《れいひべう》（現在の八幡社）が完成した。土地の神を祀り伽藍の安寧を図る大事な施設で、夢窓はことのほか喜んだ。

ただし、内部の祭壇やさまざまな仏具、そして、僧侶のための施設も整へなければならず、天龍寺船と呼ばれる貿易船の収益が注ぎ込まれた。

光厳院は、その四月に、洞院公賢《とうゐんきんかた》と二條良基《よしもと》を朝廷の要の位置に据ゑ、態勢を固めた。そして、九月十六日には直義の願ひを受け入れ、公賢らを従へ、工事の進展具合ひを見に天龍寺へ赴いた。

門はまだ開くわけにはいかなかつたので、車は横から入り、まづ三門の前へ導かれた。

禅宗寺院として今日最古の三門は東福寺のもので、高さが三十三メートルもあるが、それを越えてゐたはずである。

そして、仏殿である。当時の最も新しい宋の禅宗の建築様式をふんだんに取り入れ、かつ和様も巧みに折衷させた斬新な巨大建築であつた。中に踏み入ると、なほさら巨大さが知られたが、中央には、すでに釈迦像が据ゑられてゐた。

その前で焼香する。

法堂もまた広大な空間で、頭上遥かな天井には、墨も黒々と龍が雲を抱いて大きくうねつてゐた。いまの選仏場は加山又造筆だが、当時はいかなる画家の筆であつたらう。五色の雲に乗る仏や菩薩に代へて、天と地の間を自在に往還、生命の源の水を司る存在が描かれてゐたのだ。

これら空前の巨大な建築群は、この地に宇宙全体を集約して、これから始まる時代の大枠を示さうとしたのではあるまいか。

直義に案内されて見て行くとともに、その壮大な意図の詳細を知り、光厳院は、これに比肩する歌による構築物を、わが手で作り上げなくてはならないと激しく思つたに違ひない。

この後すぐ、二十三日に光厳院は除目を行ひ、直義を三位に任じた。

これを受けて直義がお礼に持統院殿へ参上すると、光厳院は、勅撰和歌集についての諮問への答を強く要求した。直義はなほも即答を避けた。朝廷が権威をさらに高めるのを恐れたのだ。が、もう遅延はかなはず、佐々木道誉を使者として差し向け、承諾の旨を奏した。十月十七か十八日のことであつた。

かうしてようやく正式に、勅撰集編纂に着手することになつたのである。

風雅和歌集《ふうがわかしふ》

幕府の了解を取り付けたものの、勅撰和歌集の編纂に対して、さまざまな方面から次々と障碍が波のやうに押し寄せて来た。

この年（康永三年・一三四四）の夏以来、東大寺の衆徒が八幡宮の神輿《みこし》を京へ担ぎ入れ、所領の要求を通さうとしてゐた。そのため、朝廷ではしばしば政務を停めなければならず、秋になると、興福寺の衆徒が、東大寺に対抗して淀川鵜殿《うどの》の関の権益を求め、春日社の神木を動かし、冬にはこれまた京に入つた。東大寺は総国分寺であるし、春日社と興福寺は藤原氏の祖を祀るだけに、有力公家たちに強大な影響力を持つてゐた。さうして勅撰和歌集の編纂を延期すべきだとの聲が、朝廷の内からも出た。

当時、歌壇では、先に触れたやうに京極家《きやうごくけ》と二條家の厳しい対立がつづいてゐた。二條家は二度にわたつて勅撰集の選者を務めた為世《ためよ》の存在がものをいひ、当主の為定《ためさだ》が重きをなし、吉野朝と繋がりを持つ一方、尊氏・直義とも抜かりなく結び付いてゐた。それに対して京極家は、為兼の亡き後、跡を継ぐべき者に恵まれず、中心的存在であつた永福門院が亡くなると、花園院が軸となり、それを光厳院が支へ、この頃になつてやうやく二條家に抗するだけの力を持つやうになつて来てゐたものの、まだまだ力不足であつた。それだけに今度の勅撰集は是非とも京極派の手でと考へるのだが、二條派はさうはさせまいと手を尽くし、春日社の神木の動座《どうざ》も口実にしようとしてゐた。

そうした動きを見た光厳院は、花園院と図つて、自分一人の親撰で臨むこととした。さうすれば撰者を選ぶ必要がないから、二條派の意向を伺ふ必要はないし、藤原氏の氏寺・氏神の動静にも制約されずにすむ。

さうして、編纂準備を本格化させた。

光厳院は、しばしば花園院の許を訪ね、あれこれと相談したが、花園院は為兼が土佐へ流された際に託して行つた膨大な歌書を読み耽り、時にそのなかのものを示してくれるのだつた。

さうしてその年も師走となつたが、二十二日早暁、ほど近い三條坊門の足利直義の邸から火が出た。尊氏に代はつて政務を取り仕切つてゐただけに、衝撃は大きかつた。

「天下ヲ執《と》ル執権《しつけん》之人也、希異《きい》也」と公賢も『園太暦《ゑんたいりやく》』に記してゐるが、人々はいろいろ噂した。最近では直義の施策に対して、批判の鉾先を向ける者たちが少なくなつてゐた。殊に尊氏の腹心高師直《かうのもろなほ》などは、露骨に不快感を示し始めてゐた。土岐頼遠を死罪に処したことへの反発もあつたらう。それだけに放火が疑はれたし、直義側の防備の甘さが囁やかれもした。

光厳院は憂慮したが、直義の対応は早かつた。翌康永四年の新春には、古家を移して改修、二月二十一日には戻つ来て、政務を再開した。

かうした直義の動きに一歩遅れたかたちであつたが、光厳院は、三月中には勅撰集編纂の体制を決めた。

寄人は正親町公蔭《おほぎまちきんかげ》、玄哲《げんてつ》（藤原為基）、冷泉為秀《れいぜいためひで》、綾小路重資《あやのこうじしげすけ》らとし、詠歌の提出期間を四月十七日から翌年十一月九日まで、おほよそ十九ヶ月間とした。一般の歌は、洞院公賢と冷泉為秀が取り継ぎ、武家の歌は勧修寺経顕、古歌は二條為定とそれぞれ担当も決めた。

二條家の当主為定を起用したのは、為定を初めとする二條派の歌人たちを無視することが出来なかつたためもあるが、天下を総覧する治天の君として、朝廷全体の再結集を図らうとする意図もあつてのことであつた。現実の次元での再統合は難しいが、歌の世界でなら容易に踏み出せるはずだと考へたのだ。

ただし、京極派の歌風を押し出す方針にいささかの変はりもなかつた。祖父伏見院と為兼、そして、永福門院の跡を受け継ぐとともに、為兼から直接委託を受けたと言つてよい花園院を押し立てての、編纂でなければならなかつた。

そのために伏見院の皇女進子《しんし》（後伏見院にも同名の皇女、前出）を播磨から呼び寄せ、内親王の宣下を行ひ、御所での歌会にも出席できるやうに図つた。また、その進子の許にゐた永福門院内侍も同行させた。この二人は、かつて永福門院の身辺にあつて、その歌風を最もよく受け継いでゐた。

七月に入ると、前関白九條道教が五十首を提出したのを初め、二條派の有力歌人の頓阿が二百首、懐道法師が一巻といふ具合に、歌が集まつて来た。

しかし、この月、夜空には彗星が長い尾を引いてゐるのが仰がれるやうになり、なんの前兆かと、人々は恐れた。

*

さうしたさなか、天龍寺がやうやく完成、落成供養が計画されるやうになつた。

さうなると、比叡山延暦寺の大衆がまたも騒ぎ出し、落成供養の中止を求める奏状を提出して来た。

その奏状の審議に朝廷は時を費やしたが、結論を出せなかつた。比叡山を抑へる力が朝廷にはなかつたのだ。そこで二条良基の進言により、幕府の判断に委ねた。

これを受けて尊氏と直義が訴へを却下したが、これにより幕府と比叡山が正面から対立するやうになり、その間に挟まれ、朝廷は却つてこれまで以上に苦慮する事態になつた。光厳院は、天台座主承胤法親王に大衆を宥めさせようとしたが、効なく、逆に比叡山は、これまで敵対してゐた東大寺、興福寺と連携して、一段と強硬な態度に出た。そこで落成供養への天皇及び自らの臨幸は取りやめ、勅使を差し向けるに留め、収拾を図らざるを得なかつた。

落成供養は八月二十九日、晴天に恵まれて盛大に挙行された。

折烏帽子に美々しい鎧姿の武士三百騎を先頭に、濃く染めた直垂《ひたたれ》に太刀を帯びた名のある武将たちがつづき、その後から、衣冠をつけた尊氏の乗つた貴族用の小八葉紋《こはちえふもん》付き牛車がゆつくりと進む。それからまた大勢の騎馬や直垂の武者たちを挟んで、直義の同じ型の牛車が行く。

この尊氏と直義の姿は、神護寺に伝はる、平重盛と源頼朝とされてゐる有名な画像を思ひ浮かべるのがよいかもしれない。堂々とした大画面に、衣冠束帯姿で威儀を正してゐるが、正しくはこの年の四月に寄進した、尊氏と直義の肖像であるらしい（米倉迪夫『源頼朝像』）。殊にその直義像は、天下を統轄する者にふさはしい緊張感と爽やかさを漲らせてをり、そのままこの時点の直義であつた。

沿道には大勢の見物人が押し寄せ、「前代未聞の壮観なり」と、『太平記』巻第二十四は記すが、その列は西大宮大路から嵯峨野まで、「透き間無く袖を連」ねる有様だつたといふ。

この供養は、一大寺院の落成にとどまらず、足利幕府の成立を天下に誇示する行事であつた。だから中止は絶対にあり得ず、叡山の中止要求が厳しければ厳しいほど、武威を華々しく見せつける必要があつた。

その翌日、光厳院と花園院は、結縁のためと称して、尊氏と直義の要請に応へ、天龍寺へ行幸した。沿道には前日に増して人々が押しかけた。

上皇御簾《みす》を掲げて見物の貴賤を叡覧あり。生練貫《きねりぬき》の御衣《ぎょい》に、御直衣《おんなほし》、雲立涌《くもたちわき》、編《すずし》の織物、薄色の御指貫《おんさしぬき》を召されたり。

光厳院は格式張らない直衣姿で、波状の曲線のなか雲形をちりばめた模様の薄い一重に、薄紫の指貫（袴）を召して、牛車に乗り、沿道に詰め掛けた人々の様子を、御簾を掲げて見やりながら、ゆるゆると進んだのだ。左右にはきらびやかな衣装の随心たちが、後には公卿たちがつづいた。

この沿道に詰め掛けた人々の目に自らの姿を見せながら、眺め返す光厳院には、叡山の衆徒と激しいやり取りを経て、一日遅れで臨席しなければならなかつた屈辱の気配は、まるでなかつた。ひたすら雅びにゆつたりと構へる、三十二歳の治天の君であつた。前日の武士たちの武威に対して優美さを、との思ひが強くあつたのだらう。

三門に着くと、これまた着飾つた牛飼たちが、轅から牛を離し、替はつて車を曳く。

京の人々は、この優美さに魅せられ、心から喜ぶ様子であつた。

＊

かうした間も、詠歌の受付と選歌が、たゆみなく進められた。光厳院は、相変はらず花園院の許へよく足を運んだ。

干戈《かんくわ》こそ遠く地方へ押しやられてゐるものの、京では、宗教勢力が対立し、鋭い軋みを上げてゐたし、尊氏と直義の間に暗雲が立ち込め始めてゐた。さういふ最中、互ひに認めた置文によつて改めて絆を深くした両院が、歌を中心にして語り合ふ様子は、如何であつたらう。

剃り上げて露はになつた才槌頭《さいづちあたま》に、目尻が極端に下がつた大きな目の、袈裟に半ば埋まつてゐるやうな姿の、豪信筆になる花園院の肖像画が伝はつてゐるが、病気がちで五十歳になつてゐた院は、頬がこけ、目が一段と大きくなつてゐたに違ひない。控へ目な人柄であつたが、その目で見据ゑられると、誰もがたぢろがずにをれなかつたらう。ただ、幼児の時から親しんでゐる光厳院は、慈愛に澄みわたつてゐると、見ることができた。

その花園院がよく口にするのが、為兼――土佐から和泉へ戻されてゐた――が、和歌に関しての質疑に答へ書き送つて来る言葉であつた。

仏ト和歌ト更ニ差別アルベカラズ

今日のわれわれにとつて、その真意の理解は容易でないが、仏の教と和歌とは、基本的に一致するといふ確信を、花園院は強く抱くに至つてゐた。明日も分からぬ乱世に耐へながら、禅にこころを大きく傾け、かつ、歌に思ひを凝らしつづけてゐると、かういふふうに捉へるやうになるのかもしれない。悟《さとり》を案じ求めるのと、歌を詠まうと心を澄ますのと、差別はない。いづれもおほいなる平安な世界を、この世に身を置きながら窺ひ見、なにほどか与かるのだ。

さういふ折りしも、直義の下で、鎌倉幕府の滅亡から今日に至るまでの歴史を纏める作業が進んでゐるのを知つた。後に『太平記』四十巻として纏められるのだが、それは天龍寺の造営と対になるべき仕事であつた。天龍寺といふ壮大な伽藍に対して、記録のための文字を連ねて、いまの世界の成り立ち、在りやうを示さうとするのである。

後醍醐天皇の即位から始まり、その討幕計画から全国に於いて幾度となく重ねられて来た合戦の様子、その帰趨、勲功を挙げた数多くの武士たちの活躍振りを事細かく記すとともに、時代の今日に至る大きな動きも明らかにしようとするもので、しばしばわが国なり唐天竺の過去の出来事を参観、眼前の出来事を客観的に評価しようといふ姿勢も忘れてゐない。それはそのまま現に作り出そうとしてゐる体制創出の道筋を明らかにし、これまで果たして来た人々なり集団の功罪を定め、創出されつつある体制のなかに位置付け、組織しようとするものであつた。それは幕府を支へる人々なり集団の内側にまで踏み込んで、より一層揺るがぬものにしようとする作業でもあつた。

全国から材木や石、瓦などを集め、大伽藍へと構築するやうに、膨大な証言、文書を収集し、歴史物語にと編み上げるのである。それとともに、文字に記すだけでなく、『平家物語』のやうにひろく語られ、多くの人々の耳に親しまれることも図られた。

この作業が実際にどのやうにおこなはれたか、不明だが、先の火災で八角九重塔を失つた法勝寺の慧鎮上人を責任者として、学識ある玄恵を加へ、その下に幾多の書き手——主に宗派を越えた僧侶たち——を集めてゐたやうである。

しかし、その書き手は多様で、事実を正確に記さうと心掛ける者もゐれば、筆が走るまま、これまで見て来たやうにとんでもない誇張、虚構も辞さない者もゐた。戦闘に関しては、多分、詳細な報告に基づいたから、正確であつたが、それを外れると噂とか書き手の思ひ込み、独断、空想もほしいままに持ち込まれたし、なかには意図的に流されたニセの情報もあつた。南朝側の武士、殊に楠木正成などを英雄として造形する誘惑に、少なからぬ筆者たちが駆られたやうである。閲覧した直義が、それらを厳しく咎め、訂正を求めるやうなことがあつたが、訂正されたかどうか。

その記述のなかに、直義自身や尊氏の死も、光厳院を襲つた苛酷な運命も、やがて書き込まれることになる……。時代の書記機構として独り歩きするやうになるのだ。

この作業の進捗からも、光厳院は刺激を受けずにをられなかつた。

＊

十月二十一日、改元がおこなはれ、貞和《ぢやうわ》元年（一三四五）となつた。

この頃、光厳院は、二条良基を近づけるやうになつてゐた。

当時は関白が鷹司師平《たかつかさもろひら》、左大臣が公賢、右大臣が良基であつたが、師平、公賢とも光厳院より年上で、公賢となると二十四歳も上であつた。これほど歳が離れると、信頼すべき有能なひととは思つても、打ち解けきれないところがあつた。それに対して良基は五歳下で、連歌に親しみ、すでに『僻連抄』といつた書を著すなど、文学的才能を発揮するとともに、地下人の連歌師たちと盛んに交流、時代の新しい空気を絶えず吸収してゐた。

公の文書がきちんと書けず、歌の心得がないと公賢からは批判されてゐたが、光厳院にとつては、心置きなく接し、相談することも命ずることも出来る相手を、初めて身辺に得た思ひであつた。ただし、良基は代々大覚寺統に仕へて来た家柄で、師平、公賢もさうであつたが、互ひに政敵と言つてよい関係であつた。さうした事情を承知してゐたから、公賢らに図ることなく、貞和二年（一三四六）二月二十五日、師平を関白から退かせ、良基をその後に就けたが、これが師平と公賢に無用の衝撃を与へる結果になつた。

さうして、編纂中の勅撰集をより充実させるべく、四月二十六日に教書を下して、新たに百首（貞和百首と呼ばれる）を募つた。この時に声を掛けたのは、前関白基嗣《もとつぐ》、現関白の良基を初め、足利尊氏、直義らに、二條為定、為明も漏れてゐなかつた。そして、女性では進子内親王、徽安門院《きあんもんゐん》一條、永福門院内侍ら三十二人（『園太暦』による）であつた。

しかし、公賢は光厳院や良基に厳しい目を向けるやうになつた。『園太暦』には、政務を疎かにして遊興に耽る仙洞御所の様子を指弾する記述が見られる。確かにこの頃、光厳院の身辺には、明菊丸、童々丸といふ童子が侍つてゐた。舞人の子で十歳に満たないこの二人を可愛がり、宴の席でよく舞はせた。良基あたりが持ち込んだ新しい風俗であらう。ただし、花園院も時には顔を見せたから、退廃的な色彩の濃いものでは決してなかつたと思はれる。

が、公賢には新奇さが誇張されて見えたのであらう。「近日奸人《かんじん》ノ讒《ざん》、禁中洞中《きんちゆうとうちゆう》充満ス」（五月十五日の項）とまで『園太暦』に記し、六月には左大臣を辞した。

かうしたことがあつて、光厳院が意気込んだ百首の詠進は進まなかつた。勅撰集を完成へと強力に推進するはずであつたのが、逆に作用することになつたのだ。二ケ月余で締切り、七月七日には披講の予定であつたが、少なからぬ人たちが詠進せず、二條家の主だつた人々は勿論、尊氏、直義も出さなかつた。そこで光厳院は、急遽、延期する処置をとり、披講当日は仙洞御所での歌会に切り替へた。

さうして、公賢との修復を図つた。が、この月、興福寺の僧徒が、東大寺を襲つた。両寺の紛争は、まだ鎮まつてゐなかつたのだ。

その紛争の仲裁と公賢との修復に苦労して、夏の終はりには、百首の披講を改めて九月十三日とした。

かうして当日となつたが、早暁から激しい風雨に見舞はれた。持明院殿の池は波立ち、木々が大きく撓なり、松の枝が幾本となく吹き折れ、飛んだ。比叡の御堂が幾つか倒壊、仁和寺や双ヶ岡では多量の松が倒れた。

なぜ大事なこの日に、と光厳院は、蔀《しとみ》の隙間から風雨の荒れ狂ふ庭前を眺めて、思はずにをれなかつたが、一方では、却つて好都合とも思つた。是非とも出席してほしかつた二條為定が、頑なに拒んでゐたからである。編纂作業が進むにつれ、歌に関する古来からの慣例について為定でなければ分からない事柄が多々あると知れて、この百首の披講を機会に、協力を確実にしておく必要があつた。それが果たせない以上は、再び延期するのが上策であつたが、再々行ふのは体面上よろしくなかつた。ところが嵐が延期をやむなくし、説得のための時間を生んだ。

この時間を利用して、ようやく助けてくれるやうになつた公賢が、為定を説得、出席の約束を取り付けた。やはり公賢でなければ出来ない働きであつた。

そして、閏九月十日、百首の披講へと漕ぎ着けた。閏月に晴れがましい行事は行うべきでないと言はれもしたが、翌月に延ばせば、勅撰集の詠歌の提出期限十一月九日に間に合はなくなる恐れがある。そのため、光厳院は譲らなかつた。その光厳院を、花園院が強く後押しした。

かうして、ようやく披講の日を迎へた。

持明院殿では篝火《かがりび》が明々と燃やされ、亥《ゐ》の刻（午後十時ごろ）には、基嗣や良基らが着座した。為定を初め二條家の人々も顔を揃へた。光厳院の断固たる意志を、皆々は感じてゐる気配であつた。

子《ね》の刻（午前零時）も半刻ほど過ぎた頃、光厳院が出御、始まつた。読師《とくじ》は公賢、講師《かうじ》は為秀であつた。

光厳院の歌から始められた。

みなそこのかはずの聲も物ふりて木ぶかき池の春の暮れがた

燭台の下、読み上げる為秀の声が低く、よくは聞えなかつたが、篝火が絶えず不安定な明かりを投げかける晩秋の闇のなか、春の物憂い夕暮れの様子が浮かび上がつて来るのを、列席する人たちは覚えた。さうして、院が勅撰集の下命者で、かつ、ただ一人の選者たるに十二分な力量を備へてゐるのを、認めないわけにはいかなかつた。

春二十首を講じ終へたところで、光厳院が懐中から花園院の歌を取り出し、公賢に渡した。さうしてさらに続けられたが、体調がよくなかつた公賢は、読師の座で鼻血を出して、一時、ざわめいたが、すぐに静粛を取り戻した。

さうして光厳院の秋の一首。

ふけぬなりほしあひの空に月は入りて秋風うごく庭のともし火

若々しい感受性に裏打ちされた、いかにも京極派らしい佳作で、名実ともに京極派の若き盟主になつてゐると言つてよかつた。

おさまらぬ世のための身ぞうれはしき身の為の世はさもあらばあれ

治天の君としての心構へを端的に示した雑の、ひたむきな一首に、人々は襟を正す思ひをしたらう。

そして、勅撰集に激しい意欲を示しつづける光厳院の真意を知つたに違ひない。

その光厳院の背後に常に控へてゐる花園院の、賀歌が読みあげられたが、かうであつた。


水上《みなかみ》のさだめし末は絶えもせずみもすそ川のひとつながれに

世の始まりから先々まで伊勢神宮の御裳濯川の流が絶えないやうに、皇統は続いてゐて、いまは南北に分かれてゐるものの、一つにならなくてはならない、と祈念してゐるのである。これから先どうなるか。それがそのまま、この座にある公家たちの命運に繋がる。そのところを捉へて、真直ぐに言ひあらはしたのだ。

かうして披講がつづけられ、明け方には、無事に終はつた。

光厳院の喜びは大きかつた。勅撰集の完成への手応へを十二分に感じることができた。実際にこの貞和百首からは、じつに三百二十七首も採り入れることになる。

＊

花園院は、病身を押して序文に筆を染めてゐた。

今回の勅撰集をありきたりの勅撰集にしたくないとの思ひが光厳院に強く、花園院もさう考へてゐるところへ、公賢が、和漢の両序を持つのは『古今集』『新古今集』『続古今集』に過ぎないと指摘して、和文と漢文をともによくする花園院が序を執筆してはいかがと提案したのだ。

光厳院は喜び、花園院は快く引き受けた。皇位を退いて以降、一貫して光厳院を支へて来た花園院にとつては、最も相応しく晴れがましい仕事であつたし、歌に寄せる思ひを吐露するのに又とない機会であつた。

さうして十月、花園院は、真名序《まな》と仮名序を光厳院に示した。真名序はかう書き出されてゐた。

　夫和歌者、気象充塞乾坤、意想範囲宇宙、混沌未剖其　理自存……。

仮名序はかうである。

　やまとうたは、あめつちいまだ開けざるより、そのことはりをのづからあり……。

『古今集』の序を踏まへつつ、それに拮抗するだけの文章を草しようとする意気込みが、よく現はれてゐた。

そして、歌の本質論だが、花園院の考へ方はこの後の次の一節によく示されてゐる。仮名序から引用すれば、
　世をほめ時をそしる、雲風につけてこゝろざしをのぶ、悦《よろこび》にあひうれへにむかふ、花鳥をもてあそびて思ひをうごかす。詞幽《ことばかすか》にしてむねふかし、おのづから人の心をたゞしつべし。下ををしへ上をいさむ、則ち政《まつりごと》の本となる。

『古今集』の「力をもいれず、あめつちをうごかす」に対応して、四百三十年余の後のいま、「おの

づから人の心をたゞしつべし。下をしへ上をいさむ、則ち政の本となる」と、歌に期待するところを言つてゐるのである。性急過ぎると言へば言へるかもしれないが、戦乱に明け暮れるさなか、一時訪れた小康状態のなかでのことである。生真面目な花園院としては、ここまで言ひ募らざるを得ない思ひであつたのだ。

この思ひは、同時に示した勅撰集名の案「正風」に、端的に現はれてゐる。先に「正義」を重んずる姿勢を採つてゐると述べたが、それに基づく。しかし、その呉音が「傷風」に通ずるところから、公賢らの同意が得られなかつた。そこで再考した末、提案したのが、「風雅《ふうが》」であつた。

この「風雅」は、「風流文雅」ではなくて、雅＝正統・都雅へと風＝感化・靡《なび》かせるの意であつた。公賢は、なほも不満であつたが、これに決した。そこで花園院は仮名序にかう書いた。

> これ、色にそみ情にひかれてめの前の興をのみおもふに非ず、たゞしき風古の道末の世に絶えずして、人の迷をすくはんが為なり。

文芸に倫理的教化なり宗教的救済の役割を期待するもので、後に本居宣長《もとをりのりなが》によつて手厳しく退けられる考へ方だが、それより四百年ほど前の時代、かう言はずにはをれなかつたのだ。乱世に対応する花園院の真摯な思ひは、光厳院が元服した際に贈つた「誡太子書」に明瞭だが、それ以降、幾多の理不尽な事件に苦しめられて来てをれば、文芸本来の在り方に触れることが、即、人を迷ひから救ふことになる、と激しく信ずることになつたのだ。宣長の論は間違ひなく正論だが、江戸時代の平安のなかのものである。

ただし、花園院の歌は、道義性を押し出す堅苦しいものでは決してなく、生命の燃焼の美しさを美として捉へてゐた。

＊

詠歌の提出期間（十一月九日）にはまだ日数があつたが、光厳院は、この真名と仮名の序を得ると、中身は春上一巻ばかりで、この「風雅集」を勅撰集として正式に位置付けることにした。

小康状態の世情が、再び荒れ出す気配を鋭く感じたのであつたらう。また、ようやく取り付けた二條家の協力が壊れる不安、花園院の健康状態が急がせた。

さうして十月十九日、十日後の二十九日に竟宴《きやうえん》を開く旨、教書を下した。

しかし、歌を提出すべき立場でありながら出してゐないひとがまだあつたし、清書も進まなかつた。そこでまたも延期となつたものの、今回は百首のやうにはならず、わづか二日後の十一月一日には、名筆として知られてゐた尊円《そんゑん》法親王が清書を終へ、点検も済んだ。そして、六日には光厳院への奏上が行はれ、予定より十日遅れの九日に竟宴を開催することが確定した。

かうなると、まだ様子を見ていた二條為定もこのまま見送ることができず、竟宴前日の八日になつて、為明に託して詠草を持参させたし、残る幾人もそれに倣つた。

かうして勅撰和歌集『風雅集』の竟宴となつた。

この日は、晴れたり曇つたりで天候が定まらず、夜遅く雨になつた。花園院は体調がよくなく、御簾の陰から見守ることになつた。

子《ね》の刻（午後十二時頃）、階の左右に控へた衣冠の随心たちが、小雨のなか、松明を高く掲げると、光明天皇と光厳院が出御した。

関白良基ら主だつた公卿が居並んだが、西渡殿までは及んでゐなかつた。挙《こぞ》つて参列したわけではなかつたのである。

天皇と光厳院の前に据ゑられた文台に、新しい勅撰集の序と第一巻春上が置かれ、『新古今集』と『続古今集』の際の例に従つて、進められた。

文台へと進み出た読師《とくじ》の公賢が序の紐を解き、講師《かうし》に渡す。受け取つた忠季《ただすゑ》がそれを開くと、おもむろに読み上げた。公蔭の息で、琵琶と和琴をよくする二十四歳の聲はよく通つた。

乱世における歌に寄せる思ひを説く花園院の言辞には、耳にする者を納得させずにはおかぬものがあつた。

次いで第一巻春の上であつた。

巻頭の歌は、為兼である。京極派の開祖であり、その象徴的存在である。

足引の山のしら雪けぬが上に春てふけふは霞たなびく

この後、俊成、九條兼実、後鳥羽院、西園寺実兼（永福門院の父）、そして、伏見院、花園院と七首目までを披露した。その花園院の歌。

わが心春にむかへる夕暮のながめの末も山ぞかすめる

わが心といつた観念の領域が、嘱目の情景へとなだらかに繋がるところに、京極派の美学の一端がよく現はれてゐる。そして、巻頭と同じく霞を扱ひ、呼応するかたちになつてゐるのだ。

この宴の様子を、似せ絵の名手として知られた豪信が片隅に控へてゐて、スケッチしてゐた。光厳院が命じたもので、かういふ形でもこの勅撰集の完成を確かなものとして、残しておかうとしたのである。

つづいて竟宴和歌の披講も行はれた。

御製読師を良基、御製講師を為定が勤めた。京極、冷泉家を退けて、二条家の当主を敢へて据ゑたのである。

かうして『風雅和歌集』は、公に成立した。

公賢は疲労はなはだしく、翌日は参上しなかつたが、書面で喜びを言上すると、光厳院、花園院からねぎらひと喜びの言葉が贈られた。

この後、引き続いて四季、そして、旅、恋、雑、釈教歌などと編纂作業が進めなければならず、光厳院は、気持を引き締め、精力的に取り組んだ。

妙心寺《みやうしんじ》と長福寺《ちやうふくじ》

先日は天龍寺へ行くため京都駅から嵯峨嵐山駅まで乗つたが、けふは手前の花園駅で降りた。そして、高架のホームから北を眺める。

左手すぐの小山が、兼好法師が麓に庵を結んだとして知られる双ヶ岡である。貞和二年（一三四六）の頃なら、兼好は六十歳も半ばになつてゐたが、洞院公賢や高師直を訪ねるなど元気であつた。右手には小規模なビルが並んでゐて、その向ふに大きな甍が見え隠れする。けふはまづそこを目指す。

改札を出て、前の広い道を渡り、歩道を右手へ少し行つてから、北へ折れる。道幅が広くなると、正面が妙心寺の門であつた。

天龍寺と同じで、南惣門を入つた左が勅使門で、その先に放生池があり、わづかに蓮を浮かべ、石橋が跨いでゐる。

その池を前にして、朱塗の三門がある。禅宗の様式を襲つた重層入母屋造だが、東福寺の三門と比べると小振りで、軒先が曲線を描いて、どこか軽みを感じさせる。

慶長四年（一五九九）、関ヶ原の戦の前年に建てられ、二階の内部は極彩色で雲龍、天人などが描かれてゐるらしい。

その先、松の大木が四本生ひ繁つてゐる空間を隔てて、仏殿である。濃い緑の梢越しに重層する軒を見上げると、禅寺の峻厳さと繊細さが感じられる。三門よりも以前の、天正十二年（一五八四）の建立である。いづれも応仁の乱や戦国時代を経ての再興である。

ここに祀られてゐるのは釈迦だが、拈華仏《ねんげぶつ》である。この寺院の創建を望んだ花園院が師事する大燈国師宗峰妙超《だいとうこくししゆうほうめうてう》に山号寺名を依頼したところ、示されたのが「正法山妙心禅寺《めうしんぜんじ》」であつたことによる。

よく知られた説話だが、釈迦が霊鷲山《りやうじゆせん》で説法した際、梵天《ぼんてん》が華を献じると、それを指先で拈《ひね》つて大衆に示した。それに対して摩訶迦葉《まかかせふ》ひとりが微笑でもつて応へると、釈迦はかう言つた、「ワレニ正法眼蔵《しやうぼうげんざう》、涅槃妙心《ねはんめうしん》、実相無相《じつさうむさう》、微妙ノ法門アリ。イマ摩訶迦葉ニ付属ス」。説くに難しい法をわたしは持してゐるが、いま瞬時にして迦葉に伝はつた、と。この説話を踏まへて大燈国師が、病んで命いくばくもない自分の跡継ぎとして、弟子の関山慧玄《かんざんゑげん》を推薦、わたしの知る法はそのまま彼に伝はつてゐると保証、開山とするやう求めたのだ。

仏殿の背後に建つのは、一回り大きい、やはり重層入母屋造の法堂《はつたう》であつた。その関山慧玄の三百年遠忌《おんき》を記念して、明暦二年（一六五六）に造営され、狩野探幽《かのうたんいう》の描く龍の天井画がある。

この法堂裏から渡り廊下が伸びて、寝堂、さらに大方丈へと繋がる。

法堂の横に立つて、南北一線に配置されてゐるこれらの建物を改めて見渡す。これを中心軸として、左右に白い漆喰塀をめぐらした塔頭が並び、禅寺ならではの清らかな空間を作り出してゐる。天龍寺と比べると、大きな広がりがないかはり、よく整備され、神経が行き届いてゐる。応仁の乱で壊滅的打撃を受けたものの、以後、再建が進められ、幕末を無事にくぐり抜けたのが大きい。

法堂の横から右手へ伸びる道を採つた。

両側が白い漆喰塀で、いやが上にも明るく清潔、重厚である。

角の塔頭の次が玉鳳院《ぎよくほうゐん》であつた。

花園院が営んだ離宮・萩原殿の中心で、妙心寺としてからも住ひとされた玉鳳禅宮が中に在る。普段は非公開で、桧皮葺の唐門は閉ざされてゐた。

衣笠山《きぬがさやま》の裾野が南へ長く伸びた先、双ケ丘の東に開けた、花園と呼ばれるこの地を、花園院はひどく好まれたのだ。ただし、華やかに花々の咲き乱れる花園ではなく、茫々と広がる萩と葦の原であつた。それを寂しいとはせず、燻し銀の雅びやかさ、と眺められたやうである。


風になびく尾花が末にかぎろひて月遠くなる在明《ありあけ》の庭　（「風雅集」秋歌下）

この庭がこの地のものかどうか分からないが、いかにも院らしい歌である。退位後、禅宗に傾倒したのも、かういふ感性の働かせ方をしたからに違ひない。

風雨に晒された扉と扉の合はせ目に、顔を押し当て、覗く。

寺院建築とは趣の異なつた桧皮葺の建物がある。視界が狭く、よくは分らないが、寝殿風で、正面軒下から「宮」の文字ばかりが見える。後花園天皇の宸筆だと伝へられる「玉鳳禅宮」の額だ。江戸時代前期の再建で、奥には法体の花園院の木像が安置されてゐるはずである。

どのやうなお姿だらう。豪信が描いた画のやうに、法衣に埋まりながら、大きな目を見開いておられるのだらうか。

この門の隣にもう一つ、唐門があつた。開山堂のものである。こちらも閉ざされてゐて、隙間から覗くよりほかない。

前に庭を取つて、石灯籠が一対据ゑられ、いかにも禅堂風の、瓦屋根の軒が左右に撥ね上がつた小ぶりな建物であつた。慧玄を祀つた微笑庵である。天文七年（一五三八）に東福寺から移したもので、これまた創建のままではない。

しかし、このあたりには花園院がをられた気配がそれとなく漂つてゐるやうに思はれる。

＊

花園院が本格的に禅に心を傾けるやうになつたのは、二十二歳の若さで天皇の位を後醍醐天皇に譲つた翌々年の、元応二年（一三二〇）のことであつたらしい。その年、四月二十八日夜、在位の間親しく仕へ、以後も新天皇の下で蔵人頭《くらうどのとう》の任にあつた日野資朝が、ひとりの隠遁の禅僧を連れて参上した。これまでにも院は幾人も高位の僧から教へを聞き、こころを動かしたことがあつたが、この夜、初めて面談したその僧に、いきなり心を掴まれる思ひをしたのだ。夜が明けるまで話し込んだ末、その日の日記（『花園天皇宸記』）にかう書いた。「ソノ宗ノ体タル、誠ニ思量ノ及ブトコロト謂フベシ。猶龍者《りようしや》カ。仰グベク信ズベキナリ」。禅宗が他の宗派に勝つてゐるのを初めて納得するとともに、師事すべき卓越した存在だ、と強く思つた、と言ふのである。

これ以降、その僧、妙暁《みようげう》上人をしばしば持明院殿へ招いたが、久我氏の出で大燈国師の会下に身を置いてゐるものの、世からは隠れてゐた。

さうして翌元亨元年（一三二一）八月十九日、夜を徹して法談した末、花園院が考へるところを述べたところ、妙暁は「許容ノ言」を奉つた。院は「感悦」して、「仏法ノ高妙、心地ノ極理、祇《ただ》禅門ノ一宗ニ在リ」と記した。禅宗のなんたるかが、心の底から分かつたといふのだ。

この妙暁上人だが、それから四ヶ月後の十二月二十五日夜、やつて来ると、禅を究めるため元に渡るので明後日には九州へ下りますと別れを告げた。再会は期し難いと考へた院は、先例を無視して、この夜、即刻受衣《じゆえ》し、弟子となつた。「仰グベク信ズベキナリ」と考へるまま、実践したのだ。

この頃、大陸との交流は活発で、後醍醐天皇の腹心となつてゐた日野資朝も、元との連絡網を持つてをり、その伝《つて》によつたのでらう。

かうして妙暁の去つた後は、その師である大燈国師に就き、萩原殿を妙心寺とすることになつたのだ。

その妙暁が月林道皎《げつりんだうかう》と名を改め、帰国したのは、後醍醐天皇が兵を挙げる前夜、元徳二年（一三三〇）だつたらしい。さうして後醍醐天皇と持明院統との対立に困惑してゐる間に、六波羅陥落に始まる騒乱に花園院も引きずり込まれ、帰朝の報告もできないまま うち過ぎた。

その騒乱がやうやく小康状態になつた暦応の頃、道皎は梅津（現京都市右京区梅津中村町）の大梅山長福寺に迎へられた。梅津は、桂川の北岸、嵯峨野も花園からほど近い川湊で、早くから交通の要衝として栄へたところである。平安末に天台寺門系の尼寺が創建され、領主梅津氏の力で大寺となつたが、鎌倉時代末期には梅津氏が経済力を失ふとともに、親族同士の所領争ひが激しくなり衰微したため、道皎を招いて禅寺として興隆を図つたのである。しかし、梅津氏内の争ひは容易に終息しなかつたやうで、道皎が寺内を掌握するに至つたのは、貞和元年（一三四五）の秋であつた。その頃になつてようやく花園院に近況を報告した。

院は大いに喜び、さつそく備中国の荘園東庄を長福寺に寄進（同年十二月）した。

さうして翌貞和二年十一月、『風雅集』の竟宴をすますと、押し詰まつた十二月二十三日、長福寺へ御幸した。

＊

その日は、朝から冷たい雨が激しく降つてゐた。輿が出発したのは、玉鳳院からであつたらう。

わたしは玉鳳禅宮の唐門を離れると、来た道を戻つて、南惣門を出た。

六百五十年後の京の早春は、相変はらず寒気が厳しいが、薄陽が差してゐる。

花園駅の手前で山陰本線の高架下を潜る。梅津の長福寺まで三キロほどのはずである。

やがて右折すると、葛野《かどの》中通に出た。御室川沿ひの道で、すぐに天神川と合流すると視界が広がり、緩やかな下り斜面を南へ真直ぐ降りて行く。

風が吹きつけて来て、やはり寒い。

足を速めて行くと、天神川四條の交差点になつた。ここまでくれば、後は西へ一キロ少々である。角から新三菱重工の広大な敷地が四條通沿ひに延々とつづく。

彼方に西山の山並みが意外に近く見えた。このまま進めば、桂川を越え、嵐山の南、松尾大社に突き当る。その左手奥に西芳寺がある。先日、西芳寺からの帰り、東に眺めた空の下を、いまわたしは歩いてゐるのだ。

花園院は、夢窓に対して飽き足りないものを感じてゐたやうである。当代切つての権勢を保持する尊氏、直義と結び、関係する寺院では大掛かりな庭園を営み、仮名書きの『夢中問答』を公刊、広く信徒を集めるやうなやり方、その禅の考へ方に、共感しきれないものがあつたのであらう。そして、野にゐた妙暁（月林道皎）に帰依し、大燈、関山慧玄に師事する道を採つた。

より純粋な禅を求めたのである。しかし、光厳院を引き入れることはしなかつた。天皇、そして治天の君として尊氏や直義らと立ち交じつて行くためには、自分が求める純粋さは、必ずしも好ましいとは限らないと承知してゐた。ただし、光厳院の傍らにあつて、禅を突き詰めるのは、自分に課せられたことと考へてゐた気配である。

やがて梅津段町の交差点を過ぎ、小川を渡る。有栖川《ありすがは》である。橋には「うめづはし」とある。

南へ折れ、民家の間を、足に任せて行くと、右側に駐車場があつた。ひどく広い。その奥の塀越に甍が見えた。堂々とした重層入母屋の御堂である。妙心寺の仏殿や法堂に劣らない。右手に少し離れてゐる銅葺屋根は、方丈だらう。

江戸時代、寺領三百五十一石を受け、塔頭十一を数へる大寺であつたといふ。『拾遺都名所図会』の絵図によれば、広大な境内の中央、いまわたしが見てゐるのと同じ重層入母屋造の本堂が聳え、背後のこんもりとした木立の中に開山塔があり、それを半ば庭に取り入れて方丈がある。その両側に塔頭が幾棟となく並んでゐる。駐車場は、多分、その塔頭の跡だらう。

隣が山門であつた。太い石柱に「長福寺」と深く刻まれてゐる。しかし、ここも厚い扉が閉ざされてゐた。

じつはここへ来る前、電話で拝観できるかどうか問ひ合はせたのだが、かつて公開したことがあるが、いまは檀家以外は入れないとの返事であつた。それを承知した上でやつて来たのだが、扉の隙間から覗いても、すぐ先が築地塀になつてゐて、中は窺へない。明治になつて急速に衰微、境内も大きく削られたやうだが、なほ十分な広さと、立派な堂宇を保持してゐるのだ。

激しい雨のなか、訪れた花園院が見た長福寺はどうであつたらう。

月林道皎と会ふのは、二十五年前の元亨元年（一三二一）十二月、師弟の縁を結んで以来であつたから、感慨もひとしほ、雨に閉じ込められたのを幸ひに、語り合つて飽きることがなかつたに違ひない。

あれからじつに多くのことがあつた。二人を引き合はせた日野資朝は、正中の変で鎌倉幕府に捕へられ、佐渡に流された末、元亨二年（一三三二）に斬られた。花園院自身、光厳天皇とともに近江番場宿まで落ちた末、伊吹山護国寺に幽閉され、京に戻された。そして、以降の転変は留まるところを知らない有様であつたが、ようやく勅撰集の編纂に目処をつけ、父伏見天皇、その后永福門院、そして、歌の師為兼からの委託にようやく応へ得たと思はれたところであつた。

ただし、すでに齢は五十、健康も著しく衰へを見せてゐた。

道皎もまた、元への往還から、かの地での見聞、禅思想についてと、申しあげることは尽きなかつた。


もとよりのさながら夢とみる上はよしやかならずさめもさめずも

『風雅集』雑歌下に収められた院の歌だが、かうした感慨を道皎に漏らしたとしても、不思議はあるまい。この世は夢のごときものと思ひ定めてゐるから、醒めやうと醒めずとも変はりないが、現世こそ恐ろしく転変極まりない……。

翌朝は雨も上がり、道皎の案内を受けて寺内を隈なく巡つた。

天台寺門系尼寺として創建された面影を随所に留めてゐたものの、立派な仏殿や御堂、方丈があつた。西芳寺も浄土宗の寺院を夢窓が禅寺にしたのだが、その頃はかういふことがよくあつたらしい。帰朝したばかりの禅僧道皎にしても、それなりの抱負をもつて、この既存の建物に改修を加へてゐたのである。

いよいよ妙心寺の本格的な造営に着手しようとしてゐた花園院は、強い関心をもつて見、説明を聞かずにをれなかつたらう。

じつはもう一枚、十六世紀前半から中頃に描いたと思はれる「長福寺全盛古大図」（享保十七年・一七三二写し）がある。それによれば、桂川沿ひの道に面した総門から三門（潮音閣）、仏殿（大仏宝殿）、法堂（直指堂）、方丈が、南から北へ整然と並んでゐる。そして、枯木堂（僧堂）、薬師堂、阿弥陀堂、鐘楼などがあり、その回りを塔頭が囲んでゐる。

かうした全盛期はまだまだ先のことだし、道皎の苦労にしても応仁の乱で一旦は灰燼に帰すのだが、鎌倉時代から南北朝の頃、禅宗の大寺を建立することは、建物にとどまらず、禅宗そのものの在り方を新たに肉づけすることであつたやうである。尊氏、直義、そして、光厳院、夢窓が協力して天龍寺を創建したのは、すでに触れたやうに、日本を統治する新たな体制づくりのためといふ意図を秘めてゐたが、花園院としては、法皇として禅宗といふ新たな精神世界を、この国土に根付かせ、人々の内面から築き直さうとする思ひを抱いてゐたと思はれる。道皎にしても、その一角を担はうとの思ひを、この日、強くしたのではないか。

だから、この日、二人は御堂の位置、柱の数、窓の形、板の削り方など実際的で細々したことから、難解な禅思想にまでわたつて、突込んだやりとりをした。既存の平安や鎌倉の堂塔と、あらゆる点で異なつてゐなくてはならないのだ。花園院の該博な知識、道皎が見て来た宋の建築様式を突き合はせ、この国の風土により端的に添ふ構造物でなくてはならないのだ……。その精神が、やがて展開される東山文化の中核をなす。

山門の南隣は小学校で、その三階建コンクリート校舎の前を通り過ぎると、先は桂川の堤で、その上へ出ると、一気に視野が広がつた。それとともにこちら側の岸が上手で張り出し、下手に淀みをつくつてゐたことが分かつた。そこが湊になつてゐたのだ。もつとも今は、その淀みをなくすべく内側に堤防を新たに築いてゐた。流れをスムーズにし、堤防への負担を低減させるためであらう。

堤を歩きながら、長福寺の御堂の大屋根を探した。しかし、見つからない。民家とマンションが犇めき、小学校の校舎が長々と伸びて、こちらからは見えない。かつて川湊に面して総門があり、蓮池、三門、仏殿と並んでゐたはずなのだ。

目を転じると、河原の彼方に白く光る帯状のものがある。本流であつた。

二人は庭園の一角の小高いところへ上がつて行き、このあたりを見回したらう。枯れ枯れとしてゐるものの、前夜の雨で洗い清められた風景であつた。そして、桂川はこのあたりで大きくうねり、淀みをつくり、川湊であることを明白に示してゐた。

話題は自ずと『碧巌録《へきがんろく》』第二十七則の公案《こうあん》に及んだ。唐の時代、ある禅僧が雲門に向つて、「樹枯レ葉ガ落チル時ハ如何」と問ひかけた。その意味するところは、目前の晩秋の景気をもつて、最晩年の生き方を尋ねたとされる。それに対して雲門は、即座に「体露金風」と応じた、といふ。「体」はこの世界の根幹たる仏法、「金風」は秋風、即ち、いまやこの世の根幹たる仏法が露はになつてゐると言つたのである。

花園院は、歌でもつてかう応じた。

龍田川紅葉ばながるみよしののよしのの山に桜花さく

秋には紅葉の名所龍田川に紅の落葉が流れ、春には桜の名所吉野の花が咲きこぼれるやうに、仏法――この世を貫く法則――が隠れることなく麗しく顕現してをり、「樹枯レ葉ガ落チル」のも、その顕はれ、と応じたのである。いまや『風雅集』の編纂も光厳院とともに果した充足感も踏まへてゐた。「みよしのの よしの」と、「よし」を繰り返し言つたところに、端的に現はれてゐる。なほ、今日の光厳院の法系にあつては、「金風」を快い春風と解されてゐることを、岩佐美代子が『京極派和歌の研究』(笠間書院)で指摘してゐるが、この花園院の歌からも自然に出て来よう。

道皎は頷き、微笑したに違ひない。如何に長い無音の年月が横たはつてゐても、各自それぞれが持してゐる「法」が瞬時に通ひ合つたのだ。

陽もすつかり傾いた酉の刻、院は帰路に着いた。さうして翌日、「両日ノ儀感悦万端《かんえつばんたん》」「多年ノ本意満足」と、筆に尽くせぬ喜びを道皎宛に書き送つた。

そして、年が明けると、この行幸を記念すべく、自らの歌を『風雅集』釈教歌に収めるよう、光厳院に伝へた。

＊

この行幸を境にして院の健康は日々衰へ、再訪を望んだものの、果たせなかつたやうである。その代り、しばしば書簡を送り、自らの手になる経典や絵画などを贈つた。それらは長福寺に伝へられ、今日は博物館などに保管されてゐる。じつは長福寺を訪ねた日の午後遅く、慌ただしく京都国立博物館に立ち寄つたところ、奇しくもその「長福寺文書」が展示されてゐた。花園院は勿論、光厳院、足利義満などの筆になる文書があつた。

このやうにして花園院は、道皎と意見を交はし、一方では自らの体調に思ひをやらざるを得なくなるにつれて、妙心寺の造営へ一層心を傾けた。

そして、この年の七月、関山慧玄に置文を与へた。その置文、

頃年《けいねん》病痾《びやうあ》纒牽《てんさく》シテ、旦夕《たんせき》モ期シ難シ。……一流（禅）ノ再興、并《なら》ビニ妙心寺ノ造営以下ノ事、仙洞《せんとう》（光厳院）ニ申置クノ子細在リ。縦《たと》ヘ一瞬（死）ヲ過グルトモ、必ズ平生ノ志ヲ満ツベシ。……遠慮ヲ廻《めぐ》ラシ、興隆ノ願ヒヲ果サルベシ。

かうして後事を定めたが、秋には『風雅集』の編纂作業が進捗して、四季の部が完成した。最も力を注いできたのがその四部八巻であつたから、深く安堵するところがあつたらう。

さうして、墨の匂ひ立つ紙を翻して、自らの歌々の上に目を留めたに違ひない。四季それぞれから一首づつ挙げれば、

梢より落ちくる花ものどかにて霞におもき入あひのこゑ

夕立の雲とびわくる白鷺のつばさにかけてはるゝ日の影

村雨のなかば晴れ行く雲霧に秋の日きよき松原の山

暮れやらぬ庭の光は雪にしておくくらくなる埋火のもと

見る者の視線が嘱目の対象（落花とか白鷺）とともに滑らかに動いて行き、ある地点に至ると、ふと転じ、音なり光、あるいは色彩そのものと化すとともに、ある実体を獲得して鮮やかに浮かび上が

つて来る……。かうとでも言ふよりほかない独特の技法の巧みさは、なまなかな歌人のものではない。やはり光厳院を導き、『風雅集』編纂の中心的役割を果たしたひとのもの、と言はなくてはなるまい。帝としての道義的責務を光厳院に厳しく説くとともに、禅に心を傾け、夢窓とは違ふ厳しい道筋をたどりながら、「体露金風」を体することを忘れなかつたひとのものである。

翌貞和四年（一三四八）の春の終はりごろから、臥せりがちになつたが、九月五日には光厳院が萩原殿に、花園院を見舞つた。

さうして近日中に、皇太子の益仁親王を践祚して崇光天皇とするとともに、直仁親王を皇太子に立てることを報告した。

直仁親王は、すでに述べたやうに表向きは花園院の子息だが、実際は、花園院の后宣光門院と光厳院の間に生まれた。その親王にやがて天皇の位を譲るばかりでなく、資産も贈り、持明院統の正当な嫡子として遇することを、五年前の康永二年（一三四三）にすでに定めてゐたが、いよいよ実施へと踏み出すのである。

病床の花園院は、改めて複雑な思ひに駆られたらう。そして、番場から戻された甥を懐の中で慰めた際の宣光門院と自らの思ひを甦らせるとともに、それを受けた光厳院のいまに及ぶ感謝の念の強さを確認したのだ。尋常な叔父と甥、院同士の関係を遥かに越えた、他にあるとも思はれない結び付きである。

かうして十月十三日、持明院殿で、直仁親王を光厳院の猶子《いうし》として元服させ、二十七日に崇光天皇が践祚すると、皇太弟とした。天皇の弟であり、皇位を継ぐべき存在と公に定めたのである。

その報告を聞いて十四日目、十一月十一日に、花園院は崩御した。

貞和《ぢやうわ》から観応《くわんおう》へ

花園院を見送つて、光厳院は、文字通り半身を削《そ》ぎ取られた思ひであつた。もの心がついて以来、身辺には常に花園院がをられた。そして、そのことに馴れ切つて、ときにはないがしろにするやうなこともしばしばであつたが、花園院は、そのやうな光厳院の対応をお許しになるばかりか、一層大きく包んでくださつたのだ。

もし花園院がをられなかつたら、と思ふだけでも、慄然とせずにをられない。殊に六波羅落ちから始まり、惨憺たる事態の渦中に突き落とされつづけ、いつ崩折れても当然であつた。天皇の位にありながら虜囚の身になり、果ては位に就いたことさへなかつたことにされたのだ。そのやうな扱ひを受けた人間が、この地上にゐただらうか。この地上で最も尊重されるべき地位から、いきり何者でもなかつた者とされるほど、苛酷なことはない。が、花園院に支へられ、とにかく耐へ抜き、治天の君である今日に及んだ。

ただし、吉野に南朝があり、一方、傍らには足利幕府があつて、治天の君として出来ることはほんの僅かで、それさへいつ奪はれるか、分からない。いまの世の治天の君とは何者かと、絶えず自問せずにをれない有様だ。さういふこちらの心中を、花園院ばかりは隈無くお察しなさりながら、あくまで穏やかな面持ちで、静かに身辺にゐてくださつた。

どうして花園院は、あれだけ穏やかな面持ちでをられることがお出来になつたのか。非才の、しばしば忘恩の徒に成り下がるこの身を、どうしてかくまで庇護し、支へてくださつたのか、光厳院はあれこれ思はずにをれない。

和漢の学問に詳しく、道義を重んずるだけでなく、晩年には禅の道に深く歩み入り、自らを殺すことをよく知つてをられたからだらうか。それだけではあるまい。

この世界そのものの在り方に深くお考へをめぐらした上で、天皇なり治天の君の存在を掛替へのないものと確信してをられたからであらう。この天地を存立させるためには、なにをおいても支へとほさなくてはならないと、自らの体験も踏まへて、お考へになつてをられたのだ。

ただし、かつて天皇で今は治天の君である自分には、そのところが未だによく分からずにゐる。分からないながら、とにかく治天の君である役割を果たし、天皇を天皇たらしめつづけなくてはならないと努めつづけてゐる。

しかし、いま、暗中に置き去りにされた、との思ひを拭ひ去ることができない。どうしてかういふ惨い目にあはせられるのか、恨めしくも思はれるのだ。天皇なり治天の君とは、この世に光を掲げる存在でなくてはならないはずだが、さうであればあるほど、この身を取り巻く闇が一段と濃く感じられる。

そして、その囲遶する闇からは、武士たちが相争ひ、叫び、斬り結ぶ響きが間断なく聞えてくる。その武士たちを利用して、権勢をわがものにしようとする皇族や公家たち、そこへ介入する叡山や南都の僧たち、混乱の隙間々々から手を伸ばして、金銀を掴み取らうとする商人、何をするか分からない得体の知れない悪党ども、さういつた者たちが犇めき、激しくぶつかり合ふ生々しい音、また、彼らに間断なく踏みつけられる無数の者たちの挙げる呻き声が、この身に応へて聞える……。

しかし、この世は、伊弉諾尊《いざなぎのみこと》と伊弉冉尊《いざなみのみこと》がお開きになつて以来、かうして存在しつづけて来たし、これからも存在しつづけるだらう。それゆゑに、一時であれ安らかに治まるのを祈念して、遠い過去から今、今から未来へと向つて貫き通してゆかなくてはならない。

じつはその祈念が、目に見えない柱となつて、この天地を支へ保ちつづけてゐる。その柱こそ天皇が執り行ふ祭祀にほかならず、それが滞りなく執り行はれるやう、体制を整へ、かつ、その祈念がこの世において多少なりと実現するように努めるのが、天皇なり治天の君の役割であると承知して、ここまでやつて来たのだ。しかし、今後、どのやうにすれば、この役割を、よく果たし得るのか。

親しく導いて下さる花園院のやうな方が、身近にゐて下さらなくてはならないのだ。これではこの身が、闇の奥へ引きずり込まれかねない……。

光厳院は、暗澹たる思ひに沈むのだ。

＊

だが、懸案の勅撰和歌集の編纂は、おほよそ終へるところまで来た。後は、補訂の作業を残すばかりであつた。

勅撰和歌集とは、いま言つた祈念を幹としながら、四方に枝を伸ばし、この世の森羅万象を、よきことも憂きことも雅びな言葉と化して繁らせ、花を咲かせるやうにはからふものでなくてはならないのだ。さうして、治まつた世の姿をありありと人々に透かし見せる。

そのやうな詩華集に『風雅集』がなり得てゐるかどうか、今後もよく検討し、足りぬところがあれば、力の及ぶ限り補足しなくてはなるまい。

そのためにも、皇位の在り方を、最も望ましい在り方へと方向づけすることはできたと、光厳院は密かに確信したと思はれる。

弟の光明天皇を、自らの第一皇子益仁親王に替へて崇光天皇としたのは、皇位を治天の君の嫡子のものとするためであつたが、その先は、崇光の第一皇子ではなく、直仁親王とした。これは少々分かりにくいが、嫡子であるよりも、母の人となりと身分、受胎に至る経緯、そして、本人が身に受けてゐると思はれるものなどを考慮した上であつた。

直仁親王の母宣光門院は、なにしろ花園院が最も愛した妃であり、光厳院が最も深く感謝する女人であつた。それだけにその腹に生まれた直仁親王こそ、持明院統の最もよきものを豊かに身に宿し、この乱世を正すべき天皇として送り出すにふさわしいと思はれたのだ。それゆゑに「昭穆相協《せうぼくあひかな》フ」、すなはち祖先からの順位にも間違ひなく適ふ、と信じたのである。

ただし、崇光天皇の即位の儀の準備は進まず、年を越した貞和五年（一三四九）二月二十六日に予定したが、七月へ延期しなければならなかつた。

その当初予定してゐた日の翌日、清水寺が炎上した。

正午頃、清水坂に軒を連ねる民家の一軒から火が出ると、風もないのに火は坂を駆け登り、楼門に及ぶと、瞬く間に阿弥陀堂、本堂、舞台を焼き、本堂裏山の鎮守まで焼き尽くした。本尊の観音像は運び出すことができたものの、黒煙は、都の空の半ばを覆つた。

もし即位式を挙行してゐたら、その治世最初の日の出来事となるところであつた。

人々は巨大な炎の塊が宙を次々と跳び移つて行くのを見た、と口々に言つた。また、前日の夜半、東山の華頂山《くわちやうざん》上の将軍塚が鳴動、兵馬が虚空を駆け過ぎる音が半時（一時間）ばかりもつづいて、肝を冷やしたと話した。ここしばらく平穏な日々を過ごしてゐた都人は、再び戦乱が起るのではないかと恐れた。

　すると三月十四日夜、東洞院土御門の尊氏邸から火の手が上がつた。そして、ほとんどを焼き尽くした。

　万全の警備で固めてゐるはずの尊氏邸がどうして、と人々は不審がつた。敵対する者が火を付けたのではないかとも囁かれた。

　焼け出された尊氏は、一條今出川の師直の許へ移つたが、これがまた、人々の懸念を募らせた。師直は、当時、己が戦功に驕り高ぶり、京にあつて乱暴狼藉を繰り返し、治安保持に心を砕いてゐた直義と鋭く対立するやうになつてゐた。そのやうな状況のなか、尊氏が師直の邸宅に入つたのである。師直を宥めるためなのか？　それとも師直支持に回つたのか？

　いづれにしろ師直の放つた吉野蔵王堂《ざわうだう》を焼いた炎が、いまや都へ飛んで来て、清水寺を焼き、尊氏邸を燃やし、さらに大きな火を燃え上がらせようとしてゐるのではないかと、人々は恐れた。

　尊氏邸焼失の四日後、持明院殿にゐた光厳院は、建物が鳴動するのに驚かされた。池の水が激しく波立ち、不意に御簾が吹き上げられたかと思ふと、突風が吹き荒れ、あたりを駆けめぐつた。門前の屋舎が倒れ、板葺の屋根が飛んだ。

「怪シムベシ怪シムベシ」と、公賢は『園太暦』に書いたが、光厳院もさう思つた。容易ならざる事態が迫つてゐるのかもしれないと、考へずにをれなかつた。

＊

　光厳院は『風雅集』の補訂作業を一段と急がせた。

もはや花園院の教へを受けることはかなはないから、近臣たちに意見を求め、それでも納得の行かない場合は、公賢の許へ問合せた。
さうしてあれこれ工夫を重ねたが、神祇歌の巻には、暦応三年（一三四〇）六月、奈良春日社《かすがしゃ》の神木が山階寺《やましなでら》に担ぎ込まれた際、春日明神が詠んだとされる歌を収めた。

世の中に人のあらそひなかりせばいかに心のうれしからまし

歌としては平凡至極だが、誰にも分かり、共感を呼ぶだらうと考へたのだ。しかし、どれだけの人がこの願ひを真剣に受け止めてくれるだらうかと、光厳院は危ぶむ。

あし原やみだれし国の風をかへて民の草ばも今なびく也

花園院の賀歌である。花園院も普段にかういふことを希求してをられたのだ。
雑歌下には、後醍醐の歌を「院御歌」として選び入れた。

おさまれる跡をぞしたふをしなべてたがむかしとは思ひわかねど

延喜・天暦の泰平を今に求めるその志を、今改めて本来の在り方において呼び戻したいと思ふからこそ、かうしたのである。吉野の奥に潜んでゐる人々は、どう受け取るだらう。それに応へるかたちで、光厳院自身の歌を並べ置いた。

おさまらぬ世のための身ぞうれはしき身の為の世はさもあらばあれ

そのあらまほしい治世の実現のため、自分ひとりどうなつてもよいとの覚悟を示したのである。光厳院が覚える後醍醐に対する疑念は、己が身を無にするどころか、逆に、自らを中心に据ゑとほさうと執念を燃やしたと思はれる一点であつた。祭祀も政務も武力も経済も自分の一手に握り、自らが考へる理想を強引に実現しようとした。しかし、それがいかに高潔で素晴らしからうと、己れひとりの理想であることによつて、己れ一個の枠のなかに留まる。そのことが分からず、ますます我執の深みに陥つたのではないか。その批判を、この歌に込めたのだが……。

そのやうにあれこれと思ひながら紙片を繰つてゐると、自ずと釈教歌に収める花園院の歌へと戻つて行く。その歌、

つばめなく軒ばの夕日影消えて柳にあをき庭の春風

燕の飛ぶ晩春の夕暮れ、あかあかとした夕陽が消えると、新緑に彩られた柳ばかりが風になびいて、庭全体を吹き渡る春風そのものが淡く緑色に染まつてゐるやうだと、春たけた頃の様子を、大和絵でも繰り広げるやうに鮮やかに詠んでゐるのだが、詞書はかうである、「薬王品、是真精進《これまことのしやうじん》、是名《これまこと》真法供養如来《のはふをもつてによらいをくやうすとなづく》といへる心をよませ給ひける」。

その『法華経』薬王菩薩本事品第二十三《やくわうぼさつほんじぼん》だが、薬王菩薩がいまなほこの娑婆世界に留まつてをられるのは何ゆゑかと問はれて、世尊はかう答へた。――薬王菩薩の前身は法華経を聞いたのを喜び、仏を供養するため己が身を燃し、その光でこの世界をあまねく照らした。諸仏はその行ひを称賛、「是真精進、是名真法供養如来」と口々に言つた、と。詞書に引かれてゐるのがその一節だが、世尊はさらに語り継いだ。――薬王菩薩の身は、千二百年経て燃え尽きたが、再びこの世に化生《けしやう》して現はれ出て、臂《ひぢ》を燃して供養しつづけてゐる、と。

だから「夕日影消えて」とは、その身が一旦は燃え尽きたことを言つてゐるのであり、「柳にあをき」は、その後、いままた化生して臂を燃やし、春になれば柳の緑が風になびく風景が自づと現はれ出るやうに、その麗しく豊かな世界を出現させてゐる、と言つてゐるのである。色彩豊かな敍景歌でもつて、真の供養とは己が身を犠牲に供すること、と象徴的に表現してゐるのである。

この薬王菩薩のやうに一身を犠牲にして、ただし、あくまで穏やかに麗しくこの世を照らし、支へつづけたのが花園院だつたのであり、そのお蔭を直接豊かに受けたのが、光厳院自身だつたと、改めて思はずにはをれないのだ。

が、この世は、現に険しさを増し、闇が深まるばかりではないか。

直義と師直の睨み合ひが、武力衝突ともなれば、どうなるか。直義は有力な元御家人や守護らの支持の下、相伝の由緒や先例を重ずる方針で紛争を処理し、秩序を保たうと努めてゐたが、師直は新興の中小武士団や悪党と呼ばれる得体の知れぬ徒党を支持基盤としてゐたから、相伝の由緒や先例を無視、破棄する行動に繰り返し出てゐた。この両者の対立には、妥協の余地があるとは思へないのだ。

それでゐながら将軍尊氏は、この対立する両勢力を均衡させ、その上に乗つてゐる。

この均衡は、いつまでも保たれるはずがなく、そのどちらかへ尊氏は重心を移さなくてはならない。が、移した瞬間、間違いなく火を噴き、ここまで築き上げてきた足利幕府は真二つに引き裂かれる。そして、吉野勢もまた息を吹き返すだらう。

かういふところにあつて、治天の君は何をすればよいのか。何ができるといふのか。どうすれば薬王菩薩に負けない振る舞ひをすることができるのだらうと、考へ惑ふばかりだ。

＊

尊氏の子で直義の養子となつてゐた直冬《ただふゆ》が、四月十一日に長門探題《ながとたんだい》となり、九州へ出発した。直冬は、自分を冷淡に扱ふ実父尊氏に対して激しい敵愾心を抱き、養父直義には信従して、その軍事力の有力な一角をなすやうになつてゐたから、その留守によつて対立はいささか融和へ向ふかと思はれた。

しかし、師直らの狼藉ぶりには却つて拍車がかかり、直義が信頼、重用する妙吉侍者《めうきつじしや》を標的にするやうになつた。妙吉侍者は、夢窓と同門の禅者で、その推挙によつたが、高慢な振る舞ひが目立つやうになつたのを捉へて、なにかと侮辱を加へ、挑発するやうになつたのだ。

さうしてまたも緊張が高まつたが、その最中の六月十一日、四條河原で橋勧進のため田楽《でんがく》興行が催された。

新旧の座が挙つて出演するとあつて、大変な人気を呼び、巨木を使つた桟敷《さじき》が、八十三間（約百五十メートル）の長きにわたつて三重、四重に組み上げられた。舞台には、紅と緑の毛織の敷物を敷き詰め、珍しい豹や虎の毛皮を懸け並べ、楽屋を東西に建て、橋懸かりで結び、金襴でもつて天蓋《てんがい》とし、いやが上にも人々の目を欹てた。

この日、関白二條良基、光厳院の異母兄の天台座主梶井二品法親王を初め、田楽好きの尊氏、師直らも出席、詰め掛けた男女が桟敷を埋めた。この時代、夥しい数の観客が京には出現してゐたのだ。名実ともに大都市になつてゐたのである。

風が吹くと、金襴の天蓋がはたはたと靡いて輝き、炎が燃え上がるやうであつたと、『太平記』は記す。

楽の音とともに幕の陰から化粧した美童たちが練り出て来た。つづいて鉄漿《かね》をつけ、薄化粧し、意匠を凝らして染めた水干に袴の若僧たちが拍子を取りながら現はれ出ると、観衆はどよめいた。そして、名を知られた役者たちが、得意の技を次々と披露し始めると、口々に「あらおもしろや」「堪へがたや」と叫び、沸き立つやうなつた。

と、桟敷が傾いた。

驚き騒ぐうちに、桟敷はさらに傾斜、人々が雪崩れ落ち、宙へ飛んだ。と、他の桟敷も次々と将棋倒しに倒壊、大勢が下敷きになつた。逃げ惑ひ、争ひ、刀を抜いてわけも分からず振り回す者も現はれ、阿鼻叫喚《あびけうくわん》の惨状となつた。良基や尊氏、師直らは逸速く抜け出して無事だつたが、死者百余人、ケガ人は数知れずといふ有様となつた。

翌日、天の底が抜けたやうな豪雨となり、増水した流れが河原を襲ひ、倒壊した桟敷、下敷きになつて悶える人々、放置された死体ごと、一気に押し流した。

天狗の仕業かと、人々は言ひ合つた。

するうち夜空には、金星と水星と木星、三つの星が異常に近づき、やがて互ひに犯しあふやうになつた。

これは何事かと天文博士に命じて卦を立てさせると、「月日を経ず大乱出来《しゆつらい》して、天子位を失ひ、大臣わざはひを受け、子父を殺し、臣君を殺し、飢饉・疫癘《えきれい》・兵革《ひやうがく》相続き、餓孚《がへう》巷《ちまた》に満つべし」と出た（『太平記』巻二十七）。

月が変はり閏六月となると、直義が政務を執る三條坊門のあたりで武者の動きが慌ただしくなつた。いよいよ直義と師直の間で戦ひが始まるかと、人々は恐れた。

折から三日夜、東南と西北の方角で電光が発したかと思ふと、その光が寄り合ひ、争ひ、砕け、また寄り合ひ、闇に沈んだ都の街並を青白く照らし出した。その光のなか、異形のものが見えた、と言ふ者たちがゐた。そして、石清水八幡の神殿が朝から夕方まで鳴動しつづけたとの知らせがもたらされた。

かうした異変に合はせるかのやうに、鎧兜《よろひかぶと》に身を固めた者たちが続々と都へ上つて来た。西からも東からも、そして、北からも南からも、隊伍を組んでやつて来ると、三條坊門の直義と今出川の師直、双方の邸に別れて、それぞれ待機の構へを取つた。

三條坊門に集まつた者たちの方が圧倒的に多かつた。

この事態に尊氏が、七日、三條坊門の直義を訪ね、師直を幕府の執事から外し、所帯（官職、資産、領地）を没収、直義の腹心である上杉重能《しげよし》を執事とすることとした。直義は、苛酷な処置は避け、執事に師直の弟（正しくは兄か）師泰《もろやす》の子師世を当てるよう望んだ。かうして直義の要求はほぼ通り、戦闘は回避された。

月末、直義が持明院殿を訪ねて来ると、師直らを幕府の要職から退けることになつた旨を報告した。光厳院は喜んだ。やはり直義が現に推し進めてゐるやうに、従来の取り決めが尊重され、道理が通つて、初めて治安は保たれるのだ。力があるからと言つて、勝手は許されない。

しかし、崇光天皇の即位式の準備は進まなかつた。またも延期せざるを得なかつたが、直義の意向が浸透すれば、挙行できるやうになるだらうと期待を繋いだ。さうして、いまのうちにと『風雅集』の補訂作業に光厳院は励んだ。この作業に心を傾けることが、泰平祈念を強めることになるとも考へたのである。

＊

しかし、翌七月十九日午後、京の土地が震へた。揺れはかなり大きく、あちこちで家屋が倒壊した。この頃になると、尊氏との取り決めが一向に実行されないことに、直義は気づいた。師直が抵抗するのか、尊氏自身に実行させる気持がないのか、直義は思ひ惑ふ様子であつた。尊氏との間にあつた絶対的な信頼関係は、急速に崩れて行く気配であつた。

光厳院は、さうあつてはほしくないと思ひながら、尊氏が、師直を切り棄てることはないだらうとの見方を強めた。なにしろ師直は武将として図抜けて有能であつた。勇敢さと狡さをあはせ持ち、彼の統率する新興武士団は勇猛であつた。その点、直義はいまだに兄尊氏を信じ、かつ、自分の正しさを信じ過ぎるきらひがあつた。

八月五日、台風が京を襲つた。多くの家屋が倒壊し、浸水する被害が出た。その最中、河内の石川に陣を構へてゐた師泰が、兵を率いて京へ戻る動きを見せた。直義が執事にと望んでゐたから、入京に理由がないわけではなかつた。

師泰は、鎧兜の臨戦態勢をとつた三千余騎を引き連れ、九日の真昼、京へ入つて来て、師直邸に入つた。

これと入れ替はるやうにして翌日、尊氏が師直の屋敷を出て、丹波の篠村八幡へ参詣に向つた。さうして夜に戻つて来ると、その足で、土御門より少し南に下がつた位置に新築なつた近衛東洞院邸へ入つた。

この尊氏の行動は、師直との間に距離を置くためかとも思はれたが、またしても傍若無人に振る舞ふ自由を師直に与へることになるのではないかとも案じられた。

いづれにしろかうして尊氏は、師直と直義の間で、中立の立場を取るかのやうな姿勢をみせたが、さうなると師泰の京における存在が、師直と直義の間の軍事的平衡を崩すものと受け取られ、直義方の武将で急遽京へ上つて来る者があつた。

かういふ動きが一旦出ると、歯止めが利かなくなる。といふよりも、その事態を待ち構へてゐたのが師直であつた。味方の軍勢を素早く上京させる一方、京の口を塞ぎ、直義方を入れないやうにしたのだ。すると直義方は七千余騎にとどまつたが、師直方はなんと五万余騎に膨れ上がつた、と『太平記』は記す。

この時点で、勝負はついたが、前回の尊氏との話し合ひによる決定があつたから、直義は容易に退かなかつた。

そこで尊氏が直義を自邸へ呼び入れた。直義は軍勢を引き連れ、近衛東洞院邸へ入つたが、脱落する者が多く、千騎に足りなかつた。

それに対して師直方の軍勢はますます増へ、一條大路から出雲路の賀茂川河原まで埋め、十三日になると、尊氏邸を十重二十重と囲み、鬨の声を挙げた。

その囲みの中に、隣り合ふ内裏もあつたから、驚きは一方でなかつた。崇光天皇や皇后、女房たちは慌てて持明院殿へ移つた。その一行を迎へ入れながら、光厳院は、事態の急な展開を案じた。

直義のやうに徳義を立て、秩序を重んじる態度は、師直を初め多くの武者たち、殊に新興の武士集団には歓迎されなかつた。この時代、徳義を立て、秩序を重んじてみても、それに縛られるのは主張する側ばかりで、相手側はますます巧智を働かせ、ほしいままな行動に出る結果になるのだ。

ただし、如何に現実がさうであつても、社会として存立するためには、何らかの秩序がなくてはならない。そのための損な役割を、直義が積極的に果たしてゐるのであり、そのことを尊氏が知らないはずはなからうと、光厳院は見守つた。

しかし、尊氏の仲介の下での交渉は、結局のところ、師直の要求を直義が全面的に呑むことになつた。圧倒的な軍事力でもつて迫られると、抵抗するすべがなかつた。直義は政務から退き、これまで側近として働いて来た上杉重能と畠山直宗《ただむね》を配流とすることに同意した。

さうして十四日、師直が囲みを解いたが、光厳院は即刻、夢窓に要請、調停をやり直すよう要求した。直義が全面的に排除されるやうな事態は避けなければならなかつた。

この夢窓の調停を、尊氏も師直も、無下に退けるわけにいかず、先の決着を覆し、直義が元通り政務を執り、師直が三條坊門に出仕して補佐することに一応はなつた。が、直義の手足となつて働いて来た上杉重能と畠山宗直が師直によつて拘束されてゐたから、もはや直義が力を振ふ余地はなかつた。

この事件について『太平記』は師直の一存で起したもので、尊氏も直義と同様、被害者であるかのやうに書いてゐる。しかし、尊氏と師直が示し合はせて起したのに間違ひはなからう。驕慢な行動が目立つ師直だが、尊氏の忠実な腹心として終始してをり、この時ばかり、尊氏に無断で大きな兵力を動かし、尊氏を脅かす挙に出ることなどあり得ない。尊氏は、この時点で師直方へはつきり重心を移したのだ。

光厳院を初め心ある公家たちの信頼は、明らかに直義にあり、師直一党のやうな武士の居場所は狭められてゐたが、戦闘集団として彼らこそ頼りになる存在であり、足利幕府の支配体制を確かにするためには、名誉や格式を重んずる御家人や守護でなく、実力ある新しい階層に依拠しなくてはならないと、尊氏は見て、決断したのだ。

しかし、尊氏はこれまで直義に支へられて来たし、いまも支へられてゐたのだ。そのため、それと分からぬやうに、また、分かつてもあまり影響の出ないかたちで、直義を外さなくてはならなかつた。そこで図られたのがこの事件であらう。『太平記』の筆者は、その見せかけを額面通り受け取つて、書いてゐる。いや、見せかけと承知しながら、書いてゐるのであらう。

そして、九月になると、尊氏は、まだ九歳の基氏《もとうぢ》を関東管領に任じ、鎌倉へやるとともに、義詮《よしあきら》を京へ呼び戻す決定をした。同時に、西国探題の任に就くべく九州へ向つてゐた直冬に対しては討伐の命令を下したのである。養父直義の立場をまつたく無視した上で、認知してゐないとはいへわが子の直冬を抹殺する処置に出たのである。

冷酷な恐るべき決定と言つてよい。跡は義詮に継がせ、直義と直冬は切り捨てる方針を明白にしたのだ。しかし、直義はまだ兄尊氏を信じてゐた。

＊

夢窓の調停は一応実を結んだかたちになつたが、もはや如何ともし難いのは明らかであつた。光厳院は『風雅集』の補訂作業に終止符を打ち、完成させた。永福門院が亡くなつて間もなく着手してから、もう五、六年にもなるから、手間と時間は十分に掛けた、としてよかつた。

そして、崇光天皇の即位の儀を挙行するため全力を注いだ。

今上天皇の在り方を可能な限り疑義のないものにしておかなくては、今上ばかりか、天皇の存在そのものが危ふくなると、危機感を強めたのである。殊に師直のやうな男が政務をほしいままにするやうになれば、どのやうな事態が起るか、図り難い。

この即位の儀挙行への光厳院の強い意向は、『風雅集』巻末に据ゑられた九條隆教《たかのり》の歌で示された。


岩戸《いはと》あけし八咫《やた》の鏡の山かづらかけてうつしきあきらけき代は

光明天皇が即位した暦応元年の大嘗会の際、近江鏡山で奉納された神楽歌《かぐらうた》である。天照大神が閉じ籠もつた天岩屋の岩戸を開けたのは、山葛を鬘として踊つた天鈿女命《あめのうづめのみこと》とその姿を映した八咫の鏡のお陰で、その岩戸が開いた時のやうに本当に明るく清浄な御代が到来した……、から新しい天皇の御代を言祝ひでゐるのだが、それはそのまま、光明天皇の御代が終はり、いまや崇光天皇の御代となつてゐることをより明確にしなくてはならない、と暗に語つてゐるのだ。

さうして九月十三日、光厳院は、二條良基の左大臣職を止め、新しく九條経教《つねのり》を左大臣に、近衛道嗣《みちつぐ》を右大臣、竹林公重を内大臣とした。直義が退けられた後の幕府の体制に対応、年内に是が非でも即位の儀を挙行するするためであつた。

十月に入るとともに行事所始めを行ひ、神饌《しんせん》を整へる斉庁の建設に着手した。

一方、直義だが、二日には三條坊門を出て、錦小路堀川の細川顕氏《あきうぢ》邸へ移つた。形式だけの地位に耐へられなくなり、退いたのだ。

この直義の動きを受けて義詮一行が鎌倉を出発すると、京では四宮河原から粟田口にかけ桟敷を設ける工事が始まつた。

その桟敷が人々で埋められた二十二日、鎧兜も真新しい華麗な装ひの義詮一行が、師直ら主だつた武将たちに出迎へられて、ゆつくりと進んだ。この行進には、二十歳になつた義詮が次の将軍であることを披露する意味が込められてゐたのである。

その義詮が近衛東洞院の尊氏邸に入ると、光厳院は勧修寺大納言経顕を遣し、上洛を賀し、四日後、三条坊門邸で政務を執り始めると、すでに着手してゐた即位の儀の準備の継続を認めさせた。

かうして順調に事は進み、即位の儀は十二月二十六日、東洞院土御門殿の太政官正庁で挙行することに決まつた。

しかし、十二月八日、直義が出家、慧源《ゑげん》と名を改めた。四十二歳であつた。それから間もなく越前と信濃に流されてゐた上杉重能と畠山宗直が殺された。直義勢は確実に摘み取られたのである。

さうしてやうやく迎へた即位の儀の当日、太政官正庁の中庭には、四本の幡が立てられた。東に青《せい》龍《りゆう》、西に白虎《びやつこ》、南に朱雀《すじやく》、北に玄武《げんぶ》の図像を描いた幡が、師走の晴れあがつた青空に翻つた。そして、六衛府およびその詰め所の役人たちが正装して並び、大礼服の諸卿が賑やかに詰めかけた。

門外には大勢の見物人が群れ集まつたが、光厳院と退位したばかりの光明院はそこに車を立て、儀式の進行を見守つた。

やがて鼓が打ち鳴らされると、新天皇が出御、階《きざはし》を上がる。正面には高御座《たかみくら》が据ゑられてゐた。黒漆塗で、八本の柱の要所には黄金の金具が光を放ち、紅の帳《とばり》が垂れ、その上に八角形の屋根が載り、角々の軒の上に黄金の鳳凰《ほうわう》が、頂には一際大きな鳳凰が翼をひろげてゐる。

その高御座に、崇光天皇は座した。

新天皇の正式な誕生であつた。光厳院は、安堵の吐息を漏らした。

が、さうなると、この後、引き続いて新天皇が行なふべき大嘗会のことが案じられた。皇祖天照大神を初め天神地祇との繋がりを確実にするその儀式を、無事に挙げられるものかどうか。光厳院自身は在位わづか一年八ヶ月であつたが、即位式と大嘗会いづれも行なひ、光明院は、践祚から即位式まで一年と七ヶ月かかり、大嘗会にはさらに約一年かかつた。それまでの日々がいかに危ふく感じられたか、思ひ出すだけで肩に重くのしかかるものを、光厳院は感じてゐた。

尊氏《たかうぢ》と直義《ただよし》

崇光天皇の即位は無事に済み、翌貞和二年（一三五〇）二月二十七日には改暦を行なひ、観応《くわんおう》元年となつた。そして、大嘗会は十月十九日と決まつた。

しかし、世の中の不穏な空気は鎮まらなかつた。そして、四月三日には、石清水八幡宮で怪異が見られ、五月二十三日には地震で京全体が振動、七月二日、またしても地震があり、将軍塚が鳴動した。さうするうちに美濃《みの》と岩見《いはみ》で足利幕府に反旗を翻す者があり、義詮と師泰がそれぞれ軍を率いて東と西へ京を出て行つた。この武士たちの動きに、大規模な騒乱が再び出来《しゆつたい》しやうとしてゐるのではないかとの恐れが深まつた。

八月に入ると、台風が京を襲ひ、盗賊が出没、持明院殿にも賊が侵入、院の御服や女房の袴などが盗まれる騒ぎが起つた。また、恒例の八月十五日の石清水八幡放生会《はうじやうゑ》へ勅使を派遣することができず、駒牽《こまひき》の馬も到着しなかつた。

このやうな状況であつたが、義詮が美濃から凱旋した。人々は胸を撫で下ろし、光厳院はその戦功を賞して、義詮を参議に進め、左近衛中将を兼務させた。そして、大嘗会の挙行への一層の協力を求めた。

しかし、九月になると、直冬が尊氏の追討令にもかかはらず、九州で着々と勢力を伸ばし、二十九日には、九州全土をほぼ制圧したとの報が、早馬でもたらされた。

北九州は、都落ちした尊氏が勢力を回復、都へ攻め上る転回点となつたところである。それに海外交易の拠点でもあつたから、放置しておくわけにいかなかつた。

さつそく出撃の準備に入つた。遠隔地であつたから、準備は大掛かりであつた。さうするうちにも大嘗会の日は迫つて来た。尊氏が出撃するとなると、当然、大嘗会には在京しないことになるが、さうなれば儀式の重みが半減することになる。師直がしきりに尊氏の出陣を勧めてゐると伝へ聞いて、光厳院は推移を注意深く見守つた。

さうした折しも、持明院殿の東中門で触穢があつたことが、十月二日になつて判明した。『太平記』は前年のこととして詳しく記してゐるが、夜明け、御所侍が格子を上げようとしたところ、御所の南殿の広縁に黒白斑の犬が童の首を銜《くは》へてゐた。そこで、犬を箒で打たうとしたところ、孫庇から御殿の棟木へ跳び上り、西に向つて三回吠へ、かき消すやうに失せた、と言ふのである。

『太平記』は、重大な触穢だから儀式を延期すべきだといふ議論が出たが、院と天皇の意向で無視されたとするが、実際は、光厳院はすぐさま公賢を召し、触穢の度合ひを定め、対応法を検討するやう命じ、その報告に従つて大嘗会の延期を決定した。『太平記』はしばしば事件を別の時点なり脈絡へ移動させ、違ふ意味を持たせた上で、非難したり称賛したりするが、これもその一つである。歴史を扱ふ上で最も忌まわしい態度である。『太平記』を書いた者のなかには、そのやうに企む者が少なからずゐたのだ。

この延期は、光厳院にとつて無念であつたが、理由を尊氏の出陣でなく触穢とすることによつて、朝廷の面目を辛うじて保つことができたのは幸せとしなければならなかつた。

さうして尊氏、師直らの軍勢がいよいよ明後日出発となつた二十六日、直義（出家して慧源）が行方をくらました。

師直は慌てた。じつは九州へ出発する前に後顧の憂ひがないやう直義を処分すべく、手の者を差し向けたところ、錦小路堀川邸はもぬけの殻だつたのだ。師直の動きを察知して、直義は動いたのである。京を留守にしようとするのに際して、最悪の事態であつた。

しかし、師直はかう嘯いたといふ、「師直が世にあらん程は、たれかその人に組したてまつるべき。首を獄門の木に曝《さら》し、尸《むくろ》を匹夫《ひつぷ》の鏃《やじり》を止めたまはん事、二三日が内を出づべからず」（『太平記』）。

かうして直義と師直の間に、如何なる妥協の余地もなくなつたところで、尊氏を総大将にして、直冬の追討のため、予定通り二十八日に京を発つた。すでに行く先々の手配も済ませてゐたから、取りやめるわけにはいかなかつたのだが、しかし、このことが師直に、文字通り致命的な事態を呼び寄せることになつた。

＊

尊氏邸には留守役の義詮が入つたが、師直が高言したやうに「二三日が内」に直義へ攻勢をかける態勢にはならなかつた。尊氏に従ふ者たちの間でも、師直に対して冷ややかな空気が広がつてゐたのである。それにこの度の直冬征伐は、所詮、足利家の内部の抗争で、深入りしない方が賢明と考へる向きもあつたらしい。なにしろ直冬は、尊氏の実子で、直義の養子であり、義詮の異母兄である。

尊氏は、それだけに留守中のことが心配で、兵庫で船待ちの間、義詮を呼び寄せ、なにかあれば必ず天皇を持明院殿にお連れして院と一緒に警護するよう、重ねて指示した。いかに若年であつても、天皇と上皇を手の内に確保して置く重要さを心得てゐると思ひながらも、念を押さずにをれなかつたのだ。

行方をくらました直義は、意外にも大和の南、高取《たかとり》(奈良県高取町越智)の豪族の許にゐた。現在の橿原市のさらに南で、背後の山を越えると、すぐに吉野である。いかに力を失つてゐるとはいへ、ほとんど南朝の勢力圏といつてよく、直義方の軍勢にしても、駆けつけるのが容易でない危険な場所であつた。

行くところに窮して、このやうな所へとも考へられるが、ここに身を置いた直義は、予想もしない行動に出た。十一月も二十三日になつて——すなはち、尊氏らが京から十分に離れるのを待つて、南朝へ手を結ぶ申し出を行つたのである。

この知らせが京にもたらされると、人々は、直義が光厳院を手酷いかたちで裏切つたと受け取つた。これまで光厳院と連携しながら、足利幕府の確立に努め、南朝とは常に対決姿勢を採つて来てゐた。ところが一転して、手を結ばうとするのだから、当然だらう。

ただし、直義本人は、裏切りとは考へてゐなかつたらしい。天皇は持明院統と大覚寺統が交互に位に就くのが本来の在り方で、鎌倉幕府はいづれに対しても等距離の態度を採つて来た。それをぶち壊して吉野へ走つたのが後醍醐であり、その結果、南北朝の対立となつた。この対立を解消、元のやうな協調体制へ戻すべきだと考へてをり、その実現には、南朝が京都へ帰る道筋をつける必要があり、足利幕府の政務担当者が、北朝に対してと同じく南朝にも臣従する態度を表明すればよい。さうすれば、北朝と南朝の和睦も自づから成るだらう、と考へてゐたと思はれるのだ。

もつともこれまでの南朝を十全な朝廷と認めない態度を変更することになり、勢ひづかせる恐れはあつた。

この構想を実現する上で邪魔になるのが師直・師泰で、彼らを排除するためには南朝方の軍事力も利用するのがよい。さうまでしなければ、強力な彼らを制圧するのは難しい。また、さうして南朝方と共同戦線を結ぶことが出来れば、そのまま南北朝一体化への早道になる、とも考へてゐたらしい。

かうした考へは、光厳院の意向には添はなかつた。あくまでも崇光天皇の立場を全きものとし、その上で直仁親王に位を継がせるといふのが、院の思ひ描いてゐる道筋である。しかし、必ずしも自らの血筋で皇位を独占しようと考へてゐるわけではなかつた。肝要なのは、正統な天皇の下、天下の平安を実現することであつた。この一点で、最終的には光厳院に同意してもらへるはずだと、直義は考へてゐた気配である。

じつは直義は、大和高取へ走る前、密かに光厳院を訪ね、師直一門追討の院宣を請ひ、鎮守府将軍（地方平定のための軍政府長官）に任じられてゐたといふ説がある。もしもさうなら、光厳院は、直義が意図するところを聞き、おほよその同意を与へてゐたことになる。

光厳院は、それだけの柔軟さと、度量の大きさを備へてゐたし、現に直仁親王を皇太子とするべく考へてゐたうへに、直義を信頼すること深かつたのだ。

さうするうちに十二月になると、直義の党の石塔頼房《いしたうよりふさ》が兵を率いて八幡に入り、赤井河原に陣を敷いて、京を伺ふ態勢を取つた。

南朝は、思ひもしなかつた直義の提携申し入れに、あれこれ議論を重ねるばかりで、結論を出すことが出来なかつたが、勢力回復の好機だとの意見が通つて、二十日後の十三日に直義の申し入れを受け入れ、後村上天皇が天下平定の綸旨を直義に下した。

かうして後顧の憂ひがなくなるとともに、師直討伐の旗印を南北両朝から得ると、直義は大和から河内の石川へ進み出て、二十一日には、さらに天王寺へと軍を進めた。

この頃になると、南朝方の東国兵が八幡へやつて来たし、直義方の細川顕氏が四国を平定し、これまた京を伺ふ姿勢を見せた。

師直の恐れてゐた事態が、直義と南朝の連携といふ予想外の展開でもつて大きく膨らみ、現実のものとなつたのである。

＊

年が押し詰まつた二十九日、備前福岡（岡山県邑久郡長船町福岡）まで進んでゐた尊氏は、急遽、兵を返した。

この報に、観応二年正月、廷臣たちは出仕せず、宮廷では年頭の儀を執り行ふことができなかつた。尊氏方につくか、直義方につくか、南北朝の対立に加へ新たに出来した抗争に、皆々は右往左往するばかりで、崇光天皇の朝廷は崩壊状態となつた。また、義詮にしても神経を尖らせ、南と北あるいは東と西から軍勢が接近して来るとの報に、揺れ動いた。

光厳院は、かうした朝廷の有様を痛憤しながら、持明院殿に静かに座して、直義が作り出したこの状況がどのやうに動くか、固唾を呑んで見守つた。出る幕は必ずあると考へてゐた。

正月四日、直義方の桃井直常《もものゐなほつね》が北国の兵を率いて近江の坂本まで進み出て来た。これに呼応、七日には天王寺にゐた直義が石清水八幡の男山へと進み、石塔とともに陣を構へた。

男山は、河内と大和を隔てる生駒山脈の北端に位置し、京の南の出入口に臨み、西の天目山との間で鴨川、桂川、木津川が一つになつて淀川となるので、その水運を掌握することができた。そのため京を制圧しようとすれば、まづ八幡に陣を敷くのが常道であつた。平安京が開かれると、間もなくこの山に八幡宮が勧請されたのも、鎌倉幕府がこの宮を殊に尊崇したのも、後に豊臣秀吉が淀城を築いたのもそのためであつて、直義は、ここに陣を構へ、天下を尊氏と師直から奪ひ取る姿勢を明らかにしたのである。それに応へて、各地から続々と軍勢が集まつて来た。

十日、尊氏に従ふ赤松範資が対岸の山崎の南に姿を現はし、直義軍と矢合せをした。しかし、直義軍が大きな勢力になつてゐるのを知ると、早々に退いたが、十二日、尊氏と師直の軍が山崎に着くと、攻撃準備に入つた。

その軍が攻撃に出るより一歩早く、十三日、桃井直常軍が比叡山から雲母坂を下つて、都へ攻め入つた。そして、松ケ崎などのあたりに火を放つた。これに義詮側は浮き足立つた。従ふ軍勢のなかから京を抜け出て国元へ戻るもの、八幡の直義方へ駆けつけるものが出た。

その揚句、十四日夕には、義詮がゐる尊氏邸から土御門大路を隔てた向ひの御所へ逃げ込んだ者が、追手に斬り殺される騒ぎが起つた。死穢は避けなくてはならないから、崇光天皇は、義詮の説得を振り切り、輿に乗つて持明院殿へ移つた。

翌十五日未明、あちこちから火の手があがつた。師直や師泰らの留守宅からであつた。撤退のための処置である。

義詮が、天皇と院を保護、確保するため持明院殿へ馳せつけなくてはと思ひ至つた時、すでに遅かつた。昼前に桃井直常軍が持明院殿へ参上、警護に付いてゐた。

もはや留守役は務めきれないと義詮は判断、尊氏邸を出ると、西へ向つた。

そして、桂川を渡り、小塩山（西京区大原野）の南麓を過ぎる頃、物集女の先に、おびたたしく土煙を立ててやつて来る軍勢があつた。いづれの軍勢かと、物見をやると、山崎から駆けつけて来た尊氏と師直の軍勢であつた。

義詮は、尊氏と師直の軍と合流すると、引き返した。その動きに応へ桃井直常は持明院殿を出て、四條河原で迎へ討つた。

激しい戦闘を繰り広げ、一進一退、互ひに譲らなかつた。夕刻となると、それぞれ軍を引いたが、桃井直常勢にはほどなく八幡から直義軍が来援するのは明らかであつた。そこで尊氏・義詮らは退いて出直すことに決め、十六日早朝、西山を西へ越えた。そして、丹波に義詮軍を留め置くと、尊氏と師直は播磨へ走り、書写山（姫路市）の麓に至つて陣を敷いた。

いきなり戦火が身辺に及ぶ事態に、光厳院は驚いたが、光明上皇、崇光天皇、直仁親王らとともに、持明院殿を動かず、この騒乱の帰趨が決するのを待つた。

＊

書写山の尊氏の許へは石見から師泰軍が駆けつけた。さうして体勢を整へたが、これに対する直義勢は、播州山中の光明寺（加東郡竜野町）に石塔頼房が拠り、防御を固めた。

二月四日、その光明寺を尊氏勢が攻めた。守りは堅く、攻撃の連携もうまく取れず、攻めあぐんだ。さうするうちに、光明寺支援の軍が来るとの知らせが届いた。尊氏勢は、その軍勢を西宮あたりで迎へ討たうと光明寺の麓を離れ、湊川（神戸市）へ向つた。その動きを察知した直義勢は、すでに光明寺に近づいてゐたが、引き返し、打出の浜（西宮の西端）の北の小山に陣取つた。光明寺にゐた石塔頼房らもそこに合流した。

尊氏と師直勢は十七日夜に湊川に到着すると、東へ浜伝ひに軍勢を進めた。御影を経て打出の浜へ至る頃、夜が明けた。待ち受けてゐた直義勢が、山側から一気に襲ひかかつた。

このあたりは山が海に迫つた地形であつたから、多勢の軍勢も有効に働かない。それに足場の悪い砂浜を長く行軍して来た末、砂浜を戦場として駆け回ることになつたから、尊氏勢は早々に疲れを見せた。戦ひ巧者の師直らしくない指揮であつた。

直義勢に散々に打ち負かされ、尊氏の留まつてゐた湊川へ退いて来た者は多くなかつた。加へて尊氏のゐた松岡の城が狭かつたため、入り切れず、かなりの者が城門の前からどことなく落ちて行つた。城内では尊氏と師直、師泰らが協議したが、頼みとする武将たちの顔がなかつた。かれもこれも戦線を離脱したと知らされ、もはや軍勢を立て直すことは不可能と認めなくてはならなかつた。

「さては世の中今夜を限りござんなれ、面々にその用意有るべし」

尊氏はさう言つたと、『太平記』は綴る。鎧を脱ぎ、傍らへ押しやつた。師直、師泰らもそれに倣ひ、小具足ばかりの姿となつて客殿に整列、自らの菩提のため焼香、大樽を開けると、最後の酒宴となつた。さうしていよいよ夜が明けようとする頃、落ちたと伝へられてゐた饗庭氏直《あへばうぢなほ》（命鶴丸《みやうづるまる》）が戻つて来て、直義との和平がなつた旨を報告した。

実際は、尊氏が八幡の直義の許へ氏直をやり、交渉してゐたのだ。幾度となく湊川と八幡の間を往復——多分舟であらう——した末、ようやく話がまとまつたのだ。

直義は、兄尊氏を討ち果たさうとは思つてゐなかつたし、これを機会に取つて代はらうとも考へてゐなかつた。なにしろ清水観音にこの世の果報は弟にと、祈つてくれた兄なのである。肝心なのは、この世に平安を呼び戻すことであり、自らの構想の実現へ向け、一歩でも二歩でも近づくことであつた。

しかし、武力と悪知恵でもつて食ふか食はれるかのぶつかり合ひをしてゐるさなか、かうした目的を掲げ、恩義を忘れず、潔く振る舞つてよかつたかどうか。

もつとも戦闘がほぼ決着を見たこの前日の十八日に、直義は、光厳院の許へ使ひを出し、戦乱で諸国から供御が届かないのを配慮して、鳥目三万疋を贈るとともに、夢窓が紹介した高僧を派遣して南朝（吉野を退いて賀名生を本拠としてゐた）と和睦交渉を行つてゐる旨を報告した。その一方で南朝側には、光厳院よりも多額の献金を行つてゐた。目的実現のために、敵味方の枠にも心情の親疎にも囚はれることなく、打つべき手は抜かりなく打つてゐたのである。

＊

二月二十六日は朝から雨であつたが、尊氏に従ふ者たちは、直義軍の監視下、京へ向つた。

師直は禅僧の衣を纏ひ、師泰は念仏者の衣をつけ、ともに蓮の葉笠を深く被り、時宗の陣僧たちに紛れて馬に乗つた。出家するなら命は保証するといふ条件の下での降伏であつたが、用心したのである。この時代、主に時宗の僧たちが敵味方に関はりなく、双方の死者を弔ふ役割を果たしてゐたから、その一員といふ格好をとつたのである。さうして尊氏から離れないよう馬を急がせた。少なくとも尊氏の目の届くところにゐれば、約束は守られるはずであつた。

しかし、道の要所々々に武者たちが馬を並べてゐて、顔を覗き見、馬を寄せては歩みを遅らせた。さうして兵庫川に近づく頃、五キロばかりも引き離された。

やうやく兵庫川を渡り切り、堤に上がつて行き過ぎようとしたとき、

「ここなる遁世者の、顔かくすはなに者ぞ。笠をぬげ」

さう叫ぶ者があつたかと思ふと、師直は笠を奪はれた。布で頬被りしてゐたが、片方の顔が見えた。その瞬間、長刀で右肩から切りつけられ、返す刀でさらに切られた。馬からどつと落ちると、武者が馬から飛び降りざま、一気に首を掻き切つた。

師泰は馬の腹を蹴つて逃げようと身を伏せた。が、傍らの武者がいち早く槍を突き出し、右の肩甲骨から左の乳の下へと貫いた。その槍を師泰が掴み、懐の太刀を抜かうとしたが、走り寄つた武者の従者が、師泰の踏ん張る鐙を裏返しにして外した。それに堪らず地へ落ちると、武者が駆け寄り、首を落とした。

その首を、二人の武者それぞれが長刀の切先で貫いて、高々と差し上げた。

同時に、他の高家の一門の者たちも次々と討たれた。いづれも高家一門に恨みを持つ上杉能憲の手の者であつた。

師直が前関白二条道平の妹に生ませた武蔵五郎も捕縛された末、首を落とされた。

＊

こうして直義は、二月二十八日に錦小路堀川邸に戻つた。

約四ケ月の留守であつたが、師直、師泰ら高家一門を排除する、所期の目的は果たしたのである。

しかし、三日前、直義は、五歳になつた一粒種の如意王丸を八幡の陣中で亡くしてゐた。跡継ぎとして頼みに思つてゐただけに、悲しみはひとしほで、勝利の喜びも色あせて感じられた。

それとともに、覚悟してゐたことであつたが、兄尊氏との間に決定的な蟠りが生まれてゐた。尊氏にしても、惨めな敗軍の将となつたのを忘れて、直義と向き合ふことはできなかつたし、すでに直義を切り捨てることを決めてゐたのだ。

それでも尊氏は、出家すれば助けるとの約束を破つて師直、師泰を殺した責任を直義に問ひただした。直義は、それを受けて上杉能憲を流罪に処するとともに、従来どほり尊氏を将軍、義詮を執政の座に据ゑ、自らはその補佐役に留まることを申し出た。兄尊氏を立てる姿勢に変はりなかつたのだ。また、直冬を改めて鎮西探題に任じた。

この決定に従つて、三月十日、丹波から義詮を京へ迎へ入れた。義詮は、錦小路堀川邸に直義を訪ねて、恭順の意を表した。

この頃、賀名生の南朝と直義の間では、使がしきりに往復、北朝との合体への協議が重ねられた。かうしてすべてはうまく収まるはずであつた。直義は、華々しい勝利を挙げながら、表向き権勢の座からは引き下がり、背後に身を置いて、自らの構想の実現へと着実に近づいてゐるかに思はれた。

花の季節であつたので、三條河原で大規模な犬追物が催された。都人が大勢詰め掛け、着飾つた武者が勇んで披露する馬術や弓術に興じた。また、直義は、尊氏と義詮と一緒に西芳寺へ花見に出掛けた。その報告を聞いて光厳院は、喜ぶとともに、尊氏と直義、夢窓と西芳寺で桜を見た時のことを思ひ出した。

＊

この春は、ことのほか穏やかで、光に満ち満ちて感じられた。

しかし、桜もまだ散らないうちに、急速に陰《かげ》りを濃くした。

若い義詮が、直義に反撥する姿勢を露骨に見せ始めたのだ。直義が描くこの世の秩序の内におとなしく収まつてゐるのが嫌だつたし、先の自身のぶざまな敗戦が耐へ難くなつてゐたのだ。敗戦は、癒し難い屈辱であつた。

その義詮の周辺に、直義が考へる体制が実現するのを阻まうとする者たちが急速に集まつて来た。

その義詮と腹を割つて話さうと、直義は、四月三日、三條坊門邸を訪ねた。自分の子はすでに亡く、将来は義詮に託すよりほかなくなつてゐたから、自分の構想と、その実現のためにこれまで重ねて来た努力の詳細を語り、一致協力して当つてくれるよう説かうとしたのだ。しかし、義詮の姿は屋敷になかつた。忌避されたのだ。

直義の落胆は、人目にも明らかだつた。尊氏の弟として尽くしてきた誠意を、甥の義詮は一顧だにしようとしないのだ。それに対処する術を、失つてゐた。

南北朝の講和も進まなかつた。実際に和睦するとなると、武家側は勿論、南北朝廷双方に主張しなければならないことが山ほどあり、幾度となく交渉が重ねられた。南朝側の窓口になつたのは楠木正儀《まさのり》で、かなり突込んだ議論を重ね、四月末頃にはようやく北朝側の和睦条件書をまとめ、南朝側へ示すところまで漕ぎ着けた。

しかし、この条件書を渡した直後の五月初め、直義邸から帰りの桃井直常が襲撃される事件が起つた。南北朝和睦と直義腹心の者をともに葬らうとする陰謀がめぐらされてゐるのが、明らかになつたのだ。

それとともに尊氏が近々美濃へ逃げ出すだらうといふ噂がひろがつた。何者が言ひ触らしたのか分からないが、尊氏も直義の下から抜け出し、独自に行動しようとしてゐると疑はれた。

直義は、ますます暗澹たる思ひに囚はれた。知恵を絞り、自らの栄誉を犠牲にして、混乱を収拾しようとしてゐるのにかかはらず、陰湿悪辣な手段も辞さず妨害する者たちが勢ひを増してゐるのだ。南朝側は勿論、北朝側も、公家にも武家にも町衆にも、さうした者たちがゐた。また、尊氏からして態度を一向はつきりさせなかつた。しかし、直義は、師直こそ排除したものの、兄尊氏に対しては最もよい席を一貫して差し出しつづけて来たし、今後もその姿勢を変へるつもりはなかつた。そのことを兄はどう考へてゐるのか、問ひただしたい気持になつたらう。

さうした折、五月十五日、楠木正儀の代理から、和睦のための条件書が突き返されて来た。正儀らの意見を大幅に受け入れたから、受容されると思つてゐたのだが、土壇場になつて北畠親房が強行に反対、不調となつたのだ。

親房らにどのやうな成算があつてのことか。世の安寧回復のため責任ある者がどうして力を傾けないのか、怒りを覚えたらう。この条件書をまとめるために、直義は、忠実に従つて来た者、俄に加勢した者たちを説いて、自らの利害を優先させるのを抑へさせたのだが、その努力がすべて水泡に帰したのだ。それればかりか、無理に抑制させただけに、その不満が爆発するのを恐れなければならなかつた。

かうした状況下、義詮らが急速に力をつけ、夜になると、何百騎といふ武士たちがあちこちに駆け集まり、不穏な動きを見せるやうになつた。師直を排除したいまなほ尊氏を立て、光厳院を尊重し、かつ、後継者を持たない直義を見限る武者たちが、目立つて出て来たのだ。これ以上、直義に従つても将来はない、と。

折から信濃の野辺宮で、尊氏方と直義方の武士たちが衝突、戦を始めてしまつた。

直義は、七月十九日、政務を辞した。

すると、尊氏方の主だつた武将たちを初め、尊氏に気脈を通じてゐると思はれる者たちが次々と国元へ戻つて行つた。政務の辞任だけで収めるつもりはなかつたのだ。彼らが兵力を整備し、出直して来た時、どういふことになるか。

さう案じてゐたところ、二十九日、尊氏までが佐々木道誉を討つと称して京を出て、近江の石山に陣を構へ、義詮も播磨に行くと称して東寺に陣を敷いた。

この事態に直義に従ふ者たちは驚いた。直義らを包囲する作戦ではないか。東と南を父子で固めて動けぬやうにした上で、国元へ戻つた武将たちが戦力を充実させて戻つて来るのを待ち、殲滅作戦に出る……。

翌日の丑の刻、直義は桃井、上杉らとともに大原路を採つて密かに北へ脱出した。尊氏を従へて京に二月二十八日に戻つてから、五ケ月と二日目であつた。

光厳院は、直義が実現一歩手前までもつて行つた企てが、一気に崩壊する音を聞いた、と思つた。この企ての破片を集めて、この後、誰が再構築するのか。

直義ら一党が去ると、義詮につづいて尊氏が戻つて来た。直義がお膳立てした権力の席に座るよりも、自らの力で奪ひ取ることを選び、戦はずしてそれに成功したのだ。

しかし、彼らにこの世の秩序を築き直す意図があるかどうか。たとへ意図はあつても、その能力があるのか。この世全体を安定させる大きな設計図を描く能力は、結局のところ、直義のものであつて、尊氏や義詮のものではない。さう思つたから光厳院は、基本的なところで直義を頼りにして来たのだが、これからはさうは行かない。そればかりか南朝側は冬眠から目覚めたやうだし、師直、師泰が消えた後には、義詮を先頭としてさらに厄介な若い世代が続いてゐるのだ。

八相山《はつさうざん》と男山《をとこやま》

京に戻つた尊氏は、越前金崎城《かねがさき》（敦賀）に入つた直義に対して使を出し、帰洛して政務に復帰するよう求めた。ただし、従ふ武将たちを退けるのを条件としたから、受け入れられるはずがなく、拒否されるのは承知の上であつた。

その使ひを出すとともに尊氏がやつたのは、賀名生の南朝に対して「合体」を申し出ることであつた。

後醍醐天皇に決別して以来、北朝とともにやつて来たし、南朝を正当な皇統とは認めない態度を採つてゐたにもかかはらず、ここに至つて、どうしてかういふ挙に出たのか。直義との対決を前に、背後の憂ひを除くため、直義が取つた策をそつくり真似たのだ。

ただし、直義の場合は、「合体」は「合体」でも南北朝対等であり、両統迭立の旧に戻さうとするものであつた。その点で、光厳院の意向に背きはしても、申し開きができないものではなかつたし、光厳院の了解を密かに取り付けてゐたとも見られるふしがあることは先に触れた。ところが尊氏は、武家に関して自分たちの主導権を認めてくれるならば、北朝をどう扱つて貰つても結構である、といふものであつた。全面的に北朝を売り渡すものであつた。

直義のゐる金崎城は堅固であつたし、『太平記』によれば、総勢六万に達してゐた。また、北国には南朝の勢力が広がつてゐたので、彼らと本格的に連携するやうになると、それこそ一大事である。引き続き直義が南朝との間に進めてゐた和睦交渉を潰す必要があつたのだ。

しかし、これは紛れもない光厳院に対する恐るべき背信行為であつた。鞆ノ浦で光厳院の院宣を受け、足利幕府を開く道を進むことが出来たのを、どう考へてゐたのか？　この裏切りがどのやうな結果をもたらすか、真剣に考へたのか？

将たる者が犯す愚かな過ちの重さを思はずにをれない。

もつともこの決定は、義詮の主導によつたのかもしれない。義詮は、光厳院に対してさほど恩義を感じてゐなかつたばかりか、直義の恐るべき味方と見てゐただらう。また、直義勢に追ひ詰められて京を退いた際、崇光天皇には見棄てられたとの恨みを抱いてゐたのかもしれない。さうしたことからこの若者は、直義がとつた行為を安易に真似るばかりか、その先へ二歩も三歩も無思慮に踏み出すことを主張、尊氏の同意を取り付けたのではないか。

この尊氏の申し出は、すぐには受け入れなかつた。使に立つた法勝寺の慧鎮《ゑちん》は、十二日、空しく戻つて来た。しかし、取り敢へずのところ南朝側が尊氏を討つ行動に出るのを控へさせる効果はあつた。北国の直義は軍勢を整へ、越前から近江へ入らうとしてゐた。

＊

かうした状況の下、光厳院は、夢窓に国師号を贈つた。

七十七歳になつた夢窓は、天龍寺の住職に再任されると、千人も収容する巨大な僧堂を完成させ、禅宗振興への強い意欲を遺憾なく示したのだ。しかし、健康が著しく衰へ、今年は逝く、としばしば口にするやうになつてゐた。国師号を受けた翌十六日には、後醍醐天皇の十三回忌を天龍寺内の聖廟多宝院で挙げると、天龍寺を退き、三会院《さんえゐん》（臨川寺《りんせんじ》）に入つた。

この夢窓の出処進退を見澄ましたやうに尊氏は、手勢を根こそぎ引き連れて近江へと向つた。そして、鏡宿（蒲生郡龍王町）に陣を敷いた。琵琶湖の東に広がる蒲生野の奥、小さな丘陵の麓で、交通の要衝である。琵琶湖の南か北か、直義勢がどちらから現はれてもよいやうに備へたのだ。今度こそ、先の敗戦の屈辱を濯ぐ好機でなくてはならなかつた。

このため都はほとんど無防備状態になり、南朝側が攻め込んで来る、としきりに噂された。公家たちは慌てて屋敷の防備を固めたが、少なからぬ家僕たちが防衛に駆り出されるのを嫌ひ、姿を隠した。

光厳院は、再度の尊氏と直義の大規模な正面衝突を恐れた。今度は間違いなくどちらかが倒れ、予想を越えた何事かが起こる。どうにかして回避させなくてはと思ふが、それが出来るひとはただ一人、夢窓であつた。しかし、死支度を始めた高僧に、頼めることではない……。

直義勢は、越前から琵琶湖の北に出て来て、長浜の北、八相山（東浅井郡虎姫町）に陣を構へた。

米原から敦賀へ向ふ北陸本線が姉川を渡るとすぐ虎姫《とらひめ》駅だが、そこで下車、前方を眺めると、山手側の田圃のなかに独立した小丘陵が横たはつてゐる。虎御前山《とらごぜんやま》（海抜二百二十余、実質百四十メートル足らず）である。後に織田信長が浅井長政の小谷《をだに》城を攻略すべく城砦を築いた。その頂から尾根が西へ流れるものの、すぐ南へと緩やかに下つて来る。そのあたりを中心にして八相山といつたらしい。いまは小規模のスポーツ設備があり、桜が植ゑられてゐるのが分かる。

ただし、小谷山と湖岸の間に位置するため、北陸への通路を抑へる格好の拠点で、こちら向きの斜面一帯を軍勢が埋めると、軍勢そのものが中高に盛り上がり、巨大な兜のやうに見えたのではないか。

＊

光厳院の許には、二十三日、直義から院一行を比叡山へお迎へしたいとの連絡があつた。南朝の軍勢が京へ入つて来る恐れがあるから、とのことで、これに院は「御周章《ごしうしやう》」なされたと、『圏太暦』にはある。事態がここまで急進展してゐるとは思つてもゐなかつたのだ。

朝廷では、すぐさま比叡への臨幸を検討したが、さうすれば、直義に全面的に身を預けることになるが、いま、さう踏み切つてよいかどうか。もし直義が京へ戻れないことにでもなれば、南朝と同じ運命になる、などとさまざまな意見が出て、結論が出ないまま、臨幸は見送られた。

尊氏は、二十五日、賀名生の後村上天皇宛てに、さらに強く申し入れを行なつてゐた。先日申したとほり「天下ノ事宜シク御聖断之由」「急速御入洛候之様」と。朝廷のことは一切自由にして下さればよろしいから、早く京都へ出てきて下さい――、さう促したのだ。この尊氏こそ、直義の八相山への進出に周章狼狽《らうばい》したのであらう。

多分、尊氏にとつて直義は、これまで対決した如何なる敵よりも恐るべき存在であつたのだ。互いに手の内は隈無く承知してゐるし、尊氏側にはこれまで頼りにしてゐた師直・師泰がゐない。尋常なことではかなはないから、持てる総力を傾注するだけでなく、直義がやつて見せてくれたやうに、これまで敵であつた力も借りなくてはならない。もつともそこには、南朝側に京を占拠する力はないだらうと見くびる気持があつたかもしれない。

さうするうちにも夢窓国師の病が重くなつた。

光厳院は、光明院を伴つて、九月七日、三会院へ見舞ひに出向いた。

天龍寺の門前近く、桂川に面して三会院はある。後醍醐天皇の早く病没した第二皇子世良親王の菩提を弔ふため、夢窓が開山となつて、天龍寺に先んじて元弘三年（一三三三）に創建してゐた。

三会院には多くの信徒が集まり、御堂の奥の薄闇には、すでに食を採ることなく、朽ち木のやうに痩せ衰へた夢窓が、椅子に身をもたせて人々に応対してゐた。小さな顔はますます小さくなつてゐたが、間近かに迫る最期を控へて、説くべきことは説いておかうと、努めてゐる様子であつた。

光厳院と光明院を迎へた夢窓は、二人を見詰めたまま、しばらく何も言はなかつた。治天の君とその弟の上皇が、いま如何なる事態を迎へようとしてゐるか、その目にはありありと見えてゐたらう。しかし、その非運から救ひ出す手立てを夢窓はもはや持ち合はせてゐなかつた。そのことを光厳院もよくよく承知してはゐるのだが、一縷の望みは抱かずにをれないのだ。

夢窓は、型通り謝恩説法を行ひ、見舞への謝意を表して終はつた。

その翌日、男山八幡宮に悪党が乱入、神官らを追ひ出す騒ぎがあり、賀茂神社では、東宝殿が三度鳴動、弓二張と矢三筋が転倒、同時に鏑矢《かぶらや》の音が二度響き渡るのを聞いたと報告して来た。

そして、九日の重陽節《ちようやうせつ》には、出仕する者が一人もなく、恒例の観菊の宴を開くことができなかつた。公家たちは、尊氏と直義、そして南朝勢の動向に神経を尖らせ、朝廷での節会などに付き合ふ余裕を失つてゐたのである。

すでに朝廷は瓦解してゐる、と光厳院は、空しく咲く庭の菊を寂しく眺めながら、思はずにをれなかつた。

＊

十日、近江で戦闘が始まつた。

まづ直義方の石塔軍が、尊氏方の佐々木道誉軍を破つた。

しかし、十二日になると、鏡宿から尊氏勢が前線へと出て来て、持ち直す展開となつた。

さうした戦況の推移の報告を逐一受けながら、光厳院は、十九日、夢窓が危篤と知ると、再び光明院とともに見舞つた。

湖北での激しい剣戟の音がここへも聞こえて来るやうな思ひをしながら、一行は嵯峨野を進んだが、今こそ夢窓に乗り出してもらはなくてはならない時であつた。しかし、その夢窓は、起き上がることもできず、病床に力無く横たはつてゐた。そして、口にするのは、仏道と自らの死についてだけであつた。

光厳院は、絶望の淵へと押しやられるのを感じた。夢窓を押し立てて壮大な天龍寺を建立し、後醍醐天皇を手厚く弔つたのは、なんのためであつたか。『風雅集』をまとめ上げ、言語の雅びな秩序を構築したのはなんのためであつたか。尊氏と直義兄弟の争ひによつて、時代は混乱へと大きく後戻りして、その渦にいまや一切が呑み込まれやうとしてゐる……。

院は、最後の希望の糸が断たれるのを、この目で確認するため、嵯峨野までやつて来たのだと思ふほかなかつた。

近江での戦闘は、尊氏勢が優勢となり、八相山近くまで迫つた。さうした折、夢窓は息を引き取つた。九月三十日であつた。

この訃報が届いた直後の十月二日、八相山から三キロ足らず南の錦織《にしきおり》（東浅井郡びわ町）の興福寺で、尊氏と直義は会談した。夢窓の遺志だと光厳院が密かに計らつたのだ。

会談は幾度となく持たれた。しかし、進展はなかつた。光厳院の意向が如何に強くとも、尊氏は数ヶ月前に直義に打ちのめされた屈辱を忘れることができなかつたし、直義は逆にその勝利が忘れられなかつた。その思ひを両者は無理に呑み込まうとし、呑み込みもしたが、従ふ武将たち、尊氏側では殊に義詮が譲らなかつた。

さうして交渉が長引くにつれ、直義方の武将の間で意見の違ひが出て、戦線を離脱するばかりか、尊氏側に寝返る者も出て来た。かういふ状況になると、道義を重んじて実利を退ける側がどうしても不利になる。

戦線を持ち応へることができなくなり、八日、直義は北国へ退いた。

尊氏は、即座に追撃を命じるとともに京へ戻り、南朝と再び交渉を進めた。恐るべき敵、直義を完全に屈服させるためには、南朝方の力が是が非とも必要と改めて判断したのだ。八相山で勝利を得ながら、じつは尊氏の方が追ひ詰められてゐたのである。

＊

十月も末になると、南朝の使者忠雲《ちゆううん》僧正がやつて来た。まづ、宇治に滞在、情勢を見極めて十一月三日に京へ入り、賀茂親承方印坊で義詮と会つた。

その席で忠雲は、まづ後村上天皇名の綸旨一通を示した。そこにはかうあつた。


元弘一統ノ初メニ違《たが》ハズ、聖断ヲ仰ギ申サルルベキノ由、聞コシメシ訖《をは》ンヌ。


元弘元年に後醍醐天皇が示した、天皇親政の方針を謹んで受け入れるとのそちらの意向を聞き届けた、と言ふのである。そして「尤モモツテ神妙。此ノ上偏へニ天下安全ノ道ヲ存ジ、無二ノ忠節ヲ致サルベシ」と、厳しく「忠節」を求めた。

この綸旨の日付は九日も前、十月二十四日になつてゐた。尊氏と直義の動向をよくよく見極めるとともに、尊氏を焦らす狙ひもあつて、提示をわざと遅らせたのである。

さうと分かつたが、義詮は尊氏の奉答状を差し出した。


　綸旨跪《ひざまづ》イテモツテ拝領ス。御沙汰ノ旨恭ケナク畏マリ申ス……。


日付は南朝の年号を用ひ、正平六年十一月三日と書かれてゐた。全面降伏である。義詮もほぼ同文の奉答状を書いたが、「早ク聖化ヲ仰キ、イヨイヨ無弐《むに》ノ忠節ヲ抽《ぬき》ンズベキノ由」と、念をいれた。

その奉答状を収めてから、忠雲は、尊氏と義詮が望んでゐた直義追討の綸旨を取り出して、与へた。

尊氏は、かつて後醍醐と戦ふため光厳院から院宣を受けたが、今度は弟と戦ふために、後村上から綸旨を受けたのだ。公の名目を与へてくれるのが、北であれ南であれ、いまやどちらでも構はないとしたのである。さうして後村上を名実ともに天皇へと押し上げた。

光厳院以下、かうしたことは一切知らされなかつた。

綸旨を手にした尊氏は、待ち兼ねたやうに翌四日朝、留守役として義詮を京に留め置くと、出発した。

直義は、すでに北陸から東国へ向つてをり、尊氏軍は追撃するかたちになつた。この時、直冬を追つて西国へ向つた留守中に、京でどのやうなことが起つたか、尊氏は、思ひ出しもしなかつたのだらうか。

＊

尊氏がゐなくなると、南朝の四條隆資、洞院実世《さねよ》がさつそく京へ出て来た。

そして、十一月七日には後村上天皇の名で、崇光天皇と皇太子直仁親王の廃位を宣したのである。光厳院は、自動的に治天の君たる地位を失つた。

人々は耳を疑つた。

「驚動ノ御気色」だつたと『圏太暦』は光厳院の様子を記す。その公賢にしても信じることが出来ず、「南方小人奸詐《かんさ》ノ風聞カ」と書き、翌日も「南方ノ所存小童ノ戯ノゴトキカ」と書き継いでゐる。

しかし、いかに「小人」「小童」の「奸詐」と極め付けてみても、尊氏が願つたことを受けて後村上が行つたことであつた。「天下事宜御聖断」するために、まづ行ふべきことを行つたのだ。これまで北朝を支へて来た直義はゐないし、夢窓は幽明界を異にしてしまつた。ゐるのは、後村上天皇に「忠節」を誓つた義詮だけであつた。

九日には、新たに任官が行はれるとの知らせがあつたが、それとともに天皇、上皇は南朝方「彼方へ取ラレルベキ由ノ風聞」があり、「仙洞（光厳院）御驚動ノ由」であつた。

かう日記に記した洞院公賢だが、多くの公家と同様、南北両朝に二股をかけてをり、息子の実世が南朝であつたためか、十六日には、新しい朝廷の左大臣に任じられるとの噂が伝はつて来た。果して二十四日夜には、南朝の勅使頭中将具忠が兜に直垂の姿で武士二十騎を引き連れて公賢邸へやつて来ると、左大臣に任命する旨を伝へた。

公賢としては、すでに太政大臣を務め、従一位になつてゐたから、いまさら左大臣でもなかつたが、官職にあつてこそ公卿であるから、受けた。また、北朝と南朝と言ひ、持明院統と大覚寺統と言つても、同じ朝廷ではないかといふ思ひが、腹の底にはあつたと思はれる。

しかし、光厳院にとつては、自らが治天の君として営々と築き上げて来たすべてが、一瞬にして瓦解、消し飛んだ瞬間であつた。

　これまで尊氏や直義らと協力、時には激しく渡り合つて、持統門院統による体制を固めて来たはずなのだが、それがすべて雲散霧消してしまつたのだ。直仁親王の即位でもつてこの努力の仕上げをしようと考へてゐたが、儚い夢となつた。天皇の位にあつた事実さへ後醍醐により抹消されたことに数倍する、衝撃であつた。

＊

　虎姫御前山の麓近くまで少し歩いただけで、早々に駅へ戻り、電車に乗つた。やがて左前方に伊吹山が見えて来た。

　米原からは、その伊吹山を背にして彦根、安土、近江八幡と、かつて辿つた六波羅落ちの道筋を逆に辿る。これが非運からの回復の道筋となればよいのだが、じつは二度とあるとは思へない非運をいま一度繰り返した上、それにまさる非運へと落ち込んで行くのを見届けることになるのだ。

　電車の速度が早すぎる、と思はれた。先に待ち構へてゐるのは、惨憺たる事態以外のなにものでもないのだ……。

　京へ乗り込んで来た南朝側は、後醍醐がかつておこなつたやうに、北朝が任命した公家たちの官位などすべてを無効とし、建武の昔へすべてを戻す処置を取つた。もう十五年も経過してゐたから、およそ現実離れしたことであるが、さうしたことは斟酌せず、方針を貫いた。

　これに対して公家たちはどうしたか。争つて賀名生へ出掛け、官位を申し受けようと奔走したのだ。『太平記』によれば、関白二条良基を初め、左右両大臣に五位六位の者、それに寺院の僧綱《そうがう》、社寺の別当、神主までが遥々と出掛けて行き、賀名生はとんでもない賑はひを呈するに至つたと言ふ。

勿論、持明院殿へ伺候する者はゐなかつた。

この事態にダメを出すやうに、南朝側は、三種の神器の引き渡しを要求した。さうして十二月二十三日、鳳輦が持明院殿へやつて来ると、これまで北朝にあるのは虚器だと激しく主張してゐたにもかかはらず、恐ろしく鄭重に扱ひ、持ち去つた。恐らくこの時、初めて真器を得たのである。もつとも真器といつたところで、先に触れたやうにさほど意味があるとは思はれないが、これまでの主張にやうやく実が備はつたのだから、後村上としては大きな喜びであつたらう。

次いで二十八日、崇光天皇と光明上皇に太上天皇の尊号が贈られた。光明上皇はすでに上皇であつたから、重複してゐるが、南北朝分離以後の北朝側の処置は認めないといふ建前からであつた。

光明上皇は髪を下ろし、出家した。

十九年前に起つたことの繰り返しとも思はれる事態が、目まぐるしく進行するのだ。

直義は、十一月十五日に鎌倉へ入つたが、追撃する尊氏軍は、翌月に駿河に至り、十二月十三日、直義側の上杉能憲と足柄山で戦ひ、勝利し、二十九日には直義軍の本隊とぶつかり、敗走させた。そして、年を越して観応三年（南朝の暦では正平七年・一三五二）一月二日、相模の早河尻で、決定的な勝利を収めた。直義は熱海の伊豆山まで逃れたが、結局、降つた。尊氏が直義の軍門に屈辱を嘗めてから、わづか一年足らず後の逆転であつた。

その三日後、尊氏に引き連れられて直義は鎌倉へ入つたが、二月二十六日、不意に死んだ。

『太平記』巻第三十には、黄疸で死んだと公表されたが、実際は鴆毒《ちんどく》で死んだ、と記されてゐる。捕らはれて鎌倉に入り、一ヶ月と二十一日後のことだから、黄疸で死んだとは考へにくい。黄疸なら、京を脱出する時点でかなり重篤になつてゐなくてはなるまい。この日は、奇しくも師直が殺された丁度一年後の命日であつたから、師直ゆかりの者の手にかかつたと考へられる。勿論、尊氏の了承の下に。かうして兄弟の争ひには決着がついたのだ。その同じ日、後村上が賀名生を発ち、紀見峠を越えて河内に入り、東條（大阪府富田林市）に着いた。楠木の千早、赤坂城がある金剛山の西麓で、南朝の前進基地の要である。

次いで二十八日に東條を発つと、摂津の住吉大社の神官の館に到着した。ここから大坂の天王寺へは五キロほどである。その住吉大社にしばらく滞在、宗良《むねよし》親王を征夷大将軍に補すなどして、閏二月十五日に天王寺へ、十九日には八幡に進出した。

この八幡の男山から京を遠望したのは、後醍醐が京から吉野へと向つた建武三年（一三三六）以来、十六年ぶりのことであつた。

後村上は、ここで入京の機会を窺つた。かつて直義が尊氏・直師の留守の京を窺つたやうに。

この時期は、尊氏と後村上がともに先を争つて直義が取つた軌跡をなぞるやうに行動してゐる。直義の先見の明を認めたのか。もしもさうなら、死んだ直義が皮肉にもこの世を動かしてゐることになる。

後村上は、神器以外の天皇家に伝はる宝物の引き渡しも要求した。天皇たるもの琵琶、笙、笛、琴などを習得してゐなければならないとされ、それぞれ名器を所蔵してゐたが、南朝には一つもなかつたのである。

電車は瀬田川を渡る。

右手に唐橋がちらつと見えただけて、後へ飛び去る。もう京は近い。

この頃、鎌倉にあつた尊氏は、盛り返して来た直義方の上杉憲顕勢の反攻を受け、閏二月十八日には、鎌倉を出て武蔵の神奈川へ逃れた。このやうに尊氏が劣勢となつたのを察知してか、京では二十日、南朝方の北畠顕能《あきよし》、楠木正儀が兵を動かし、義詮を討つ行動に出た。

後村上はともかく、北畠親房や南朝方の武将たちには、尊氏父子の降伏を受け入れるつもりは初めからなかつたのだ。隙があれば一掃する方針だつたのである。直義追討の綸旨を与へたのも、足利勢の力を殺ぐためであつた。

義詮側にしても、臣従を誓つたものの、いつまでもさうするつもりはなく、一時的に利用しようとしてゐたのだが、かうも素早く攻撃に出て来るとは考へてゐなかつたらしい。完全に後手に回つたのだ。しかし、義詮はよく戦ひ、頼みの武将を失ひながらも、近江へと逃れた。

京都駅で下車、渡り廊下への階段を上がりながら、それから起つたことを考へて、暗澹たる気持になつた。

南朝の軍勢が京中を抑へると、翌二十一日には、身の上の安全を図るためと称して、光厳院、光明、崇光両院に直仁親王を、持明院殿から東寺へ移す挙に出た。

北畠顕能が五百騎を率ゐてやつて来て、と『太平記』にはあるが、実際は、これから始まる戦闘から安全を図るためと称して、後村上の名で保護下に入ることを求めたのだ。光厳院以下四人は、やむを得ず洞院公賢が提供した牛車一台に押込められて、日が暮れるとともに降り出した雨のなかへ出て行つた。

『太平記』は天候を違へて、こんなふうに美文を草してゐる。

本院・新院・主上・春宮、御同車あつて、南の門より出御なる。そらでだに霞める花の木の間の月、これや限りの御涙に、常よりもなほ朧なり。女院・皇后は、御簾の内、几帳の陰に臥し沈ませたまへば、ここの馬道《めんだう》、かしこの局には、声もつつまず泣き悲しむ。

女院・皇后たちが泣き悲しんだのは、間違ひない。実際にこの時が、最後の別れとなつたし、住み慣れた持明院殿も見納めとなつた。供奉したのは、三條実音《さねとし》と内蔵頭山科教言《くらのかみやましなのりとき》、北面の武士は康兼《やすかね》ばかりであつた。

＊

近鉄線に乗り換へると、次が東寺だつた。五重塔がほど近く見える。

ここで光厳院一行は一夜を過ごした。建武三年（一三三六）六月、尊氏らとともに、新田義貞、名和長年らの大軍の攻撃を持ち堪へた時の事を、思ひ出したらう。あれから十六年、いままた都は乱戦の巷となり、弟とわが子二人を抱へてこの塀の内で、息を潜ませなければならなかつたのである。

さうして翌朝、再び牛車一台に乗せられると、東寺の脇から南へ伸びる鳥羽の作道を下つた。この道を進みながら、光厳院は暗い罠へと滑り落ちて行くと感じたらう。

わたしは伏見丹波橋駅で平行する京阪電車に乗り換へ、さらに南へ向ふ。

記録がないので分からないが、光厳院一行は、多分、鳥羽から船に乗り換へさせられたに違ひない。そして、巨椋池を進んだ。

京阪電車のほうは、干拓された巨椋池の跡、宇治川の西側を進む。そして淀駅に近づくと、彼方にこんもりと丸く緑に覆はれた小山が見えて来た。男山である。

その近づいて来る山を見やつて、光厳院は、山容は異なるが、伊吹山を思つたかもしれない。折り重なる六波羅の武士たちの屍の中から連れ出されて、山腹の太平護国寺へ向ひ、天皇の位にありながら虜囚に等しい日々を過ごした。その悪夢のやうな日々が、いままた訪れようとしてゐる、と……。

そんなはずはないと、光厳院は強く首を振つたらう。しかし、あの時と同じく、自分を含め玉座に座したことのある三人と、座すべく約束された年少の者がゐて、自分は当時の父後伏見院の立場にある。万が一にもその悪夢を繰り返す事態にでもなれば、父後伏見院のやうにではなく、花園院のやうに心強く振舞はなくてはならない……とも。

宇治川についで木津川の鉄橋を渡る。この鉄橋のすぐ下流で、この二つの川と桂川が合流して、淀川となる。その合流点が京の川湊・山崎であり、背後に天王山が位置してゐて、京への入口に当る水陸の要衝となつてゐる。

この一行とすれ違ふやうにして北畠親房が軍を引き連れ、京へ向つて行つた。政務を掌握、後村上の入京の準備をするためであつた。

これに対して近江に逃れた義詮は、彦根の手前、四十九院（犬上郡豊郷町）あたりに至つて、北朝の年号観応三年閏二月二十三日の日付でもつて、兵を募る書を発した。四ケ月に足らぬ前には南朝の年号で、南朝に忠誠を誓つたが、破棄したのだ。攻撃された以上、躊躇する余地はなかつた。しかし、いま、北朝はどこに在るのか？

この行動に呼応するかのやうに尊氏が、東国で勢ひを盛り返し、次々と敵を打ち破つて、三月十二日には鎌倉へ戻つた。

かうした東国の情勢が伝へられるとともに、天皇親政をいまなほ掲げて公家主導の方針を頑なに貫かうとする南朝の姿勢に、武士たちは警戒感を甦らせ、義詮の許へ集つて来た。

義詮は、時を置かず、これらの兵を従へて逢坂山を越えた。そして、十五日には東山に陣を敷いた。

この動きに南朝方は迎へ撃つ姿勢をみせたが、十九日には兵を引いて八幡に立て籠つた。光厳院以下四人を手中に収めてゐる以上、足利側はもはや如何なる名分も立てやうがあるまいと見越しての、余裕のある行動であつた。

この時になつて義詮は、光厳院を裏切り、その揚句、四人とも南朝側に拉致されたことの意味を思ひ知つたのだ。このままでは天下の政治を執ることはかなはない。軍事力がいかに強力であつても、反乱、私闘の域を出ず、天下に及ぶことがない。

義詮は陣を東寺へと進め、さらに八幡を攻めた。一刻も早くこの事態を脱却しなくてはならないと考へたのだ。しかし、木津、淀の流れに阻まれ、こちらの動きは男山から手に取るやうに見て取られ、攻撃するのは容易でなかつた。

攻撃の手を休めず、兵を繰り出す一方、光厳院らを取り戻すべく交渉を重ねた。しかし、南朝側が応ずるはずはなかつた。逆に持明院統に繋がる皇位継承の資格ある者を根こそぎ捕へ、北朝再興の根を断つ挙に出て、光厳院の弟梶井宮尊胤法親王を新たに拘束した。

＊

男山八幡の駅舎を出ると、目の前が山腹で、左へ行くと、ロータリがあり、正面奥に鳥居がある。石清水八幡宮である。

その鳥居をくぐると、右手が放生池《はうじやう》で、すぐに回廊の中に入る。と、立派な社殿が背を向けて建つてゐた。毎年、放生会に際して山上から担ぎ降ろされた神体が安置される頓宮殿《とんぐうでん》である。その横が、極楽寺跡で、鳥羽伏見の戦ひで焼失した後、神仏分離令にもとづいて再建が許されず、代りに斎館の建つてゐる。

回廊内から表門を出ると、広場であつた。放生会の会場で、右手で、山側に高良《かうら》神社がある。仁和寺の老僧が極楽寺と高良神社を見て、石清水八幡宮を参拝したと思ひ込み、帰つてしまつたといふ話が『徒然草』に出てゐるが、当時は、ともに壮麗で、実質的な中心であつた。光厳院らが連れられて来た時も、その様子に変はりはなかつたらう。しかし、南朝の猛々しい武者たちで溢れてゐた。

この広場の左手に細く放生川が流れてゐて、繊細な造りの橋が弧を描いてゐる。安居橋《あんきよ》である。これを渡つた先、木津川に面して、後村上の御在所があつた。

この時、光厳院は後村上と対面しただらうか。多分、互ひに避けたのではないか。六波羅で後醍醐と光厳院もさうであつた。一行は極楽寺あたりに留められたらう。

わたしは安居橋の上から、男山を見上げた。

海抜百二十三メートルの小山で、高さこそ虎姫御前山とほぼ同じだが、鬱蒼とした樹木に覆はれ、こちらに迫つてくる。幾つも峰があり、奥の鳩ヶ峰は少し高く、百四十二・五メートルである。前に木津川と巨椋池、西側には淀川が流れ、後方は生駒山地で、ここは堅固な自然の要害であつた。しかし、地続きの東側の洞ケ峠《ほらがたうげ》が弱点であつた。日増しに激しさを増した義詮勢の攻撃は、そこに集中した。そして、極楽寺にまで矢が飛んで来るやうになつた。

三月三日、光厳院ら一行に梶井宮尊胤法親王を加へた五人が、輿に乗せられ、桜が咲き出した男山を登つた。そして、本殿に寄ることなく、背後に伸びる尾根続きの道を辿つた。供奉する公卿は三條実音ひとり、北面の武士の他は、殺気立つた南朝方の武者たちであつた。

六波羅を脱出して番場へと落ちる道行《みちゆき》が再現される、と光厳院は胸塞がれる思ひであつた。

弘川寺《こうせんじ》、そして

不意に激しい驟雨が来た。

追はれるやうに京阪電鉄の八幡駅へ戻り、プラットホームから雨脚を眺めた。駅前の家並の背後すぐの男山の斜面に、藤が花をつけてゐるのに気づいた。喬木の梢から幾つも幾つも垂れた花房がそれぞれ微妙に揺れてゐる。その紫が洗はれたやうにも煙るやうにもなる。

気まぐれな雨脚が弱まると、電車が来た。

電車は、淀川の東側を付かず離れず南へ進む。

光厳院一行は、男山から先、どのやうに進んだのだらうか。尾根づたひと言つても一旦はほとんど消え、それから再び隆起して生駒山脈《いこまさんみやく》となる、その道を採つたのか。それとも隆起する手前で西へ逸れ、麓の道を採つたのか。

電車はやがて生駒山脈から離れたが、そのあたりの山裾に飯盛山《いひもりやま》がある。楠正成の遺志をついで戦つた正行《まさつら》が討死した四條畷《しでうなはて》である。

やがて大阪市内へ入つて行くと、環状線と交差する京橋である。

環状線に乗り換へて、天王寺へ。

高架を行く車窓から、生駒山脈の全体が眺められた。

北端の男山は低すぎて目には入らないが、隆起した稜線が波打つて高まり、南へと伸び、尽きると、二上山《にじやうさん》で、その先、葛城《かつらぎ》、金剛山《こんがうさん》となる。冬、雪が見られるのはこの金剛山である。

反対側の車窓からは、ビルの間に一瞬、五重塔が見えた。四天王寺である。大阪の背骨をなす上町台地の南近くにあつて、これまた戦略的場所であることは、南朝軍がしばしば拠点としたことからも明らかだらう。

天王寺駅と向ひ合つて近鉄の阿部野橋駅がある。その横から南へ南海上町線が出てゐて、それに乗れば十分ほどで、北畠親房《ちかふさ》・顕家《あきいへ》父子を祀る阿倍野神社、それから住吉大社になる。

けふはそちらでなく、近鉄の駅から河内長野行に乗る。

東南へ向けて、準急電車は藤井寺、道明寺と停まつて行く。藤井寺では、正行が貞和三年（一三四七）に兵を挙げた初戦で、足利軍を破つてゐる。道明寺は、『菅原伝授手習鑑《すがはらでんじゆてならひかがみ》・道明寺』の舞台として知られるが、菅原氏の古い本拠である。この東で生駒山脈が尽き、二上山との間を大和盆地から大和川が流れ出て、葛城・金剛山の西麓を北流して来た石川と合流する。

その大和川を光厳院一行はどこで渡つたのだらうか。

雄岳と雌岳の二つの峰を持つ二上山が、なだらかな裾野を長く引いて後ろへ退き、前景の小山に隠れがちになる。多分、大和へと逃れた直義が、河内へ進み出て軍を構へたのは、このあたりであつたらう。

わたしの乗つた電車は道明寺から南へ、石川の西岸を進む。対岸の山手が河内源氏の発祥の地で、義家らの墓があり、その少し上に聖徳太子の廟があつて、竹内峠へと繋がる。反対側の平野には、応神天皇、日本武尊らの巨大な御陵が集中してゐる。飛鳥あたりより古い歴史が濃厚な地域である。

葛城山が近づくと、富田林駅であつた。

富田林は、戦国時代末期から交通の要衝として栄へた町で、南河内の中心である。東高野街道と千早《ちはや》街道が交差し、石川の水運も盛んであつた。

駅にほど近い、石川を望む高台に位置する寺内町を少し歩いた。浄土真宗の興正寺別院を中心として成立したのは永禄元年（一五五八）で、重々しい瓦屋根に漆喰塗の、堂々とした民家が多い。今出来の家とはまるで違ふ。かつては城塞都市と言つてもよいほどであつた。ただし、南北朝のころはまだ野だつたらしい。

この対岸から、佐備川《さびがは》が石川に流れ込んでゐる。そこから少し下つたところには千早川が、さらに下、河内源氏の発祥の地の麓近くには梅川が流入してゐる。この三つの川が、葛城・金剛山の西麓に広がる、東西四キロから五キロの奥行を持つ丘陵地を北流して、出て来てゐるのだ。東條とは、おほよそこの丘陵地を言ふらしい。

その千早川を溯ると楠氏の本拠地赤坂である。正成が鎌倉幕府の軍勢を引き受けて戦つた下と上二つの赤坂城があり、金剛山の中腹にまで上がつて行くと千早城がある。

その千早川でなく、一番奥の梅川を葛城山中の水源近くまで、溯らなくてはならない。

じつは先日まで、佐備川畔を目的地と考へてゐた。吉田東伍『大日本地名辞書』が、佐備川沿ひの嶽山《たけやま》の城を楠一族が拠つた東條城としてゐて、その山腹の龍泉寺を後村上が幾度も行宮とし、男山へ出て行く際にも立ち寄つてゐたから、光厳院一行が連れて行かれたのはそこだらうとしてゐた。

ところがさうではなかつた。わたしがそれまで見てゐた「群書類従」収録の『祇園執行日記』では脱落してゐるが、正平七年（一三五二）三月四日の項に、「三院并宮御方春宮、八幡ヨリ奉ゼラレ河内東條広河寺ニ下ル」とあつたのだ。

広河寺とは、西行が没したことで知られる弘川寺《ひろかはでら》ではないか。「願はくは花の下にて春死なむそのきさらぎの望月のころ」と詠んで、そのとほり生涯を終へた西行と、南北朝の争乱がわたしのなかでは結び付かず、いまも落ち着かぬ気持でゐるのだが、間違ひなくそこらしいのである。

もつとも今日のところは、予定どほり嶽山へ行く。その頂に簡易保険保養センターがあり、宿を取つてゐたからで、駅前から迎へのバスに乗る。

佐備川沿ひの道になると、丘陵が穏やかに打ち続き、畑がそこここに広がる。そして、流れが土地を深く削つてゐて、川面はほとんど見えない。土質が柔らかいのだらう。

十五分ほども走ると、右手に小山が見え、東條小学校のバス停があつた。いまや地名として東條は消えてゐるが、学校や幼稚園、郵便局に残つてゐるのだ。

先に正慶二年（一三三三）、六波羅が陥落、光厳天皇らが東国を目指して落ちて行くところで触れたが、その時、千早城を囲んでゐた鎌倉幕府の軍勢も慌てて退いたが、どこからともなく野伏たちが湧き出し、執拗に襲撃を加へ、惨憺たる情景が出現してゐた。その様子を『太平記』巻第九「千剣破城寄手敗北の事」はかう書いてゐる。

金剛山《こんがうせん》の麓、東條谷の路の辺には、矢の孔《あな》、刀の疵《きづ》ある白骨、収むる人もなければ、苔にまとはれて壘々たり。

敗走するとなると、いづれの地においてもかういふ情景が繰り広げられるのだ。

次が龍泉のバス停で、その先から登りになり、道は蛇行する。龍泉寺の門前を過ぎても、さらに登る。終点でバスを降りると、意外に広い駐車場があり、コンクリート五階建の保養所があつた。

平日であつたが、狭いロビーは家族連れで賑はつてをり、老女を車椅子に乗せて押す老人がゐたり、ヘルメットを被つた少年を夫婦が抱へて歩いてゐたりする。さうかと思ふと、中年女性のグループが賑やかに談笑してゐる。

部屋に荷物を置いて、庭掃除をしてゐた男に教へられるまま、建物の裏に回り、テニスコートの横へ入つて行くと、石碑が立ち、「古戦場 嶽山城址」と刻まれてゐた。

光厳院がやつて来た後のことになるが、無勢の楠木正儀《まさのり》が策謀でもつて、この城を囲んだ足利勢を釘付けにしたことが『太平記』巻第三十二「龍泉寺軍の事」に出てゐる。

エレベーターと階段を使つて最上階に上がると、展望台になつてゐて、四方をぐるりと見渡せた。海抜二七八メートルに、この建物の高さが加はる。

東は葛城・金剛山が間近かで、赤坂の町並も見える。その先、丘陵をひとつ越え、葛城山の山腹に突き当つたあたりに、弘川寺があるのだ。

天智天皇四年（六六五）に役行者《えんのぎやうじや》が開き、天武天皇八年（六七九）に勅願寺となつたと言はれる。こちらの山腹の龍泉寺は、推古天皇二年（五九五）に蘇我馬子《そがのうまこ》が勅命によつて創建したと伝へる。この一帯には意外に古い社寺が多い。最近は、ここから二上山の麓、竹内街道が通じてゐる周辺までをまとめて「近《ちか》つ飛鳥《あすか》」と呼び、奈良の飛鳥を「遠《とほ》つ飛鳥」として捉へるやうになつてゐるらしい。

それに加へて、葛城山は修験道の霊場で、山を越えれば役行者の出生地とされる御所《ごせ》だから、吉野や熊野との係りも深い。

展望台の西側へ回ると、眼下に石川が流れ、その向うに、河内から和泉、摂津の平野が一望できた。北西に遠く林立するビル群が山のかたちに霞んでゐるのは、大阪の都心部である。そして、六甲の山々まで視野に収まる。

目を凝らすと大阪湾に浮かぶ船々が見えるのに驚いた。陽が西にあつて、薔薇色に染まり始めた宙空の下辺に、点々と黒く浮かんでゐるのが船影であつた。水平線は溶けて見えない。

この嶽山は、丘陵地の西縁に位置し、最も高い。そのため標高に比して展望が利くのだ。楠木正成らは、多分ここに立つて、天下を窺つたのであらう。ここからなら、京こそ北に位置する生駒連山に遮られてゐるが、紀伊や和泉、河内、摂津、また、西国から京へ入らうとする者の動きも察知出来さうだ。

＊

翌朝、早々に嶽山を降りると、富田林駅前から弘川寺行のバスに乗つた。

バスは石川を渡り、東進して佐備川、次いで千早川を渡る。その橋の名が上東條橋であつた。その先、張り出した山襞の懐へ入り込んで、梅川沿ひを遡る。すると左手、高くそそり立つた緑の壁が頭上からのしかかつて来た。葛城山の本体である。

右手からも低いながら緑の山塊が迫つて来て、梅川はすつかり川幅を狭くし、溝のやうになる。ただし、水量は多く、ところどころ飛沫を上げてゐる。

終点河内に着き、バス道を少し戻ると、弘川寺の標識が立つてゐた。

小橋を渡つて、かなり急な坂道を登る。両側は民家である。かつてはこの川を渡つたところに惣門があつたらしい。

坂道を登り詰めると、駐車場で、低い石段から先が境内であつた。左側に小さな鐘楼、護摩堂、右側には地蔵堂、御影堂、鎮守堂と並ぶ。その鎮守堂は小さいながら桃山時代のものらしく、華麗な色彩を残してゐる。

正面の本堂は、京都にあつた宮家の建物を昭和に移築した、元は桧皮葺の、なだらかな曲線の銅板葺屋根である。

山奥に似ない、格式のある寺であつた。ただし、南北朝時代には戦乱の地となつたし、応仁の乱を前に河内国の守護畠山氏兄弟らが争ひ、堂塔のことごとくを焼失させてゐる。だから、西行の頃は勿論のこと、光厳院一行が滞在した頃とも違つてゐると考へなければならない。

折りから行はれてゐた法要が終はつたので、本堂に入つた。香煙がほのかに漂つてゐる。

須弥壇《しゆみだん》の前には、法具を並べた大壇が据ゑられてゐるが、横から回り込むと、本尊に近づくことができた。等身よりやや小ぶりな、膝の上で組んだ掌の上に薬壷を載せた薬師座像である。いかにも鎌倉時代のものらしい、端正さだ。光厳院もこの像を寺内のどこかで目にしたのではないかと、仰ぎ見る。

本堂右手横の小道を上がつた。

西行堂がある。裏へ回ると、木々の枝越しに、河内から大阪の市街地のごく一部が見えた。嶽山の頂とは違ひ、ごく狭く限られた展望で、眺めてゐると、ここへいきなり連れて来られた光厳院の思ひが、推し測れさうな気持になる。

激しい攻防戦が始まつた男山から逃れて来て、一時はほつとしたらう。が、身を置くべきでない場所に自分がゐる、と強く思つたはずだ。治天の君や天皇が身を置く場所は都の外にはない。それにもかかはらず、都を知らない者たちによつて、この山地の奥へと、引きずり込まれてしまつたのだ。

西行堂からさらに上つて行くと、思ひのほか広く平地が開け、右手奥に西行の墳墓があつた。直径六メートル程、高さは二メートル二、三十はあるだらうか。木々で覆はれてゐるが、頂に「円位《えんゐ》上人之墓」と刻まれた、四十センチほどの円柱状の黒く艶のある自然石が載せられてゐる。そして、前には「西行上人之墓」とある粗い御影石の柱と、灯籠が左右に据ゑられてゐる。

この墳墓は、長らく分からなくなつてゐたが、享保十七年（一七三二）、西行を敬慕する歌僧似雲《じうん》が見つけ、整備したのだが、光厳院一行が連れて来られたのは、西行没後百五十九年目の春三月四日であつたから、まだ見失はれずに在つて、傍らには桜が咲いてゐたかもしれない。

墳墓の前に平たい自然石が置かれてゐる。多分、ここに僧が座して、供養が行はれて来てゐるのだらう。光厳院も座したかもしれない。そして、西行の歌を口にしたのではないか。どのやうな歌であつたらう？　旅の歌か、厳しい自省の歌か、はたまた絶望か諦念の歌であつたか。

＊

それにしても、この寺のどこに、光厳院一行は身を置いたのだらう。西行は漂泊の独り身だが、五人それぞれ高貴な身分であれば、拉致して来た側としても、相応の居場所を提供しないわけにはいかなかつたらう。

本堂の前に戻つて、改めて見回すと、脇から西側へ降りる石段があり、下に甍屋根が重なつて見えた。降りて行くと、白漆喰塗の塀が巡らされた、立派な庫裡であつた。

本来の参道はこちらで、かつて在つたと言ふ南大門を潜ると、この石段を上がつて、庫裡へ到つたのだ。

案内を乞ひ、玄関横から廊下をたどつた。

枯れ山水の庭園が大きく広がり、それを囲んで幾棟となく建物が並んでゐる。その棟々を繋ぐ廊下を左折し右折して進む。庭のあちこちでは、皐月《さつき》が葉叢から蕾を覗かせ、白砂があたりを明るくしてゐる。

その廊下が尽きたところから、履物を突つ掛けて、石畳を辿り、庭園の南端の西行記念館へ行く。文覚《もんがく》が刻んだと言ふ西行像などがあつたが、この寺の古い絵地図をもつぱら見る。葛城山の西へ突き出た山襞の上に位置してゐて、本堂は南向きに建ち、護摩堂、御影堂などの位置も今日とほとんど変はつてゐない。ただし、鎌倉時代の初め、後鳥羽院の寄進により善成寺といふ奥の院があつたらしい。先ほど行つて来た西行墓のある一劃の奥である。西行が死を迎へるべくやつて来た文治五年（一一八九）――亡くなつたのは翌年二月十六日――には、まだ建築中だつたかもしれない。

展示を見終はつて、記念館の前から庭園と甍の向う、緑に埋まつた山腹を眺めた。

伊吹山のやうな荒々しさはない。しかし、十九年前と同じ日々がまたしても始まつた、と光厳院は、痛恨の念をもつて見やつたはずだ。

弟の光明院はすでに落飾してゐたが、息子の崇光と直仁の二人は、かつての自分に等しく、なにが起つたのか、よくは分からないまま、ただ耐へねばと健気に思ひ詰めてゐる様子であつた。その彼らを支へ、如何に拉致された身であれ、一人はいまなほ天皇であり、いま一人はこれから天皇になるべき者として振る舞ひつづけさせなくてはならないのだ。花園院が果たした役割を、今度は自分が担はなくてはならないのである。

南朝の者たちは、後醍醐に倣ひ、光厳院以下それぞれを位にあつた者として認めない態度をとるが、さうされればされるほど、自分は治天の君として、崇光は今上帝、直仁親王は皇太子として、振る舞目の前の枯れ山水の石の一を、清涼殿の石灰壇と見なし、朝ごと立たせたのかもしれない、と眺めた。

さうして崇光がひそかに天皇としての祭祀を執り行ふべく、光厳院はこころを砕いたらう。例へばはさせなくてはならない。さうすることを、あの日々において、花園院から厳しく教へられたのだ。

＊

男山をめぐる戦況が、南朝側にとつて日々厳しくなるのが、弘川寺にゐても察せられるやうになつた。警護が厳しさを増し、客人扱ひから、人質扱ひへと変はつた。

そして、南朝側の主だつた武将がつぎつぎと討ち取られ、誰某の首が六條の河原に晒された、などとの知らせが耳に入つた。そのなかに、時には公家の名もあつた。鎧を着るやうになつた時点で、さういふこともあると、彼らは覚悟しただらうかと、考へずにはをれなかつた。

月が変はり、四月も二十五日になると、男山の光厳院らがゐた極楽寺が炎上したと知らされた。そして、翌五月十二日の夜遅く、周囲が俄に騒がしくなつた。

男山から武士たちが退いて来たのだ。しかも後村上の行方が知れなくなつたらしい。荒れる武者たちの声々が炎のやうにあちこちで噴き上がる夜が、翌日もつづいた。そして、足利勢が追撃、迫つて来るやもしれないと緊張が走つた。

もしも足利勢が迫つたら、囚はれの一行はどうなるか。奪回されるくらゐなら亡きものにした方がよいと主張、行動に出る者が現はれるやもしれないと、光厳院はひそかに覚悟を固めた。番場の蓮華寺では引き込まれずにすんだところへ、引き込まれても不思議はないのだ。

後村上は三輪から宇陀《うだ》を経て、賀名生へ辛うじてたどり着いたことが知れた。それとともに足利勢が攻めて来る危機も去つた。が、自分たちの身の上はいよいよ身動きならぬものとなつたと、承知しなければならなかつた。

義詮は、男山を制圧すると、その勢ひに乗つてすぐさま使者祖曇《そどん》を送り、光厳院一行を取り戻すべく努めた。また、これまでバサラ大名として権威を叩き潰すのに精を出してゐた佐々木道誉も、義詮を支へる立場から、画策した。彼もまた、天皇なり院の存在の重さを骨身に染みて分かつたのだ。

しかし、交渉を重ねれば重ねるほど、光厳院一行を掌中に収めてゐる有利さを、南朝側は知つた。

さうして六月二日、光厳院以下五人は不意に輿に乗せられた。

楼門を出ると、梅川を溯り、山深く分け入つて行く。太陽の位置から光厳院は、都から遠ざかるのを知つた。ここが行き着いた果て、と思つてゐたが、さらに遠くへ、であつた。

＊

わたしはバスで富田林駅へ戻ると、河内長野《かはちながの》行の電車に乗つた。

そして、河内長野駅で南海高野線に乗り換へる。この電車は紀見峠をトンネルで抜けると、紀ノ川畔へと降りた。その橋本駅で和歌山線に乗り換へ、紀ノ川を溯るが、和歌山県から奈良県に入ると、吉野川と名が変はる。

光厳院一行の五つの輿は、梅川から千早川の支流水越川を溯つた。その急峻な山道に担ぎ手の足元は定まらず、荒波に揉まれるやうな様相を呈した。さうして葛城山と金剛山の間の水越峠を、御所《ごせ》へと越えると、ひたすら南下、吉野川畔へ出た。

吉野川に面して五條の町がある。江戸から明治にかけ吉野川の水運で栄へ、幕末には天誅組《てんちゆうぐみ》が蜂起したことで知られるが、御所《ごせ》、橿原《かしはら》、飛鳥《あすか》、吉野に接して、大和でも格別古い歴史を持つ一劃だが、熊野の出入口でもあつた。『古事記』によれば、生駒越えで大和へ入れなかつた磐余彦《いはれひこ》、後の神武天皇が紀伊半島を大きく迂回、新宮近くに上陸、熊野を縦断して北上、このあたりから大和へ入つたのだ。

一行は五條に至ると、栄山寺（五條市小島）に寄つた。養老三年（七一九）に創建され、国宝の八角堂などがある古刹で、後村上がしばしば行宮としてゐた。

そこで一泊すると、さらに南を目指した。

いま言つた磐余彦が辿つた道を逆行してゆくのである。さうしてかなり入り込んだ山間に、賀名生《あのふ》があるのだ。吉野を追はれた南朝が最後の拠点としたところだが、祖先が大和へと出て来たところ、といふ意識もあつたらう。もともと穴太と書いたが、男山へと出陣するに際して後村上が賀名生と改めたのだ。

この道筋はかつて鉄道、五新線（五條と新宮を結ぶ）が計画され、実際に着工され、その軌道跡を現在はバスが走つてゐる。ただし、わたしが五條駅に降りた時、すでに便は終つてゐたので、タクシーに乗る。

すぐ吉野川を渡り、南へと進む。さうして、やや東に振れながら丹生川《にふかは》の谷合ひへ入つて行つたが、その幅広い滑らかに舗装された道は一気に高度を上げ、丹生川の流れは遠くなる。ちらつとバス専用路が遥か下に見えた。

丹生川は蛇行するが、それに左右されない高さを先へ先へと伸びて行く。これでは半ば宙を走つてゐるやうで、山の険しさ、深さが一向に感じられない。

「両側の山は、ほとんど柿ですよ」

胡麻塩頭の運転手が説明してくれる。五條柿の産地だが、やはり日当りが大事で、質のいい柿は山の上でできると話す。

輿の一行はどのやうに進んだらう。険しくも厳しい山道につぐ山道で、時には流れの中を歩まなくてはならなかつたはずだ。

十五六分も半ば宙を走つて、短いトンネルを抜けると、左手に、藁葺に似せた瓦屋根に真新しい白壁の建物が目に入つた。車はそちらへ折れて、傍らの駐車場に停まつた。

もう賀名生で、歴史民族資料館だつた。

その玄関前を、道はさらに先へだらだらと下つて行き、橋にかかるが、その手前袂の左側に、枝垂桜の大木を前にして、茅葺の長屋門があつた。

「あそこが元皇居ですよ」

運転手が指さして教へてくれた。かうもあつけなく目にすることが出来たのに、驚いた。

門の傍らの案内板には「賀名生皇居跡」とあり、現在は住宅として国指定文化財になつてゐて、後醍醐天皇以下をこの地に迎へた堀信増の子孫が居住してゐる旨が記されてゐた。

子孫とは、どんな人だらう。

門には扁額が掲げられ、「皇居」とあるが、よく見ると、右から左へ書かれた頭に小さく、「南朝在世／賀名生」とあり、尾には「之蹟」とあつた。天誅組《てんちゆうぐみ》の吉村寅太郎が書いたのをそのまま示してあるらしい。

見学を申し込んだ時刻にはまだ間があつたので、資料館へ入らうとして周囲を見回し、どちらを向いても急峻な山肌であるのに気づいた。

トンネルを抜けると道沿ひに民家が窮屈に並んでゐたが、トンネルのない当時、どこからここへ入つて来たのだらう。

堀家の藁葺の屋根の向うばかり、僅かに山が切れてゐる。多分、堀家の向う側の川が、この狭く囲まれた土地を外界へ開いてゐるのだ。それにしてもかうも厳しく山々に囲まれてゐると、閉塞感が募る。

不意に『新拾遺和歌集《しんしふゐ》』に収められた光厳院の歌が浮かんだ。

あすしらぬ身はかくてもや山ふかみ都は八重の雲にへだてて

「だいしらず」とあつて、いつどこで詠んだか分からないが、この地に連れてこられた時に違ひない、と思つた。山々によつて囲ひ込まれ、すべてから隔てられてしまつた、といきなり思ひ知らされたのだ。いま、すべてからと書いたが、なによりも治天の君として都にあつて日々やるべきもろもろの事から、決定的に隔てられてしまつた。完膚無きまでに、断ち切られてしまつたのだ。そして、「あすしらぬ身」の語が、生殺与奪の権を身辺にうろつく武者にさへ握られてゐると感じたのを、言つてゐるのではないか。

ところが周りの貧しい家々には、公家たちの家紋の入つた幔幕が風雨に晒されて半ばちぎれながら残つてゐたのだ。光厳院一行がやつて来る数ヶ月前のここの様子を、『太平記』がかう描いてゐる。

賤しげなりし賀名生の山中、花のごとくに隠映して、いかなる辻堂・温室・風呂までも、幔幕引かぬ所も無かりけり。

尊氏・義詮が南朝に帰順、光明天皇が廃されると、公家以下、官位を望む者たちが次々と押し寄せて来て、滞在したのだ。男山からの敗退が、いまやひつそりさせてしまつたが、その名残が残つてゐるのだ。いや、望みを果たせぬまま、なほも居残つてゐる者、また、新たに官位を得てここに留まつてゐる者もゐたらう。

さういふ者たちの複雑な視線も浴びながら、光厳院一行の虜囚の日々が、この狭小な山間で始まつたのである。ますますもつて心押し潰される思ひであつたらう。

賀名生《あなふ》幽閉《いうへい》

皇居の扁額が掛かつた冠木門のベルを押すと、脇の引戸が開き、白髪まじりながら、背高のがつしりした体躯の男が迎へてくれた。当主の堀元夫氏であつた。

前庭を隔てた母屋も茅葺である。

土間に入ると、左手に意外に広い蒸し風呂が備はり、その奥に竈が五つ六つ、弧をなして並んでゐた。大勢の人たちの食事が作られ、蒸し風呂が振る舞はれたのだ。風呂は、かつて容易に入れるものではなく、有力者が提供すべきものだつた。この谷筋を統率する家としては、なくてはならぬ設備だつたのであらう。

右側の床へ促されて上がり、襖を開けると、座敷だつた。柱が太く、がつしりしてゐて、欄間がなく、天井が低い。それも厚板である。いかにも質実な力強さに満ちた、郷士の屋敷といつた趣である。その奥、もうひとつの襖を開けると、庭に面してガラス戸が一面に入つてゐて、明るく、ソファなどが並べられてゐる。居間として使はれてゐる様子で、ここの天井は並の高さである。

どうぞと主人はわたしを導き入れると、

「どうもわたしたちは、床下で暮らしてゐるらしいんですよ」

と言ふ。

「え？」

いきなりのこの言葉に、ソフアに腰を下ろしかけた姿勢のまま、問ひ返へした。

主人の説明によると、この家はもともと階上を主な居住空間として造られてゐたが、明治になつて改造、この部屋ばかり天井を高くして、もつぱら階下に住むやうになつたらしいのである。

「それ、ご覧になつて下さい」

と、天井下の四隅を指差したが、普通の家としては太すぎる柱は、上を三十センチほど残して切れ、その上に、壁の合はせ目から柱の角がわづかに覗いてゐる。普通の太さの柱を足したものであるのは明らかで、やはり欄間がない。

このやうな寸詰まりの構造であつたのは、表から見ると茅葺の一階建でありながら、階上に十分な居住空間を持つ隠し部屋を造るためであつた。主人は言葉に出して言はなかつたが、そこに身を隠すのが尋常ならぬ方を想定したからであつた。

現に幕末、天誅組の山中忠光、吉村寅太郎らがやつて来たのも、さうした堀家の在り方を知つてゐたからであらう。彼らは、維新の旗揚げの一環として天皇の奈良南部への行幸を計画、ここを御座所としようと考へたのだ。

だから階下は、堀氏一家が住むとともに、尋常ならぬ方を警護する者たちが詰めるところだつたのである。

かういふ家だつたとすると、光厳院一行は、まづこの階上へ押し込められたのだらう。監視するのにこれほど好都合なところはない。

天井を見上げながら、

「いま、上はどうなつてゐますか」

と問ふと、屋根の葺替へ用萱の保管場所になつてゐて、家の中から上がる階段は外し、外から梯子を使つて入るとの説明であつた。

当代の元夫氏は、元商社員で、海外勤務もして来た経歴の人であつたが、光厳院一行を迎へた堀信増から数へて二十四代目に当るといふ。

堀家は、歌人として知られながら、陸奥へ左遷され、そこで亡くなつた藤原実方《さねかた》（長徳四年・九九八没）を祖とし、熊野別当となつて熊野全域に力を振るつた十八代湛快は西行と親しく、二十一代湛増《たんぞう》となると武蔵坊弁慶の父親だとの伝承がある。そして、承久の変（承久三年・一二二一）に際して鳥羽院を奉じ鎌倉幕府と戦つたが、敗れて子孫がこの地へ逃れ、堀氏を名乗つたといふ。その時から反幕府の朝廷側の一員となつたやうで、建武三年（一三三六）、京都の花山院を抜け出した後醍醐が吉野へ入る前にここへやつて来たのも、さうした経緯があつたからであらう。

さうして、代々南朝に仕へたが、ずつと下つて昭和の初め、元夫氏の祖父丈夫は二・二六事件当時の第一師団長、父栄三もまた軍人であつた。代々、体格に秀で、武勇に優れた家系らしい。天皇を守護するのに相応しいと言はなくてはなるまい。

南朝ゆかりの品も多く伝へてゐて、隣接する歴史民族資料館で見ることができる。

部屋の前は、庭らしい余地は乏しく、すぐに丹生川であつた。そして、対岸の山が迫つてゐるが、そこからこちら左手へと川を跨いで橋が架かつてゐる。旧五新線のもので、二十メートルほどしか離れてゐない。もし開通してゐれば、騒音に悩まされるところだ。いまはバスが一日に二、三往復走つてゐる。

川の方を見やりながら、こどもの頃は、魚がゐましたが、いまはあまり見られなくなりましたねえ、と元夫氏は話す。

そして、対岸の山を指さして、そこを上がり、尾根伝ひに行くと、吉野の如意輪寺《によいりんじ》へ三時間ほどで行くことができます、私自身、母に連れられて行きましたよ、と言ふ。いま車だと、一旦、五條へ出て、吉野川を遡つて行かなくてはならないが、かつてはさういふ道が吉野へ通じてゐたのだ。

丹生川の方は、筏流しが盛んに行はれたものの、一般の者は山越えするより外、五條に出る道はなかつたとも言ふ。

あれこれと話して打ち解けるまま、この地では禁句ではないかと思つてゐた光厳院の名を出すと、

「いまでもわが家と常照皇寺《じやうしやうくわうじ》とでは行き来がありますよ」

といふ答であつた。常照皇寺とは、京都の奥、丹波にある光厳院が隠棲し、最期を迎へた寺である。常照皇寺の住職が変はると、必ず挨拶があるし、こちらも戸主が変はると、挨拶に出向くことになつてゐて、数年前、わたしが跡を継いだので、挨拶に行つて来ましたと言ふ。

光厳院が亡くなつてすでに六百四十数年になる。この賀名生を去つてからでは六百五十数年である。それにかかはらず、縁は繋がりつづけてゐるのだ。

光厳院にとつてここでの暮らしは、不本意そのものであつたはずだが、日々の面倒を見てくれた堀家の好意は有り難く受け止め、跡を継いだ者たちに伝へ、いまだに引き継がれてゐるのである。

この話に、わたしはしばらく言葉が出なかつた。六百五十数年といふ年月を貫いて、光厳院なる人の、好意に対して応へる変はることのない鮮烈な意志に、搏たれたのだ。

しかし、光厳院が賀名生に対してかうした思ひを抱くに至るまでには、いま少し年月が必要であつ

たらう。

＊

堀家を辞すると、歩ける距離だつたが、車で裏山へ上がつた。

かつて華蔵院といふ寺があり、そこにはいはゆる黒木御所――製材されない材木による粗末な――が建てられてゐた、と伝へられてゐるのである。いまは廃校になつたが、小中学校の分校があり、車道が通じてゐる。五條からトンネルを抜け出た国道の向ふ側へ一旦行き、そちらから崖沿ひの道を上がり、トンネルの上を過ぎて、突き当つた左側が校門である。

閉ざされた鉄柵の扉横から入ると、すぐ右横に石の鳥居があり、玉垣に囲はれた盛土の上に五輪塔が据ゑられてゐた。わたしの背丈近い高さの堂々としたもので、「北畠親房墓」と刻まれた石柱が傍らに立つてゐる。正平九年（一三五四）四月、ここで亡くなつたとされてゐるのだ。

ただし、この没年月と場所については異説があるし、この五輪塔自体、北畠親房の墓とは認め難い。腰を屈めて確認したが、地輪の正面に次の刻入があつた、「千部法華経／衆二十五人／文中弐年癸丑／十月各々敬白」。

明らかに千部法華経供養塔であつて、地元で結成された二十五人衆が文中二年（一三七三）十月に建立したものである。『大日本史』の誤つた記述のため、今日に至るまで、北畠親房の墓として扱はれて来てゐるのだ。

その五輪塔の横手奥に、鉄筋二階建のまだ新しい校舎があつた。運動場もかなり広いが、人影はない。それでゐて、落葉ひとつない。誰かがいまも掃除してゐるのだ。

ここなら、華蔵院と呼ばれる寺があり、御所があつたとしても、頷かれる。かなりの規模の建物が可能だし、谷の下と違ひ、陽当りがよく、風も吹き抜ける。

さうは言つても所詮は黒木御所、俄造りの仮住まひであつた。『太平記』はかう記す。

吉野の帝の皇居だにも、黒木の柱、竹椽《たけたるき》、囲ふ垣ほのしばしだにも住まれぬべくもなき宿りなり。いはんや敵のために囚《とら》はれ、配所のごとくなる御住居なれば、年経てくづれける庵室の、軒を受けたる杉の板屋の目もあはぬ夜のさびしさを、事問ふ雨の音までも御袖をぬらすたよりなりなり。

実際に見た上での記述ではなからうが、光厳院一行にしてもいつまでも堀家の階上に閉じ込められてゐたわけでなく、やがてこの山の上へ移されたらう。ただし、ここもまた恐ろしく窮屈であつた。なにしろ北朝に敵意を抱く公卿たちが、犇めいてゐたのだ。殊に男山の戦で、何人かの戦死者を出してゐたから、なほさらであつた。

校舎には入れず、運動場の回りの木々は高く繁り、展望は開けない。仕方なく校門の前へ戻ると、谷間に身を隠すやうにしてゐる堀家と、山に囲まれた狭い一劃が見下ろせた。

このやうなところでの日々は、どのやうなものであつたらう。男山や東條ではまだ可能であつたかもしれないが、天皇としての祭祀を密かに執り行ふのはひどく難しかつた、と言ふよりも不可能であつたらう。北畠親房たちは、南朝こそ唯一の正当な皇統であると主張、光厳院以下北朝は偽帝であると糾弾する姿勢を頑なに採つてゐたから、もしもその気配を察すれば、踏み込んで来てでも制止するに違ひなかつた。

この事態は、光厳院にとつて致命的であつた。

山里は明け行く鳥の声もなし枕の峰に雲ぞわかるる

『新後拾遺和歌集』に収められた光厳院の一首である。いつどこでの詠とも分からないものの、「枕の峰」が、すぐ傍らの取り囲む峰々を思はせ、ここで詠んだ、とわたしには思はれるのだ。暁になると鳥はやかましく囀《さえづ》るが、囚はれの身のわが耳には聞こえない。いや、空を自由に飛ぶ鳥の存在自体が、認められないのだ。それにもかかはらず、けふも夜がつれなくも明け、眼前に峰が雲を分けて姿を現はす。

弟の光明院とも、子の崇光院とも、言葉を交はさぬ日々が重ねられたらう。

さうするうちに、一行の身辺の世話をする女房四人が、京からやつて来た。いづれも京に居残る廷臣たちの子女から選ばれた者たちであつた。皇族としての最低の暮らしがやうやくできるやうになつたのである。

しかし、彼女たちを迎へて光厳院は、複雑な思ひを抱かずにをれなかつた。かういふ処置が取られたのは、この地での滞在が長くなることを、申し渡されたやうなものだつたからである。

それから数日後、梶井宮尊胤親王が姿を消した。警護の武士たちの隙を突いて、脱出に成功したのだ。この深い山中から果たして都へ戻ることが出来るかどうか。手引きする者があつたらしく、監視体制が一段と厳しくなつた。

やがて尊胤親王は無事京へ着いたと知れたが、その京で、新たな事態が進んでゐた。

もはや南朝側から光厳院であれ誰であれ取り戻すのは不可能と見極めをつけ、手の内に確保してゐる唯一人の光厳院の息、三宮弥仁王《やひとわう》――崇光天皇の弟で十五歳――を天皇の位につけるべく動き出したのである。

しかし、光厳院の子息であつても、足利義詮らや残された廷臣たちの一存でどうにかなるわけではなく、それ相応の資格のあるひとによる相応の手続きが必要であつた。これまでは先帝の譲位宣命なり、治天の君による院宣にもとづいて行はれて来たが、いまは先帝も治天の君もともに賀名生に連れ去られてゐる。そこで公卿の主だつた者と足利側が協議した結果、光厳院の母広義門院を治天の君に準ずるかたちにして、その仰せにより践祚することにしたのである。

かういふ動きは、逐次、光厳院にも知らされた。北朝側の光厳院抜きのご都合主義的なやり方を思ひ知らせておかうと考へたのであらう。実際にこれは、光厳院にとつて耐へ難いことであつた。次の位に就くべきは直仁親王であると、治天の君としてすでに決定を下してをり、それが亡き花園院との約束であり、光厳院自身の夢であつた。それにもかかはらず、資格も権限も持たない者たちが集まつて、いとも簡単に覆し、その責任を母に押しつける。

それに三宮弥仁王は、出家すべく光厳院が取り決め、帝王学を授けず、親王の宣下も行はずに来てゐた。その点で、弥仁王は天皇の位に登る資格を著しく欠いてゐたのである。

鳥の囀りにさへ耳を塞ぎたい思ひに囚はれたとしても、不思議はあるまい。

＊

母の広義門院は、義詮らの申し入れを、容易に承引しなかつた。尊氏らが持明院統を裏切つたために起つた出来事で、現にわが子に加へ孫までほとんど根こそぎ連れ去られ、今なほ拘束されてゐるのだ。いかなる人であれ、怒らずにをれまい。

しかし、いつまでも天皇空位のまま放置するわけにはいかなかつた。さうすれば理不尽で苛酷な仕打ちを光厳院一行に加へてゐる南朝方に利することになる。

広義門院は悩み苦しんだ。

その母の様子が、光厳院には、手に取るやうに分かつた。この山中に囚はれ身動きならぬ我が身が呪はしかつた。囚はれ人にもいろいろあるが、かほど辛い思ひを課せられたひとはあるまい。華蔵院の一御堂に籠もり、仏神に念じもした。

しかし、七月も中旬、広義門院が幕府側の説得をやうやく受け入れたことが伝へられ、下旬には、弥仁王の践祚が来月三日と決まり、準備が始まつた旨が知らされた。

南朝の公卿たちは、その処置が如何に正統性を欠くか、口々に激しく非難した。が、それは、彼らよりも光厳院が言ひたいことであつた。治天の君たる者が現にここに生きてゐるのだ。それにもかかはらず、その意向を無視して、皇位継承者の資格、識見も問題にすることなく、かうも手軽に皇統の引き継ぎを行ふのか、と。

北朝の存続のためには、結局、認めざるを得ないが、それは光厳院にとつて、自らが抹消されるのを容認することであつた。かつて後醍醐によつて抹消され、その子の後村上にも抹消されたが、今回三度目は、母も加はつた北朝によつて、抹消される——それを認めなくてはならないのだ。いまここに生きてゐるこの自分は、もはや何者でもなく、無用の空なる存在だと、自認しなくてはならないのだ。

八月三日は日柄がよくないと、陰陽頭《おんやうのかみ》から異議が出て、践祚は十九日に延期されたが、それに構はず光厳院は、大和の西大寺へ使ひを出し、長老元耀を呼び寄せた。

さうしてその月の八日、出家した。四十歳であつた。法名を勝光智《しようくわうち》とした。

　御発心《ごほつしん》カ欺誑《ぎきやう》カ、モツトモ不審

この報を京都で聞いた公賢は、『園太暦』にかう書き記した。父後伏見院、叔父花園院、そして、弟光明院が次々と出家するのを見ながら、頑強に自らの立場を保ち続けて来た光厳院の強靭さをよく知つてゐた彼は、簡単に信じることができなかつたのである。

しかし、光厳院としては、これまで懸命に持ち応へて来た望みすべてが完全に断たれたと、見極めざるを得なかつた。花園院に対しても、直仁親王に対しても、そして、持明院統歴代の方々に対しても、顔向けができないと深く思ひ沈んだ末の、決断であつた。本来なら何があつても断念してはならぬことを、いまや断念しなければならないと見極めを付けたのだ。

かういふ事態になつた己が身の上が、限りなく恨めしかつた。が、後伏見院、花園院、光明院それぞれが持ち応へたよりも遥か先の先まで持ち応へて、これ以上持ち応へても意味のないところまで至つた、との思ひがあつた。厳しくも優しい花園院にしても、その点は認めてくださるだらう、と考へた。

この出家の報が京にもたらされると、前権大納言正親町公蔭、従三位楊梅重兼《やまももしげたか》、前大納言大炊御門《おほひみかど》氏忠《うじただ》が相次いで出家した。光厳院に殉じたのである。

そして、十九日、弥仁王が践祚、後光厳天皇となり、翌九月二十七日には改元、文和となつた。言ふまでもなく賀名生は、正平七年のままであつた。

この頃、光厳院の后三條秀子（陽禄門院）の健康が急速に衰へた。

光厳院一行が拉致されるのを見送つて以来、鬱々と日を送つてゐたが、後光厳天皇の即位によつて今また国母の地位に立つことになつたが、光厳院の意向を承知してゐれば、喜ぶどころか、重荷にしか感じられなかつたのだ。さうして父三條公秀の邸で養生に務めたが、十一月二十八日亡くなつた。この報は賀名生にも届けられた。

＊

丹生川は、恐ろしく奥が深く、川筋に沿つてどこまでも集落が点在してゐる。豊富な熊野の材木を搬出し、鉱石類が掘り出されたためだが、また、先にも触れたやうに、丹生川の源のあたりで十津川と繋がり、熊野川をへて新宮に出ることもできる要路だつたからである。五新線が計画されたのも、このためであつたのは触れた。

この桁外れの奥の深さが、南朝を長年にわたつて支へるのを可能にした。

そして、黒木御所がもう一ヶ所、この谷筋に営まれた。華蔵院跡から四キロほど溯つた、黒淵の集落あたりである。

車で行くと、国道はやがて丹生川の傍らまで降り、それに沿つて蛇行、幾つも集落や社頭を過ぎる。そして、また高くなる。と、右手から山腹が張り出して来て、トンネルになるが、その手前で、山腹沿ひに迂回する旧道を採る。

その山の鼻を回り込んだあたりで、車は止まつた。左に民家がある。

民家の横からだらだらと小道を降りて行くと、すぐに社があり、その前に「黒木御所跡」と刻まれた石柱が立つてゐた。

張り出した山腹が、丹生川に縁取られた岬のやうになつてゐて、南側が明るく開けてゐるのだ。華蔵院跡ほどの広さはないが、住むのに快適な場所のやうである。しかし、青い川面は遥か下の谷底である。

旧道の少し先に寺があつた。建物はまだ新しく、かうした山中とは思へない規模で、軒先には菊の紋章がついてゐる。

その常覚寺の門前に立つて、川上を見ると、黒淵の集落があり、わづかながら田畑もある。古くは鉱山もあつたらしい。

若い住職が顔を出したので、声を掛けると、コンピューターで製作中の寺の縁起をプリントアウトして、あれこれ説明してくれた。

ここに生ひ繁つてゐた大樹の下で弘法大師が一夜を過ごすと、夢のなかに普賢延命菩薩《ふげんえんめいぼさつ》が現はれ、この場に寺を建てるよう告げた。そこで大樹に普賢延命菩薩像を刻んで本尊とし、弘仁二年（八一一）に創建した。霊木を本尊とするのは、長谷寺や書写山のやうな古く由緒ある寺の創建譚としてよく聞くが、ここもさうらしい。

その後、後醍醐天皇、後村上天皇の勅命により祈祷を行ひ、菊の紋章を許されたが、昭和三十年、門前の旧家から火が出て焼失、建て直したと言ふ。

さうした話を聞きながら、あたりの佇まひを眺めてゐると、光厳院がここへやつて来たのは確かなやうに思はれた。出家するとともに、多分、こちらの黒木御所へ移されたのだ。その頃、南朝側は男山からの敗退から立ち直り、直義に従つた武将たちと連携、京都の奪還を目指して軍勢を動かさうと協議を繰り返してゐたから、院らの存在が邪魔になつたらう。

ただし、後光厳天皇の地位が安定したものであるかどうか、見極めるまで、いましばらく拘束して置く必要があつた。さういふ事情から一行を収容しておくのに、ここは格好の地であつたらう。

本尊とは別の秘仏の写真を見せてもらふ。白象の背の蓮台に座す、二十臂を持つ密教系の、色彩鮮やかな普賢菩薩延命像である。顔は整ひ、端正で、平安後期作で重文指定を受けてゐる。

光厳院にしても殺気立つた南朝の廷臣たちから離れ、ここでひつそりとこれらの仏像と向き合ふのは、少なからぬ慰めであつたらう。

＊

後光厳天皇が即位した翌文和二年（一三五三）春、賀名生では、南朝が地元民と対立、衝突して、軍を呼び戻すやうなことが起つた。しかし、黒淵の黒木御所にゐた光厳院一行は、巻き込まれずにすんだやうである。

やがて事件は収まり、五月には京へ向け軍勢が発進、六月早々には京都に迫つた。男山での敗戦を取り戻すべく、勇み立つてゐたのだ。

この軍勢と衝突するのを避け、義詮は後光厳天皇を奉じて比叡山へ退き、さらに美濃の垂井《たるゐ》へと赴いて、そこをしばらく皇居とした。天皇を奪はれるやうな事態には二度とならないよう、慎重な上にも慎重に対処したのだ。そして、関白二條良基らを垂井へ呼び寄せ、朝廷をそちらに置いた。

これに応じて南朝勢は六月九日には京へ入つたものの、後村上を伴ふことは出来なかつた。いつ逆襲して来るか、そして、後村上を奪はれるかもしれず――さうなれば、かつての北朝と同じ立場になる――、一時的に占領はしても、皇居を置くところまで持つて行くことができないのだ。

七月末になると、反攻に出た義詮によつてあつさり京を取り戻され、九月には鎌倉にゐつづけてゐた尊氏が上京の途につき、垂井に留まつてゐた後光厳天皇を奉じて、二十一日には京へ戻つた。この慎重さ、防護の堅さは、人々を驚かせるのに十分であつた。

南朝の攻勢は、またしても腰砕けに終はつたのである。

さうして光厳院一行は、賀名生で再び年を越すことになつた。

もはやこの世には無用の存在となつたと自らを観ずる光厳院にとつて、この山中の二度目の冬は、殊の外、身に応へるものとなつた。

激しく吹き募る山の木枯らしは、木々から葉といふ葉を剥ぎ取り、裸にする。そして、時に雪を舞はせる。

耐へることに多少の意味があれば、まだしも耐へることができるが、山中でかうしてゐる意味といふ意味はとつくに失はれてゐるのだ。それでゐながら、気力を掻き立て掻き立てして、一日々々に耐へなくてはならない。

我《われ》やたそ

文和三年（一三五四）、吉野の奥にも遅い春が巡つて来たが、それも空しく長け、過ぎ去るかと思はれた三月二十二日、光厳院一行は輿に乗せられた。

さうして、丹生川の谷を出た。ここへ連れて来られてから一年と九ケ月近くが経過してゐた。吉野川を渡り、葛城山脈を紀見峠で越えると、赤坂、千早の城がある金剛、葛城の山並を右に見ながら、河内の平野部へと降りた。いよいよ京へ戻るのかと思はれた。

しかし、輿はそのまま北へ進まず、西へ逸れた。

わたしは賀名生から五條へ戻つて一泊すると、翌朝、ここまで乗つて来た鉄道路線を引き返し、紀見峠のトンネルを北へ抜けた。そして、河内長野駅で降りると、バスに乗つた。

バスはしばらく西へ走る。そして、和泉国《いづみのくに》との境近く、丘ともいへない低い丘陵が重なり複雑に入り組んでゐるところへ入つて行くと、重層の楼門が現はれた。天野山金剛寺《あまのさんこんがうじ》である。

楼門は鎌倉時代の建立だから、光厳院一行の輿は、これを潜つたらう。

南朝側の再反攻は頓挫、戦線は膠着状態になつてゐたから、無理してまで光厳院一行を賀名生に留め置く必要はなくなつたのだが、だからといつて京へ戻す決断はつかないのだ。

この寺は、行基が開祖で、後白河院が再興、その妹八條女院の庇護を受け、女性たちの信仰を広く集めたことから、女人高野と言はれるやうになつてゐた。さうして大覚寺統と結び付き、楠木正成が手厚く庇護したことから、南朝の拠点の一つになつてゐたのだ。

　境内は広く、右手すぐには比較的簡素だが、かなりの規模の食堂《じきだう》がある。幅が三間で、奥行きが倍以上の七間もある。後村上が間もなくやつて来て政庁とするが、その前を過ぎ、石段を数段あがると、甍の裾をゆつたりと引いた金堂が右側に南面し、左側の多宝塔と向き合つてゐる。ここが伽藍の中心である。

　金堂の内部は柱が朱色に塗られ、大きな金色の大日如来《だいにちによらい》座像を中央に、青黒い降三世明王《がうざんぜみやうわう》と不動明王像が、これまた朱色の火炎を背にして座してゐる。この寺に蔵されてゐる尊勝曼荼羅《そんしようまんだら》を立体化してゐるのである。密教寺院として華やかに荘厳されてゐる。

　この先、突き当りはさらに数段高くなつて、左から護摩堂《ごまどう》、五仏堂、御影堂などが横一線に並んでゐる。丘陵に囲まれた地独特の配置で、温和で晴れやかな佇まひをみせ、一角には観月亭があるのが珍しい。月をめでる雅びを大事にするところへやつと戻つた、と思つたらう。手を伸ばして観月亭の細い欄干を撫でてみる。

　金堂の手前まで戻つて、横を東へ抜けて進むと、左側が築地塀になつた。観蔵院であつた。その塀が尽きた先に門がある。光厳院一行はここへ入つた。

　玄関を上がつて廊下を進むと、枯山水の庭園である。光厳院一行がやつて来たとき、すでに築かれてゐたかどうか。ここには一目見たら忘れられない傑作「日月屏風」が蔵されてゐるが、まだ描かれてはゐなかつたらう。ただし、その出現を予想させる気配があつたのではないかと眺めながら、廊下を行くと、渡り廊下になり、庭園を突切る。

その先が客殿であつた。

渡り廊下から数段上がつたところが、畳敷の小広間である。その右側が、中央を襖で仕切つた、奥へ三間つづく座敷で、奥には左右とも御簾が下がつてゐる。御座所であつた。

脇の畳敷き廊下を伝つて近づくと、御簾の奥は、床の間を背に一段高くなつてゐる。光厳院をはじめ光明院、崇光院、直仁親王が、そこに座したのだ。もつとも火災によつて建て変はつてゐるが、衣擦れの音とともに、どなたかが姿を現はしさうな気配がある。

一旦は都へと思つたから、落胆したに違ひないが、いささか人心地つく思ひがしたらう。ともかく平地で、空気は山と違ひ、黒木ではなくきちんとした造りの建物のなかに身を置くことが出来たのだ。そして、豊かに所蔵されてゐた平安朝以来の美術工芸品が身辺を飾つた。

八月になると、光厳院は、京に人を遣り、『万葉集』を取り寄せた。さういふことが出来るやうになつたし、書物を手にする気持にもなつたのである。『万葉集』は祖父伏見天皇とその歌の師為兼が称揚した歌集である。そこから今再び歩み出さうと考へ始めたのであらうか。

しかし、一方では、無用な存在になつたわが身の処し方を、いよいよ真正面から考へなくてはならないと、厳しく沈思することにもなつた。

さうした折、若年のこんな歌を思ひ出すことがあつたのではないか。


我やたそあやしやつゐに絶え果てばあらじと思ふけふまでの身よ

女の身に仮託した恋歌だが、その枠組みを外すと、今の己が身の上を言つてゐると思はれたはずだ。

このわたしは何者だらう。堅く交はした約束が空しくなれば、生きてはゐまいと心を決めてゐたにもかかはらず、なほも生きながらへてゐる。なんとも「あやしや」と言ふほかない今日までのわたしであるよ――。花園院を初め、皇統に繋がる人々、そして、祖先の神々と堅く交はした約束のすべてがいまや空しくなつたのだ。それなのにわたしは、いまなほここにかうしてゐる……。

かういふふうに自らと厳しく向き合ひ、さらにその奥まで伺ひ見ようとするのは、光厳院生来の性向であつた。灯火を扱つた連作から。

むかひなす心に物やあはれなるあはれにもあらじ燈のかげ
過ぎにし世いまゆくさきと思ひうつる心よいづらともしびのもと

内向しながら、その己が心を客観的に見ようと集中、見定め難いそのものも、揺れ動くままに捉へてゐる。ここには時代を超えて内向する心の在り様が見てとれるが、それがいまここで光厳院をどのやうなところへ突きやるのか？　己が肺腑を幾度も幾度も自ら抉るやうな、日夜を過ごすことになつたのは確かであらう。

九月になると、この金剛寺の学頭禅恵《ぜんね》法印から「秘鍵開蔵鈔」の講義を聞いた。禅恵は、花園院に真言法文を講じたことがあつたが、じつは後醍醐天皇の傍らにあつた文観の弟子で、この頃、老齢になつた師を寺内の一隅に住まはせてゐた。

文観は恐ろしく行動的で、硫黄島に流されもすれば、醍醐寺座主、東寺一長者になる栄達も遂げた祈祷僧であり、その説くところは、邪教として名高い立川流であつた。それが後醍醐の心を捉へたのだが、光厳院は、禅恵の講ずるところを聞いて、改めて後醍醐と自分との距離を確認したかもしれない。

この後、和泉の大雄寺から禅僧孤峰覚明《こほうかくみやう》を迎へて、参禅した。覚明は入元し、帰国してからは道元の衣鉢を継ぐ瑩山紹瑾《けいざんぜうきん》の下で修行、後醍醐天皇に戒を授け、後村上の命で大雄寺の開山となつてゐたが、そのやうな立場に囚はれない、識見の持主であつた。それだけに拘束されてゐるいまの身の上を忘れて、耳を傾けることができた。

＊

初冬も十月末近く、後村上が天野山金剛寺へ移つて来た。

観蔵院から小路を一つ隔てた、西北に位置する摩尼院《まにゐん》を住ひとし、食堂で政務を執つた。

後村上や廷臣たちの動きが、光厳院にはゐながらにしてよく分かつた。山峡の地と違ひ、多少険しさは緩んだ気配であつたが、しかし、南朝はますます袋小路に追ひ込まれてゐるのは明らかであつた。

京では後光厳天皇が、閏十月二十八日、御禊を加茂河原で行ひ、十一月十六日には、大嘗会を執り行つた。さうして天皇としての地位を着々と固めてゐた。崇光天皇は日取りまで決めながら、そのままになつてしまつたし、後村上にしても、京を離れて僻地をさ迷ひつづけ、加茂河原での御禊など思ひもよらなかつた。

花園院が亡くなつて満六年になる十一月十一日が近づくと、深草で七回忌を催すべく、光厳院は、この地からあれこれと手配した。心を込めて懇ろにと願ふものの、拘束されてゐては思ふにまかせない。


思ひやれ跡とふ霜の古りすのみひとりぬれそふ苔の袂を

思ひやつてほしい、花園院の亡き跡を忍んで、この地でひとり墨染めの衣の袖を濡らし、空しく年月を過ごしてゐるこの身をと、深草での供養に集つた人々へ歌を送つた。

さうしてまたも年が押し詰まつて来たが、九州で勢力を拡大した直冬が、直義に従つてゐた桃井直常、山名時氏らと南朝とも連携して、京へ迫つた。

もし直義が死なずにゐたら、どういふことになつたらうと、その報を耳にして光厳院は考へた。晩年こそ光厳院の意向に添はない行動に出たが、天下の安寧を望むことにおいて誰よりも抜きん出てゐた。あるいはそれゆゑ、途上で倒れる非運に見舞はれたのかもしれないが、それを知つてか知らずしてか、その志を継ぐ者は誰もゐない……。

尊氏と義詮は、またも後光厳天皇を奉じて近江へ退いた。その後へ、年が改まるとともに、桃井、直冬らが入洛した。

南朝方は勢ひづいた。三度び京へ戻る機会が到来したのだ。今度こそ、後村上天皇を京へと主張する者がゐた。しかし、どれだけ京を確保しつづけることができるか、多くは悲観的であつた。

そして、二月も八日には義詮勢が反攻に出て、洛中で入り乱れて戦ふ状況になつた。直冬らはよく持ち応へ、そのまま二月も過ぎ、三月も半ば近くになつたが、それ以上は無理であつた。直冬は西へ、楠木正儀らは天王寺へと退いた。一時は京を占領しても、それ以上にはならず、逆に戦力を消耗する結果になるのだつた。

後光厳天皇は二十八日に比叡山から京の土御門殿へ還幸した。そして、六月も半ばになると、南朝軍を天王寺からも追ひ落とした。

南朝勢のかうした状態を見透かしてか、京へ戻つた二条良基は、早々に「文和千句」の連歌会を催して、人々を驚かせた。朝廷内で着々と地位を固めるとともに、武士や富裕な町人の間に人気のある連歌の興隆に指導的役割を果たすやうになつてゐたのだ。

光厳院は、良基が身辺に仕へてゐた頃から連歌に励んでゐるのを知つてゐたが、大々的にやり出すとなると、歌が脅かされるのではないかと、心配であつた。院自身、二條家の歌に飽き足らず、祖父伏見院とその師為兼の流れを汲み、歌の革新を志した。さうしなくては今を生きる者の心根、在りやうを詠み出すことはできないと考へたからだが、だからと言つて、連歌へ赴いてよいかどうか。良基には、連歌の享受層が急速に拡大する状況を政治的に利用しようとする意図もありさうに疑はれた。

この頃になると、光厳院が『万葉集』を繙《ひもと》くことも少なくなつてゐた。

＊

八月、光明院がひとり、伏見へ戻されることになつた。

はやばやと出家、おとなしく日々を過ごしてゐる光明院を拘束してゐる意味のなさを、南朝側はやつと認める気持になつたのだ。

八日、黒衣の姿のままひとり輿に乗る弟を、光厳院は、崇光院と直仁親王とともに見送つた。この柔順な弟に対して、自分は何をしたのか、改めて考へずにをれなかつた。苛酷な運命を一方的に課し続けて来たのかもしれないのだ。

伏見殿へ入つた光明院からは、十一日は雨であつたが、隣接する大光明寺に母の広義門院を訪ねたと伝へて来た。後光厳天皇即位の件もあつて、母と率直に向き合へない蟠りが光厳院にはあつたが、弟にはそれがなく、母との久しぶりの対面を素直に喜んだ様子が察せられ、羨ましく思はれた。

光明院は、この後、伏見殿の北、大亀谷の奥の手前、保安寺に身を置いた。この一帯は秀吉の伏見城築城で大きく変はり、現在再現されてゐる伏見城のすぐ北、清涼寺といふ尼寺があるあたりらしい。そして、月末には、深草の金剛寿院へ移つた。

その所在がよく分からないが、多分、先に触れた深草の法華堂——その跡に現在は深草十二帝陵が営まれてゐる——あたりであらう。持明院統にとつて深い係はりのあるところで、幾つも寺院が建てられ、文和二年（一三五三）、光厳院らが賀名生に囚はれてゐた間に持明院殿が炎上すると、広義門院が持明院統歴代の霊を祀る安楽行院を深草へ移してゐた。

そこに光明院が住まひを定めたのは、光厳院が持明院統の墳墓の懇ろな祭祀を求めたからであらう。京から隔てられてゐるだけに、祖先への思ひはますます強まつてゐたのだ。

天野山で光厳院は、崇光院に対して、琵琶の秘曲の伝授を始めた。

持明院統においては代々、琵琶の伝授が行はれて来てゐた。じつは崇光院が天皇の位につくとともに、すでに取り掛かつてゐたのだが、男山、弘川寺から賀名生へと拉致され、幽閉されることによつて中断してゐたのだ。曲は「楊真操《やうしんさう》」であつた。

秘伝であるから、よそ者に知れてはならず、奉仕する者に耳の聞こえない者を当てるやうなことが行はれて来たが、天野山金剛寺では不可能であつた。小路一つ隔てた摩尼院には、琵琶が漏れ聞こえるやうなこともあらう。後村上や廷臣たち、また、文観が耳にするかもしれない。が、さうしたことを気にする余裕はなくなつてゐた。

すべてから身を引くべき時は迫つてゐる、と光厳院は覚悟を決めつつあつたのである。

さうして文和五年（一三五六）の春を迎へたが、良基が連歌集『菟《つ》玖《く》波《ば》集《しふ》』を纏め、勅撰和歌集に準ずる扱ひを宮廷に求めてゐるのを知つた。連歌を私的な領域に留めず、公ごとの領域へ押し出す手続きを採つたのである。

三月二十八日に改元が行はれ、延文元年となつたが、その六月十一日、今度は後光厳天皇が二条為正に勅撰集の撰進を命じたことを知らされた。後の『新千載集《しんせんざいしふ》』である。

後光厳天皇は、連歌を許容する一方で、光厳院が必死に退けようとし、曲がりなりに退けた二条家を登用したのである。祖父伏見院、父後伏見院と受け継いできた営為を全面的に否定する挙であつた。

加へて、後光厳天皇が笙《しやう》を習ひ始めたのを知つた。持明院統として受け継ぐのは琵琶であつたが、尊氏ら武家が好む楽器の笙を選び、師も尊氏と同じ者を選んでゐた。

わが子の後光厳天皇に対して、光厳院は、はつきり怒りを抱くやうになつた。どうしてそのやうなことをするのか？　どこまで父を、持明院統の流れを蔑ろにするのか？

この怒りの感情を、院自身、誰よりも疎ましく思ふが、それを越えて、持明院統を継ぎ、後へ伝へる責務を担ふ者としての思ひが、激するのだ。

その気持を抑へ抑へして、崇光院への琵琶の伝授に励んだ。

さうして「石上《せきしやう》」「流泉《りうせん》」を上げ、秋には最後の秘曲「啄木《たくぼく》」にかかつた。

別室には常に直仁親王が控へてゐたから、正式ではなかつたが、会得するふうであつた。正式には崇光院が伝授すればよいのである。帝の位も、本来ならこのやうに崇光院から直仁へと伝へられるはずだつたのだ。そのことを考へると、空しさが募る。が、いかなる状況にならうとも、天皇の位を踏み、治天の君となつた者として、跡を継ぐなり継ぐ可能性のある者に対して果たしておかなくてはならないのだ……。

しかし、歌に関しては、どうすればよいのか？　残念ながら、崇光院も直仁親王も、その才に恵まれてゐるとは言へないやうであつたが、折にふれ、心得るべきことはおほよそ伝へた。

かうして十月二十日、「啄木」でもつて、琵琶の伝授を終へた。それをもつて自らが伝へる営為の最後と、光厳院はした。勿論、他にないわけではないが、これを最後と、きつぱり心を決めたのだ。

京に戻る戻らないは、もはや念頭から消えてゐた。

＊

十一月六日、光厳院は覚明から親しく禅衣《ぜんえ》を受けた。法名を従来の勝光智から勝の一字を取り去り、光智とした。「勝」に係はりなく、仏智を唯一の光として、残された生を生きようと思ひ定めたのである。

身辺に仕へる者たちには、暇を出した。洞院公賢の娘が女房として仕へてゐたので、公賢に迎への者を寄越すやう求めた。

その女房のなかの一人が髪を下ろし、引き続いて院に奉仕する許しを求めた。また、近臣の一人和気《わけ》久成《ひさなり》が、一旦、京へ戻つて出家すると、光厳院の許へ戻つて来た。

この二人の対応を、心苦しくも有り難く感じた。すべてを棄てても、ひとりで生きていくのは難しい。そのことを知らない光厳院ではなかつた。

さうした最中、ひとり残つてゐた后の徽安門院が落飾した。光厳院の決意を汲み取つてのことであつた。

かうなつた光厳院を拘束しつづける意味はまつたくなくなつた。そのことを南朝の誰もが認めざるを得なくなり、翌延文二年（一三五七）二月になつて、ようやく光厳院と崇光院らを京へ戻すことに決した。天野金剛寺に来てからも、四年目、まる三年にならうとしてゐた。

それにしても南朝側の、吉野の奥への拉致、幽閉といふ蛮行を犯した上でのこの遅延、優柔不断ぶりには驚くよりほかない。南朝側としては光厳院の存在が恐ろしかつたのだ。院自身はすべてを断念し、現世において全く無用の存在となつたと観じたのにもかかはらず、なほも怯へつづけてゐたのである。後醍醐天皇に叛旗を翻して九州へ退く尊氏に院宣を与へて以来の光厳院の存在は、尊氏に勝るとも劣らぬ大きさを以て受け止められてゐたのだ。

じつはこの怯《おび》へる気持は、京の尊氏、義詮らと後光厳天皇にもあつたのではないか。なにしろ手ひどく裏切つて来てゐたし、帰京してもし院政への復帰を求められたら、どう対処すればよいか、と。その資格は十二分に備へてゐたのである。南朝側ばかりでなく、北朝側にも帰京を遅らせる理由があつたのだ。

いづれにおいても光厳院は、恐れ憚られる大きな存在となつてゐたのである。院自身もそのことを自覚してゐたらう。

どのやうな道筋をとつたか不明だが、住吉から天王寺をへて窪津《くぼつ》に到り、淀川を遡つたのであらう。そして、禍々しい記憶も生々しい、しかし、あくまで秀麗な男山を右に見て過ぎ、淀のあたりからは巨椋池を渡つて行つた。

すると、前方に伏見殿や大光明寺が建ちならぶ台地が見えて来た。

その高台には、自らもしばしば立つたが、いまは母広義門院がをられる……。

伏見の舟寄場に上がると、伏見殿へ行く崇光院と別れ、光厳院はそのまま真つすぐ弟光明院のゐる深草の金剛寿院へ赴いた。持明院殿が失はれたいま、その地を自らの社稷《しやしよく》の地と考へてゐたから、帰京の報告にまづ行かなくてはならなかつたのである。

わたしは京阪電鉄藤森駅で下車すると、路線に平行する商店街を北へと行き、聖母女子学院の北側沿ひの道を東へ折れて進む。やがて奈良線の踏切になるが、それを越えた左側が、深草十二帝陵である。植込に劃された線路沿ひの緑豊かな広がりの向うに、土塀と冠木門に隔てられて、背高な木々の繁りのなか、宝形造の御堂がある。

かつての法華堂を受け継いでゐるのであらう。当時、すでに後深草天皇を初め、伏見天皇、後伏見天皇の遺骨が収められてゐた。光厳院はその前にひれ伏して、自らの非力をひたすら謝さなくてはならなかつた。

背後の左手に稲荷山が見える。そこから右へ東山が伸びるとともに、なだらかな傾斜地がこちらへ降りて来る。この地には、悲哀の記憶が降り積もつてゐる。

法華堂には、この後、後光厳、後円融、後小松、称光、後土御門、後柏原、後奈良、正親町《おほぎまち》、後陽成の各天皇の遺骨が収められ、持明院統十二代の墓所となり、明治の神仏分離後も引き継がれてゐるのだ。

この扱ひは、他の天皇と比べると、簡略に過ぎるのではないか。明治以降に高まつた南北朝正閏《せいじゆん》論の影響をもろに受けてゐるのかもしれない。南朝を正統とする主張が高揚した揚げ句、皇統譜に南北両天皇を並記するのは許されないとし、明治四十四年（一九一一）、勅裁を得て光厳以下、光明、崇光、後光厳、後円融の五代の、明徳の和約（明徳三年・一三九二の南北朝合一）までの天皇が外された。後醍醐が船上山でやつたことを全面的に、いや、拡大して追認したのである。さうして後村上天皇と後亀山天皇、遅れて大正十五年になつてからだが、両天皇の間に長慶天皇を加へて、三代を正統とした。

京の地をまともに踏んだこともなく、業績もほとんど知られず、現天皇の系譜にも属さないのに、どうしてかうなつたのか？　不審としか言ひやうがないか、その扱ひは今日も生きてゐて、天皇歴代の系図には後村上天皇以下三代の脇に、第何代の文字もなく、北朝と冠して五代の天皇の名が記されてゐる。

光厳院以下、いまだに非運のなかに置き去りにされてゐると言はなくてはならない。

さうした歴史の成り行きになるのを察知してゐたかどうか、光厳院は祖廟を拝してから伏見殿へ入ると、帰京を知つて参上する廷臣たちがゐたが、寄せ付けなかつた。朝廷に係はる思ひを完全に断ち切る姿勢を示したのだ。

さうして早々に禅僧中巌《ちゆうがん》円月《ゑんげつ》を招いて、二日間、講読を受けた。円月もまた元に渡つて禅を学び、曹洞系から臨済系へ変はつて世の非難を浴びながらも、追究する厳しい姿勢を変へなかつた学僧で、五山を代表する漢詩人であつた。

囚はれの間、満たすことができなかつた禅に対する思ひを、抑へかねてゐたとも見えたが、禅を学ぶところへ自分を激しく追ひ込んで、じつは京に戻つて来た「いま」に耐へようとしたのではないか。

約五年ぶりに目にする山野は変はらず、町並にしてもかつての面影を宿してゐて、懐かしいが、同時に、それが己が身の上の残酷な変化を思ひ知らせるのだ。これほど変はり果てた人間はこの地上にゐない、と。

なにしろいまの自分は、言つてみれば、この世に深く穿たれた欠落そのもの、天皇なり治天の君として統べた全天地が、時間もろとも抹消されてしまつた、その空洞そのものなのだ。それも、壮大な劇的事件としてではなく、一身の安全を策した尊氏らの姑息な裏切りと、忘恩の徒どもの愚かな手抜かりと、自らの見通しの甘さによつて……。

拉致され拘束された苦しみから解き放たれ、ようやく京へ戻つて来ると、かういふ自分と顔を突き合はせることになつたのだ。さうしていまや目にするすべてが、ひどく遠くなつた。賀名生で感じてゐた京の遠さよりも、いまは目の前の京の方が遥かに遠い。

かつて花や鳥や雲や山々を眺めてゐると、そちら側からこちらへと近づいて来て、心を動かせば、言葉が自ずと紡ぎ出されたものだが、いまやそのやうなことはない。『万葉集』を読み返しても、己が歌を見返しても、空洞へ石を投げ込むのに等しい……。

もはや歌が詠めない。さういふところへ厳しく内向する光厳院は行き着いた気配であつた。

これまで経て来た数多くの経験の中でも、最も辛いことであつたらう。それに耐へるのにはどうすればよいか？　徹底して自らを空の空へと突き詰めるより他、方法がないと、光厳院は禅の教へに耳を傾けたのではないか。

＊

広義門院が閏七月二十三日に大光明寺で亡くなつた。

光厳院は、その頃、人々の訪れを避けて伏見の奥に居を定めてゐたやうだが、九月になると、光明院とともに天龍寺へ赴き、塔頭の雲居庵《うんごあん》へ入つた。

その月末、夢窓疎石の七回忌が天龍寺で催された。弟子の春屋妙葩《しゆんをくめうは》が導師となつて取り仕切つたが、変はらぬ威容を示す伽藍を光厳院は心強く見上げた。

御堂へ入つていくと、遠くに尊氏と義詮の姿があつた。この二人を再び見ることがあるとは思つてゐなかつたが、尊氏はすでに五十三歳、遠目にも痩せ衰へ、病に苦しんでゐる様子であつた。替はりに義詮が威勢を示してゐる。時間は否応なく移るのだ。

しかし、夢窓は死んでもその教へを受け継ぐ者たちがゐた。春屋妙葩を筆頭に幾人となくゐる。そして、伽藍も、光厳院ばかりか尊氏や義詮も呑み込んで、大きく建つてゐる。この天龍寺の創建に係はつた日々を、心癒される思ひで思ひ出した。

この後、光厳院は嵯峨野の奥、小倉に庵を結んだ。

しかし、翌延文三年（一三五八）の正月も四日早暁、騒がしい人々の声に目覚め、庵の外を見ると、目の前に炎の柱が立つてゐた。天龍寺が燃ゑてゐたのだ。

まだ暗い空を焦がさんばかりに炎を挙げる。その炎を抑へつけてゐると見えた瓦が、巨大な力によつて一気になぎ払はれると、梁や柱が剥き出しに現はれ、黄金色に輝いた。冥府の宮殿はかくもあるかと思はれる有様であつた。亡者はこの柱を抱かねばならぬ、と語られてゐる。

神も仏も、この世を見棄て給ふたかと、思はずにはをれなかつた。虚無へと雪崩れ落ちると思つたのは、この自分ひとりに限つてのことではなかつたのだ。禅のための壮大な構築物も、なにもかもが奈落へ崩れ落ちる。

堂塔のほとんどが灰となつた。

その四月、背中に癰瘡《ようさう》ができ、悪化、生命が危ぶまれる有様になつた。医師が侍り、看護にあたるとともに、陰陽頭や僧らが祈祷したが、容易に回復しなかつた。光明院と崇光院が日夜枕頭にあつて看護した。

その最中、四月三十日、尊氏が世を去つた。

風雲《ふううん》時《とき》ニ往来《わうらい》スルハ

辛うじて生きながらへた光厳院は、延文四年（一三五九）五月二日、尊胤法親王の逝去を知つた。賀名生から単身脱出する胆力と体力を持つてゐたのにかかはらず、五十四歳の生涯であつた。くしくも尊氏と同年であつた。

その年の末から、またも活発化した南朝軍の討伐のため、足利側の軍勢が河内を転戦してゐたが、翌延文五年三月、佐々木道誉の手の者によつて、天野山金剛寺が焼き払はれたのを知らされた。後村上は、すでに観心寺へ移つてゐて、無事とのことであつたが、寝起きした観蔵院や堂塔の優美な佇ひを思ひ出した。

また一つ、自分と係はりの深い場所が失はれた、と院は指を折る気持であつた。

それから間もなく義詮が凱旋して来て、翌年三月には改元、康安元年（一三六一）となつたが、十二月には、またしても南朝軍が京に迫つた。後光厳天皇は近江へ難を避けたが、義詮が反撃すると、南朝軍は簡単に退き、後光厳天皇は、翌年二月に戻つた。

定期的に南朝軍が攻めて来て、天皇は京をしばらく空ける、といつたことがなほも飽きずに繰り返されるのだ。それにともなひ、南朝は目に見えて力を弱め、北朝もまた、京に深く降ろしてゐるはづの根を断ち切る成り行きになり、ともに衰微の坂を滑り落ちて行く気配であつた。

さうして一日として安まることのないまま、日々変はることなく陽が昇つては沈んで行き、人々は細々と暮らしを立てるのだつた。

＊

康安二年（一三六二）の九月一日、光厳院は、僧衣で身を包むと、馬に乗り法隆寺へ赴いた。さうして一夜、堂内にとどまつて聖徳太子に思ひを凝らした。

人王九十五代ニ当ツテ、天下一ビ乱レテ主安カラズ

四天王寺に伝はる聖徳太子の『未来記』には、かうあると伝へ聞いてゐたが、九十五代はまさしく後醍醐天皇に当る。そして、実際に後醍醐天皇によつて、この世は恐るべき混乱の渦へと投げ込まれたのだ。光厳院自身は九十六代（当時ははつきりさう認識されてゐた）であり、その後、曲折があつたものの治天の君の地位に就き、一時は安定を取り戻したかと思はれたが、一段と「安カラズ」の状況となり、位から引きずり降ろされ、幽閉された挙句、世を捨てたのだが、かうなることに遠い昔から定まつてゐたのか、と考へずにをれなかつた。

その『未来記』は、さらに謎めいた文言が続く。

此ノ時東魚来タツテ四海ヲ呑ム。日西天ニ没スルコト三百七十余ケ日。西鳥来ツテ東魚ヲ食ラフ。其ノ後海内一ニ帰スルコト三年。猿猴《ゑんこう》ノ如クナル者ノ天下ヲ掠《かす》ムルコト三十余年……。

「東魚」「西鳥」「猿猴ノ如クナル者」とは、何者か。いろんな解釈が行はれてゐるが、「東魚」は鎌倉幕府の執権北條氏の一党、「西鳥」は隠岐から戻つた後醍醐天皇とその呼びかけに応じた者たち、「猿猴ノ如クナル者」は足利尊氏に当て嵌めるのが一般のやうである。成る程、さう考へれば、頷かれるところがある。後醍醐天皇の建武の中興も三年で尊氏に奪はれた。やはり聖徳太子は遠く未来まで見透してをられたのであらう。だとすれば、この混乱は「三十余年」にわたつて続くはずだ。もつとも後世のわれわれはその倍、南北朝の和合まで六十年も続くと知つてゐる。

この『未来記』を後醍醐天皇は書写し、自らの手形を朱でもつて一面にべたべたと押して、四天王寺に収めた。まさか九十六代の天皇として、そこに記されたとほりの混乱の時代の到来を祈願してではなかつたらうと思ふが、自ら法服を纏ひ、密教の呪法を行ふやうなひとであつたから、なんとも図り難い。が、混乱は現にこの世に居座つて、久しい。いつまでかうした世に、われわれは生きなくてはならないのか?

問ひかけてみても、堂内には闇が深く蟠つたまま、返つてくる声はない。そして、その闇がこちらの身裡を犯して来る、と感じられる……。

＊

この後であらう、光厳院は、順覚といふ僧（和気久成か）ひとりを連れて、旅に出た。淀川をへて、窪津に上がり、難波の御津へ出た。それから遠里小里、堺を経て、和泉山脈を越え、紀ノ川にかかつた。

このあたりまで来ると、悪夢のやうな幽閉の日々を過ごした賀名生もさほど遠くはない。『太平記』巻第三十九によれば、それを厭ふことなく院は足を進め、橋を渡り始めたところ、橋脚が朽ち、見るだに危険であつたので、思はず立ちすくんでしまつた。

するど、後から武士が七、八人やつて来て、

「臆病げなる見たもなさよ」

「後に渡れかし」

さう口々に罵り、押し退けた。と、院は橋から落ち、水に沈んだ。

順覚が衣のまま飛び込み、辛うじて引き上げたが、院は膝を岩角で傷つけ、血を流してゐた。その場で衣を着たまま絞り、川岸近くにあつた辻堂を見つけると、傷の手当をし、ようやく衣を改めることが出来た。

かういふことがあつて、主従は人の知らない細々とした道を採り、高野山へ登つた。そして、多宝塔では両界曼陀羅を拝し、奥の院では、弘法大師が肉身のまま禅定に入つてゐると伝へる室で通夜をし、山中の御堂を巡り歩いた。

すると、出家したばかりと思はれる二人の僧が、突然、主従の前に畏まると、涙を流して頭を下げた。紀ノ川の橋の上から院を突き落とした者たちであつた。二人が泣く泣く語るのに、恐れ多くも院とは知らず、荒々しく玉体に触れた所業があさましく、このかたちになりました。これから三年の間、薪を拾ひ、水を汲み、お仕へさせて頂きます、と。

院は、僧体となつたわたしがかつて如何なる身であつたか知らないのは当然で、一時の過ちにそこまで自分を責める必要はない。あなたがたが出家する機縁となつたのを、わたしは却つて有り難く思

ふばかりで、奉仕などする必要はさらさらない、と応じた。

二人はそれでも付きまとひ、なにかと奉仕しようとするので、暁に仏に供へる水を汲みに行つてもらつた隙に、院と順覚は高野山を降りた……。

この挿話の真偽は分からないが、院が如何に一介の旅の僧となり切つてゐたかを、端的に語つてゐよう。出家しても形だけ、実際の暮らしは王侯のもの、といふのが普通であつたが、はつきり違つてゐたのだ。

さうして高野山の奥の院を訪ねたのは、いまなほ生身と伝へられる弘法大師に対し、できることなら問ひ糺したい、と思つたのではあるまいか。聖徳太子の予言どほり、この混乱の時代はまだまだつづくのか。どうすれば終止符を打つことができるのか。そして、このわたしに、如何なる生が残されてゐるのか？

*

光厳院はこの後、「道のたよりもよしとて、南方の主上の御座ある吉野殿へ入らせたまふ」と、『太平記』は記す。

しかし、南方の主上後村上は、当時、吉野にゐたかどうか。摂津の住吉だつたのではないか。もつとも時期がはつきりしないので、確定的なことは言へず、河内の観心寺とか賀名生、あるいは吉野の可能性も完全に退けるわけにいかない。しかし、『太平記』はかう進む。

今は散聖《さんじやう》の道人《どうじん》と成らせたまひて、玉体を麻衣《まえ》・草鞋《さうあい》にやつし、鸞輿《らんよ》を跣渉《せんせふ》の徒渉《とせふ》に易《か》へて、遥々《はるばる》とこの山中まで分け入らせたまひ……。

高野山を下り、紀ノ川を遡つて吉野向かつたとすれば、確かにかういふ道であつたらう。さうして、山中の南朝の行宮《あんぐう》で、後村上と対面、一日一晩、語りあつた、とする。ただし、対面の場所が確定できないばかりか、対面そのものが創作である可能性が高い。巻四十で全巻を閉じるに先立ち、南北朝対立の極に座りつづけた両者を対面させ、語り合はせようと仕組んだ気配が濃厚である。

後村上は、光厳院が遥々と訪ねて来たと聞くだけで、涙を流し、法皇として安住することなく、各地を巡錫《じゆんしやく》しつづけてゐることへの驚きを口にした。さうして、花山法皇が巡礼された跡を辿つてをれると拝察するが、花山法皇と違ひ、禅による御発心とのこと、如何にして、と問ひ、「御羨ましくこそ候へ」と言ひ添へた、と書かれてゐる。

これに対して光厳院は、

「われ元来万劫《まんごふ》煩悩の身」

と、答へた。

出家として真当過ぎるが、万斛《ばんこく》の思ひの籠つた言とも受け取れる。殊に皇位に深く拘りつづけて生きて来ただけに、その煩悩は尋常の域を遥かに越えるのだ。延喜の治を敷いた醍醐天皇にしてから、地獄の責め苦を受けなければならなかつた、と伝へられてゐる。

つづけて光厳院は、「元弘の始めには近州の番場へ落ち下り、五百余人の兵どもが自害せし中に交はりて」と、即位して間もなくの惨劇から、以後の数々の出来事を振り返るが、それにつけても、「世は憂き物にてありけるかと、始めて驚くばかりに覚え候ひし……」と、嘆く。

その上で、もともと皇位にも政治にも望みをかけずにゐたにもかかはらず、南北朝の争ひの一方の当主とされて来たが、やうやく後光厳天皇が即位したので、「この姿に成りてこそ候へ」と、「御涙の中に語り尽させ」給ふた、と進む。

この述懐は、いかにもそれらしいが、光厳院が生涯を賭けて力を傾けてきた事柄がすつぽり抜け落ちてゐる。持明院統の当主として、尊氏に院宣を下したのを初め、後醍醐天皇と鋭く対峙《たいぢ》し、天下安寧のため力を尽くし、南朝側からは恐れられて来たのだ。だからこそ、あれほど永く幽閉されたのである。その肝心のところが無視されてゐる。

後村上と傍らに控へた諸卿たちは、この光厳院の言葉に「もろともに御袖をしぼるばかりなり」となる。すべては終はつた、とこの物語の語り手はしようとしてゐるのだ。

さうして一夜を過ごした光厳院は、馬を強く奨められたが、固く辞退、「なほ雪のごとくなる御足に、荒々としたる鞋《わらぢ》を召されて立ち出でさせたま」ひ、後村上は「武者所まで出御成りて、御簾をかかげられ、月卿雲客は庭上の外まで送りまゐらせて、皆涙にぞ立ち濡れたまひける」といふ別れとなる。

この章の筆者は、光厳院にとつても南朝にとつても肝心なこと一切に目を塞ぎ、奇麗ごとに終始、二人の間に心が通ひ合ふ場面を、強引にこしらへたと言はねばなるまい。一介の行脚の僧となりおほせた光厳院を、この話の前に出したのも、説得性を持たせるための計算かもしれない。

もし光厳院が実際に吉野を訪ねたなら、後醍醐天皇の御陵の前に立つたらう。さうして聖徳太子や弘法大師に対してした以上に、厳しく問ひただしたはずだ。院には失ふべきものは最早なに一つない。

恐れることなく、思ふままに問ふたはずである。

まづ、
この世の混乱に対して、あなたはどう責任をとるつおつもりか？

と。それからかうであらう。

左手に「法華経」巻五、右手に剣を持ち、都の空を凝視して、いまなほ御陵のなか、修羅《しゆら》の眷属《けんぞく》の帝王となつて、亡き楠木正成らを従へてをられる（『太平記』）と伺ふが、天皇たる者、修羅となつてよろしいのか。それは、この世を修羅の巷へと引き込む所業にほかなりますまい。

天皇とは、万民の平安を祈るのを第一の責務とする。そのことを誰よりもあなたはご承知のはずだ。ところが実際には修羅の巷と化すべく、精力的に活動なさつた。

あなたの識見、行動力、勇気は、これまでの帝のどなたにも優るとも劣るとは思はれない。多分、ご自身もさうお思ひだつたらう。そのため、帝として握り得るすべてを掌握し、意のままにするのが万民のためになるとお考へになつた。それが、ご自身が修羅道へ落ち、この世の万民をそこへ引きずり込む原因になつたと、わたしは思ふ。

帝として手にしてよいのは、権威や力にまかせて掴み取り得るものでは決してなく、この世の平安をひたすら祈念することをとほして、自づからもたらされるものでありませう。そのところを間違へた。さうではありませんか。

この生身の手で掴み、思ふままにしようとすれば、必ず裏切られる。あなたご自身にしても、大塔宮を初めとするご子息たちを犠牲にするお積もりはなかつたでせう。忠臣の楠木正成や新田義貞をあのやうな死へ追ひ込む意図もお持ちじやなかつたでせう。いづれも意図に反して、あのやうな無残な結果になつた。この世を戦乱の巷にしたのも、さうです。

帝たるもの、この世の泰平を祈念し、私を去つて、神へと限りなく近づき、泰平が多少なりと秩序を備へて姿を現はすよう努めることに尽きるはずです。そのところを基軸としない政治も経済も文化もありません。『風雅和歌集』の編纂で志したのも、そのためでした。

ところが、あなたとあなたの遺志を継ぐ者たちはさういふところから大きく外れ、わたしのささやかだが必死の努力を手荒く踏み躙つた。無念と言ふよりほかありません。

ともに皇統に属する以上、犯してはならぬ一線があるのではありませんか。ところがその一線を軽々と越え、わたしをこの世に存在しなかつたことにした上に、われわれ親子三人を拉致して、幽閉すること五年余に及んだ。どうしてここまで苛酷に振舞うことができるのですか。

今後ますます皇統は衰微し、武家の言ふがままになるでせう。現にわが子の後光厳天皇がさうなつてゐます。わたしに責任がないとは言ひませんが、あなたの責任が大きい。

今となつては、死後の世界から、その憤怒の相を見せつづけるのだけは止めていただきたい。わが国の帝であつた者は、生きてゐても死んでも、天下の安寧を祈念しつづけなくてはならないはずではありませんか。

＊

この行脚の続きであつたかどうか、貞治元年、光厳院は丹波国山国庄《やまくにしょう》に足を伸ばした。

わたしは朝早くホテルを出ると、京都駅前から周山行のバスに乗つた。

京都市街を北へと縦断、北山にかかる。かなり登ると高雄山で、それからは先は、北山杉が整然と並び立つ山と山の間を進む。さうしたところにも集落があり、幾つも過ぎたところで、ようやく下り坂になつたと思ふと、盆地に出た。山国庄であつた。すぐに周山の町になる。

そこから小型バスに乗り換へる。

さうして、盆地の奥へと進む。低い山々に囲まれ、田圃が広がるが、あちこちに茅葺きの家々が見られるのが珍しい。古くから朝廷の料地とされて来たところだが、穏やかな空気の充ちた、別天地とも言ひたくなるところである。

光厳院はこの盆地内を巡錫《じゅんしゃく》、幾つもの庵を設け、寺を建立したらしい。

そして、山国庄も北部、大堰川の上流の右岸に寺山と呼ばれる小山があるが、その中腹に、無住の寺があるのを見つけると、改築して一寺とし、巡錫の杖を置いた。

常照皇寺である。

小型バスだと十五分ほどで、常照皇寺下であつた。

短い桜並木の向ふに、山門があつた。そこから自然石で作られた石段を上がつて行くと、苔むした石垣に突き当る。右へ上がれば勅使門で、左へ行くと、庫裡の玄関であつた。規模は大きくはないもののの、いかにも禅寺らしい佇ひである。

方丈は広い。中央、棚が宙に吊るされ、そこに小さな釈迦像が安置されてゐる。西側の大きく開いた窓一杯に、枝垂桜の枝が長々と無数に垂れてゐるのが見えた。その一本々々に花が連なつて光を浴びて眩しく輝いてゐる。

窓辺へ行くと、広い庭一杯に巨木が四本、それぞれ空高く太い枝々を掲げ、その高みから放物線状にあくまで細くしなやかな枝を垂らしてゐる。

その中の右手奥の一本は幹が酷く凹凸し、大きな穴まで開いてゐて、やや勢ひがない。国指定天然記念物の九重桜である。光厳院お手植ゑと伝へられてゐるが、さうであるなら六百四十余年の樹齢を数へるはずだ。

庭に出て、九重桜の回りを歩いた。

痛ましい幹の姿が、そのまま六百四十余年といふ長い歳月を語つてゐるやうだ。しかし、その長大な歳月を越えて、垂れた細枝に点々と花々が宿つてゐる。いまや勢ひがないと書いたが、麗しさにいささかの変はりもない。なにか奇蹟にでも立ち会つてゐるやうな思ひになる。

庭の北側に、開山堂――怡雲庵《いうんあん》があつた。鼠色の磚《せん》を敷き詰めた、禅堂そのものといつた峻厳な空間である。

帳の陰に、光厳院の像が据ゑられてゐた。暗くてよく見えないが、袈裟姿で、椅子に座してゐる。遺愛の文台、念持仏などとともに、行脚に携帯した黒衣、足袋、手巾、頭陀袋、楊枝、箸などが大事に保管されてゐると、説明が書かれてゐた。まさしく一介の行脚の僧として過ごされたのだ。

光厳院は貞治三年（一三六四）四月、多分、手づから植ゑた幼い九重桜が初めてつけた花を散らした後、ここから伏見の大光明寺を訪ねた。母広義門院の追善供養のためであつた。

春屋妙葩が導師を勤めたが、その妙葩に、夢窓の姿を重ねて見たのだらう、説法に耳を傾け、対話して一日飽きなかつた。

その二ヶ月後、懇ろな手紙を妙葩宛に送つた。自らの死の近いことを察してと思はれるが、文中には「滅後」の文字が見られる。

密かに考へるのに達磨宗《だるましゆう》（禅宗）はひたすら禅定（座禅）を修めるにあり、もし禅定を修めなければ、この宗は消滅してしまふ。そこで小さな願を発した。わたしの没後（滅後）、禅定に専心する人たちに、ささやかな永代供養をしようと……。

明らかに遺言だが、その院の心のなかには、花園院の、薬王品に取材した、あの歌があつたのではないか。禅の教へに供養の灯火を掲げるべく、最後の志を割かうとしたのだ。

この他にも幾通もの遺言を認《したた》めたが、賀名生の堀家から受けた厚情を忘れぬやうにと言ひ置いたのも、その一つであつたらう。後に、天龍寺の門前の塔頭金剛院にささやかな塔、天野山金剛寺内に遺髪塚が築かれたのも、さうした配慮に与つたことへの応答であらう。

さうしてこの年の七月七日、光厳院は崩御した。五十二歳であつた。

光明院、崇光院らが駆けつけ、天龍寺からは春屋妙葩がやつて来て、導師を勤め、後山の一角で荼毘に付した。

そして、遺言状に記されたとほり、ことごとしく墓を営むことなく、ただ土を盛つて塚とし、松と柏を植ゑた。

老僧ノ滅後、尋常ニ倣《なら》ヒ荼毘等ノ儀ヲ煩《うるさ》ク作スルコト莫《なか》レ。只《た》ダ須《すべ》カラク山河ニ就《つ》イテ収スベシ。松柏塚上ニ生ジ、風雲時ニ往来スルハ予ノ好賓《かうひん》トシテ甚《はなは》ダ愛スルトコロナリ。

これが遺言の指示するところであつた。

御陵は、いまも寺の後山の一角、開山堂のすぐ後の小高いところにある。

一旦、境内を出て、右手の参道を上がると、すぐに御陵の入口である。が、閉ざされてゐて、中を窺ふことができない。

しばらく逡巡したが、どうしても一目見たく、横の繁みを強引に登つた。

垣の内が見えた。小さな宝篋印塔が二基並んでゐる。松柏の生へた塚ではない。が、これにしても遺言を外れるわけではない。先の引用の続きにかうある。「其レ山民村童等、聚沙《じゆうさ》ノ戯縁ヲ結バント欲シ、小塔ヲ構フルコト、マタ之ヲ禁ズルニ及バズ」。村民や童たちが、ごくささやかな一時の集まりを望んで、小さな塔を作るのは禁じなくもよからう、とある。もつとも稚拙でなく、規矩正しい造りである。

が、よくよく見ると、その左手に小さな土盛りがあつた。火葬の跡、周りの土を掻き寄せて出来たまさしくささやかな塚である。

石塔は、光厳院を敬慕した四代後の後花園天皇とその子の後土御門天皇（分骨）のものであつた。後光厳天皇で嫡流を外れ、後円融天皇、後小松天皇、称光天皇と続いたが、称光天皇に皇子がなかつたことから、嫡流に戻つて即位したのが後花園天皇だつたのである。

わたしは御陵前の門の前に戻つて、石段に腰を下ろした。そして、鞄の中から「新国歌大観」の『風雅和歌集』のコピーを取り出すと、光厳院の歌を拾ひ拾ひして、声に出して読んだ。

経を読むことを知らないわたしにできる、供養のつもりであつた。

さうして読んで行くと、光厳院が、間違ひなく時代を越えた若々しい感性に恵まれた歌人であり、かつ、苛酷すぎる時代のただ中を、自らの内向性を手放さず、誠実に生き通した畏るべき帝であつたと、身に染みて思ひ知るのだ。そして、すでに触れたが、巻第十七雑歌の、後醍醐の歌に次いで置かれた歌には、やはり胸を衝かれる。

をさまらぬ世のための身ぞうれはしき身のための世はさもあらばあれ

常照皇寺の境内からは、人々のざわめきが伝はつて来るが、こちらへやつて来るひとはゐない。冒頭に戻つて、風雅の文字を眺め、仮名序を読む（以下、仮名を適当に漢字にした）。

やまと歌は……詞かすかにして旨ふかし。

なるほど、これが歌作りの要諦であらう。ことごとしい言葉は、決して「旨ふかし」とはならないと見定めてゐるのである。そして、

まことに人の心をたゞしつべし。

さういふ言葉が、「人の心をたゞす」。また、さういふ言葉によつてたゞされる心こそ、「人の心」といふものなのだ。だからこそ、歌が

下を教へ上を諌《いさ》む、すなはちまつりごとの本《もと》となる。……やまとことばのあさはかなるに似たれども、周雅《しうが》の深き道にひとしかるべし。かるがゆゑに代々の聖のみかどもこれを棄てたまはず、目に見えぬ鬼神の心にもかよふは此の歌なり。

花園院と共作といつてよいこの文章には、歌を頼りとする切ないまでの歌人帝王の気持が示されてゐよう。

> 名づけて風雅和歌集といふ、これ、色にそみ情《なさ》けにひかれて目のまへの興をのみ思ふにあらず、ただしき風《ふう》いにしへの道すゑの世に絶えずして、人のまどひを救はむがためなり。

　幽閉から戻つたものの、歌を根こそぎ奪はれたと、院は自覚するよりほかなかつた。が、ここに記したことに間違ひはなかつたと、読み返して思ひ、それゆゑなほ一層、自分が歌を失つたことが辛く、それでゐながら、この和歌集を編んだことに慰められたはずだ。

　この集を手にする時、人々の前には必ず「ただしき風いにしへのみち」が自づと現はれ出てくる……、少なくとも光厳院はさう信じることができたらう。

　わたしはようやく腰を上げることができた。

『風雅の帝 光厳』引用・主要参考文献

山下宏明校注『太平記』新潮日本古典集成　新潮者
岡見正雄校注『太平記』一、二　角川文庫
後藤丹治、岡見正雄校注『太平記』日本古典文学大系　岩波書店
『参考太平記』続群書類従完成会　太洋社
矢代和夫、加美宏校注『梅松論』新撰日本古典文庫　現代思潮社
井上宗雄『増鏡』講談社学術文庫
岩佐正校注『神皇正統記』日本古典文学大系　岩波書店
岩佐美代子校注『竹むきが記』新日本古典文学大系「中世日記紀行集」岩波書店
福田秀一校注『とはずがたり』新潮日本古典集成　新潮社
岩橋小弥太、斉木一馬校訂『園太記』続群書類従完成会
村田正志編『和訳花園天皇宸記』続群書類従完成会
村田正志『證註椿葉記』宝文館
『光厳天皇遺芳』常輝寺
『宸国歌大観』角川書店
次田香澄、岩佐美代子校注『風雅和歌集』三弥井書店
次田香澄『玉葉集　風雅集攷』笠間書院
岩佐美代子『京極派歌人の研究』笠間書院
岩佐美代子『京極派和歌の研究』笠間書院
岩佐美代子『永福門院—飛翔する南北朝女性歌人』笠間書院
岩佐美代子『光厳院御集前釈』笠間書院
鹿目俊彦『風雅和歌集の基礎的研究』笠間書院
飯倉晴武『地獄を二度も見た天皇 光厳院』吉川弘文館
西野妙子『光厳院』国文社
西野妙子『夢窓』国文社
西山美香『武家政権と禅宗—夢窓疎石を中心に』笠間書院
岩瀬小弥太『花園天皇』人物叢書　吉川弘文館
村松　剛『帝王後醍醐』中央公論
森　茂暁『後醍醐天皇—南北朝動乱を彩った覇王』中公新書
森　茂暁『皇子たちの南北朝』中公新書
網野善彦『異形の王権』平凡社
高柳光寿『改稿足利尊氏』春秋社
森　茂暁『佐々木導誉』人物叢書　吉川弘文館
林屋辰三郎『内乱のなかの貴族—南北朝と「園太暦」の世界』角川書店
森　茂暁『太平記の群像—軍記物語の虚構と真実』角川書店
村田正志『南北朝論—史実と思想』至文堂
森　茂暁『南朝全史—大覚寺統から後南朝へ』講談社
村井章介『分裂する王権と社会』日本の中世　中央公論社
安田次郎『走る悪党、蜂起する土民』日本の歴史　小学館
石井進編『長福寺文書の研究』山川出版社
米倉迪夫『源頼朝像—沈黙の肖像画』平凡社
豊永聡美『中世の天皇と音楽吉川弘文館』
川上　貢『日本中世住宅の研究』墨水書房

『風雅の帝 光厳』あとがき

わたしの上の世代には、神武天皇以来、今上に至るまで歴代の天皇名を暗唱してみせるひとがゐたものだが、そこに光厳天皇の名はなかつた。現在の教科書や歴史辞典類の天皇の系図には、ないわけではないが、各天皇名の頭に第何代と記されてゐる数字を欠いて、替りに北朝第一代とある。正式の天皇系譜の枠外といふ扱ひである。

このためか、光厳天皇（退位後は治天の君として院政を執り、十五年に及んだ）は影の薄い存在になつてゐるやうだが、決してそのやうな存在ではなかつた。わが国の長い歴史に確固たる足跡を刻んでゐる。例へば和歌において勅撰集『風雅集』は、独自の輝きを放つてをり、若い三島由紀夫も言及してゐるが、南北朝の騒乱のただなか、敬愛する花園院に助けられて、この帝が実現させたのである。そして自身も、歌人として第一級の才能であつた。

これまで南北朝時代――この呼称自体にも問題がある――といへば、後醍醐天皇と足利尊氏の対立でおほよそ済ませて来たが、そこには、なによりも光厳帝の存在を加へなくてはならない。さうしなければ、この時代本来の激動する歴史の姿は捉へられない。

本書では、その光厳帝の生涯を、足跡の残る場所を可能な限り訊ね歩くことをとほして書いたものである。最大の手掛かりは『太平記』であるから、多く依拠したが、光厳帝に寄り添ふ立場から言へば、信の置けない記述が予想以上に多かつた。見え透いた造り話も、一種の諜報活動のための文書も、無造作に、あるいは意図的かもしれないが、取り込まれてゐると思つた。多分、このことは『太平記』の成立過程の問題になると思はれ、専門家でない筆者には立ち入るのが難しいが、疑問に思ふ点はそのとほり書いた。

この姿勢は、後醍醐天皇の事跡に対して多く疑義を呈することにもなつたが、光厳帝の側に立つ以上は、当然であらう。大東亜戦争下、河内の藤井寺に学童疎開、わたしは日々葛城・金剛山を仰ぎ見て暮らしたが、当時の少年にとつて楠木正成は間違ひなくヒーローであつたし、後醍醐天皇は最も畏れ多い存在であつた。その後醍醐天皇に対峙しとほした光厳帝を知ることによつて、やうやくいま言つた激動の歴史を立体的に思ひ描くことができるやうになつたと感じてゐる。

もつともわたしの関心の中心は、お読み頂ければ明らかなやうに、乱世における歌――文芸の問題であつた。文芸なるものの値打ちがすつかり見失はれてゐるいまこそ、『風雅集』に思ひを巡らさなくてはならないと、これまた強く感じてゐるところである。

「季刊文科」第25号（平成十五年十一月）から第41号（平成二十年七月）まで、「物語のトポス」の副題をもつて十七回わたつて連載、一冊とするに当つて大幅に加筆修正した。章も増やして十八とした。

参考にしたものは数多く、主なものに限つて巻末に掲げたが、注ひとつでも受けた恩恵は計りしれない。今となつてはそれを十分に生かし切れなかつたのを申し訳なく思ふばかりである。その文献の幾つかの背後に、わたしが大学で親しく教へを受けた谷山茂先生の名が散見するのは、なにかの導きかと思ふ。また、土地々々の案内書やパンフレット、社寺の縁起などにも助けられたし、訪ねた先々で、多くの方々からご教示を受けた。深く感謝する。このやうな錯綜する時代を扱つた歴史仮名遣ひの著作を、面倒とも思はず、地図まで添へて刊行してくださつた百瀬精一氏と、詳細に点検、少なからぬ誤りを正して下さつた校正担当の矢島由里氏に、厚くお礼を申しあげる。

平成二十一年　初秋　　　　松本　徹

初出一覧

『小栗往還記』

深泥ヶ池の姫　季刊文科8号、平成10年7月
小栗判官の城　季刊文科9号、平成10年9月
横山の姫　季刊文科10号、平成11年2月
相模川と上野ヶ原　季刊文科11号、平成11年4月
六浦の姫　季刊文科12号、平成11年6月
遊行寺　季刊文科13号、平成11年11月
青墓の姫　季刊文科15号、平成12年5月
熊野街道　季刊文科16号、平成12年8月
黄泉帰り　季刊文科17号、平成13年5月
（刊行にあたり大幅に修正、加筆）

『風雅の帝 光厳』

流れ矢　季刊文科25号、平成15年11月
番場の蓮華寺　季刊文科26号、平成16年2月
伊吹山太平護国寺　季刊文科27号、平成16年5月
北山第　季刊文科28号、平成16年8月
鞆の浦から東寺へ　季刊文科29号、平成16年11月
西芳寺の石組　季刊文科30号、平成17年3月
伏見の離宮　季刊文科31号、平成17年6月
天龍寺　季刊文科32号、平成17年9月
風雅集　季刊文科33号、平成18年1月
妙心寺と長福寺　季刊文科34号、平成18年4月
貞和から観応　季刊文科35号、平成18年7月
観応の擾乱　季刊文科36号、平成19年1月
八相山と男山　季刊文科37号、平成19年4月
東條そして賀名生　季刊文科38号、平成19年8月
賀名生幽閉　季刊文科39号、平成19年12月
天野山そして深草　季刊文科40号、平成20年3月
風雲時ニ往来シ　季刊文科41号、平成20年7月
（刊行にあたり大幅に修正、加筆）

あとがき

物語の力は、時空を越え、生死を越えて、その世界を展開するところにあるのだらう。典型の一つが、わが国では、いはゆるお伽噺であり、説話だが、なかでも中世の説経に分類されるのがさうで、小栗判官物語がその一つである。大蛇と情を交しもすれば、地獄にも赴き、武勇の限りを示し、この世の幸せを実現してみせる。

さういふ物語を追つて旅をするのは、いま思ひ出してもまことに楽しいものであつた。京から筑波山麓の北関東へ、そして、相模の国から東海道を経て、遠く熊野へ……。その旅は、一遍上人を初めとする流浪の宗教者や芸能者たちと、思はぬ形で出会ふことで、何ほどか、わが国の文明の根の部分を伺ふことになつたやうな気がする。

それが事実に即したとされる戦記物のなかでも『太平記』となると、どうだらうか。これより前に『保元物語』や『平治物語』があり『平家物語』があるが、実際に生起した出来事をもつぱら語り、荒唐無稽な領域へ入り込むのを避ける。事実そのままの記述を厳しく目指して、「歴史」を編まうとするのだが、さう務めることは、当の事実が出来した経緯を訪ね、それが呼び起こした新たな事態が如何なるものかを問題とすることへと向ふことにもならう。

さうすることによつて事実離れの動きが孕まれもすれば、物語らしい物語を語らうとすることにもなり、思ひがけずそれに押し流されることが起こる。また、特定の人たちの主張に共感を寄せるままに、とんでもない嘘を招き入れ、捏造に至ることも起こる。

『太平記』といふ書は、さういふことが記述の根幹にも及んでゐるといふのがわたしの率直な印象である。すでに指摘したところだが、後醍醐天皇が自らの立場を主張するため持ち込んだ、強引で、前後の記述から見ても信じがたい記述が多々認められる。その後醍醐と対立した光厳天皇の立場に寄り添ふと、それがなほさらはつきり見えて来る。

そのことにいまなほ拘りを持たずにをれないのだが、四十巻に及ぶこの書は、歴史的に例のない長期にわたつて少なからぬ思想的影響を与へ続けて来てゐる。戦国時代を経て、武士が社会の中心的位置に立つやうになると、その在り方を明白にする必要から、様々な営為が行はれたが、そこにおいて無視しがたい位置をこの書が占め続けて来てゐるのである。

例へば徳川光圀による「大日本史」の編纂がその一つだらう。水戸学として展開され、明治維新に大きな影響力を与えることになつた。

さうしたところに踏み込むのは、筆者のよくするところではないが、その影響が今日にも及んでゐることは、身に染みて感じてゐる。さうしてそれが、われわれの誠意、自己犠牲といつた肝要な主体的態度に影を落としてゐるのではないかと恐れる。

変な方向へ筆が滑つたが、京都も持明院跡から始まつた旅が、東を目指して逢坂山を越え、米原、伊吹山に至れば、一転して軜ノ浦から東寺、さらに北近江の八相山から吉野の奥の賀名生、そして、常照皇寺において光厳帝お手植ゑの、いまは見ることが出来ない枝垂桜が咲き誇つてゐるを楽しむことで終はつたのを、思ひ出さずにをれない。

そして、南北朝の過酷な騒乱の真つ只中に当事者として身を置きながら、歌に思ひを凝らし、勅撰集『風雅和歌集』を編んだ光厳帝の在り方に、自分が書いたことの拙さを忘れて、敬意をいくら捧げても捧げ足りない思ひになる。このやうな存在が、われわれの文明なるものを内から支へてくれてゐるのであらう。文学なるものがますます粗略に扱はれるやうになつてゐるいま、その思ひを強めずにをれない。

今回も、大木志門君に校正を助けてもらつた。お礼申し上げる。

平成三十一年の春宵

松本　徹

松本　徹（まつもと　とほる）

昭和八年（一九三三）札幌市生まれ。大阪市立大学文学部国語国文科卒。産経新聞記者から姫路工大、近畿大学、武蔵野大学教授を経て、山中湖三島由紀夫文学館館長を勤めた。現在は「季刊文科」「三島由紀夫研究」各編集委員。

著書に『徳田秋聲』（笠間書院）、『三島由紀夫の最期』（文藝春秋）、『三島由紀夫の時代—芸術家11人との交錯』（水声社）、『天神への道　菅原道真』（詩論社）、『西行わが心の行方』（鳥影社）など。

編著に『年表作家読本三島由紀夫』（河出書房新社）、『三島由紀夫事典』（勉誠出版）、『徳田秋聲全集』全四十三巻（八木書店）など。

監修『別冊太陽　三島由紀夫』（平凡社）

松本徹著作集④
小栗往還記・風雅の帝 光厳
令和元年（二〇一九）五月二十日　初版発行
著　者——松本　徹
発行者——加曽利達孝
発行所——図書出版　鼎書房
〒132-0031　東京都江戸川区松島二-十七-二
電話・FAX　〇三-三六五四-一〇六四
URL http://www.kanae-shobo.com
印刷所——シバサキロジー・TOP印刷
製本所——エイワ
落丁、乱丁本は小社宛にお送りください。送料は小社負担でお取り替えいたします。

ISBN978-4-907282-45-5 C0095